고난의 숲을 헤치고
역사의 오솔길을 걷다

김시우 지음

 한누리미디어

고난의 숲을 헤치고 역사의 오솔길을 걷다

윤석명 글씨

殷翁今迎八旬年敬祖崇儒續效賢

公職遂行傾力大門中發展獻心全

芝蘭顯達無窮樂琴瑟相和不變連

後學薰陶誠意至親朋滿座祝盃筵

李祥斗先生詩祝殷山金時佑教授八旬 謹○

은산 옹이 오늘 팔순을 맞이하도록 조상을 공경하고 유학을 숭상하니 성현을 본받았네
공직 수행에는 큰 힘을 기울였고 문중 발전에도 심신을 바치었네
자손들이 현달하니 즐거움이 무궁하고 금슬조화가 변함없이 이어지네
후학들을 훈도함에 성의가 지극하였고 붕우들이 만좌하여 축배하는 자리일세

이상두 선생 서

大難不死必有後福

殷山 金時佑 同門 雅鑒

癸卯 初春 中觀 黃在國

큰 환란을 당하고도 죽지 않으면
후에 반드시 복이 있다.

최창규 성균관 관장과 청와대 초청 방문시 김대중 대통령과 함께(1999.03.18)

둔보 김영준 선생 일대기 출판기념회: 좌로부터 남덕우(전 국무총리). 안정업(김영준 회장 부인), 김영준
회장, 김대중(민주당 총재), 김시우(필자), 김준철(청주대학교 총장)(1996.06.14)

한나라당 국회의원 100여 명과 독립기념관 통일탑 벽돌 쌓기 운동에 동참하기 위해 독립기념관을 방문한 박근혜 한나라당 대표(2004.08)

국민의 정부 첫 총리(31대)로 취임한 김종필 국무총리실에서(1999.07)

일본 무라야마 전 총리의 독립기념관 방문(2005.02.02)

조남기 중국 중앙정부 정치협상회의 부주석(2000.03.30)

김해 김수로왕, 산청 가락국 마지막 구형왕, 경주 흥무대왕 김유신장군 봄대제
에 참석한 김무성 중앙종친회 회장과 김시우 중앙종무위원장

일본 집권 자민당 간사장 다케베쓰토무의 독립기념관 방문(2005.05.07)

김구 선생 피난처인 가흥 혜염 복원공사 협약 조인식(2005.04.16)

일본 공명당 간사장 후유시바 테츠죠 참의원과 '바꾸자 남자들의 정치'란 슬로건으로 정치에 뛰어든 타지마 요코와 환담, 이 자리에서 필자는 독립기념관의 설립 배경(일본의 국정교과서 왜곡)을 설명하였다.(2005년)

가야사 복원은 한국 고대역사에 오랜 숙제이고 많은 국민의 관심사이다. 2023년 6월 27일 국회의원회관 대회의실에서 주제 발표하는 필자(2023. 06.27)

일본역사교과서 왜곡 특별기획전 개막(2001.05.15)

『김상옥열사 일대기』 출판기념회에 참석한 김상옥열사기념사업회 송남헌 이사장(중앙)과 사회를 맡았
던 황구성 선생(1986.04.18)

국가정보원장인 이종찬, 김상옥 동상건립추진위원장이 『김상옥열사 일대기』를 저술하고 그 인쇄비 전액
을 동상건립기금으로 헌성한 필자에게 감사패를 전달하였다.

권영빈 중앙일보 사장 초청 방문: 김병일 기획예산처 장관과 중앙일보 현관에서(2002.06.12)

박진목 선생 묘비 제막식: 우로부터 저자, 장기표, 윤식(전 4.19 회장), 유성환 의원, 이기택 의원, 이윤기 의원, 조동춘 박사, 허만일 문광부 차관이 사회를 보고 이종섭 선생이 추도사를 했다.(2015.10.30)

제15대 대통령에 당선된 김대중 가락중앙종친회 고문이 수로왕릉을 찾아 당선 고유를 하였다. 왼쪽 첫 번째가 숭선전 참봉, 그 옆이 김대중 대통령, 그 옆이 김영준 중앙회장, 오른쪽 첫 번째가 이날 행사 진행을 맡은 필자이다.

안동문화방송 창사특집 「기화서가 만난 사람」 출향인사 대담에 출연 (2003년 8월 17일 오전 9시부터 40분간 방영)

독립운동가 유묵 서각전 전시개막식. 앞줄 중앙에 심대평 충남지사와 유근창 전 국방부 차관도 참석했다.(2005.08.15)

울산교육청 대강당에서 하계 방학을 통하여 청소년들에게 인성교육을 강의 하는 필자

한글서예특별전 전시개막(2005.09.26)

상하이 매헌 윤봉길의사 사적기념 사진전 개막식 참석(2003.12.20)

보이스카웃 입교식에 참석: 좌로부터 셋째 박근배 총재, 필자, 걸스카웃 단장

김해 양동리 고분발굴 현장에 임효택 동의대 박물관장의 현황 설명. 좌로부터 세 번째 필자, 네 번째 김임식 동의대 총장, 한 사람 건너 김영준 가락중앙종친회장

역사를 사랑하는 모임: 앞줄 좌에서 두 번째 이웅근 박사, 정희경 현대고 교장, 여주시장, 김종규 박물관협 회장, 뒷줄 좌에서 3번째 저자, 뒷줄 우에서 첫 번째 이성무 국사편찬위원장

2021년 KBS 8.15 특집 다큐「대한민국 약을 말한다」에 출연
유일한 박사의 제약회사 설립과 1945년 광복 직전 미국의 전략 첩보국(OSS) 최정예 특수요원으로 참여 한 배경과 그 내용을 인터뷰하고 유일한의 원적이 경북 예천임을 밝히기도 했다.

독립운동사 학술심포지움: 앞줄 좌측 첫 번째 저자, 네 번째 강만길 교수, 박유철 관장, 한영우 교수, 조동걸 교수, 이만열 교수(2000.09.15)

중국 연변대학교 방문: 김병민金炳珉 총장과 동북공정을 화두로 환담(2005.04.14)

허왕후의 출생지 아요디아 왕국 미쉬라 왕손 부부(중앙), 가락중앙종친회 임원들과

독립기념관 서재필 어록비 제막: 우로부터 중앙 권오기 이사장, 윤경빈 광복회장, 박기정 언론재단 이사장, 김시우 독립기념관 사무처장(2002.04.04)

형평운동기념사업회 김장하 회장의 요청으로 독립기념관 겨레의 집 공간에 형평운동 특별기획 국제사진전 개막인사

재경예천군민회 대의원 총회에서 예천지역 유학의 전래와 영남학파의 연원이란 주제로 특강 (2011.08.11)

머 리 말

    누구나 자신을 표현해 보려는 생각을 갖게 되지만 원고지에 옮기기란 쉬운 일이 아니다. 사람들 대부분은 가정이나 직장의 굴레에 갇혀 있어 스스로를 정리할 수 있는 기회를 마련하기란 쉽지 않기 때문이다.

    오늘날 개인이 가지는 사회적 지위나 가치는 크게 변화하고 있다. 전체주의적인 공동체를 강조하던 가치관에서 하나하나가 모여서 전체를 이룬다는 개인중심 사회로 바뀌고 있다. 보통 사람들이 늘어놓는 평범한 이야기도 관심을 끌게 되는 시대가 되었다.

    나는 한창인 청년기 때 혹독한 어려움을 거치고 나름대로 여러 길을 열어가면서 일을 통해 사회적인 자리를 잡았고, 사회·역사적으로 의미 있는 일도 여러 번 진행하였다. 이를 정리하고 나를 돌아봐야겠다는 생각을 자주 할 즈음 아주 좋은 기회를 얻게 되었다. 독립기념관 사무처장으로 천안에 내려가게 된 것이다.

    흑성산 기슭에 자리 잡은 독립기념관의 조용한 관내 숙소에서 나의 지내온 발자취를 더듬어 볼 수 있었다. 주말 대부분을 이곳에서 혼자 보냈다. 사색과 독서 그리고 50~60평 규모의 채전을 가꾸는 농사까지, 서울에서 느끼지 못한 고요와 땀 흘리는 노동이 어우러지는 전원생활에, 밤이면 글을 쓸 수 있는 시간까지 가질 수 있게 되었다.

지금부터 풀어놓는 이야기는 모두 그때 얼개를 짜고 자료를 모아 간추려
놓았던 것들과 독립기념관 퇴임 후 일들, 이른바 이모작 인생, 은퇴 후 제3의
인생사이다.

　나는 초등학교 때부터 아버지를 따라 농사일을 배우고 4H구락부 활동에
도 열성이었다. 그 당시 경험이 나를 형성하는 밑받침이 되었고 지금껏 가지
고 있는 농사에 대한 깊은 애정과 근면함은 아버지가 주신 선물이다. 일제와
6.25를 겪었고, 유신정권 아래에서 자식 옥바라지를 하셨던 아버지. 그 어려
움 속에서 조금도 흐트러짐 없이 꿋꿋하게 가난과 질시와 냉대를 극복하신
아버지는 내 삶에 크게 자리 잡고 계신 거인이었다.

　내 삶은 평탄하지 못했다. 독재정권시대에 모진 박해를 겪었다. 그 어려울
때 아버지 어머니 아내와 자식들, 그리고 형제와 친인척들에게 많은 빚을 지
고 살았다. 유신정권이 무너진 후에도 끝이 보이지 않는 암흑의 터널은 계속
되었고, 이곳저곳 옮겨 다니는 와중에 소중한 자료들이 모두 없어지고 말았
다. 그중 아내와 옥중서신을 주고받았던 소중한 기록들이 모두 없어져 무엇
보다 아쉽다.

　내 인생의 일부를 잃어버린 듯한 안타까움이 뇌리에서 떠날 날이 없었다.
내 삶의 단편들을 되찾고 싶은 갈망은 더욱 커졌고, 기억의 단편을 간추리는

시간이 더욱 잦아졌다. 고독하고 긴긴 밤, 기억을 더듬으며 스스로를 찾는 나와의 담론으로 불을 밝히며 글을 썼다.

그러나 출판을 하기까지 여러 번 망설였다. 버리자니 아깝지만 책으로 엮어내기에는 못 미친다는 생각 때문이었다. 지인들 권유가 이어졌고, 역사 앞에 '기록으로 남겨 놓아야 할 부분이 있다'는 아내와 동생들의 권유와 아이들의 청으로 책으로 엮게 되었다.

특히 이 책이 출간되기까지 내 삶에 도움을 주신 분들의 이야기를 빼 놓을 수 없었다. 글을 쓰며 내 삶은 나 혼자만의 것이 아니란 평범한 사실을 깨달았기 때문이다.

1975년 구속과 복역은 내 모든 것을 앗아갔다. 건강도 재산도 우정도 일터도 다 빼앗겨 버렸다. 희망과 용기마저 사라졌다. 출소 후 빼앗긴 희망과 용기를 되돌려준 분들이 있었기에 오늘날 이 글을 쓸 수 있게 된 것이다.

대학 동기였던 신재용 해성한의원 원장은 잃어버린 건강을 찾아주었다. 조동민, 김종오, 김종우 같은 분들은 좌절과 낙담이란 굴레에서 나를 꺼내준 분들이다. 중학 동기 이원교, 직장 동료 한돈희 등은 모두 변함없는 우정으로 힘을 보탰고, 예천 출신 김기수 의원과 전 청와대 비서실장 김용태 의원, 의성 출신의 김영생 의원 등은 내게 일터를 준 분들이다.

무엇보다 나를 민주대로의 큰 광장으로 이끌어 제2의 인생을 출발시킨 분은 김대중 대통령과 박진목 선생, 그리고 김영준 전 농림부 장관이었다. 그분들은 내가 재기할 수 있도록 결정적인 역할을 하였다.

마지막으로 나에게 불어 닥친 끝이 보이지 않는 그 캄캄한 절망 속에서도 희망을 놓지 않고 온갖 어려움을 극복하고 가정을 지키며 나를 잡아준 아버지 어머니, 그리고 누님과 아내였다.

이분들은 온갖 수모와 어려움 속에서도 내가 좌절하지 않도록 나를 위해 스스로를 희생하면서 한을 품고 세상을 등진 분들이다. 이 세상에 안 계신 아버지, 어머니, 누님과 그리고 아내를 위해 내가 할 수 있는 일이라곤 내 스스로 누명을 벗는 길 밖에 아무것도 없다. 그래서 43년이 지난 지금 재심을 결심하게 되었다. 이는 명예회복이니 형사보상 차원이 아니다.

황혼기에 들어서니 새삼 어떤 형태로든 삶을 정리해야겠다는 절박감이 생겼다. 사실 내가 겪은 고통은 야만적인 암흑시대에 정의로운 많은 젊은이들이 목숨을 던진 것에 비하면 아무것도 아닐 뿐 아니라 그렇게 내세울 것도 없다. 그저 암흑시대의 조그마한 상처일 뿐이다.

그러나 조상에게나 후손들을 생각하면 인생마감을 그렇게 미완으로 끝낼 수 없다는 생각에서 2018년 11월 18일 변호사(조용환)를 통하여 재심을 청구하여 3년 동안 자료 수집과 심의 끝에 2021년 6월 16일 서울중앙지방법원 형사 33부에서 마침내 재심사유를 인정하여 몇 차례의 심리 끝에 2022년 1월 21일 46년 만에 무죄판결을 받아 내 삶을 정리할 수 있게 되었다. 그래서 이미 써놓은 내용에 재심의 경위를 보태어서 나의 삶을 정리하였다.

나의 삶은 결국 내 한 개인의 역사이기도 하지만 한 시대의 역사일 수밖에 없다는 데 생각이 미치자 내 삶의 기록이 결코 가볍게 넘길 수 없다는 역사 인식을 갖게 되었다.

나에게 이런 행운의 기회를 가질 수 있게 한 것은 아버지, 어머니 그리고 아내의 나에 대한 믿음과 정성의 결과이다. 그래서 이 책을 아버지, 어머니 영전에 올려 불효를 빌고 아내에게 바쳐 어려웠던 길을 함께 걸어온 과거를 위로코자 한다.

나와 연을 맺은 모든 분들께도 이 책으로 고마움을 표한다.

2024년 4월

남양주시 평내동 우거에서

차례

1. 나를 있게 한 사람들

2. 6. 25와 피난길 3개월

6. 재심청구

10. 독립기념관, 역사와 경영을 꽃 피우다

11. 중국내 항일 유적지조사 보존사업

12. 독립기념관에서 만난 사람들

고난의 숲에 들며

"김시우 선생이죠?"

"네, 그런데요."

"잠시 같이 갑시다."

누구인지 물을 새도 없이 낯선 사내 서너 명이 검은 승용차로 내 몸을 밀쳐 넣었다.

1975년 2월 15일 아침 출근길, 나는 영문도 모른 채 평범한 일상을 강탈당하고 어디론가 향했다. 순간적으로 나는 긴급조치 발동의 공포 분위기 속에 겁 없이 유신체제에 대한 거침없는 비판과 동아일보 광고 탄압에 대한 몇 차례의 광고로 인하여 결국 올 것이 왔다는 생각이 떠올랐다. 내가 끌려간 곳은 말로만 듣던 중앙정보부 남산분실이었다.

지하실에 거칠게 나를 가두자마자 팬티만 남기고 옷을 모두 벗겼다. 수치심과 공포에 질린 나는 책상을 두고 수사관과 마주 앉았고, 잠바 차림을 한 청장년으로 보이는 4~5명의 수사 보좌관인 듯한 사람들이 내 주위를 둘러쌌다.

평범한 사람들에게는 수사기관에서 조사를 받는다는 것은 그 자체로도 공포다. 경찰서는 물론 어느 누구에게 조사받거나 조사해 본 일이 없는 나로서는 듣기만 해도 무시무시한 남산 대공분실에 들어서자마자 다짜고짜 쌍소리에 발길질에 옷까지 다 벗기고 시작하니, 국가공공기관인지 폭력집

1968년 김달남과 첫 만남

단인지 공포에 질려 단박에 망연자실 공황상태에 빠진 상황에서 볼펜과 백지를 주고는 "지금까지 당신이 아는 모든 친구들 이름을 하나도 빼지 말고 다 적어라!" 했다.

생각나는 몇 명을 적어 종이를 내밀자 김달남은 왜 안 적느냐며 다그쳤다. 사실 김달남과는 1971년에 헤어진 후, 그때까지 서로 연락도 없었을 뿐아니라 연락처를 알고 있지도 못했기 때문에 나는 적지 않았던 것이다.

김달남과의 만남

김달남은 누구인가? 그리고 나와는 어떤 관계인가?

나는 건국대학교 사학과 2학년을 마치고, 1965년 6월에 입대하여 군복무를 마친 후 1968년 3월 동 대학 3학년에 복학하였다.

입대 전 박형표 주임교수의 남다른 사랑을 받으며 과대표를 하였으므로, 복학하자 박형표 교수가 매우 반가워하며 가회동 자기 집으로 종종 불러 저녁 식사를 함께 하는 시간이 많았다. 때로는 박 교수의 온 집안 식구들과 함께 식사하는 경우가 있어서 나는 그 집 가족과 다름없는 사이였다.

그 해 5월경으로 기억된다. 사학과 교수실로 오라는 주임교수의 전갈을 받고 갔더니 박 교수께서 사학과 편입생으로 재일교포 유학생을 소개하였다. 고향은 경북 청도이고, 형이 재일본거류민단 나가노껭 부단장이며 농산물 무역상이라고 했다. 민족의식이 매우 강한 청년이라고 소개하시면서, 우리 대학에 잘 적응할 수 있도록 시우가 잘 도와주라는 부탁과 함께 오늘 우리 집(박 교수)에서 저녁식사나 함께 하도록 6시까지 오라는 말씀이었다.

나와 김달남은 그날 저녁 박 교수 댁에서 함께 식사한 후 점차 매우 가깝게 지내는 사이가 되었다.

우리는 1970년 2월 졸업할 때까지 대학생으로 나눌 수 있는 시국 및 사회 전반에 관하여 단편적으로 이야기를 주고받으며, 때로는 열띤 토론을 벌이기도 했지만 이념이나 사상적인 문제라기보다는 당시 독재화로 치달

(상)남한산성 답사/ (하)순천 송광사 무지개 다리 위 우화각羽化閣에서

온양에서 박형표 교수와 함께(1969.11.25)

↑ 구례 화엄사에서(1968.10)

화엄사 입구 돌다리에서(1968.10) →
이 돌다리는 국보로 지정되어 있다.

는 박정희 정권의 파쇼화에 대한 비판이 주내용이었다.

다만 4학년 1학기부터 강동진 교수의 '서양근대사'를 수강하면서 프랑스 대혁명, 2월혁명, 영국의 명예혁명, 동학농민운동 등 사회과학 쪽에 심도 있는 토론을 벌였으나 교과 내용을 벗어난 적은 거의 없었다. 당시 강 교수도 우리 세 사람(배영수, 김달남, 김시우)을 특별히 사랑하면서 자기 집으로 불러 반주를 곁들여 식사를 하면서 토론하는 등 학창시절을 매우 뜻 있게 보냈다.

1970년 2월 졸업 후 나는 건국중학교 교사로, 배영수는 부산 동양라디오 기자로, 그리고 김달남은 연세대학교 대학원으로 진학하여 우리 세 사람은 그 후로는 같이 만난 적이 한 번도 없었다. 대학원에 진학한 김달남은 종종 만났으나 1971년 8월 말경 일본으로 간 후로는 서로 연락 자체가 단절되었으며, 연락처도 모르고 지냈다.

1975년 2월 남산 중앙정보부분실에 연행되었을 때 나는 직감적으로 평소 나의 반유신, 반독재에 대한 과격한 언행 때문인 것으로 느꼈을 뿐 재일교포 유학생 간첩단 사건은 상상도 못할 일이었다. 그가 간첩이라는 믿을 수 없는 이야기는 그곳에서 처음으로 들었기 때문이다. 만약 그들의 주장대로 김달남을 간첩으로 알고도 아무런 거리낌 없이 과연 그렇게 태연하게 상대할 수 있었겠는가? 상식적으로도 판단될 수 없는 일이었다.

정보부에서 있었던 일

내가 남산중앙정보부에 연행된 것은 앞에서도 언급되었지만 1975년 2월 중순 경으로 기억된다. 당시 나는 건국중학교 2학년 7반 담임교사로 학기말 성적 정리에 여념이 없었다.

2월 15일 출근하려고 대문을 나서는데 검은 잠바차림의 청년 3명중 한 사람이 신분증을 확인할 겨를도 없이 슬쩍 보이면서 내 이름을 확인하더니 5분 정도면 된다며 일방적으로 나를 검은 세단 뒷 좌석으로 밀어 넣었다. 그리고 그들은 앞좌석과 뒷좌석 좌우 양편에 타고는 얼마간인가 달려 시내를 지나 남산 중턱에 이르러 큰 철문이 열리고 곧바로 들어선 곳이 중앙정보부 남산분실 지하실이었다.

평소에 악명 높은 무시무시한 곳으로 알고 있던 그곳에서 나는 공포에 휩싸인 채 외롭게 선 것이다. 빈 책상 위에 흰 백지와 볼펜이 놓여있고 지인들의 이름을 다 적으라는 것이다. 약 30여 명을 적었더니 왜 김달남은 안 적느냐고 다그쳐서 그는 재일교포이고 일본으로 간 후 소식이 끊긴 지 오랜 상태라고 했더니 그래도 적으라는 것이었다.

이때 내 담당인 듯한 수사관이 나가고 중년의 대머리가 들어오더니 다짜고짜 "이놈이 강동진이 말하던 그 수제자야"라고 하더니 "이런 놈은 신사적으로 대할 필요가 없어"라고 하면서 옷은 팬티만 남기고 모두 벗겼다. 공포와 수치심에 어쩔 줄 모르는 나를 건장한 청년 4~5명이 둘러싸고 한참 동안 정신없이 주먹과 발길질 그리고 몽둥이로 사정없이 구타하기 시작했다.

"이곳은 네가 평소에 인백정이 모인 곳이라고 욕하던 남산분실 지하실이다. 얼마 전 서울대학교 최종길 교수가 조사받다 죽은 것 너도 알지…. 앞으로 우리 시키는 대로 하지 않으면 중학교 교사 하나쯤 죽는 것은 아무것도 아니다. 살아 나가려면 순순히 협조해…."

그런 가운데 자리를 비웠던 담당 수사관으로 보이는 자가 들어와 "당신들이 담당도 아니면서 왜 이래"라고 하면서 구타를 제지하였다.

"미안하다. 내가 잠시 자리를 비운 사이에…"라고 하면서 앞으로 잘 협조하면 이런 일은 없을 것이라며 짐짓 나를 위로하는 체하였지만 이런 노회한 조사수법은 여러 차례 반복되었다.

"당신이 친하게 지낸 김달남은 북괴의 지령을 받은 간첩이다. 당신이 공산주의자가 아니고 간첩에 동조하지 않는다면 김달남과 있었던 모든 일을 숨김없이 털어놓는 것이 우리에게 협조하고 당신도 사는 길이다. 우리는 당신을 벌주기 위해서가 아니라 간첩인 김달남을 벌주기 위한 것이다. 협조하면 당신은 곧 나가게 된다"며 조사가 시작되었는데 나는 김달남이 간첩이란 말에 배신감과 참담한 심정으로 적극적으로 협조하는 자세로 조사에 임했으나 그들은 내 말을 그대로 믿지 않고 터무니없이 논리를 비약시키고 보태면서 만들어 놓은 틀에 맞추려는 기획조사의 느낌을 받았다.

그 결과 다음과 같은 내용으로 기소되었다.

① 1970년 4월 어느 날 건국중학교에 취직 축하차 찾아온 김달남에게 간첩인 줄 알면서 건국중학교 교사 봉급을 알려주었다.

② 1970년 5월 김달남에게 결혼축의금을 받았다.

③ 1970년 7월 중순 트랜지스터 라디오 1대를 받았고, 이불 속에서 북괴 평양방송을 청취했다.

④ 1970년 9월 김달남으로부터 공산당선언 팸플릿과 김대중의 『내가 걷는 70년대』, 『대중경제』 등을 받았다.

⑤ 건국중학교 학생들에게 데모에 참가하도록 교육시켰다.

⑥ 1971년 4월 '러브스토리'와 '바람과 함께 사라지다'로 위장 포장된 불온 서적을 받아 읽었다.

⑦ 1971년 5월 모친 입원시 문병온 김달남으로부터 위로금 등을 받았다.

이상과 같은 기소 내용이 작성되기까지는 1975년 2월 15일 남산분실에 끌려가서 그 해 3월 31일 서울구치소에 수감될 때까지 약 45일간 계속된 남산 지하실에서의 수사는 차라리 죽었으면 하는 고통과 자포자기 상태에서 진행되었다.

눈부신 백열등이 여러 개 달린 상태의 천장이 낮은 방은 모포를 뒤집어쓰지 않고는 불빛 때문에 잠을 이룰 수도 없었다. 그런 곳에서 구타와 고문으로 인해 상처가 깊어지자 군의관을 불러 진단까지 하면서 구타, 고문, 협박, 회유는 계속되었고, 체념의 상태에서 저들이 만들어낸 것이 바로 위의 기소 내용이다.

구타는 야전침대 몽둥이로 팬티만 입힌 상태에서 엉덩이를 때리거나 발길질, 무릎으로 등과 가슴 등을 사정없이 가격하여 숨이 막히는 경우가 반복되었다. 고문은 손가락 사이에 볼펜 끼워 누르기, 종아리와 넓적다리 사이에 야전침대 막대를 끼우고 장시간 꿇어 앉히기 등이다.

또 툭하면 지하실에 가서 전기고문을 하겠다, 거짓말 탐지기를 들이대겠다, 가족들을 모두 잡아넣겠다고 협박했다. 그러나 실제로 전기고문은 없었다.

회유가 문제였다.

내가 정보부에 연행된 1975년 2월 15일은 아버지 회갑(1915년 2월 16일생/음력)을 1개월 정도 남겨둔 시기였다. 그때만 해도 부모님 회갑은 온 집안은 물론 일가친척과 지인들이 다 모이는 큰 잔치로 회갑 당사자의 일생에 가장 큰 행사였다. 나는 회갑 준비와 계획을 세우던 중에 연행되었기 때문에 회갑 전에 못 나갈까 봐 안절부절 못하는 상태였다. 어리석게도 수사관에게 그 사정 이야기를 하고 회갑잔치를 할 수 있도록 조사를 빨리 끝내 달라고 하소연하였다.

담당 수사관은 꼭 그렇게 할 수 있도록 협조해 달라. 진정으로 반성하는 빛이 보이도록 모든 것을 인정하고 깊이 뉘우치는 반성문을 쓰라. 우리는 당신을 징역 살리는 것이 목적이 아니다. 김달남의 죄상을 밝히고 처벌하는 것이 목적이다. 당신과 같은 사람은 징역 살리는 것보다 더 좋은 방안이 있으면 그 길을 택하지 왜 굳이 징역을 살리겠느냐? 주로 이런 내용의 회유였고 지푸라기라도 잡아야 하는 심정인 나는 회유에 솔깃할 수밖에 없었다.

그러나 그들의 요구는 끝없이 비약되었고 강압적인 조사와 물리적인 폭력 앞에 나의 의지는 무너질 수밖에 없었다. 지칠 대로 지쳐 결국 자포자기의 상태가 된 나는 그들이 부르고 받아쓴 것의 결과물이 나는 그를 간첩으로 알고도 협력한 간첩방조죄로 그 기소 내용이 만들어진 것이다.

구타 이유는 김달남이 간첩이란 점을 알았다는 자백을 받아내기 위한 것이었지만 나는 지금까지도 그가 간첩이란 것을 믿을 수가 없다.

그가 간첩이란 것을 믿을 수 없는 객관적인 요인은 충분하다. 그는 재판에서 사형선고를 받고도 사형집행은 고사하고 징역형도 살지 않은 채 곧바로 석방되었다. 그의 친형은 재일거류민단 나가노껭 부단장인 데다가 농산물을 취급하는 큰 무역상으로 소개받았기 때문이다. 공산주의가 허용되는 일본에서 자라고 공부한 그에게 사회주의 관계 서적 한두 권 읽은 것으로 그를 간첩으로 단정한다는 것은 상상할 수 없는 일이었다. 또 1971년 8월경 일본으로 귀국한 후로는 전혀 소식조차 없었기 때문에 내 머릿속에 그의 존재 자체가 지워진 상태였다.

기소내용의 진실을 살펴보면 아래와 같다.

1) 간첩방조죄란 무서운 죄명이 된 건국중학교 교사 봉급을 알려주었다는 내용은 1970년 4월경 취직 축하차 찾아온 김달남을 만나서 무슨 이야기를 했느냐고 계속 다그치고 구타하였으나 일반적인 이야기 이외에 별달리 기억나는 것이 없었다.

결국, 조사하던 수사관이 "야, 취직 축하차 왔으니 봉급이 얼마인지 뭐 그 정도는 물었을 것 아니냐", "확실한 기억은 없지만 그런 것도 죄가 됩니까?"라고 하니, "죄가 되고 안 되고는 윗사람들이 판단할 문제이고, 그렇게라도 쓰고 끝내자"고 계속 다그쳤다. 솔직히 그 눈부신 백열등 아래 잠도 재우지 않고 계속되는 구타와 회유로 나는 이미 자포자기의 상태에서 부르는 대로 쓸 수밖에 없던 것이다.

2) 결혼축의금과 관련해서는 결혼비용을 별도로 받은 것이 아니고 결혼 식장에서 접수한 축의금이다. 축의금은 일본 돈으로 4,000엔이니 당시 일본 사회의 일상적인 경조금의 범주일 뿐이다. 신랑 친구들과 함께 찍은 사진도 있었지만 그 축의금은 결국 금품수수로 둔갑하였다.

3) 중고 파나소닉 라디오는 내가 주문한 것이다. 새것으로 주문했는데 중고품을 가져다주었으며 돈을 받지 않았던 것으로 기억된다. 다이얼을 맞추어 북한방송을 들은 적은 없다. 솔직히 다이얼을 맞출 줄도 모른다. 그러나 그들은 계속 추궁하면서 북한방송 한두 번 안 들어 본 사람이 누가 있느냐? 안 들었다고 거짓말하는 당신이 오히려 이상한 사람 아니냐? 그래서 나는 1960년대 초 시골서 온 동리 사람들이 모여 라디오를 틀면 당시만 해도 북한의 전력이 크게 우세하여 KBS를 맞추었는데도 때때로 북한방송이 흘러나오는 경우는 흔히 있는 일이다. 들은 것은 그 정도라고 했더니, 그들이 내용까지 불러주면서 이런 것은 죄도 아니라면서 불러주었다. 그래서 그대로 썼을 뿐이다. 물론 이는 김달남을 만나기 전에 시골에서의 일이었으니 김달남이 주었다는 라디오와는 전혀 관계 없는 일이다.

4) 불온서적 수수부분 중 1970년 9월 공산당선언 팸플릿을 받았다는 것은 연도조차 모른다. 다만 '서양 근대사' 수강 때 진보적인 강동진 교수의 강의를 흥미 있게 열심히 들었다. 마르크스의 '자본론' 중에 나오는 공산당선언에 대한 강의도 들었다. 김달남에게는 공산당선언이란 팸플릿 한 장을 받았다는 것은 사실이나 어떤 책 중의 한 페이지를 복사한 것으로 기억된다. 왜냐하면, 제목도 없고 끝맺음도 없는 것으로 보였기 때문이다. 나는 별흥미가 없어 바로 찢어버렸다.

또 그들은 내가 당시 정치인 김대중에 대한 호의적인 반응을 보고 김대중, 김영삼은 권력에만 눈이 어두운 아주 안 좋은 사람들이고, 특히 김대중을 마치 공산주의자 취급을 하며 그를 이 사건에 엮어 넣으려고 내가 가지고 있던 김대중이 쓴 책들을 모두 불온서적으로 취급하면서 유독 심하게 다루었다.

5) 건국중학교 학생들에게 데모 선동 참가 권유를 했다는 것은 그야말로 작문이다. 당시의 사회 분위기로 봐서 내가 그렇게 수업했다면 학생이나 학부모의 고발이 바로 있었을 것이다. 또 어머니 입원 수술을 받을 때 친인척과 친구들이 문병 와서 쾌유를 비는 위로금 봉투가 많이 있었다. 김달남이 주고 간 봉투도 그 중의 하나일 뿐인데 이 역시 금품수수로 둔갑하였다.

내가 무죄를 주장하는 이유

1) 우리는 불법적으로 남산에서 45여 일간이나 감금된 상태에서 고문과 회유 속에 만들어진 수사기록 중 간첩으로 인지했다는 부분은 수사관의 임의로 작성되었고, 이를 엄폐하기 위하여 2심 재판이 끝날 때까지 가족은 물론 변호사 접견마저 금지시키면서 공포 분위기 속에 재판을 진행시켰다.

2) 검사 취조시에 모든 것을 부인했더니 당시 검사가 "거기서(정보부) 맞아 죽더라도 끝까지 부인해야지, 거기선 시인하고 왜 나에게는 부인하느냐?"며 볼펜을 던지고 나가버렸다. 검사가 나간 뒤 검사서기가 "간첩이 이마에 간첩이라 써 붙이고 다니나"라고 하면서 나를 측은한 눈빛으로 힐난하였다. 그리고 며칠 후 정보부에서 담당수사관 3명이 와서 또 부인하면 남산으로 다시 끌고 가서 재조사하겠다고 협박하면서 구치소 특별실에서 자기들의 뜻대로 작성된 조서로 나에게 지장을 강요하면서 "당신들의 형량은 이미 정해져 있으니 부인해도 소용없다. 검사 이 자식도 바꾸어야겠구먼" 하고 중얼거리며 저들이 이 재판을 마음대로 하는 것처럼 협박했다.

3) 재판 중 정보부 수사관들이 법정에까지 들어와 피고인인 나의 뒷좌석에 앉아서 "인정하면 집행유예 정도이니 조서대로 인정해라. 부인하면 중형이다"라고 하면서 "형량도 자기들이 다 조정하고 있으니 잘 판단해"라고 하면서 공판이 열릴 때마다 내 뒤에 앉아서 계속 협박했다. 그 협박에 못 이겨 나는 어리석게도 재판정에서 김달남을 간첩으로 인지했느냐는 심문에 묵비권을

행사하였다.

그리고 당시 판사도 우리에게 발언의 기회를 주지 않았다. 예를 들면 "반성문은 피고가 쓴 것이지"라고 하기에 내가 반성문을 쓰게 된 경위를 말하기 시작하자 "묻는 말에만 대답해, 당신 글씨 맞지?"라고 하면서 말할 기회조차 주지 않았으며 변호사의 반대 심문도 없었다.

4) 변호사는 단 한 번, "오늘은 선임계 지장만 받고 가겠다. 2~3일 후에 다시 오겠다. 사건 내용은 그때 이야기하자. 수사기록을 봤는데 옛날 같으면 기소감도 안 된다. 최악의 경우라도 집행유예이니 미움받으면 불리하다. 다 시인하고 선처를 받으라"는 말을 남긴 후로는 한 번도 오지 않았다. 법정에서 내가 변호사에게 이를 항의했더니 당시 판사가 나의 항의를 중지시켰으며, 격분한 나는 변호사를 바꾸어달라고 소리쳤지만, 항소심에도 그 변호사였고, 그는 1, 2심 다 변호인 신문이나 변론 한 번도 없이 서면으로 대신한다고만 했다.

5) 수사관이 당신은 매우 순수한 사람이다. 반성문을 잘 쓰면 바로 석방이다. 당신 주변 사람을 샅샅이 조사했는데 당신을 비방하는 사람, 한 사람도 보지 못했다. "대개 이런 경우 있는 일 없는 일까지 다 끄집어내어 모함하는 것이 세상인심인데"라고 하면서 "인간관계를 참 잘한 것 같다. 반성문에 정말 뉘우치는 모습이 보이도록 다 인정하면 곧 석방된다"면서 회유를 반복했다. 지칠 대로 지친 나는 저들의 요구대로 반성문을 다 쓰고 수사기록이 어떤지도 모르는 상태에서 지장 찍고, 오늘이나 내일이나 석방일만 기다리고 있는데 어느 날(3월 31일) "대단히 미안하다. 국제 정세(월남, 크메르 공산화)의 악화로 오늘 서울구치소로 가게 됐다"면서 눈물까지 흘리며 매우 마음 아파하는 모습을 보여 나도 감동의 눈물마저 흘렸는데, 그 후 구치소까지 와서 재조사한

다고 협박하고 법정에까지 와서 나의 뒷자리에 앉아서 '부인하지 말라'고 공갈협박하고는 반성문을 김달남의 정체를 알았다는 증거물로 둔갑시키는 것을 보게 되니 그의 눈물은 악어의 눈물이었다.

6) 나는 재소자 신분 카드를 받아 보고서야 영장발부가 3월 11일이란 것을 알게 됐다. 그렇다면 나는 2월 15일부터 30여 일간이나 중앙정보부 남산분실 지하실에 불법 감금되어 모진 구타와 고문과 협박과 회유로 만든 그 수사기록으로 변호사 접견조차 금지된 상태에서 재판을 받은 것이다. 변호사는 법정에서조차 반대신문도 없이 변론도 하지 않고 1심, 2심 모두 서면으로 대신하였으니 어떻게 변론했는지 당시 나로서는 알 수도 없다. 피고인 나와는 사건에 대한 이야기도 한 번 없었다. 가장 중요한 죄목이 간첩 방조인데 만약에 그들의 주장대로 간첩으로 인지했다면 그 시점이 언제인지 확실하게 밝혀야 할 것이 아닌가. 그러한 변론 한 번 없이 그냥 처음부터 간첩으로 인지한 것으로 인정된 상태에서 변론하고 재판받은 것이다. 오죽하면 내가 법정에서 변호사를 바꾸어달라고 아버지께 고함쳤겠는가? 후일 아버지께서 "그때는 네 사건을 맡으려는 변호사조차 없었다"고 당시의 공포 분위기를 말씀하셨다.

7) 또 하나 석연치 않은 부분은 조사받을 때와 기소 내용의 경중輕重이 전혀 다르게 변질된 것이다. 조사받을 때는 반독재, 반민주에 대한 나의 언행에 대한 추궁이 중점적이었다. 예를 들면 동아일보 백지 광고, 교사들의 반유신 시국선언 등이다. 동아일보 백지 광고는 1974년 공권력으로 동아일보에 모든 광고를 못 싣게 하자 시민들이 자발적으로 광고를 실어 정부의 언론탄압에 저항 의지를 보인 것이다. 이때 나는 건국중학교 교직원 회식 때

오늘 회식은 우동 한 그릇으로 하고 나머지 돈은 동아일보 백지 광고에 동참하자고 제안하자 모두가 묵묵부답인데 당시 신망과 비중있던 교무담당 조동민 선생이 "이를 우리가 외면한다면 역사에 비겁한 일이다. 모든 책임은 김 선생이 지고 오늘 회식비 일부를 김 선생에 맡기자"고 발언하여 그 이튿날 동아일보에 광고를 내고 기념 메달을 받아왔다. (메달은 중정에서 압수해 갔으나 반환받아서 지금도 보관하고 있다.)

또 교사들의 시국성명은 조동민(건국중 교사), 장원경(건국중 교사), 김각(여의도고교 교사) 등이 동참하였지만 실행단계에서 좌절되었다. 이때 우리들은 지금 대학교수 등 각 단체에서 시국선언을 하고 있는데 일선 교육자인 교사들만 침묵하고 있다면 우리들이 훗날 떳떳한 교육자로서 당당할 수 있겠는가. 숫자가 적고 많고를 떠나서 선언문을 발표하여 참된 교사상을 보이자고 네 사람이 합의하고 김각 선생이 초안을 작성키로 했다. 그러나 네 사람으로서는 너무 숫자가 적으니 10여 명이 될 때까지 동지를 모으자고 했으나 더 이상 동참자를 찾지 못한 상태에서 내가 체포되었다.

이로 인하여 조동민, 김각 등은 모두 중정지하실에 끌려와 많은 고통을 받은 것으로 짐작되었으나 그들은 나의 출소 후에도 이에 대해서는 한 마디도 말이 없어서 몰랐다. 이번에 재심을 청구하면서 조사기록서 열람으로 비로소 알게 되었다. 이와 같은 민주화운동 부분은 모두 삭제되고 우리들을 철저히 공산주의자로 만들려고 했으니 무언가 사건 조작의 숨은 까닭이 있었던 것으로 짐작된다.

나는 나의 징역형이 확정된 후 억울한 옥살이의 고통을 극복하기 위하여 독서와 건강 유지에 전념하며, 재기를 다짐하고 또 다짐했다. 그러나 형기를 1년 남짓 남기고는 감방에서 더 이상 건강을 지탱할 수 없어 출역하여 작업을 하면서 만기 출소하였다. 출소하던 날도 집으로 바로 가지 못하고 예천경찰서 정보과 정보계장이 대구형무소까지 와서 교도관으로부터 나를 인도하였다. 서장께서 모셔오라는 명을 받고 왔다는 것이다. 서장실에 갔더니 오후 6시가 넘었는데 퇴근도 하지 않고 기다리다 나를 맞이하면서 '고생 많았다. 앞으로 어려운 일 있으면 언제든지 와서 상의하면 도움이 될 것'이라고 하였다. 석방 후 오랜 영어의 생활과 사회의 싸늘한 시선으로 적지 않게 방황했으나 아내의 헌신적 내조와 부모님의 정성으로 곧 자리를 잡아 정상적인 가정생활과 사회생활을 할 수 있게 되었다.

이번에 재심을 결심하게 된 것은 잃어버린 30대의 젊은 시절을 보상받겠다는 심정도 있지만, 그보다 그 당시의 공포 분위기 속에 주변으로부터 빨갱이 부모란 손가락질 속에서 굳게 자식을 믿고 만난을 극복하면서 내가 재기할 수 있도록 온갖 어려움을 감내하신 부모님과 주변의 냉소와 조롱을 못 견디어 몇 번이나 이사까지 하면서 남편을 믿고 아이들을 양육한 아내의 말 없는 희생과 정성에 보답하는 길은 누명을 벗는 것이라는 생각이 미치어 2018년 이른바 당시의 공범이라는 사람들과 연락이 닿아 재심을 청구하여 무죄판결을 받았다.

1. 나를 있게 한 사람들

1944년 1월 5일
15살 소년가장 아버지
책으로 닦은 품성, 꽃으로 빚은 감성의 어머니
여성스런 할머니, 남성스런 증조할머니
한 마을에 함께 산 외할머니

1944년 1월 5일

나는 1944년 1월 5일 경상북도 예천군 보문면 미호리에서 근면, 성실, 신뢰로 널리 알려진 아버지와 선비 같은 기품을 지닌 어머니 사이에서 사내아이로서는 맏이이자 집안에서는 둘째로 태어났다.

8살 이전 기억은 별로 없지만 두 가지는 크게 기억에 남는다. 나는 태어날 때부터 얼굴 오른쪽 눈을 중심으로 푸른 점이 상당히 크게 자리 잡고 있었다. 처음 보는 사람은 거의 예외 없이 누군가와 싸우다가 몹시 맞은 걸로 오인하기도 하고, 또 점을 빼라고 권유하는 이들도 있었지만 태어날 때부터 있는 점은 조상이 물려준 것이니 함부로 손대면 안 된다고도 했다.

이 점에 대해서 아버지께선 언젠가 이런 말씀을 하셨다. 어머니가 태기가 있을 때 우리 마을에 삵괭이가 내려왔는데 이를 잡으려고 동리 청년들이 몽둥이를 들고 삵괭이를 둘러싸고 있었다는 것이다. 이때 삵괭이가 아버지가 서 계시는 쪽으로 달려와 힘껏 몽둥이를 휘둘렀는데 공교롭게도 삵괭이 오른쪽 눈을 명중시켜 잡았다고 한다.

그런데 순간 아버지는 아뿔싸 집사람이 태기가 있는데 하는 영감이 머리를 스쳐 께름칙했다고 한다. 물론 내 얼굴의 점과는 무관하겠지만 당시만 해도 태기가 있을 때 고양이 같은 영물 짐승은 건드리면 안 된다는 금기가 널리 펴져 있을 때인지라 아버지께서는 내 얼굴의 점과 당신의 삵괭이 사냥을 연관시키는 것 같았다.

필자가 태어나고 자란 집과 1963년도 우리 마을(예천군 보문면 미호동 215)

또 한 가지 잊을 수 없는, 어릴 때부터의 기억은 어머니께서 들려준 나의
태몽 이야기였다. 이는 내가 극도의 어려움에 처했을 때 나에게 희망과 용
기를 주기도 했었다.

당시 살고 있는 우리 집의 사면 기둥에 햇빛이 휘황찬란하게 비치고 그
기둥에 큰 구렁이가 올라가는 태몽을 꾸었는데 아무리 고달프고 괴로울 때
도 그 꿈만 생각하면 정신이 맑아진다는 것이다.

그 꿈 이야기는 나에게도 늘 희망과 용기를 주었다. 내가 중앙정보부 밀
실에서 고초를 당할 때와 서대문형무소 0.75평 방에서 혼자 있을 때 나를
위로하고 내 인생이 이대로는 절대 끝나지 않는다는 희망과 용기를 준 것
은 어머니께서 들려준 이 태몽 이야기였다.

나는 어릴 때 똑똑하거나 야무진 아이는 아니었다. 매우 겁이 많고 어눌
한 아이였다. 그래서 어릴 때 그렇게 선명하게 떠오르는 기억들이 없다. 다

만 초등학교 입학식 때 아버지를 따라 운동장에 줄을 선 그림만 어렴풋하다. 임두희 선생님이 담임이었는데 아주 온화한 분으로 머릿속에 오래 기억되는 분이다.

그때는 대개 입학 적령보다 한두 살, 많게는 서너 살을 넘기고 학교에 들어갔는데, 나는 적령기에 입학하여 다른 아이들보다 몸이 작은 편이었고 말도 어눌했다. 겁이 많아 저녁에는 변소에도 혼자 가지 못했다. 당시 시골 변소가 본채와 떨어져 있었고, 변소(정낭/통시)에 정낭귀신이 있다는 이야기가 떠돌아 혼자 가기에는 으스스했다. 변소 갈 때면 늘 나보다 세 살 위의 누나와 함께 갔다. 초등학교를 졸업할 때까지도 그렇게 했으니 또래와 싸움은커녕 겨울이 되면 온 동리의 또래들이 다 타는 외발 스케이트(시게토) 하나도 타지 못하는 겁쟁이였다.

변소뿐일까. 어릴 때는 마을 구석진 곳은 어디나 무서웠고 공포가 짙게 깔려 있었다. 어느 마을에나 있던 이야기꾼들이 떠벌리는 메뉴에는 귀신 이야기, 산길을 걷다 도깨비에게 홀린 나무꾼 이야기, 어느 산 밑 어느 골에서 늑대, 개호주(표범)를 만났다는 이야기는 어린 내 밤길을 막기에 충분했다. 이 때 내가 의지하는 사람은 항상 누나였다.

그런데 나는 이 누나에게 철이 든 이후에 늘 미안한 생각을 하고 있었다. 내 아래 남동생이 나와 9년 차이였으니 나는 적어도 10살까지는 3대 독자였다. 아들이 귀한 집안에 3대 독자이니 할머니의 사랑이 극진했다.

언제부터인가 해마다 여름이면 햇병아리(6개월 정도인)를 할머니가 직접 잡아 찹쌀과 인삼 한 뿌리를 넣고 냄비에 푹 삶아서 나만 먹이시며 춘희(누나) 오기 전에 얼른 먹으라고 독촉하셨다. 그때는 닭도 귀하고 인삼은 더더

1956년 초등학교 졸업사진

구나 구하기 어려울 때였다. 나는 그건 으레 내가 먹을 것으로만 알고 누나에게 미안한 생각도 없이 늘 혼자 다 먹어버렸다. 누나 역시 알면서도 그건 손자 몫이지 손녀는 언감생심 못 먹는 것으로 알고 있었던 것 같았다.

　내가 어렸을때 우리 집에는 이야기 할머니들이 자주 드나들었다. 대표적인 인물은 아버지의 고모인 나의 왕고모였다. 무언가 깊은 사연이 있는 노인이었다. 젊을 때는 감히 친정을 오지도 못하다가 60이 넘어서야 할머니 눈치를 살피면서 조심스럽게 오시는데 대개 음력 정월보름 이후였다. 오시는 목적은 일년 신수를 가리거나 사주를 보기 위함이었다.

　왕고모 할머니는 점쟁이 할머니였다. 이 할머니가 오시면 우리 집 사랑방은 늘 만원이었다. 할머니 눈치를 살피는 이유는 젊을 때 아들딸 없이 일찍이 청상이 되어 개가했기 때문이다. 지금으로서는 지극히 당연한 일이었지만 그때만 해도 여인의 개가는 용서되지 않는 일이었고, 친정 부모는 이를 수치스럽게 여겼기 때문에 친정을 오지 못했던 것이다.

이 할머니는 기억력이 그야말로 천재였다. 불경을 비롯한 웬만한 책은 그냥 다 외웠으며 이야기보따리를 털어놓으면 끝이 없었다. 나는 그 덕분에 초등학교 4학년 때부터 학급에서 이야기 왕으로 알려졌다. 선생님까지도 잠시 자리를 비울 때는 으레 나에게 이야기를 시켰다.

그런데 그 후 이 왕고모 할머니가 몇 년 동안 오시지 않아 몹시 궁금해 하시는 아버지, 어머니의 대화를 들은 일이 있었다. 그러던 어느 날 40대의 부부가 어린아이들 3남매를 데리고 피난 보따리 같은 등짐, 봇짐을 지고 우리 집에 들이닥쳤다. 남편은 꼽추였는데 바로 왕고모 할머니의 아들이었다. 그 꼽추 왈, "어머니께서 작년에 돌아가셨는데 외가에 꼭 가서 외사촌(우리 아버지)을 찾아 인사를 드려라"라는 유언을 남겼다는 것이다. 비록 꼽추로 태어났지만 뛰어난 머리 덕분에 인근에 알려진 선비였으나 고향에서는 훈장노릇 하기가 어려워 전라도 어느 지방에 자기를 알아주는 사람이 있어서 그곳으로 훈장노릇 하러 간다는 것이었다.

이틀 밤을 우리 집에서 자고 아버지, 어머니의 배웅을 받으며 길을 떠났는데 그 모습이 몹시 쓸쓸해 보였다. 떠난 지 1개월쯤 지난 후 편지가 왔는데 전라도 김제 어느 곳이었다. 편지는 매우 달필에 내용이 구구절절 심금을 울렸다. 그 서두가 "풍우분분風雨紛紛한 신축년辛丑年을 보내고 희망希望찬 임인년壬寅年을 맞이하여"라고 시작되었는데, 나는 이 서두를 무척 좋아하여 많이 인용하면서 그 편지를 오래 보관했다.

그 편지도 시나브로 없어지고 그 후 아버지와 몇 차례 편지 내왕이 있었으나 언젠가부터 소식이 끊기고 말았다.

15살 소년가장 아버지

아버지는 식사할 때나 일할 때 유별나게 땀을 많이 흘리셨다. 자주 속이 허하다고 하셨고, 그때마다 할머니가 늘 안타까워하셨다.

"네 애비는 어릴 때 배를 너무 곯아서 땀을 비 오듯 쏟게 된 거다."

아버지는 15세부터 6식구의 가장노릇을 하면서 때로는 좁쌀 한 되로 일주일간을 연명했다 하니 그 가난이 오죽했겠는가. 이런 가운데서도 걸출한 여장부인 증조할머니와 아버지 힘으로 가난과 어려움을 조금씩 극복해 나갔다. 아버지는 외롭고 가난하게 자랐지만, 의지가 굳고 이웃의 신임이 두터웠다. 세상을 근면하고 성실하게 살아온 분이셨다.

"네 아버지는 조금만 뒷받침해 주었으면 크게 됐을 인물이다. 너는 네 아버지 반만 되어도 앞으로 크게 될 것이다."

어릴 때 마을 노인들한테서 자주 들었던 말이다. 아버지는 슬하에 3남 2녀를 둔 것을 무척 대견스럽게 생각하시었다.

아버지는 숙종 13년(1687) 문과에 급제한 미천공眉泉公·金華重의 9세손으로 자字는 규집圭集이다. 1915년에 태어나 1934년부터 예천 사설 대창학원을 2년간 다닌 것이 학벌의 전부였다. 농사철에는 학교에서 돌아오면 바로 들로 나가서 고된 농사일을 했기 때문에 책보는 풀어 보지도 못한 때가 많았다고 한다. 이러한 환경에서 배움에 대한 아버지의 한은 자식 교육열로 대리 만족한다는 느낌을 줄 정도였다.

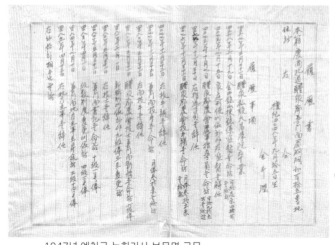

아버지

1947년 예천군 농회기사 보문면 근무

　나보다 3살 위인 나의 누나는 당시 우리 면에서는 유일하게 여고를 졸업하였다. 읍에 있는 8km나 떨어진 여고까지 걸어다니는 하굣길에는 늘 아버지께서 마중을 나가셨다. 인적이 드문 시골길인 데다가 마을에서 1km 정도 떨어진 새고개(억새풀이 많은 고개란 데서 유래한 지명)는 무서운 이야기가 전설처럼 얽혀 있는 고개이고, 인사人死 사고가 종종 있는 곳이어서 해질 무렵이면 장년의 남자들도 다니기를 꺼리기 때문에 아버지는 그 고개 너머까지 마중을 나가셨다.

　누나가 고2 때였다. 수학여행을 간 누나를 마중하기 위해 아버지는 나를 데리고 가셨다. 그날은 늦을 것을 예단하시고 동행자가 있어야겠다고 느끼신 모양이었다. 밤공기는 차고 해는 짧은 늦가을이었다. 학교까지 갔으나 그때까지도 여행차는 돌아오지 않았고, 학교 선생님들은 퇴근도 하지 않고 관광차를 기다리고 있었다. 그때는 수학여행에 관광버스가 아닌 일반 트럭

을 사용했다. 트럭 양쪽에 길다란 의자가 있고 중앙은 비어있는 군용 트럭이었다. 말이 수학여행이지 그냥 조금 멀리 떨어진 인근 군 서원 정도였다.

밤 9시경에야 차가 도착했는데 읍에 사는 학생은 다 귀가하고 면부 학생 6~7명이 발을 구르고 있었다. 학생들에게 여관방을 빌려주라는 교장 선생의 지시가 떨어지고 학생들은 집으로 보내달라며 여관엔 가지 않겠다고 야단이었다. 이때 아버지께서 교장에게, "지금 학부모는 다 나와 같은 심정일 것이다. 비록 학교까지 오지는 않았지만, 집에서 얼마나 애를 태우겠는가? 그리고 다 큰 여학생들을 여관으로 보내다니…. 지금 저 트럭 1대를 배정하여 면부 학생들을 모두 귀가시키라"고 요구했다.

당시에는 면부에 전화도 없고 자가용도 없는 1950년대였으니 아버지의 요구는 조금도 무리함이 없었다. 따지고 보면 2개 면이니 차를 사용하면 많은 시간이 소요되는 것도 아니었다. 결국, 교장은 아버지에게 사과하고 학생들을 모두 집까지 차를 태워 보냈다.

아버지께서는 우리 남매의 성적과 학교생활을 수시로 체크하는 유일한 학부모로 교사간에 널리 알려진 분이었다. 아버지는 아무리 어려워도 학비 내는 기한을 어긴 일이 없었다. 학비를 위해서는 소나 논밭을 파는 것도 주

30여 년 동안 알뜰하게 쓴 아버지의 가계부

저함이 없었다. 실제로 우리 5남매가 학교를 다 끝내자 당시 중농이었던 우리 집은 거의 영세농으로 전락했다.

어머니께서는 전형적인 현모양처의 가정주부였다. 전주이씨 희령군熙寧君의 19세 후손인 어머니는 1934년 아버지와 결혼하고, 이듬해부터 4년간 봉화 금정광산에 채광계 감독으로 일하시는 아버지와 신혼살림을 차렸다. 1939년 광산을 그만두고는 예천군 농회 기사보技士補라는 말단 공무원으로 전환하셨다. 1949년 지방주사 3급으로 예천 보문면사무소에서 일하시다 1954년 민선으로 당선된 면장이 못마땅하여 사표를 던지셨다.

그 후 농사일을 하셨는데 면내에서 유축농업과 멀칭재배를 최초로 도입하는 등 예천에서 독농가로 인정받아 1958년 농림부장관, 국회의장, 서울

신문사 사장으로부터 표창까지 받았다. 아버지는 보문면 농촌지도소 소장, 보문면 의용소방대장, 보문면 청년단 부단장 등을 역임하셨으나 모두 보수 없는 명예직이었다. 1960년 공직에 복직하여 보문면장 직무대리 등을 하셨고, 1970년 8월 정년퇴임하셨다.

퇴임하시던 해 3월 1일 나는 아버지가 늘 바라던 중학교 교사로 부임하였다. 아버지의 작은 소망이 이루어진 것이다. 아버지 퇴임 때문에 집안 분위기가 무거울 수 있었는데 맏아들인 내가 아버지가 염원하시던 교직에 취직이 되어 오히려 다른 날보다 더 유쾌하고 가볍게 지나갔다. 1981년 유도회 예천군지부 부지부장, 사단법인 대한노인회 보문면 분회장, 가락종친회 예천군 회장 등을 역임하시고 1995년 6월 25일 81세로 타계하셨다.

아버지는 "적은 돈을 아껴 쓰고 큰돈을 보람 있게 쓰라"는 가르침을 남기셨다. "헌 것을 잘 활용해야 새것이 유지된다"는 생활 철학도 몸으로 보여주셨다. 헌 옷이나 폐휴지 한 장 함부로 버리거나 마구 쓰는 법이 없었다. 일생동안 가계부를 알뜰히 정리하셨고, 문중이나 계모임 돈 관리에도 철저한 분이셨다.

돌아가시기 1년 전 일이다.

율은공 13세손 광하光夏 선조께서 영천으로 이사하여 후손들이 그곳에서 작은 문중을 이루었다. 십수 년 전 아버지는 영천을 방문한 자리에서 영천·화룡동 입향조入鄕祖가 된 선조의 묘소를 잘 관리할 것을 제안하시며 그 자리에서 바로 40여 만 원 되는 돈을 모았다. 그 돈으로 무엇을 하기는 부족하여 일정한 금액이 될 때까지 아버지가 관리키로 하였다.

세월이 흘러 그 당시 분들은 거의 다 돌아가셨으나 아버지는 그 돈을 꾸

준히 관리하면서 마을금고 등을 통하여 이자를 늘여 꽤 많이 불렸다. 어느 날 10여 년간 정리한 장부와 함께 이와 같은 일을 나에게 알려주시면서 "영천永川에 연락하여 종환鍾煥(영천신문 발행인)이를 불러오라"고 하셨다. 이틀 후 종환 족질이 왔다. 아버지가 전후 사실을 설명하시곤 "이 돈과 장부를 맡아서 우리가 못한 일을 네가 하라"고 말씀하셨다.

종환 씨는 깜짝 놀라면서 영천에서 이 일을 알고 있는 사람은 아무도 없다는 것이다. 그 뒤 종환 씨를 비롯한 몇 분들이 아버지 장례식에 오셔서 이 이야기를 꺼내며 찬사를 아끼지 않았고, 아버지의 뜻을 받들어 꼭 치산을 하겠다는 다짐도 했다. 아버지는 집안일은 물론 문중 대소사를 어김없이 잘 건사하여 집안에 한 마디 다툼도 일어나지 않았다. 아버지는 시계추처럼 정확하고 어김없는 분이셨다.

책으로 닦은 품성, 꽃으로 빚은 감성의 어머니

어머니는 내간체 서신의 뛰어난 문장력으로 원근에 널리 알려졌다. 한 번 붓을 들면 아무리 긴 글이라도 문장을 고치거나 다시 쓰는 법이 없었다. 지금은 거의 없어졌지만 그 당시만 해도 혼사 때면 사돈 양가의 안사돈끼리 편지를 교환하게 되는데 이 편지를 '사돈지'라 한다. 대개 신부댁 안사돈이 신랑댁 안사돈에게 편지를 보내면 신랑댁 안사돈이 답장 편지를 보낸다.

그때 온동리의 사돈지는 어머니 몫이었고, 심지어 이웃 동네에서까지 부탁이 들어오곤 했었다. 그런데 지금 A4용지 두 장 만한 사돈지(창호지)에 어머니는 고치거나 다시 쓰는 일 없이 딱 맞추어서 한 번에 끝내 버리셨다.

초등학교는 물론 어느 누구에게도 글을 배운 적이 없는 어머니의 필력은 참으로 대단하셨다. 어머니는 상스런 말이나 욕설 따위를 입에 담는 일도 없으셨다. 무더운 한여름 날이라도 방안에서조차 속옷 차림으로 앉아 있는 모습을 한 번도 본 적이 없었다.

어머니는 전주이씨다. 조선 태종 임금의 10번째 아들인 희령군熙寧君 타祇를 파조로 하는 희령군 후손이다. 외조부 순행淳行은 영남에서 알려진 한학자였다. 어머니의 필력은 아무래도 외할아버지의 영향을 받은 것 같다. 외할아버지는 영천에서 학당을 차리고 후학을 가르치던 중 44세로 타계하셨다.

어머니가 17세에 아버지와 결혼한 뒤 우리 집 사랑방에는 겨울이면 노인들이 입추의 여지 없이 모였다. 어머니 책 읽는 소리를 듣기 위해서이다. 어머니는 조선 후기 전문적이고 직업적으로 소설을 읽어주던 전기수傳奇叟들처럼 『조웅전』, 『유충렬전』, 『심청전』, 『춘향전』, 『장화홍련전』 등을 밤새껏 읽어주면 온 동리 안팎 노인들이 좁은 방에 입추의 여지 없이 들어앉아 숨을 죽이고 혀를 차며 경청하였다. 어머니는 늘 '첫째가 『조웅전』이요, 둘째가 『유충렬전』이다'라고 하시며, 고대 소설의 재미를 평가했다. 어머니는 읽지 않은 책이 거의 없었다.

긴 겨울밤 책 한 권을 읽기 시작하면 노인들이 책 내용에 따라 때로는 통분해 하고 때로는 통쾌해 하면서 넋을 잃은 듯이 책 속으로 빨려 들어가 밤을 새우곤 했다. 밤이 깊어가면 메밀묵이나 감주 등 밤참까지 먹어가면서 밤을 지샌 적이 많았다. 책 읽는 데는 도가 튼 것 같다. 초성이 유창한 데다가 한 구절 한 구절 띄어 읽기와 음률이 척척 맞고 더듬는 일은 결코 없었다. 안팎 노인들이 어머니 책 읽는 소리에 홀딱 반해서 누가 잡음이라도 넣으면 당장 내쫓을 분위기였다. 마을 어른들은 하나같이, "책도 재미있어야 하지만 읽기를 잘 읽어야 하는데 새댁이 그렇다"라면서 어머니를 칭찬하였다.

어머니는 꽃을 유별나게 사랑했다. 겨울에 언 땅이 풀리기 무섭게 집 주변에 꽃을 심으려고 빈터에 화단을 만들지만, 화단은 한 번도 결실을 보지 못했다. 아버지는 농사철이 끝나기 무섭게 매일 먼 산에까지 가서서 집채만한 땔감 나무를 해 오셔서 집 주변을 둘러싸기 시작하여 가을이 되면 곡식가래, 나뭇가래가 온 집을 둘러 이때 어머니가 가꾼 화단은 나뭇가래 밑에 다 들어가고 말았다. 그 나무는 겨우내 할머니의 온돌방을 뜨겁게 달구기 때문에 어머니는 항의도 못 하시고 그저 안타깝게 혀만 찼다.

어머니

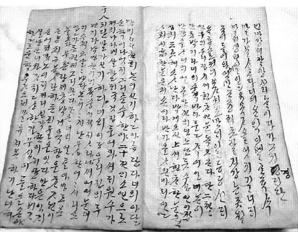
어머니의 내간체 서체이다.

나는 중고등학교 다닐 때까지 할머니와 한 방을 사용했다. 내가 등잔불 아래서 책을 읽고 있으면 할머니께서, "야야, 너는 책을 왜 가마이 읽노, 큰 소리로 읽어봐라. 나도 좀 들어보자" 하시면서 "책이야 니 에미만큼 읽는 이가 없지"라는 이야기를 여러 번 하셨다. 어머니는 문학적인 감수성과 이웃과 사람을 대하는 온화함과 아이들에 대한 자애로움은 타고난 분이었다.

우리 동네는 일가들로만 구성된 집성촌이었는데 마을 집집마다 담장이 없거나 있어도 대문을 걸어 잠그는 법이 없었다. 그러니 누구나 어느 집이라도 가고 싶으면 그냥 마음대로 드나들었다. 예고도 없이 그 집 앞에 가서 기침만 몇 번 하면 누가 왔는지 다 아는 그 집 주인이 문을 열고 들어오라고 하거나 반응이 없으면 그냥 문을 열고 들어가도 결례가 되지 않는다.

나는 거의 매일 저녁 식사 후 동리를 한 바퀴 도는 습성이 있었다. 150여 호의 집성촌이라 그냥 한 바퀴 도는 데도 1시간이 좋게 걸린다. 이 집 저

외조부 李淳行께서 영천훈장으로 계실 때 강릉康陵:明宗大王陵 참봉인 백씨 李淳學에게 보낸 친필 서신

집 들러 이야기를 나누다 보면 저녁 늦게 귀가하는 경우도 많았다. 그때마다 어머니께서 여름에는 마당에 모깃불을 피우고 멍석을 깐 마당에서 바느질하시거나 책을 보시면서 내가 올 때까지 기다리신다. 겨울에는 밤참까지 마련하여 나를 기다리셨다. 내가 귀가하기 전 먼저 주무시는 모습을 본 일이 없다.

내가 영어의 몸이 되었을 때 찬 마룻바닥에 담요 1장으로 견디는 아들을 생각하여 5년 동안 한 번도 이불을 덮고 주무신 일이 없었다고 한다. 어디 그뿐인가, 끼니마다 내 요(밥)를 반드시 이불 속에 묻어 놓았다고 한다. 어머니는 평소에도 내가 예고 없이 집에 들이닥쳐도 내 요가 없는 날이 없었다. 집 나간 대주(아버지)나 장남인 나의 요는 언제나 준비해 놓고 계셨다. 그렇게 하는 것은 집 나간 대주나 아들이 객지에서 밥 굶는 일이 없게 하려는 어머니의 간절한 정성이었다.

그런데 내가 모르는 사실을 내 막냇동생(김시열)이 알고 있었다. 내가 영어

막내아들 시열(중앙)이 대학 졸업식에 참석하신 어머니와 우리 삼형제

의 몸이 된 후 해마다 입춘이 되면 우리 집 대문에는 아버지께서 직접 쓰신 '입춘대길立春大吉, 건양다경建陽多慶'이란 글씨가 붙는다. 이때 안방 문설주에는 어머니가 한글로 쓴 '농애각시숙가절'이란 글씨가 붙었다고 한다. 그뿐 아니라 시골집 광창이 붐하게 밝아오면 어머니께서는 마을 동쪽 향나무 아래 샘물을 길어 마루 구석에 고이 모신 용단지 밑에 맑은 정화수 한 그릇 올리고 한참 동안 두 손을 모으는 일로 하루를 시작한다고 했다.

　농애각시는 냄새가 고약한 노린재와 손각시를 말하는 것 같다. 손각시는 처녀로 죽어서 귀신이 된 손말명의 방언이다. '냄새나는 벌레와 잡귀신은 천리 밖으로 썩 물러가라. 속거천리速去千里'라는 뜻이다. 입춘대길보다 또렷하게 평화를 갈망하는 봄맞이 글귀이다. 영어의 몸으로 모질게 버티는 못난 아들의 건강과 평안을 기원하는 어머니의 간절한 소망이다. 내가 그

율호정 | 입향조 율호(휘 김계원金繼元) 공을 추모하여 1700년(숙종 20) 미호리 내성천 건너편 소바위 위에 건립된 정자

짧지 않은 세월을 냉혹한 동토凍土에서 무사히 견딜 수 있었던 것에는 이와 같은 어머니의 정성이 숨어 있었던 것이다.

아버지, 어머니께서는 한 번도 내 사건의 진상을 묻거나 언급조차 하신 일이 없지만, 아버지는 1주일에 한 번씩 빠짐없이 편지를 보내어 내가 좌절하지 않도록 격려하시고 건강 챙기라고 독려하시었으니 '유성동천惟誠動天, 지성감신至誠感神'은 이를 두고 하는 말일 것이다. 이것이 고단한 시집살이를 이야기로 녹여내고 궁핍하고 어려운 세상살이를 글로 풀어나가는 어머니의 지혜요 참모습이었고, 굳센 의지로 어려움을 이겨낸 아버지의 삶이었다.

우리 집안에서 아버지는 명실상부한 절대적 가장이었다. 식사시간이 이를 극명하게 보여주고 있다. 마을에 있으면서 식사시간에 절대로 빠져서는

남하정 | 1385년 율은공이 은풍면 사동에 창건했으나 1400년 소실된 것을 1982년 후손들의 성금으로 보문면 미호리에 복원하였다.

안 되는 불문의 룰이 있었다. 또 아버지가 수저를 들기 전에는 누구도 수저를 먼저 드는 법이 없었다. 이는 할머니와 어머니가 솔선수범했기 때문에 우리들 중 누구도 이를 어길 수 없었다. 이와 같은 아버지, 어머니의 삶이 우리 5남매에게 훈도薰陶되어 그 어려움 가운데서도 가정을 지키고 왜곡되지 않는 삶을 이루게 되었다.

가부장제의 엄격한 유교 전통의 반촌班村 마을인 우리 동네에서 여성들의 활동은 무척 제한적이었다. 그런데 층층시하의 고달픈 시집살이의 스트레스를 마음껏 해소할 수 있는 연중 두 번의 페스티벌이 있다. 이날만은 나이와 항렬이란 위계질서가 없는 이른바 여성 해방의 날이었다.

이른 봄 3월 삼짇날 행하는 화전놀이와 정월 대보름 밤에 행하는 윷놀이

행사이다. 이 두 행사에 남성들은 끼워주지도 않았고, 남자들은 행사 장소에 얼씬도 하지 않았다.

봄에 행하는 화전놀이 행사는 시어머니들만 참석하는데 시집간 딸들은 참석할 수 있는 특권이 부여되었다. 율호정栗湖亭에서 행하는 화전놀이에는 대개 60세 넘은 노인들이 참석하는 행사로 시어머니를 모시는 며느리는 60이 넘어도 참석하지 않는 것이 전통이었다.

마을 남서쪽에 남하정南下亭이 있고 동리 정남향에 내성천이란 강 건너에 율호정이 있다. 남하정은 파조인 '율은' 선조가 예천으로 내려와 은거할 때 하리면 율곡리에 세운 정자인데 불타 없어진 것을 1982년 후손들의 성금으로 이곳 미호리에 중건했다.

율호정은 미호동 입향조인 율호헌 김계원金繼元의 호를 딴 정자다. 앞 냇물이 맑고 깨끗해서 봄여름 문중행사는 율효정을 이용하였다. 가을과 겨울에 행하는 문중 큰일들은 거의 남하정에서 치른다. 화전놀이 이외에 마을 큰 잔치는 정월 대보름 윷놀이다. 낮에는 주로 마을 어른들과 문객(문중사위)들이 함께 모여 마당윷을 놀며 서로간의 우의를 다지고 흥을 돋우는데 이 행사는 추원재에서 한다. 윷놀이는 초저녁까지로 끝난다.

저녁 식사를 다 마친 8시 이후는 남자들과 여자들이 따로 논다. 여자들 윷놀이는 화전놀이에 못 낀 중년 이하의 며늘네들이 주축을 이루는데 대개 춤과 노래로 밤을 지새우기도 한다.

나는 어릴 때 다른 또래들과 이런 놀이를 아주 흥미 있게 구경했는데 어머니가 노래하는 모습을 한 번도 보지 못했다. 어머니는 노래 대신 고대 소설 중 흥미 있는 부분을 외우는 것으로 때웠다.

어머니는 9남매를 낳았다. 아들 여섯, 딸 셋이었는데 아들 셋, 딸 둘만 건졌다. 아버지께서는 피난길 노변에서 난 아이가 제일 잘 생겼다고, 그때 죽은 그 아이를 늘 안타까워하셨다. 어머니는 74세에 중풍으로 반신마비가 되어 5년 간 고생하셨고, 나중에는 치매까지 겹쳤는데 어머니 병간호는 거의 아내가 도맡았다. 중풍환자는 병 수발하는 자식이나 며느리 흉을 보거나 욕설을 퍼붓기 일쑤인데 어머니는 전혀 그런 일이 없으셨다.

다만 막내아들이 경찰에 잡혀갔다고 근심스런 얼굴로 엉뚱한 말씀을 곧잘 하셨다. 내가 퇴근하여 방에 들어서면 "시열(막내아들)이는 경찰서에 붙들려가서 아직 안 나왔다"고 하시면서 근심스런 얼굴로 나를 바라보셨다. 내 감옥살이에 한이 맺힌 모양이었다. 하긴 내가 옥살이하는 동안 한 번도 이불 덮고 자는 일이 없었다고 하니 그 마음고생이 옥살이하는 나보다 훨씬 심했던 것을 짐작할 수 있다. 병중에서도 늘 옥중의 자식 걱정뿐이었다.

어머니가 병원에 입원해 계실 때는 같은 병실 환자들한테 참 좋은 인상을 주었다. 어머니가 밝은 표정과 유머 섞은 이야기로 병실 안 분위기를 늘 화기애애하게 만들었기 때문이다. 병세에 차도가 없어 퇴원하게 되었는데 그때 병실 환자들이 모두 서운해 했다.

어머니의 고운 마음과 사람을 대하는 정성은 특정인에 대한 편벽됨이 없는 보편적이었다. 한 마디로 어머니는 휴머니스트인 셈이다. 6.25전쟁 직후 그 전쟁 후유증으로 시골 마을인 우리 동네 골목길에도 거지들이 줄을 이었다. 그중 우리 집에는 단골 거지도 있었다. 누더기 옷차림에 헝클어진 머리 세수라고는 한 번도 안 한 듯한 몰골의 중년 여인이었다. 어머니는 그 거지가 올 때마다 조그마한 헌상에 음식을 차려주니 이 거지는 우리 아침 식사 시간이 끝날 무렵이면 거의 매일같이 거르지 않고 왔다. 나는 어릴 때 비위가 몹시 약하여 밥 먹을 때 쥐 한 마리만 지나가도 밥숟갈을 놓을 정도로 식성이 까다로웠으니 그 거지가 오면 눈을 돌리고 숟갈을 놓고 어머니를 못마땅하게 생각하기도 했다. 그때마다 어머니는 음식 앞에 귀천이 없다면서 나를 타이르고 달랬다.

어머니가 돌아가시자 풍수가 평소 아무도 눈여겨보지 않던 밭 언덕에 묘터를 잡고 보니 모두가 명당이라면서 이곳이 이런 묘터가 될 줄 몰랐다고 입을 모았다. 풍수지리에 깊은 관심을 가진 내 고종(윤석한)이 묘터도 임자가 따로 있다면서 평소 외숙모의 고운 마음씨가 이런 훌륭한 묘터를 차지할 수 있게 한 것이라고 했다.

어머니는 아버지보다 10일 먼저 돌아가시어 그곳에 쌍분으로 모셨으니 어머니가 아버지의 유택까지 안내한 것이다. 이를 보고 주변 지인들이 모두 하늘이 내린 연분이라고 했다. 병들었을 때 모습이 이러했으니 평소 어머니 인품을 미루어 짐작할 수 있지 않겠는가. 우리 동리에서는 노소를 불문하고 "구렬댁(어머니 댁호) 만한 양반은 없다"고 입을 모았다.

맏사위(반남인 박원수)는 어머니의 소상때 다음과 같은 제문을 남겨 고인의 부덕을 추모했다.

제 문
오늘 만물이 줄기찬 성장을 멈추지 않고 힘차게 약동하는 한여름날, 장모님께서 이 풍진 세상을 떠나신 지 1주기를 맞이하여 불초 맏사위 박서방

원수가 한잔 술을 올리옵고 엎드려 절하면서 장모님 생전의 인자한 모습과 숨은 공덕을 기리면서 몇줄의 추도사를 지어 바치오니 혼령이 계시거든 굽어살피사 간절한 사위의 애틋한 심정을 받아주소서!

장모님께서는 일찍이 전주이씨 가문에서 부덕을 닦으시고 김해 김문으로 출가하신 후 평소의 온화한 성품과 자애로운 어머니 상으로 이웃의 모범과 모든 이들에게 선망의 대상이셨습니다. 어려운 농촌살림을 맡아 내핍으로 가계를 이끌면서 한편으로는 지방공직자의 아내로서 생전의 장인어른을 정성껏 내조하시고, 3남2녀의 자식들을 낳아 기르시면서 사랑으로 훈육하여 무사히 학업을 마칠 수 있게 하고, 모두가 성혼하여 행복한 가정을 꾸린 가운데 처남들은 각자의 직장에서 훌륭한 사회인으로 일할 수 있도록 한 집안의 어머니로서 온갖 노력을 다하셨습니다.

여성의 몸이지만 일찍이 선대로부터 배운 학문과 뛰어난 필력은 이웃 친지들의 사돈지를 대필해 줄 수 있도록 소문이 자자하였으며, 손이 닳도록 잠시도 일손을 놓지 않으시면서도 항상 손에는 일거리가 아니면 옛날 서책이 들려 있었습니다.

만년에는 연로하여 시력약화로 안경을 쓰기까지 하시면서 오로지 가사일과 배움 밖에 모르셨던 그 지성이 어찌 하루 아침에 이루어질 수 있는 일이었겠습니까! 장모님께서는 한 집안의 내조자로서 맡은 바 소임을 다하시고 이웃에게도 본보기가 되신 삶을 사셨습니다. 그 삶 속에는 기뻤던 일보다는 고통스런 일이 더 많았으며, 오직 끈질긴 인종의 세월만이 이를 알고 있을 것입니다.

… (이하 생략) …

여성스런 할머니, 남성스런 증조할머니

할머니는 경주김씨로 고생을 많이 하신 분이다. 할아버지는 공부 밖에는 아무것도 모르다가 젊어서 일찍 돌아가셨다. 할아버지가 남긴 유산은 직접 쓰셨다는 '만성부萬姓簿'라는 책 한 권뿐. 나는 집안 식구 누구에게도 할아버지 이야기를 들은 적이 없었다. 동리 사람들도 우리 할아버지에 대한 말은 없었다. 어릴 때 외가에서 어떤 분이 지나가는 말로 "김실이(어머니)가 시아버지 때문에 혼인할 때 말이 많았는데 지금은 3형제 중에 제일 낫네. 제 외할아버지를 닮아 아이들도 재주가 있고 김 서방(아버지)이 셋 동서 중에 제일 낫구먼!" 이라는 이야기를 얼핏 들었다.

어린 나이였지만 할아버지가 늘 궁금했었다. 우연히 집에서 아주 옛날 이른바 언문으로 된 성경책을 본 적이 있다. 당시만 해도 우리 마을은 유교적인 주자가례뿐이었고, 온통 한문을 읽는 이들뿐이었다. 안어른들도 종교라면 불교밖에 몰랐으니 예수교는 발 붙일 곳이 전혀 없었다.

"엄마, 이 성경책 어디서 났어? 우리 집에 예수 믿는 사람이 있었어?"

"니 증조할머니(영천이씨)가 할아버지 병 고치려고 예천을 비롯하여 단양, 영주까지 좋은 약국이란 약국은 다 찾아다니시고 교회까지 나가셨다."

"할아버지가 왜?"

"너 할아버지는 공부에 한이 되고 공부밖에 모르셨다."

그러시곤 뒷말을 잇지 않았다.

어린 나이였지만 우리 할배는 글 읽는 것 빼고는 숙맥처럼 아무것도 할 줄 아는 것이 없구나, 하고 짐작만 했다. 지금 생각하면 이른바 간서치看書癡에 가까운 어른인 것으로 짐작된다.

할머니는 내가 중학교 교사발령 받고 결혼했던 다음해인 1971년 76세로 돌아가셨다. 1970년 서울에서 예식을 끝내고 신혼여행을 마친 후 할머니를 위해 폐백례는 고향에서 크게 올렸다. 할머니는 대추, 밤이 든 함을 이고 두둥실 춤을 추며 손부를 각별히 사랑하셨다.

손자 시열이를 안고 계신 할머니

이듬해 4월 증손녀를 안아보시고 그해 11월에 지병인 천식으로 타계하셨다. 젊을 때부터 세상 물정을 전혀 모르는 남편과 억센 시어머니(증조모) 아래에서 숨죽여 가며 사시다가 45세에 두 살 아래인 남편을 여의셨다.

성실한 외동아들(아버지)의 출중한 능력과 조용하고 자기를 내세우지 않는 며느리의 봉양으로 노후에는 즐거운 생을 누리셨다. 당시 즐거움이라고 해야 마음 편하게 길쌈하고 농사일에 전념할 수 있는 것 외에는 달리 즐길 만한 일이 없었다.

내가 철들고부터 할머니에 대한 기억은 늘 밭일하시는 모습이었다. 여름철 푹푹 찌는 더운 날도 쉬지 않고 밭에서 일만 하셨다. 아버지, 어머니가 아무리 말려도 막무가내였다. 겨울에도 쉬지 않고 일하셨다. 목화에서 솜을 발라내는 작업이었다. 가을까지 피지 않는 목화 열매를 다래라고 하는

필자의 결혼식 때 폐백상의 과일그릇을 이고 춤을 추며 좋아하시는 할머니

데, 이 다래가 달린 목화를 뽑아서 양지 바른 산비탈에 널어놓으면 열매가 말라서 껍질이 벌어진다. 그 벌어진 열매에서 솜을 발라내는 작업이다. 그 일이 끝나면 씨앗을 발라내고 솜을 만들었다. 바로 이불솜이다.

그 당시는 시집갈 때 이불을 몇 채 지참하는가를 가지고 혼수가 적고 많음을 평가할 때였다. 할머니가 다래에서 따낸 이불솜으로 누나가 시집갈 때 그 동네에서 혼수 이불을 아주 많이 해온 며느리 가운데 한 사람으로 꼽혔단다.

할머니는 자식들 손주들과 온화하게 지내며 농사일을 타고난 복으로 여기며 즐겁게 일하다 떠나셨다.

35세에 청상이 된 영천이씨 증조모는 여장부였다고 한다. 농사에도 남자 이상이었다고 한다. 소가 몹시 귀한 때여서 소 한 마리가 논 한 마지기(200평) 값이었다고 한다. 어느 날 밭갈이를 위하여 10리쯤 떨어진 웃노티기(승본)란 마을에서 소를 빌려 왔다. 밭갈이를 끝낸 후 그 소는 그날로 반드시 주인에게 돌려주어야 한다. 다음 날 아침부터 그 소는 또 다른 집 밭을 갈아야 하기 때문이다. 그러나 이미 캄캄한 밤이었기 때문에 누구도 가려고 하지 않았다.

그 소가 승본까지 가려면 무서운 전설이 주저리주저리 열린 새고개(초현

草峴)와 남산고개를 넘어갈 수밖에 없는데 새고개는 인적이 드물고 무서운 곳이어서 해만 떨어지면 사람들 내왕이 뜸했다. 남산고개는 새고개보다 더욱 으스스해서 해가 지면 인기척조차 끊기는 곳이었다. 우리 마을에는 새고개에 얽힌 무서운 이야기가 많았고 승본에서는 남산고개에서 죽은 원혼, 도깨비에게 홀렸다는 말이 떠돌아 사람들이 해가 떨어지면 잘 가려고 하지 않았다.

그러나 이 무섭고 험한 곳을 지나 소를 주인에게 돌려주는 일이 증조모의 몫이었다. 새고개를 지날 때만 해도 어둠이 많이 내리지 않았으나 남산고개에 들어서자 캄캄한 밤이 되어 소가 더 이상 가지 않으려고 뒷걸음을 쳤다고 한다. 증조모가 불경 한 구절을 외며 큰 소리로 "어서 가자!"라고 소리치며 소 엉덩이를 힘껏 치니 그제야 소가 앞으로 나아갔단다.

증조모는 소를 돌려주고 그 무서운 밤길을 되짚어 혼자 넘어왔다고 한다. 우리 마을에서는 전설처럼 전해 오는 이야기다. 참으로 남자를 능가하는 담력을 가진 어른이다. 아버지와 고모들도 한결같이 의지가 굳고 고집이 세어 지방 사투리로 매우 '어구시다'고 소문났다. 동리 사람들이 모창노인(증조모)을 닮아서 그렇다고들 했다.

한 마을에 함께 산 외할머니

초등학교에 입학하고 가장 또렷하게 기억하는 건 거의 저녁마다 외할머니 곁에 가서 잠자던 일이다. 집에서 약 300m 떨어진 외할머니댁은 마을에서는 산언덕 꼭대기 집이었다. 아버지 어머니가 동리 가운데 조금 큰 집으로 이사하자 빈집으로 남은 이 집에 외할머니가 거처하게 되었다.

앞서 언급한 외할아버지 순행淳行은 3자매만을 두고 외할머니와 일찍이 사별하였다. 아들이 없었기 때문에 세 자매가 출가한 후에는 맏딸인 어머니가 외할머니를 모셨다. 아버지 역시 할아버지가 일찍 돌아가신 홀어머니와 지내던 차에, 외할머니마저 혼자 되자 따로 모시려고 이 집을 비워 드렸다.

방 한 칸은 외할머니가 사용하고 또 한 칸은 우리 일가 어른 노부부가 살도록 하였다. 외할머니 혼자 외롭고 적적하지 않도록 아버지가 배려하신 거였다. 물론 집세 같은 것은 없었다. 거기에 그치지 않고 어머니는 혼자 주무시는 외할머니를 위해 누나와 나를 번갈아 외할머니댁에 보냈다. 어린 나는 어머니 곁에 자고 싶은 눈길을 보냈지만 그럴 때마다 어머니의 눈흘김만 돌아왔다.

할머니가 돌아가시기 3년 전에 외할머니가 75세로 먼저 돌아가셨다. 외할머니는 건강하고 나들이를 많이 하시는 편이었다. 세 딸네 집을 자주 찾고 내간체 소설도 보시면서 비교적 유유자적하셨다.

1968년 정월 외할머니는 오랫동안 소식이 막혔던 어머니의 이모집에 가셔서 아침 잘 드시고 소설책을 보다가 그대로 별세하셨다고 한다. 어머니는 그때 머리를 풀고 몹시 슬퍼하셨다. 장례식에 다녀오신 뒤로도 곡기를 끊고 오랫동안 슬픔에 잠겨 누구도 말을 붙이지 못할 정도였다.

나는 동생 3명을 뇌염으로 먼저 보냈다. 모두 한창 재롱을 피울 어린 나이였다. 그때마다 어머니는 2~3일 동안 숟가락을 들지 않은 채 슬퍼하셨는데 외할머니가 돌아가셨을 때는 이와는 견줄 수도 없었다.

천하에 의지할 곳 없이 홀로 된 친정어머니와 시어머니를 함께 모시게 된 어머니의 갈등과 어려움을 어찌 상상이나 할 수 있겠는가? 더구나 하루에도 몇 번이나 생사를 넘나들던 6.25 피난길까지 함께했던 외할머니의 갑작스러운 타계는 어머니로서는 하늘이 무너지는 큰 슬픔이었으리라. 이때 나는 며칠 동안이나 어머니께 말조차도 걸 수 없었다.

2. 6.25와 피난길 3개월

1950년 7월
절체절명 이별의 순간들
8살 소년의 피난길 스케치
억척 같은 고모

1950년 7월

그날도 나는 외할머니 곁에서 자고 있었다.

아침에 일어나자마자 외할머니와 함께 우리 집으로 내려왔다. 아버지는 이웃 마을로 잠깐 피난 가야 한다면서 이불과 식량을 양어깨에 둘러멜 수 있게 등짐을 만들었다. 어머니는 머리에 이고 다닐 수 있도록 봇짐을 챙기셨다. 아버지 어머니 누나와 나 넷이서 집을 나섰다.

할머니와 외할머니만을 남기고 피난을 떠났다.

누나와 나는 아버지, 어머니와 함께 집을 나서는 것이 소풍 가는 기분이라 약간 들뜨기까지 하였다. 우리가 떠나고 얼마 되지 않아 인민군들이 들이닥쳤다고 한다. 지서에 근무하는 순경 중 한 사람은 인민군에게 총을 맞아 죽고 빠르기로 유명한 최 순경은 달아났다. 지서가 인민군 손에 넘어가 온 마을이 인민군 치하로 변했다.

잠깐 다녀온다고 집을 나선 우리는 남으로 남으로 밀려서 경북 청도까지 피난길을 헤매다가 그해 10월 말경에야 돌아왔다.

집 나설 때 모심기가 막 끝난 뒤였는데 벼가 누렇게 익어 손 빠른 농가에서는 수확이 끝날 무렵에야 돌아온 것이다. 갈 때는 네 식구가 갔는데 돌아올 때는 외할머니까지 다섯 식구로 불어났다.

피난길에 무슨 일이 있었던 걸까.

절체절명 이별의 순간들

우리를 떠나보내고 고향에 남았던 할머니, 외할머니는 애간장이 얼마나 탔겠는가. 성질 급하신 외할머니는 딸과 사위, 외손자, 외손녀를 찾아 집을 떠나겠다고 바람처럼 나섰다.

우리가 집을 떠난 지 10일 뒤의 일이다. 할머니는 외할머니가 막상 떠나려 하니 크게 말린 모양이지만 외할머니는 간곡한 만류를 뿌리치고 무작정 집을 나섰다. 무모하기로 따지자면 이보다 더한 일이 없었겠지만, 오직 죽어도 같이 죽고 살아도 같이 살아야겠다는 마음뿐이셨으리라.

외할머니는 집을 나서 인민군과 앞서거니 뒤서거니 거의 섞여서 내려왔는데 강을 건널 때는 도움까지 받았다고 한다.

인민군들은 "해방군이 왔는데 피난은 왜 가서 노인을 이렇게 고생시키느냐?"면서 "고생하지 말고 고향으로 돌아가라"고 권유하더라는 것이다.

외할머니는 17~8세로 보이는 인민군들이 매우 상냥하더라는 이야기를 지나가는 말로 가끔 하시었다. 당시 그런 말을 하면 경을 치던 시절이었는데 외할머니로서는 많은 감동을 받은 모양이었다.

수많은 사람들 무리 속에서 외할머니와 우리가 만난 건 기적이다. 지금 생각해 보면 전쟁통에 이런 행운을 만났다는 건 우리 집안 어른들이 쌓아 놓은 '적선지가積善之家의 필유여경必有餘慶'으로 생각된다.

어딘지는 잘 모르지만 8월쯤으로 기억된다. 그날 저녁 우리 네 식구가 어느 길가 집 마당에서 저녁을 먹고 있었다. 외할머니는 피난민들 모여 있는 곳은 빠뜨리지 않고 훑고 계셨다.

거의 허탕을 치고 몸을 돌리려는데 나와 누나 목소리가 들렸단다. 우리는 고향마을에 할머니와 같이 계셔야 할 외할머니 얼굴을 보고 놀라움 반 반가움 반으로 거의 쓰러질 지경이었다. 천우신조란 이를 두고 하는 말일 것이다.

아버지와 어머니의 반가운 마음이야 누구보다 컸을 테지만, 외할머니의 무모함에 크게 역정을 내시었다. 하늘이 도왔기에 망정이지 자칫하면 이산가족이 되지 않았겠나. 하루에도 수많은 사람이 고개 한 번 돌리는 짬에 아이를 놓치고, 손 한 번 놓으면 아버지를 잃고, 눈 깜빡할 사이에 어머니가 사라지는 전쟁터 피난길이었다.

아슬아슬한 이별의 순간은 또 한 번 있었다. 물이 꽤 많은 강 언덕이었다. 그 강가에 기다란 사과밭이 있었다. 많은 피난민들이 사과를 한 보따리씩 따가지고 나왔다. 어머니도 어린 우리들에게 먹일 욕심으로 뒤늦게 사과를 따러 가셨다.

그러나 가까운 곳의 사과는 이미 다 따가고 없었기에 어머니는 사래 긴 밭 끝까지 들어가셨다. 강 언덕에 앉아서 아무리 기다려도 어머니는 오시지 않았다. 인민군들 총소리는 점점 가까워지는데 어머니 모습은 보이지 않았다. 아버지는 사과밭에 대고 누나 이름을 수십 번이나 불렀다. 목이 터질 듯이 소리를 지르다가 결국 포기하고 말았다.

"이제 너 어매는 잃었다. 그만 가자."

우리 남매는 울며불며 떨어지지 않는 발길을 옮기려는데 어머니가 헐레

벌떡 오시었다.

"저 밭 끝에 사과가 억수로 많이 달린 나무가 있는데 총소리 때문에 안 돌아왔나."

어머니는 우리 걱정은 뒤로 한 채 따지 못한 사과를 아쉬워했다.

"사람이 매란스러워도 분수가 있어야지!"

아버지가 크게 나무라시며 몇 마디 더 역정을 내셨지만 속으로야 얼마나 기뻤을까. 아찔한 순간이었다. 외할머니와 어머니를 그때 잃어버렸더라면 어떻게 됐을까?

사과밭에서 어머니를 잃어버릴 뻔한 일은 외할머니를 만나기 바로 전에 일어났던 일이다. 이렇게 피난길이 늦어져서 어쩌면 외할머니도 기적적으로 만날 수 있게 되었는지도 모른다.

전장에서 이별은 총탄과 포탄이 아닌 원인 모를 병으로도 다가왔다. 질병으로 하루에도 수십 명씩 죽어 나갔다. 누나도 피난길에 괴질에 걸려 아버지 등짐 위에 늘 업혀 다녔다. 무슨 병인지 배가 아버지 등과 조금만 떨어져도 죽는다고 울어댔다.

전쟁중에는 멀쩡한 아이들도 버리고 가는 판이었다. 어떤 피난민은 대놓고 "다 죽어 가는 계집아이를 무엇 때문에 그렇게 업고 가요?"하며 빈정거렸다. 이러는 사람들이 한둘이 아니었다. 나도 아버지 등짐에 편안하게 업혀 가는 누나가 볼수록 얄미웠다. 작은 막대기를 꺾어 누나 엉덩이를 툭툭 때리며 심술을 부리곤 했다.

하지만 아버지는 끝까지 누나를 포기하지 않았다. 미군 부대까지 찾아가셨다. 영어 한 마디 못하는 아버지는 손짓, 발짓으로 미군 야전병원까지 누나를 업고 가서 주사를 맞히고 약을 얻어 먹여서 살렸다. 아버지는 20일 이상이나 누나를 업고 피난을 다니셨다.

이때 아버지는 현직 공무원이어서 육군 참모총장이 발급하는 군 면제증명서를 가지고 완장까지 차고 다니셔서 미군 이동병원에도 갈 수 있었고, 군대나 보국대에도 징발되지 않았다.

그것만으로도 우리 가정으로서는 큰 행운이었다. 피난길에 많은 사람이 군대에 끌려가거나 보국대에 징발되어 가족이 풍비박산나는 일이 숱하게 많았다.

인간들이 겪는 생로병사는 전쟁터도 피해 가지 않았다.

외할머니와의 만남, 엄마와 자칫하면 헤어질 뻔했던 일, 누나를 살려내지 못하고 돌아설 수도 있었던 일들을 우리 식구들은 용케도 피해 갔다. 그러나 하늘이 하는 일은 아버지, 어머니의 정성으로 어찌하지 못했다. 만삭의 어머니가 피난길에서 해산하였다.

비가 내리던 날 어머니는 사내아이를 낳았는데 낳자마자 죽었다. 다행히 어머니는 무사했지만, 산후병을 얻어 돌아가실 때까지 이 산후병을 안고 사셨다. 우리는 피난길에서 첫 이별을 맛봤다. 길에서 태어난 동생을 길에서 떠나보내고 말았다.

8살 소년의 피난길 스케치

피난길에서 외할머니를 만난 뒤부터 나는 길가에 버려진 담배꽁초를 주워 모았다. 이 꽁초를 뜯어 종이로 다시 말아서 궐련을 만들어 외할머니한테 드렸다. 내가 만든 궐련을 맛있게 피우는 외할머니를 보면서 어린 마음에도 보람과 즐거움을 느꼈다.

나는 아버지, 어머니와 함께 걷는 피난길이 지겹거나 싫지 않고 그저 즐겁기만 했다. 그때가 여름이라 큰 감나무 밑에 보릿짚을 깔고 자는 때가 여러 번 있었는데 그것이 그렇게 즐거울 수가 없었다.

또 하나의 즐거움은 미군 트럭이었다. 미군 트럭과 마주칠 때가 가끔 있었는데 트럭이 서는 곳이면 으레 피난민 아이들이 모여들었다. 운전석에 앉아 있는 미군 병사가 던져 주는 건빵이나 껌과 과자 부스러기를 얻어먹기 위해서 아이들이 운전석까지 기어올라 "오케이! 오케이!" 하며 손을 벌렸다. 나는 겁 많은 촌놈이라 길에서 닳아빠진 아이들과는 어울리지 못하고 멀찌감치 서서 바라만 보고 있었다.

어느 날 운전석에 앉아 있던 미군이 손을 벌리고 운전석으로 몰려오는 아이들은 못 본 체하고 멀리 있는 나에게 건빵과 껌 등이 든 과자봉지를 던져 주고는 씽끗 웃었다. 나는 얼른 봉지를 집어 들곤 도망치듯 아버지한테 가서 미군이 던져주었다고 자랑하면서 빵과 과자를 내놓았다.

아버지는 내가 권해 드려도 잡수시지 않고 앞으로는 미군 트럭에 가지 말라고 하셨다. 외할머니는 장하다는 뜻인지 내 머리를 쓰다듬어 주셨다. 그 이튿날도 그곳에서 서성거렸으나 아버지 부름을 받고 다시 피난길을 재촉했다.

우리가 피난 간 마지막 행선지는 청도였다. 방 한 칸을 얻어 제법 오랫동안 머문 기억이 난다. 청도 어딘지는 잘 모르나 집 앞에 개천이 있어서 가재며 물고기를 잡으러 다니던 일도 생각난다.

우리가 있던 집 주인은 60이 넘은 노인이었는데 새벽같이 일어나서 마당을 서성이며 온 집안이 시끄러울 정도로 떠들었다. 아버지와 대화가 잦은 편이었는데 주로 전황에 관한 이야기들이었던 것 같다. 경상도 사투리로 소리 높여 이야기하면 어떤 때는 서로 싸우는 것 같았다.

고향으로 돌아가게 되었을 때 그 노인은 기뻐하면서도 아버지와 작별을 못내 아쉬워했다. 청도에 머문 때는 몹시 더울 때였으니 아마 8~9월이었지 싶다. 청도에서 경북 예천까지 걸어오는데 전황에 따라 한 곳에 며칠씩 머물기도 했다. 대개 농가 헛간이나 감나무 밑에 보릿짚을 깔고 잤으니 소나 돼지와 다름없었다.

그러나 나는 보릿짚 위에 뒹구는 잠자리가 참 즐거웠다. 아버지는 언변이 좋으신 데다 수단이 있고 외모가 남에게 믿음을 주어 피난길에서도 냉대를 받은 기억은 거의 없었다. 가는 곳마다 피난민들이 아버지를 많이 따랐고 농가에서도 선뜻 잠자리를 제공해 주곤 했다.

청도를 떠나 달포나 걸려서 집에 이르니 10월 말쯤이 되었다. 떠날 때 심은 벼가 황금 물결을 이루었고 여기저기 추수를 한 곳도 있었다. 그 해는 대풍년이었다. 미울에 홀로 남아있던 할머니는 피난 갔던 이웃들은 9월이 되자 다 돌아왔는데 10월이 다 가도록 당신의 피붙이들만 소식 한 자 듣지 못한 채, 온갖 억측과 소문이 대문을 기웃거렸으니 애끓는 속이 오죽하셨을까.

일본에서 유학까지 하고 교편생활을 하던 내 4종숙께서는 "형님은 피난가지 않았으면 위원장이라도 한 자리했을 텐데 뭐 하러 피난은 가서 아지매(할머니)까지 이 고생을 시키는지 모르겠네"라며 할머니에게 푸념을 늘어놓았다고 했다. 그 아저씨는 6.25 때 피난을 가지 않아서 좋은 학벌에 뛰어난 실력을 지니고도 진급이 안 되어 늘 평교사로 있다가 오랜 세월이 지난 뒤에야 장학사도 하고 교장도 하였다.

이웃 사람들도 괜히 피난을 갔다고 푸념을 늘어놓고는 불길한 이야기를 자꾸 하니 혼자 계신 할머니 심정은 어떠했을까. 그때 아버지가 피난가시지 않았더라면 우리도 이산가족이 되었을지 모를 일이다. 6.25 때 마을에서 월북한 청장년들은 40여 명이나 되었다. 거의 한 집 건너 젊은 과부와 병약하고 웃음 잃은 노인들이 있었는데, 인민군들이 후퇴할 때 남편이나 아들이 월북한 집안이었다.

피난길에서 돌아올 때도 아버지는 자나깨나 혼자 계신 할머니 걱정뿐이었다. 홀로 계신 할머니를 배려하여 고모 시아버지가 고모를 친정으로 보냈다는 사실은 돌아와서야 알았다. 고모가 할머니와 함께 있을 줄이야 꿈에도 몰랐다. 아버지는 고향이 가까워지면서 마을에 대한 소식도 조금씩 듣게 되었다.

예천 보문은 폭격도 없었고, 전쟁 피해가 별로 심하지 않다는 말에 발걸음이 몹시 가벼워지셨다. 집을 지키는 할머니도 무사하고, 이산가족이 될 뻔했던 외할머니와 어머니도 옆에 있고, 누나도 혼자 걸어서 돌아오게 되었으니 발걸음은 가볍다 못해 훨훨 날아올랐을 정도였다.

보문에 들어서니 아는 사람도 많이 만나고 동리 입구인 새고개를 넘으니 여기저기 벌써 가을걷이가 끝난 들녘이 반겨준다. 우리 논만 누렇게 익은 벼가 주인을 기다리듯 고개를 수그리고 넘실거린다. 빨라진 발걸음은 어느새 새고개를 넘어 내가 다니는 미산초등학교까지 이르렀다.

우리 집 밭은 학교 앞에서 한눈에 다 볼 수 있는 위치였다. 마침 할머니와 고모가 밭에서 일하고 있는 게 아닌가. 큰 소리로 할머니를 부르는 아버지 고함소리에 일손을 멈춘 할머니와 고모가 단숨에 달려왔다. 그리고는 소리 내어 얼싸안고 울었다.

반갑게 만나 왜 우는지 내 혼자만 어리둥절하였다. 집에 도착하니 소문을 들은 동리 사람들이 몰려들었다. 할머니와 이웃집 노인들은 연신 눈물을 흘렸다. 남북 이산가족 상봉 같았다.

나는 방구석으로 할머니를 끌어당겨 얼른 고추를 내보였다. 온 방 안이 웃음바다가 되고 할머니가 "우리 손자, 우리 손자" 하면서 몹시 기뻐하셨다.

나는 3대 독자였다. 기억은 희미하지만 3대 독자로서 고추 때문에 무척 사랑을 받았던 터라 할머니를 기쁘게 해 드리려고 얼른 고추를 내보인 것이다. 어린 나이였지만 난리가 끝나고 평화가 찾아왔음을 몸으로 느낄 수 있었다.

억척 같은 고모

할머니의 막내딸로 약 16km 정도 떨어진 개포 금동 함양박씨 집성촌에 출가한 고모가 있었다. 고모는 17세에 시집가서 딸이 태어나던 1943년 부군이 만주 어느 곳에서 타계하여 22세에 청상과부가 되었다. 시어머니도 없는 홀시아버지를 모시고, 또 고모보다 더 젊은 과부인 아랫동서와 어린 조카를 데리고 살았는데 증조모를 닮았는지 성격은 억세지만 경우 바르고 재담을 잘 하셨다.

시어른 모시고 집안을 다스림이 매우 떨떨하여 그 마을에서는 누구나 인정하는 여걸이었다. 6.25 때 고모의 시어른은 당신도 적적하지만 둘째 며느리와 손자가 있으니, 고모 모녀는 우리 집으로 보냈다. 온 집안이 피난을 떠나고 텅 빈 집을 혼자 지키는 사부인을 배려하신 조치였다.

고모 딸인 고종 누나는 나보다 한 살 위였는데 쾌활하고 영리했다. 그 모녀가 와서 혼자 집 지키는 할머니를 위로하며 같이 지냈다. 고모 시아버지는 한학을 하신 어른으로 풍수지리에도 밝았다. 샘이나 우물을 팔 때 그 어른이 일러주는 곳을 파면 반드시 물이 났다고 모두들 신기하게 생각했다.

어릴 때 나는 1년에 한 번씩 여름방학 때면 꼭 고모가 방문했는데 나에게 각별한 관심을 가지셨다. 고모 집에 가면 나는 고모 곁에서 자는 것이 아니라 사장어른이 거처하는 사랑에서 자야만 했다. 사장어른이 그렇게 명하셨다.

필자가 비문을 지은 고모 묘비

"남자는 사랑채에서 자야 하느니."

사장어른은 80이 넘도록 사셨는데 당시로서는 대단히 장수하신 것이다. 내가 중학교 교사로 부임하여 첫 월급을 타 고모한테 작은 선물과 함께 이 어른에게 따로 내복 한 벌 값을 보내드린 일이 있다. 칭찬이 온 마을에 경사가 난 듯했고 그 소문이 우리 마을은 물론 서울까지 퍼져 올라왔다.

고모는 내가 감옥살이할 때 수시로 친정 집을 드나들며 어머니와 동생들한테는 특유의 억척과 강단을 보여주며 기죽지 말 것을 당부했고, 고립무원인 아버지한테는 외롭고 답답한 마음을 털어놓고 기댈 수 있는 든든한 지원군이셨다고 한다.

이 고모는 백수白壽:99세까지 장수하시어 2020년 12월 3일 타계하셨는데 나는 고모의 묘비문을 짓고 비의 표제를 정렬부인이라 했다.

비문의 명銘은 다음과 같다.

…(전략)…

딸이 태어나던 1943년 6월 8일 26세의 나이로 타계하니 부인 김씨는 22세에 청상이 되어 내조의 뜻을 펼치지 못했다. 설상가상으로 6.25 환란 중에 두 시동생마저 행불과 전사로 인하여 부인은 감당키 어려운 짐을 안게 되었다. 그러나 효행, 우애, 화목의 부덕婦德을 갖춘 부인은 홀시어른 섬김과 아이들 양육에 혼신을 다하여 부군夫君의 공백을 메우고 가정을 지키며 가산家産을 일구었으니 주변으로부터 여중군자로 칭송받았다.

…(중략)…

부인의 삶을 경모하던 찬자인 친정 조카는 눈물을 씻고 삼가 명銘을 올린다.

빼어난 부덕婦德과 정결한 지조는 하늘이 내렸도다.

철석의지의 삶과 효열의 가풍은 향방에 우뚝하도다.

어찌 가문의 자랑뿐이겠는가 사회의 귀감이로다.

조카 시우 근찬

3. 폐허 속에 피웠던 청년의 꿈

믿었던 아들의 탈선

피난길에서 돌아오자 다음날부터 학교에 갔다. 이미 다른 학생들은 9월 1일부터 2학기 정상 수업에 들어갔으니, 나만 두 달이나 늦게 학교를 나간 셈이다. 아버지도 다시 면사무소에 출근하시고 고모 모녀도 돌아갔다.

전쟁의 상흔이 차츰차츰 잊혀져 갔다. 우리 집은 아버지의 노력으로 논밭이 불어나서 일꾼을 두고 농사를 짓게 되었다. 논밭이 많아서라기보다는 아버지가 공직에 다니셔서 농사에 전념할 수 없었기 때문이다. 집안 형편이 시골 마을에서는 그리 궁색한 편은 아니었다.

아버지는 항상 내가 자라서 검사나 판사가 되기를 바라셨다. 또 "너는 장남이고 장차 우리 집을 지켜야 한다"면서 "남자는 도적질 빼고는 다 배워야 한다"라고 하시며 나에게 농사일에 각별한 관심을 가지도록 하셨다. 이는 훗날 내 인생을 매우 두텁고 여유롭게 하였다.

나는 초등학교 때부터 인사 잘하는 아이로 알려졌다. 동리 어른들에게 하루 열 번 만나면 열 번 다 인사를 했다. 내 세 딸도 시골에 있을 때 인사를 잘해서 "인사 잘하는 것은 대물림했구나"라는 칭찬을 듣곤 했다.

나는 부지런한 것으로도 마을에서 빠지지 않았다.

"에구 잘한다, 부지런한 집(아버지 두고 하는 말) 아들은 달라."

내가 마당과 골목길 쓰는 것을 보곤 마을 어른들이 하신 말이다. 아버지가 면사무소에서 퇴근하시기 전에 얼른 소 외양간을 치우거나 집 거름터(퇴

비장)에 거름 뒤집기를 한다. 마당 청소까지 깨끗이
하고 나서는 아버지가 오실 무렵에는 시침을 떼고
공부를 한다. 아버지는 이런 일들을 마음속으로 매
우 흡족해 하시었다.

외양간은 소가 춥지 않도록 겨우내 보릿짚을 넣
어주는데 소가 똥 싸고 오줌 싸며 밟은 것이 두엄
이다. 이 두엄은 봄에 농사 거름으로 쓰인다. 돼지
우리에는 볏짚을, 외양간에는 보릿짚을 넣는다. 돼
지우리에서 나온 볏짚 거름은 명(목화)밭에 많이 쓰

중학교 2학년 14세

이고, 외양간에서 나온 보릿짚 거름은 벼 심기 전 논에 넣으면 좋은 유기질
비료가 된다.

외양간은 겨우내 2~3번은 쳐내야 한다. 이 외양간 치우기는 아버지 몫
이다. 아버지는 면사무소에 출근하시기 전이나 일요일에 하신다. 일꾼들은
논밭 일이나 하지 이런 일은 거의 하지 않는다. 나는 아버지의 수고로움을
덜어드리기 위해 아버지 안 계실 때 얼른 외양간을 곧잘 치우곤 했다.

때때로 좁은 길에 소가 지나다니면서 싸 놓은 쇠똥을 소쿠리에 담아서 집
두엄더미에 모으기도 했다. 농업고등학교를 다닌 탓도 있지만, 시간만 나
면 닭장을 짓고 우물정井자로 돼지우리를 만들었다. 공부보다 이런 일에 더
많은 취미와 열성을 보였지만 아버지 눈을 피해서 해야 했다.

아버지는 내가 공부를 더 열심히 하기를 바랐다. 당시 누나와 나에 대한
아버지의 교육열은 누구도 따를 수 없을 정도였다. 아버지는 예천읍까지
이십리 길을 걸어가셔서 백노지 전지를 사 오셔서 이를 16절지로 잘라 연

습장 노트를 만들어주셨다.

그런데 나는 그 연습장 노트가 그렇게 부담스럽고 탐탁지 않았다. 연필 글씨가 잘 먹히지 않는 종이였기 때문이다. 아버지는 저녁에 동리 큰 사랑 방에서 노시다가 집에 오시면 내 공부방을 살펴보시고 내가 자지 않고 공 부하는 기미가 보이면 곧 마을 가게로 가서서 빵이나 과자를 사서 내 공부 방에 들여놓곤 하셨다.

그뿐이 아니었다. 예천에는 전통적인 5일장이 매달 2일과 7일에 열렸는 데 이날은 여러 종류의 상인들과 전국을 돌아다니는 장돌뱅이와 보부상까 지 모여들어 생활에 필요한 온갖 물건들이 다 쏟아져 나오는 이른바 이 지 역 주민들의 잔칫날이었다. 그래서 딱히 볼 일이 없는 사람들도 먼길 마다 하지 않고 모이므로 그야말로 인산인해를 이루었다. '남이 장 가니 거름지 고 장 간다'는 속담이 생겨난 것도 이 때문일 것이다.

아버지는 이날이 일요일이면 2십리(8㎞)나 되는 예천읍 장터까지 나를 데 리고 가시는 때가 종종 있었다. 장터에서 우연히 오랜 친구분이나 원근의 친인척을 만날 때마다 나에게 그분들과의 관계를 설명하시고 인사를 시켰 다. 그 중에는 용돈을 주시는 분들도 있었으며 비록 길거리에서의 인사였 지만 아버지와 그분들과의 대화는 매우 다정하고 행복감 넘치는 즐거운 시 간으로 보였다.

대개 오후 2시쯤 되어서 귀가하는데 예천 장터와 우리 집의 절반 지점의 거리에서 노부부가 경영하는 이른바 주막이 있었는데 장날이면 개장을 단 골 메뉴로 판매하였다. 그 전날 송아지만한 큰 개를 잡아 삶은 물에 대파와 말린 토란 줄기, 고사리 등을 넣고 가마솥에 장작불로 밤새 삶은 개장국은 그야말로 천하일미였다.

이 집을 그냥 지나가는 장꾼은 거의 없었다. 시골길이라 사람이 그리 많지 않았지만, 이 집은 양쪽 방은 물론 앞마루와 멍석을 깐 누추한 뒷마당까지 초만원이었다. 이날 아버지가 나를 장터까지 데리고 가신 이유는 바로 이 개장국을 나에게 먹이기 위해서였다. 그러나 어릴 때부터 병치레가 심했던 나는 식성이 까다로운 편이었다. 이른바 네발 동물 고기는 먹지 않는 편이었다.

더구나 할머니와 어머니는 병치레가 심한 나를 단골 절^寺에 팔았으니 개고기는 절대로 먹으면 안 된다는 엄명이 내려져 있었다. 절에 팔았다는 말은 내 이름을 걸어놓고 스님이 조석으로 염불할 때 나의 건강을 기원하며 거명을 한다는 뜻이다.

그런데 나도 처음에는 망설였으나 아버지의 권유로 이 집 개장국을 잘 먹게 되었다. 아버지는 나의 개장국과 개고기 삶은 수육을 먹는 모습에 매우 만족해 하시며, "집에 가서는 개장국 먹었다는 말은 하지 말아라"고 입단속을 하셨다.

아버지는 평소에 사주를 보거나 점이나 절, 교회 등은 별로 믿지 않으신다. 그중에서도 점 같은 것은 절대 못 보게 하시는 편이셨다. 나의 건강을 더 중시하시는 아버지가 할머니와 어머니의 금지령에도 개고기를 나에게 권하는 배경이기도 하다. 나는 그 후로 친구들과 어울릴 때나 자리가 있을 때는 종종 개고기를 먹었으나 그때의 맛은 어디에서도 찾을 수 없었다.

그런데 어머니가 돌아가신 후 개고기를 완전히 끊었다. 어머니를 속이고 먹은 것에 대한 미안함과 죄책감 같은 것이 새삼 나를 번민케 했고, 그래서

인지 보신탕을 먹으면 속이 불편한 느낌이 들었기 때문이다. 스스로 무슨 청개구리 삼신인가, 하고 속으로 쓴웃음을 짓곤 한다.

그런데 나는 아버지의 기대에 큰 실망을 안겨드리고 말았다. 내가 중학교 2학년 때다. 우리 마을에는 저녁이면 40~60세 되는 어른들이 모이는 사랑 방이 있었다. 사랑에서는 그날 동리에서 일어난 모든 일과 정보가 오간다. 동리에서 일어난 나쁜 일, 좋은 일들이 다 거론되는데 나쁜 일들이 더 많이 입길에 오르기 마련이다. 사랑방 입소문에 낙인찍힌 아이들은 다음날 아침 밥상머리에서 부모에게 심한 질책을 받게 된다.

아버지도 저녁 식사가 끝나면 으레 그 사랑방으로 가셨다. 아버지가 나 가시면 나도 곧 뒤따라 나간다. 우린 또 우리대로 노는 장소가 있었다. 주로 20세 이하의 청소년들이다. 이곳에서 내가 화투놀이를 배우게 된 것은 초 등학교 6학년 때다. 심부름으로 담뱃가게에 갔다가 내 또래 아이들 몇몇이 화투놀이로 성냥 따먹기를 하고 있는 걸 봤다.

"시우야. 너도 한 번 같이 하자."

나는 방에 들어가서 아이들이 하는 것을 한참 보다가 끼어들었다. 화투장 11(똥)월과 12(비)월을 뺀 나머지를 골고루 섞어서 5장씩 돌린 후 3장으로 10, 20, 30으로 숫자를 맞추고 나머지 2장의 숫자를 합하여 9가 되면 가장 높은 끗발이 되는 것이다. 이보다 더 높은 것은 같은 장이 두 장 겹쳐지는 땡인데, 가장 높은 것은 장(10)땡이다. 이른바 '짓고 땡' 놀음이다.

나는 이날 '짓고 땡' 화투놀이를 처음 배웠다. 처음 배운 그날 성냥 2갑을 땄다. 이것이 화근이 되어 그만 화투놀이에 빠져들었다.

당시만 해도 시골에서 초등학교를 졸업하고 중학교에 진학하는 학생은

1/3밖에 되지 않았다. 학교 가지 못하는 대부분은 집에서 농사일을 거든다. 겨울에는 산에 가서 땔감나무를 하고 눈이 오거나 날씨가 몹시 추운 날은 어른들 눈을 피해 화투놀이를 한다. 모이는 장소도 정해져 있었다.

나는 그날 이후 가끔 그 놀음에 끼다가 이제는 저녁이 되면 아이들이 부는 휘파람 소리에 나가지 않고는 못 견디게 되었다. 중학교 2학년 때는 너덧 살 위 청년들과 화투놀이를 하기 시작했다. 화투 치는 방식도 여러 가지로 다양해졌다.

화투 돌리는 솜씨도 상당한 경지에 도달했다. 책을 펴면 화투장이 어른거리더니 결국 성적표가 결과를 말해 주었다. 상위권에서 중위권으로 밀려나 중학교 2학년 1학기 말 석차가 학급에서 27등이었다. 당시 학급당 정원은 60명인데 대개 64~5명이었다. 성적표에는 학부형 소견란이 있었고 보호자 도장을 받아 학교에 다시 제출해야 했다.

갑자기 20등이나 뚝 떨어졌으니 아버지한테 도장을 받을 수가 없었다. 내는 날짜가 되어서야 할 수 없이 아버지한테 성적표를 내밀었다. 그날 아버지는 20리 길을 걸어서 나 몰래 학교까지 가셨다. 담임선생님과 내 성적 생활 상황 등을 상담하기 위해서였다. 그러나 담임선생님으로부터 학교생활에 별다른 이상은 없었다는 말을 듣고 할머니, 어머니한테도 내게 관한 것을 다 물으신 모양이다.

그날도 아버지는 저녁을 드시고 사랑방으로 가셨다. 나는 할머니 어머니가 말리는데도 잠깐만 놀다 온다면서 또 나갔다. 밤 11시가 넘도록 놀음에 정신이 빠져 있는데, 밖에서 아버지의 큰 음성이 밤공기를 갈랐다. 방안 청년들이 모두 긴장하여 "야, 너 아버지다. 빨리 나가!"라 외치고는 모두 숨을 죽이고 얼른 화투판을 걷어버렸다.

당시 아버지는 동리에서 근엄하고 청년들에게는 무서운 분으로 소문나 있었다. 누구도 명을 거역하기 어려운 위엄이 있었다. 두 번째 노기 띤 아버지 음성이 머리 위로 떨어졌다.

"시우 거 없나! 이놈들, 다 큰 놈들이 어린 학생 데리고 놀음이 다 뭐꼬, 빨리 모두 나오너라."

모두 혼비백산 밖으로 뛰어 달아나고 나만 아버지 앞에 죄인처럼 서 있었다. 한참 동안 침묵이 흐른 뒤 아버지는 "집으로 가자"라는 말씀만 남기시곤 앞장서 걸으셨다.

집에 도착할 때까지 침묵이 흘렀다. 집에 도착하자. "회초리 하나 해 가지고 들어오너라" 하시고는 먼저 방에 들어가셨다.

회초리를 들고 들어가니 할머니가 근심스러운 얼굴로 나를 쳐다보시며 "애비한테 빌어라" 하셨다.

아버지는 "종아리 걷어라" 하시고는 연거푸 5대를 때렸다.

할머니는 "야야 그만해라. 지도 그만하면 알게다. 어린 것을 꾀어내는 다 큰 놈들, 그놈들이 더 나쁘다"라고 하시며 말렸다.

아버지는 "애비는 학교 공부시키느라 등골이 빠지는데 학교고 뭐고 다 치워라!"하시었다.

한참동안 침묵이 흐르다가 "오늘은 밤도 늦고 했으니 거기서 자거라!" 하시며 회초리를 내려놓으셨다.

나는 아버지 옆에 누웠다. 할머니도 안타까워하시면서 등잔불을 끄고 누우셨다. 잠이 오지 않았다. 가만히 눈을 감고만 있었다. 한참 뒤 내가 잠든

줄 아신 아버지는 내 등과 종아리를 만져보시더니 한숨을 쉬고는 그냥 돌아누우셨다.

자손이 귀한 우리 집은 내 동생들을 넷이나 모두 돌 전후해서 하늘나라로 보냈다. 내가 얼마나 귀한 아들인가. 그 아들을 처음으로 매질한 아버지 마음이 편할 리 없었다.

아버지를 가슴 아프게 한 그 매야말로 사랑의 매였다. 이 매는 아버지가 나에게 가한 처음이자 마지막 매였다. 그날 이후 나는 다시는 화투장을 잡지 않았다. 지금은 상갓집 밤새움의 고스톱 화투도 하지 않는다.

무늬만 중농정책을 내세운 군사정권

중학교부터 고등학교까지 꼬박 6년 동안 20리길을 걸어다녔다. 새벽 5시 30분이면 어김없이 아침밥을 먹어야 했던 학창시절이 평생 습관으로 굳어졌다. 독립기념관에서 일할 때도 5시면 아침을 먹고 6시부터 40분간 새벽 운동으로 일과를 시작했다. 나는 아침에 아버지와 어머니가 주무시는 모습을 거의 본 일이 없다. 웬만해서는 새벽 5시 이후까지 누워있는 법이 없었기 때문이다.

아버지는 1960년 우리 마을에 4H구락부를 처음 도입하시고 새로운 농사법을 이웃에 전파시켰다. 나도 중학교 2학년 때부터 4H구락부에 다녔다. 고등학교 2학년 때는 미호동 4H구락부 회장, 1962년 보문면 연합회장을 맡으면서 농촌운동에 꿈을 키웠다. 당시 나의 꿈은 덴마크의 달가스나 그룬트비히와 같은 농촌운동가였다.

5.16 쿠데타로 집권한 군사정권은 농어촌 고리채 정리사업을 시작으로 중농정책을 내세웠다. 농촌지도소와 재건국민운동본부가 앞장서서 농가소득 증대방안으로 유축농업과 특용작물 재배 등에 열을 올렸다. 예천군 농촌지도소에서 각 동리에 담당 직원을 배치하여 밤늦도록 참 열성적으로 일했다.

4H구락부 집회는 대개 저녁 7시쯤 열었는데 집회 때는 농촌지도소 담당 직원이 반드시 참석하였다. 그 직원들은 마을 4H구락부 회장과 일정을 맞

춰 빠지는 법이 없었다. 참으로 열성적인 사명감을 가지고 4H구락부 노래, 회의 진행법 등을 지도하였다.

가을에는 농산물 품평, 기술경진대회를 면·군·도 단위마다 개최하고 도 대표로 선발되면 중앙에까지 진출했다. 농촌 청소년·소녀들에게 꿈과 희망을 주었다.

그러나 군사정권이 권장하는 농축사업은 한번도 성공한 적이 없었다.

필자의 고교 2학년 때(17세)

앙골라 토끼를 기르면 금방 부자가 될 듯이 홍보했다. 농민들이 너나 할 것 없이 기르자 번식력이 좋은 토끼는 금세 포화상태가 되어버렸다. 털을 사가겠다는 공약은 오간데 없이 슬그머니 꼬리를 감추고 토끼고기 홍보에 열을 올렸다. 토끼고기가 닭고기보다 영양가가 낫다며 털을 깎아야 할 앙골라 토끼를 육용으로 선전하느라 난리법석을 피웠다.

군사정권이 그렇게 좋다고 떠드는 토끼고기를 먹는 사람이 많지 않았고, 지금도 토끼고기를 파는 식당이 없는 걸 보면 식용으로서 토끼고기는 처음부터 성공할 수 없었던 것이다.

토끼뿐 아니다. 자넨종 염소, 돼지 사육, 절간고구마 권장, 박하기름 등 그들이 좋고 수지맞는다고 선전한 농작물과 가축들은 하나같이 문제 투성이였다. 농민들 가슴을 부풀게 하여 수많은 농가에서 박하를 재배했지만 가을에 거름으로 버리고 땔감으로 쓸 수밖에 없었다.

농촌운동의 꿈을 접다

재건국민운동복 차림의 필자(19세)

농민들의 이익을 대변해야 할 농협이 제구실을 못 했다. 적어도 정부나 관계기관이 권장해서 지은 농산물은 농산물 구판사업으로 농협이 떠맡아야 한다. 그러나 농협은 수수방관했다. 농협은 농민들 것이 아니라, 농협 직원들 것이었다.

농협을 농민에게 돌려주어야 한다고 농민들이 목청을 높였지만, 군사정권은 말할 것도 없고, 역대 어느 정권도 모두 들은 척도 하지 않았다. 군청과 면사무소 같은 행정기관은 말할 것도 없고 농협 같은 농민조직조차도 정부가 내건 중농의 깃발과 달리 조합원의 이득이나 소득증대를 위한 진지한 고민은 보이지 않았으니 농민들이 농협을 농촌에 있는 다른 행정기관의 하나라고만 생각할 뿐이었다.

사실 군사정권의 연장선상이었던 박정희 정권의 최종목표는 산업화였고 산업화의 토대구축은 결국 농촌 해체였다. 농촌의 인력을 도시로 뽑아 올려 노동력을 충당하고 도시근로자의 저임금을 저곡가정책으로 유지하려는 그 목표 때문에 농촌은 급속하게 피폐하여 결국 돌이킬 수 없이 황폐화된 것이다.

1962년 재건청년교육원 제2기 수료 기념 사진(제일 앞줄 왼쪽 6번째가 필자)

안보와 직결된 식량자급률은 쌀을 제외하고는 거의 10%대에 머물고 새마을운동으로 농촌의 전통문화는 급속하게 해체되었다.

이런 상황을 예견이나 한 듯이 아버지께서는

"너는 농사꾼이 되거나 농촌운동에 매달려서는 평생 사람대접 받지 못한다."

"너는 아무리 어려워도 대학을 가야 한다"고 강조하셨다

그런데 마침 대학 입시를 포기해야 할 일이 생겼다.

1962년 고3 졸업반인 10월 어느 날 나를 비롯한 4∼5명이 교장(장영승)실에 불려갔다. 교장 왈, 농협중앙회에서 농업고등학교 졸업예정자 특별 채용 고시가 있는데 대학 입학자격 예비고사(문희석 문교부 장관 재임시 고교생들의 학력을 높인다면서 1962년 1963년 두 차례 실시하였음)와 시험 날짜가 겹치니 한 곳은 포기해야 한다. 학급에서 5% 이내의 우수한 학생을

학교장 추천으로 선발하는 것으로 보아 대부분 합격시키는 모양이다. 가정 형편 등을 고려하여 담임선생님이 너희들을 천거했으니 집에 가서 잘 상의해 보고 3일 이내에 결정해 달라는 내용이었다. 대학 진학을 강조하시던 아버지께서도 농협 특채 시험에 대찬성이셨다. 그러나 결과는 모두 낙방이었다.

결국, 1년을 재수하게 되었고, 나는 1년 동안 학원에 다니며 시험 준비를 한 것이 아니라 4H클럽 미호동 회장, 보문면 연합회장을 하면서 농촌에 관한 관심을 접지 않았으나 1963년 대학에 입학하면서 달가스처럼, 그룬트비히처럼 농촌에 평생을 걸겠다던 꿈은 꿈으로만 남게 되었다.

내 인생을 업그레이드 시킨 4H운동

　4H구락부 활동이 계기가 되어 내 머리에 박힌 농촌운동의 꿈은 접었지만 4H구락부 활동은 내 인생에 적지 않는 영향을 남겼다. 내가 4H구락부에 참여하게 된 것은 중학교 때부터였다.

　나는 매주 토요일 저녁마다 누나와 함께 4H구락부 모임에 참석하였다. 내가 이렇게 일찍부터 이 운동에 참여하게 된 것은 1957년 우리 마을에 처음으로 4H구락부가 도입될 때 당시 면사무소 산업계장인 아버지께서 이를 적극적으로 지원하셨기 때문일 것이다.

　4H운동은 19세기 미국에서 처음 시작되어 1914년 미국 전역에 조직된 후 세계 각국으로 전파되었다. 우리나라는 1947년부터 전국적으로 확산되기 시작하여 1954년 전국 4H구락부 중앙위원회가 민간 주도로 결성되고, 1956년 행정력이 뒷받침되자 4H구락부는 농촌 구석구석까지 크게 확산 되었다. 우리 마을에는 1957년 군 농촌교도소(후에 지도소로 바뀜)에서 청소년 지도업무를 전담하는 지도사(윤석용)가 우리 마을을 전담하면서 보문면 미호동 4H구락부가 결성되었다.

　4H는 머리(Head), 마음(Heart), 손(Hand), 건강(Health)의 영어 머리 글자를 따온 것으로 네잎클로버를 상징으로 하고 있다.

　낙후된 농촌 생활의 향상과 기술 개량을 도모하고 청소년들의 인격을 도야하여 창조적 미래세대로 성장시킬 목적으로 조직된 4H구락부에서는 먼

1961년 4H구락부 회원들이 재배한 농산물 품평 경진회 대회 기념 사진 왼쪽 여학생은 이때부터 연마한 자수실력으로 지금은 동양자수인간문화재로 성장한 김시인 한국자수협회 회장이다.

저 회의 진행법부터 배운다. 그리고 회의가 끝나면 모두가 즐겁게 참여하는 레크레이션 시간을 가져 청소년들이 건전하게 자라도록 한다. 학교에서 배울 기회가 없는 회의 진행법과 건전한 레크레이션 훈련은 나의 인간성장과 사회생활에 더없이 좋은 보약이었다. 이로 인하여 나는 어떤 회의 석상에서도 자신 있고 자유롭게 발언할 수 있게 되었다.

1965년 대구 제1육군병원에 근무할 때의 일이다. 그해 10월경으로 기억되는데 군대생활 중에서 가장 훈련이 고되고 군기가 엄한 CPX가 걸렸다. 대구 의무기지 사령부의 예하부대에서 몇 명씩 차출되어 CPX 훈련 기간 동안 본부를 구성하고 4주간의 고된 비상훈련을 시작하였다.

나는 이때 육군병원 소속 일등병으로 CPX 본부에 차출되었다. 4주간의

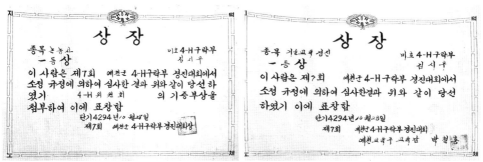

예천군 4H경진대회 상장

훈련이 끝나는 날 CPX 본부 해단식을 하고 대구 동촌유원지에서 CPX에 차출되었던 장교와 사병들이 한 자리에 모여 회식을 하게 되었다. 술잔이 오고 가면서 회식 분위기가 무르익어가자 CPX 본부단장(중령)이 그동안 고생했으니 오늘은 마음껏 마시고 흥겹게 놀라는 명이 떨어지자 좌석이 왁자지껄 야외 전축에 맞추어 무질서하게 흐트러졌다.

나는 이때다 싶어 벌떡 일어나 "오늘 이 시간을 보다 즐겁고 유쾌하게 놀려면 사회자를 뽑아 질서 있게 놀아야 합니다. 제가 오락 사회를 보겠습니다" 하고 소리치자 모두가 어리둥절해 하는데 CPX 단장 왈, "그래 네가 한 번 해 봐" 하였다. 나는 "그럼 제가 1시간 동안 사회를 보겠습니다. 단 이 시간만은 지위고하를 막론하고 사회자의 명에 따라야 합니다"라고 한 뒤 1시간 동안 진행하여 모두가 매우 유쾌하고 즐거워하면서 환호작약의 큰 박수 속에 회식이 끝났다.

그날 이후 나의 군대 생활은 완전히 풀렸다. CPX 부단장 김영수 소령이 일부러 제1 육군병원 간호부장 김남희 중령과 중대장 오대위(인사과장 겸직)에게 내 자랑과 부탁을 얼마나 했던지 주말마다 외출과 외박이 거의 자유로웠다.

 1967년 군대를 만기 전역하고 1968년 신학기에 복학을 하니 동기생은 모두 졸업하고 한해 후배들이 4학년이 되고 나는 3학년에 복학했다. 그때 학과에 구별 없이 단과대학 학년별 전교생이 함께 참석하는 교회시간이 있었다. 신학기 첫 교회시간이라 문리대 김건 학장의 특강으로 대강당에 문과대학생 전체가 모였는데 김건 학장 왈,

 "우리나라의 중고등학교 교육과정에 회의 진행이나 토의 학습이 없기 때문에 대학을 나와도 회의 진행 하나 할 줄 모른다. 심지어 세계 대학 총장회의를 주관하는 모 대학 총장이 의장으로 선출되었는데, 회의 진행을 제대로 못 하여 망신을 당했다면서 여러분 중에 5월 정기 야유회 개최 날짜, 장소를 결정하는 주제를 가지고 임시 의장으로 자신 있게 회의 진행을 할 수 있는 학생 있는가?" 하는 것이었다.

 나는 얼른 손을 들고 나아가 의장으로서 대체 토론과 동의, 개의, 재개의 등 의사 진행을 모두 4H구락부 연합회장 출신답게 아주 능숙하게 처리하였다. 의제가 모두 결정되자 김건 학장의 평가가 있었는데 학장의 말을 그대로 옮기면, "사회 솜씨가 국회의장을 하고도 남겠다"는 평이었다.

 그날 이후 외톨이 복학생 신세를 면하게 되었고, 문리대에서 일약 유명세를 타게 되었다. 이날 이후 나의 후기 대학생활은 매우 활동적이고 능동적으로 전개되었다.

 공부에만 매달렸더라면 지식이 쌓여 세칭 일류대학을 갈 수 있었을지도 모른다. 그러나 나는 4H운동으로 지식보다는 삶의 지혜를 얻을 수 있게 되어 보다 자신감 넘치는 사회생활을 할 수 있게 되었다. 결국, 4H운동에 쏟은 열정은 내 인생을 또 다른 면에서 업그레이드 시켰다고 생각한다.

나의 대학생활

나의 대학생활은 전·후기로 나눌 수
있다. 1963년 입학한 후 1965년 4월 25
일 육군에 입대하기 이전까지를 전기 대
학생활이라 한다면 육군 만기 전역 후
1968년 복학 후부터 1970년 2월 졸업할
때까지를 후기 대학생활이라 할 수 있
다. 이는 단순히 나이나 시간으로 나눈
것이 아니라 대학생활이나 사고 자체가
판이하게 달랐기 때문에 전·후기로 대
학생활을 나눈 것이다.

대학을 입학한 해인 1963년은 대학이
한일회담 찬반 양론의 극한 대립의 한복
판에 있었기 때문에 몹시 어수선한 분위

건국대학교 법정대 이수길 선배가 경영하는 아리랑
드링크 회사 야유회에 초청되어 MC를 맡기도 했다

기였다. 한일 국교 정상화를 강행하려는 박정희 정권은 계엄령으로도 모자
라 거대한 학원 사찰 조직인 YTP라는 어용학생회 학원 프락치를 침투시켜
학원을 감시하고 학생회를 분열시키는 공작으로 대학이 가지고 있던 상아
탑이라는 독특한 낭만을 황폐화시켜 불신과 공포 분위기마저 조성되었다.

프락치란 원래 러시아의 공산화 과정에서 활용되는 세력 확장의 전술로

화엄사 사적비 앞에서 배영수 등과 비문을 탁본하면서
(1968.10)

1968년 순천 송광사와 구례 화엄사를 답사한 후 광주
공원에서

구례 화엄사에서(1968. 10) 우에서 네 번째가 강동진 교수

1969년 5월 9일 강동진 교수와 설악산 죽음의 계곡에서

전남 순천 선암사 사적비(높이 5.5m) 앞에서
(1968.10)

건국대 중앙도서관 앞에서(1969.03)

나의 대학생활은 부엌 달린 방 한칸을 빌린 자취생활이었
고, 가장 성가신 일은 연탄불에 밥 짓는 일이었다.
밥 짓기 위해 바가지 2개로 쌀에 섞인 돌을 고르고 있다.

어떤 조직에 들어가서 본래의 신분을 속이고 몰래 활동하는 특수 사명을 띤 사람들을 말한다. 학생운동을 견제하기 위하여 학생 상호간에 서로가 서로를 의심케 하는 등 학원 사찰의 악령은 실로 5.16 이후 발족된 중앙정보부에 그 뿌리를 두고 있었다. 당시 학교 수업은 거의 휴강 상태에서 한 학기에 기껏해야 한두 번의 강의 밖에 들을 수 없었고, 어떤 과목은 단 한 번 들은 것으로 중간고사를 치러야 하니 리포트로 시험을 대신하기도 했다.

원래 한일 국교 정상화를 위한 한일회담은 자유당 때부터 시작(1951)되었으나 전혀 진전이 없었다. 그러나 1960년대에 이르러 동북아시아의 국제정세가 크게 변했다. 1961년 쿠데타로 집권한 박정희 정권은 정권 유지에 필요한 정치자금을 한일회담을 통한 대일청구권으로 해결하려 했고, 일본은 고도성장으로 축적된 자본을 해외로 수출해야 했으며, 미국은 2차대전 후 동남아시아 지역에 반소련, 반공 블록 구축이 필요했다. 이를 위해서는 이 지역의 중심국가인 한국과 일본을 하나의 블록으로 만들어야 했기 때문에 한일 국교 정상화가 꼭 필요했다.

이와 같이 한국·미국·일본의 이해가 맞물린 데다 미국의 적극적인 지지와 권고가 있었던 것이다. 이러한 여건 속에 한일 국교는 급속하게 진척되어 1962년 김·오히라(김종필 특사와 오히라 일본 외상) 메모로 대일청구권 문제가 은밀히 합의되었고, 1963년 한일회담의 최대 난관이었던 평화선과 어로 문제가 합의되어 급속하게 진전되었으나 비밀히 진행되어 내용은 오리무중으로 소문만 무성했었다.

이에 반대하는 목소리의 수위도 점점 높아졌다. 야당과 사회단체 그리고 함석헌, 장준하 등 재야인사까지 참여하는 대일 굴욕외교 반대 범국민 투쟁위원회(위원장 윤보선 민정당 대표)를 발족시키고 구국 선언문과 대정부 경고문을 발표하는 등 반대 투쟁의 시위도 과격해지기 시작했다.

데모가 절정에 이른 것은 학생들이 주동이 된 이른바 6.3 사태였다. 1963년 6월 3일 데모가 걷잡을 수 없는 사태에 이르자 결국 비상계엄령을 선포하여 반대 목소리를 탄압하여 학생, 언론인, 민간인 등 350여 명이 구속되고 포고령 위반으로 1,120여 명이 검거되어 그중 540여 명이 군사재판에 회부되었다. 계엄령 하의 학원문은 굳게 닫혀 있고 집총한 군인들이 보초를 선 살벌한 공포 분위기였다.

그러면 당시 총칼의 위협 앞에서 목숨을 걸고 한일회담을 반대한 이유는 무엇인가?

첫째, 일본의 식민지배와 침략에 대한 반성과 사과가 전제되지 않은 지금의 한일회담으로는 과거청산을 기대할 수 없다는 것이다.

둘째, 일본 자본의 침투로 인한 매판자본이 우리 경제를 지배하는 종속경제의 틀을 벗어날 수 없을 것이라는 경제적 침략을 우려하는 주장이다.

셋째, 대일청구권, 어업권, 평화선, 문화재반환, 재일교포 법적 지위권 등 한국의 지나친 양보와 저자세가 굴욕 외교라는 것이다.

실제로 장면 정권이 요구한 대일청구권은 17억 달러였고, 이승만 정권은 그보다 훨씬 높았었다.

이와 같은 반대 여론은 매우 강경하고 범국민적 호응도 있었지만 미국의 강력한 지지를 등에 업은 데다가 정권 유지에 필요한 정치자금이 절박한 박정희 정권의 한일 국교에 대한 의지는 정권의 사활을 걸었기 때문에 반대 여론이 아무리 높아도 물러설 수 없었다.

반대 진영 또한 굽힐 수 없는 치킨게임이었다. 찬반 시국 강연은 연일 계속되었는데 찬성론자 대표 연사는 협상 당사자인 김종필 씨였고, 반대론의 대표 연사는 재야의 함석헌 선생이었다. 당시 반대 집회의 절정은 함석헌 선생 등이 연사로 나선 서울운동장 옥외집회가 백미를 이루었고, 찬성 집회는 시민회관에서 김종필, 김용식 등이 연사로 나선 옥내집회가 열기를 띠었다.

데모에 참가하는 각 대학의 열기도 대학마다 차이가 있었으나 수업은 모든 학교가 거의 휴강 상태였다. 과격한 학생들이 때로는 각목을 들고 강의실을 다니며 독려하기도 했는데, 당시 나는 강압적이고 과격한 데모에는 비판적 입장이었다. 데모에 비판적이라기보다 나는 전기 대학생활 자체에 적응이 그리 쉽지 않았다. 내 머릿속에는 온통 농촌에서의 4H구락부 활동 등이 떠나지를 않았다.

게다가 가정 형편으로도 서울에서 유학할 정도는 아니었다. 당시 시골에서 서울 유학생들의 생활은 대개 몇 가지 형태로 나누어 볼 수 있는데 아주 부유한 집 아들 딸들은 하숙을 했는데 이들은 극소수였다. 그 다음은 입주형 가정교사나 그룹형 과외지도였다. 그러나 이 또한 쉽지는 않았다. 서울대 등 유명세를 탄 몇몇 대학생 외에는 가정교사 자리도 어려웠다. 그 다음이 2~3명이 부엌 달린 방 한 칸 얻어서 자취하는 학생들이었다.

그 외 기숙사 시설이 있는 대학교에서는 기숙사에 들어가면 자취하는 데 드는 비용보다 더 저렴하게 숙식을 해결할 수 있었지만, 이 또한 경쟁이 여간 심하지 않았다. 나의 전기 대학생활은 운 좋게도 기숙사에 들어갈 수 있었다. 고향 선배(김종오) 한 분이 학교 교직원이었기 때문이다.

그러나 나는 대학생활에 근본적으로 매우 회의적이었다. 사실 나는 대학생으로서 자존감을 전혀 느낄 수 없었다. 뿐만 아니라 아버지, 어머니를 비롯한 온 집안 식구들이 매달려

당시 농촌에서 가장 고된 일은 여름철 도리깨를 사용한 보리타작이었다. 이 일은 품삯으로 해결할 수 없기 때문에 아버지께서는 늘 여름방학을 기다려 나와 함께 공동작업으로 해결하였다.

도 등록금에도 미치지 못하는 그런 형편에서 학업을 계속할 것인가에 대한 회의가 대학생활 자체를 불편하게 하였다.

당시 아버지는 공직생활과 소규모 영농을 나의 등록금 조달을 위하여 그야말로 물샐틈없는 계획으로 조화롭게 꾸려 가셨다.

특작이나 조기 재배로 농산물 부가가치를 높이는 한편 자금회전을 등록금 납부 시기에 맞추었다. 3월 등록금 낼 때를 맞추어 출하할 수 있도록, 돼지 몇 마리를 길렀으며 2학기 등록금은 누에치기(양잠)로 해결하였다. 이로

인하여 우리 집 밭은 모두 뽕밭으로 변했다. 당시 누에치기는 농가에서 단 시일 내에 가장 큰 소득을 올릴 수 있는 농사로 봄, 가을 두 번이나 수확할 수 있다.

봄 누에치기는 6월 중, 가을 누에치기는 9월 중순에 끝난다. 한 달 농사인 만큼 이 한 달 동안은 온 집안이 남녀노소 할 것 없이 여기에만 매달려야한다. 누에는 한 달 농사이지만 실제로 바쁜 날은 약 1주일이다. 누에는 송충이와 비슷하게 생겼지만, 몸에 털이 없고, 온몸이 맑고 투명하여 몸속까지 다 보일 정도이다. 뽕잎 이외에는 아무것도 먹지 않고 성장 과정도 특이하다. 5~6일간 밤낮없이 뽕잎을 먹고 만 1일 동안 잠을 잔다. 잠을 잘 때는 고개를 쳐들고 아무것도 먹지 않는다.

이렇게 4번 자면 완전히 성장하여 이때 뽕잎을 쉴 사이 없이 6~7일간 실컷 먹고 나면 머리를 쳐들고 집 지을 장소를 찾는다. 이때는 온몸이 투명하여 목까지 찬 명주실이 육안으로도 보인다. 그러면 소나무 가지나 짚으로 섶을 만들어주면 누에가 실을 토하여 제 몸을 둘러싸서 타원형으로 얽어 집을 만들고 번데기가 된다. 이 집을 고치라 하는데 이를 끓는 물에 데치어 명주실을 뽑아낸다.

이것이 당시 최고의 고급 옷감 재료이다. 이는 제사회사의 전매사업이어서 바로 돈으로 환산되는 농가에서는 가장 큰 수익사업이었다.

이렇게 할머니, 아버지, 어머니, 출가한 누나까지 총동원되어 힘들게 만든 돈이었지만 한 학기 등록금에도 부족했다. 농산품이란 풍작이면 값이 폭락하고 흉작이면 생산량이 거의 없는 것이라 농사로 대학공부 시키기란 여간 어려운 일이 아니었다.

농가 목돈은 소가 제일이었다. 그래서 농민들이 마지막으로 애지중지하던 생명줄인 소를 팔아 등록금을 마련했기 때문에 당시 대학을 일컬어 상아탑이 아닌 우골탑이라 했던 것이다. 아버지께서는 누에 친 돈으로 등록금이 모자랄 때는 친목회 계돈 차용으로 충당하였다.

이 친목회란 단체는 1946년 해방 정국에서 좌우 세력의 충돌이 극심할 때 동성동본 집성촌인 우리 마을에서는 청년들이 친목회를 만들어 좌우의 극한 대립에서 벗어날 수 있게 되었다. 이 친목회에서 기금으로 모은 돈은 마을 사람들에게 저리로 융자해 주는 마을금고 역할을 하였다. 내가 중고, 대학까지 정해진 날짜에 공납금을 낼 수 있었던 것은 사실상 이 친목회가 운영하는 금고 덕분이었지만 그 역시 아무리 저리라고 해도 월 3%의 이자를 내야 했으니 사실상 고리대금이나 다름없었다.

그래도 당시에는 그 돈이 저리라고 차용에 우선순위를 두었는데 학비, 혼사 등이 우선순위 1·2위였다. 그래도 4년간 연속으로 학비를 조달하기에는 역부족이었다. 마침 이때 나는 징집 연령이 되었다. 군에 가지 않으려면 ROTC를 지원해야 하는데 나는 ROTC 신검에 낙방하였다. 심한 색맹이었기 때문이다. 결국 2학년을 마치고 입대하는 수밖에 없었다. 이 입대와 복학은 내 인생 굴곡에 큰 계기가 되었다.

1968년 신학기에 복학한 후기 대학 때는 기숙사에 들어갈 수 없어 3명이 방 한 칸을 얻어 자취생활을 하였다. 이때 대학가는 3선개헌 반대집회로 바람 잘 날이 없었다.

당시 나는 학생회 간부였고 3선개헌에는 크게 비판적이었기 때문에 전기 대학 때와는 달리 개헌 반대집회에는 빠짐없이 참가하였고 데모에도 종종 참가하였다. 특히 효창운동장에서는 반대집회와 찬성집회가 연이어 열렸는데 반대집회 때의 김대중 씨 연설에 크게 공감했다. 찬성집회의 김종필 씨 연설이 매우 인상적이었지만 3선개헌 반대의 내 생각을 바꾸지는 못했다.

개헌 반대에 대한 확고한 의지와 신념으로 민주주의 종말을 고하는 개헌을 반대하는 집회와 강연장에는 빠짐없이 참석했다. 이런 나의 작은 행동이 뒷날 내 운명을 뒤바꾸는 거대한 사건을 불러오리라고는 꿈에도 몰랐다. 개헌 반대 데모가 요원의 불길처럼 타오를 때인 1969년 졸업반인 나는 사실상 취업문제가 초미의 급선무가 되어 3선개헌 반대 투쟁에 적극적으로 앞장서기는 어려웠다.

함석헌 사상이 나에게 미친 영향

1965년 4월 25일 나는 육군 50사단에 입대하여 훈련병 기간을 마친 후 대구 제1육군병원 위생병으로 근무하다가 1967년 10월 7일 군대를 만기 전역했다. 다음 해 신학기에 복학했더니 입학 동기들은 군대로 직장으로 모두 흩어지고, 내 복학생활은 무척이나 무료했다.

그 빈자리를 채우는 낙이 시국강연을 듣는 것이었다. 당시 흥사단은 금요일마다 개척자 강좌를 열었다. 독재로 치닫는 억압체제를 질타하는 청량제 같은 시국강연은 흥사단뿐 아니라 곳곳에서 개최되었다.

당시 유명 인사들의 시국강연은 요즘 인문학 강의처럼 요원의 불길처럼 곳곳에서 열렸다. 전인재 씨는 숭실여고 현직 교사임에도 YMCA에서 1개월에 한 번씩 강연회를 주관했는데 초청강사로는 함석헌 선생 같은 분들이었다.

3선개헌 등 공포 분위기 속에서 고등학교 현직 교사가 어떻게 그런 용기를 낼 수 있었는지 지금 생각해도 참 대단한 분이다. 유신헌법 공포 뒤 강연회 개최는 물론 그의 모습도 찾아볼 수 없었고, 그저 이런저런 소문만 나돌았다. 무사하길 빌 뿐이었다.

내가 이때 가장 영향을 크게 받고 시국 강연장마다 만나 뵙던 분은 함석헌 선생이었다. 그 분이 발행하는 『씨올의 소리』도 빼놓지 않고 읽었음은 물론 마치 신문지국처럼 보급에도 열을 올렸다. 원효로 함석헌 선생 저택은 담장도 없고 장독대만 놓여있는 옛 시골집과 같았는데 그 집을 방문한 적도 있었다. 그러나 함석헌 선생과 특별한 관계나 교분이 있었던 것은 아니었다. 다만 함 선생의 강의를 열심히 듣고 발간하는 『씨올의 소리』를 열심히 읽으면서 자신의 생각을 정리하고 다듬었을 뿐이다.

함석헌 선생이 하는 강연의 초점은 씨올(민중)이 중심 되는 공동체의 삶과 정의롭고 도덕적인 정의사회의 지향이었다. 지식인이나 권력자를 포함한 검사, 판사, 목사 등 이른바 '사'자 직업을 가진 이들에 대한 날카로운 비판은 나에게는 시원한 청량제였다. 감시하는 눈과 비판하는 입이 없는 사회는 썩어갈 수밖에 없다는 함 선생은 권력만 바라보는 종교의 세속화와 언론의 무능함도 매섭게 질타했다.

도서관에서 몇 시간 하는 독서보다 정곡을 찌르는 시국강연이 내 머릿속에 쌓여갔다. 그 중에 두 가지는 지금도 기억에 생생하다. 나는 대학교 입학 후 피우지도 못하는 담배를 친구들에게 주기 위해 사가지고 다녔다. 어떤 친구가 "야, 담배 한 개비 줘" 하면 얼른 빼주기 위해서였다. 담배 못 피운다고 하면 사내자식이 담배도 못 피운다는 핀잔을 듣기 싫었기 때문이다.

그런데 어느 날 함 선생으로부터 "남들이 한다고 덮어 놓고 하는 것이 남자가 아니라 남이 다 해도 하지 않는 것이 남자이다"라고 하는 말을 들은 나는 가지고 있는 담배를 버리고 다시는 담배에 관심을 가지지 않았다. 입대했을 때 군에 그냥 배급으로 나오는 담배도 동료에게 나누어 주었다.

또 한 가지는 "육체는 밥으로 살찌지만, 정신은 기아와 고통으로 성장한다"는 주장이었다. 그러면서 함 선생은 인생대학(형무소)을 거쳐야 크게 성장한다는 이야기를 곧잘 하셨는데 그 이야기가 귀에 쏙 들어오더니 아이러니하게도 나 자신이 5년제 인생대학을 졸업했다.

이렇게 들었던 수많은 강연들과 대화가 내 역사 인식에 밑거름이 되었다. 시국을 바라보는 비판적인 견해와 역사를 여러 각도에서 바라보고자 하는 내 역사인식에도 변화가 생기기 시작했다. 이 변화를 바라보는 동료들은 나름 '반골 기질을 가진 비판론자'로 자리매김했다.

나는 강경한 비판론자, 지성을 갖춘 지식인, 양심적이고 정의감 있는 진보 인사가 되길 바랐지만 그리 되기에는 늘 이론과 용기가 부족했음을 고백하지 않을 수 없다.

그러나 그때 찬 바람 부는 유신독재 시절에 함석헌 선생 같은 용기 있는 인사들이 들려준 바른 역사와 포효하는 저항정신의 웅변이 작은 불씨처럼 나를 지탱해 주고 있었다. 나는 그 불씨를 안고 교사로서 사회에 첫발을 디디게 된다.

4. 인생에 가장 보람 있었던 교사생활

내 교사상의 멘토, 교장 안호삼

1970년 2월 졸업하자마자 교생 실습을 나갔던 서울 건국중학교 역사 교사로 취직했다. 역사 교사 1명 모집에 16명이나 지원했으나 교생 실습 때 연구수업을 인정받아 쉽게 합격했다. 나는 내 첫 직장에서 인생의 스승으로 삼을 만한 분을 만나게 된다.

율사栗史 안호삼安鎬三 교장이다. 그가 보여준 민주방식의 학교운영과 자율적인 질서유지, 학생 인격을 절대 존중하는 교육철학과 교육방법은 나에게 많은 감명과 큰 교훈을 주었다. 그는 민주주의를 말로만 외치는 허구에 찬 지식인이 아니었다. 민주주의가 몸에 배어 있었고 학교운영에서도 그대로 적용하였다.

나는 1970년~75년 2월까지 5년간 교사생활을 내 일생에서 가장 보람 있는 직장생활로 자신 있게 말할 수 있다. 1970년대는 물론 사십여 년이 지난 오늘날에도 참으로 만나기 어려운 학교장을 만난 행운을 누렸기 때문이다. 안호삼 교장은 지시하거나 억압하지 않고 교사의 자율성, 창의력을 존중하고 학생을 중심에 두고 학교를 이끌었다. 건전한 민주시민을 길러 개성 있는 인간으로 완성시키는 것이 그의 교육목표였다.

꽃밭을 예로 든다면 학부모들은 화려한 꽃만 꽃으로 알고 그 꽃만 가꾸려고 애쓰지만, 세상에 꽃은 수백 가지가 넘는다. 여러 가지 화초가 있어서 제각기 꽃을 피우고 열매를 맺어야만 꽃밭은 조화를 이룬다.

교육목표는 한 인간의 완성에 있고 인간은 제각기 자기 영역에서 개성 있게 성장해야 한다. 획일적인 목표의 인간교육은 있을 수 없는 일이다. 일벌백계 체벌은 일제 잔재이고 강제된 질서 확립은 노예교육일 뿐. 무감독고사, 무인판매(점심시간 식빵 등) 등 안 교장은 1970년대에 지금보다 더 열린 교육을 실천했던 분이다.

삼전도비 | 안호삼 교장은 역사에 관심이 깊어 역사교사 혹은 지리교사를 대동하고 주변 사적지를 자주 찾았다.

율사선생은 동서고금을 통하는 잣대가 아니면 아이들을 평가하고 훈계하지 말라고 했다. 담배와 술은 인체에 해롭고 특히 미성년자들에게는 더욱더 해롭다는 과학적이고 합리적인 설명으로 족하다는 것이다. 술과 담배를 마시고 피우는 것을 강제적으로 금하지 말고 그 학생들의 판단에 맡기라는 것이다. 어른은 술·담배를 하면서 아이라는 이유로 금하는 것은 비교육적이며 모순이란 것이다.

율사선생의 교육철학과 신념은 나의 교육철학과 신념이 되었다. 그래서 율사선생은 교육철학에 관한 한 나의 멘토였고 이상적인 교사상이었다.

징계냐 교육이냐

1972년도 학생들을 무더기로 퇴교 처분하려는 사태가 벌어졌다.

나는 3학년 7반 담임을 맡고 있었는데, 퇴교 처분 당할 학생 가운데 내가 담임인 7반 학생도 한 명 있었다. 학생 다섯이 패를 지어 이웃 학교(명성여중) 학생들을 희롱하고 담배를 피우고 술도 마셨단다. 교내에서는 하급생들을 위협하여 돈을 빼앗는 등 폭력을 행사하였으므로 선량한 학생들을 보호하기 위하여서는 마땅히 퇴학시켜야 한다고 했다.

담임이 알기도 전에 훈육계(체육) 선생이 먼저 알고 조사를 했다. 훈육계 교사들은 대개 고압적이고 성질이 좀 거칠다. 조사과정에서 야구방망이를 사용하는 등 체벌을 가하면서 반성문을 받으려 했던 모양이다. 조사 중 수업 시작 종소리가 나자 훈육계 선생은 "수업 끝날 때까지 꼼짝 말고 지금까지 너희가 한 일을 상세히 쓰고 반성문 써놔, 너희들 그냥 두지 않겠다!"라는 엄포까지 놓았다, 겁에 질린 아이들은 그 길로 도망가서 가출해 버렸다.

2~3일이 지나도 아이들은 돌아오지 않았고 부산으로 도망갔다는 이야기를 학부모한테 겨우 들을 수 있었다. 학생들이 오기도 전에 교무회의를 열었다. 학생주임이 검사가 되어 학생들 행동에 대한 추상 같은 논고가 있은 후 처벌 수위를 놓고 장시간 회의 끝에 전 교직원들이 참석하여 다수 가결로 결정키로 했다. 거수 표결 결과 26대 8로 퇴교시키되 전학을 희망하는 학생은 전학서류를 써주기로 했다.

내곡동 헌인릉(태종): 주말 오후에 학생들과 가끔 야유회도 가졌다.

일벌백계는 당시 교장이 가장 싫어하는 교육 방침이었지만 많은 선량한 학생을 위해서 일벌백계할 수밖에 없다는 강경론이 우세했다. 처벌을 주장하는 교사 가운데에는 이번 기회에 교감, 교무담당 등을 몰아세우려는 불순한 의도를 품은 교사도 몇 명 있었다. 안 교장이 마지막 중재에 나섰다.

담임 선생 의견이 중요하니 담임 의견을 들어보자고 했다. 담임 세 명이 모두 교무회의 결과에 따르겠다고 했다. 마지막으로 내 차례가 되었는데 사실 나를 포함한 담임들은 문제를 일으킨 아이들을 한 번 보지도 못하고 훈육 주임 논고만 들었을 뿐이었다.

나는, "학생이 귀가한 후 담임으로서 진상을 들어보고 결정하겠다"라고 했더니 안 교장은 내 손을 들어주고 교장실로 향했다.

"교육은 다수결로 하는 것이 아닙니다. 김시우 선생 반 학생은 김 선생이 열과 성을 다해 교육시키시오. 내 힘이 필요하다면 적극 돕겠습니다"라는 말까지 남기고는 회의장을 떠났다.

교장이 떠나자마자 교무 회의장은 고성이 오가며 몹시 소란스러웠다. 내 대학 선배인 박모 교사는 나이 많은 평교사로서 강경파의 선두주자였다. 그는 나한테, "네가 학교에 온 지 얼마나 됐다고 교무회의 결과를 뒤집는 발언을 해!"라면서 막말에 잉크스탠드까지 집어 던졌다.

문제 학생들을 맡은 세 담임 선생도 불만이었다. "같은 사건인데 당신 반 학생만 구제하면 우린 어떻게 하느냐? 학부모들 반발을 어떻게 감당하느냐?"며 항의했다. 나는, "훈육주임 말만 듣고 퇴교 같은 가혹한 처벌을 할 수 없다"라고 맞섰다.

이튿날 나를 부른 안 교장은, "김 선생, 잘못된 아이를 바로 잡는 것보다 더 큰 교육은 없습니다. 열과 성을 다해 지도해 보세요. 내가 김 선생을 도울 것이오" 하고 격려했다.

원만한 교감 선생과 교무담당이 며칠 동안 중재에 나서서 내 의견을 존중해 주었고 다른 학생들 처벌도 유보되었다.

아이들이 돌아왔다. 5명 가운데 부산에 친척이 있는 학생이 앞장서서 부산에 머물다 왔단다. 우리 반 유모 군은 아버지와 함께 저녁에 집으로 나를 찾아왔다. 체육선생 조사가 너무 무서워서 순간적으로 겁에 질려 도망쳤다고 했다. 다음날 교장에게 유 군을 책임지고 교육시키겠다고 했다.

같은 사건이란 형평성을 내세워 다른 학생들도 모두 구제됐다. 유 군은 그 후 한양대에 입학했고, 다른 학생들도 순조롭게 학업을 이어갔다. 결과적으로 내가 그 학생들을 모두 구제한 셈이 되었다.

지각생을 우등생으로 만들다

2학년 담임 때 우욱경이란 학생이 있었다. 키는 앞에서 두세 번째였으나 머리는 뛰어났다. 공부를 열심히 하지 않는 편인데도 성적이 늘 5등 이내였다. 아버지는 일찍 돌아가셨고 형은 서울대학교를 나와 외환은행 직원이었다. 집이 흑석동이니 성동구 구의동까지 오자면 당시로써는 1시간 30분은 걸릴 거리였다.

욱경이는 날마다 꼭 5~10분 늦어 조회시간에만 지각했다. 1학년 때 욱경이 담임한테 물어보니 참 똑똑하고 머리도 좋고 어머니도 교양 있는 분인데 아들 지각하는 버릇은 끝내 못 고쳐 주었다고 했다. 어머니가 지각시키지 않으려고 아침마다 성화를 부려도 안 된다는 것이다.

내가 욱경이를 불렀다.

"아침에 조금만 서두르면 지각하지 않을 수 있지?"

"네."

"그런데 왜 지각하느냐?"

"……."

"너는 수업시간만 늦지 않으면 아침 조회시간은 늦어도 별 것 아닌 거로 생각하는 거지?"

"아닙니다."

"지각은 버릇이기 때문에 직장이나 사회에 나가서 남에게 인정받지 못하는 제일 큰 원인이 된다. 매사에 성실하지 않아 보일 뿐만 아니라 나태해지기 십상이다. 앞으로 지각하지 마라. 약속할 수 있겠지?"

"네."

그 다음날 하루만 지각하지 않았다. 일주일 후 다시 불렀다.

"우욱경! 안 되겠다. 앞으로 네가 지각할 때마다 내가 너를 잘못 지도했으니 내가 벌을 받겠다. 네가 지각할 때마다 내가 너에게 손바닥 한 대씩 맞겠다. 지각할 때마다 매일 한 대씩 올라간다."

"자! 내 손바닥을 때려라."

우 군에게 매를 들리고 손바닥을 내밀었다.

"내일부터 절대로 지각하지 않겠습니다!"

"그래도 오늘은 때려!"

나는 계속 때리라고 손바닥을 내밀었다. 우 군은 거의 울다시피 하면서 앞으로는 절대로 지각하지 않겠다고 몇 번이나 다짐했다.

"약속할 수 있지?"

"네!"

다음부터 우 군은 지각하지 않았다. 어머니가 찾아와서 어떻게 된 일인지 요즘은 아침밥을 나보다 더 서둔다면서 이유를 몰라 찾아왔다고 했다.

"글쎄요, 나도 잘 모르겠습니다. 욱경이가 새로운 결심을 한 모양이죠."

어머니는 고맙다며 여러 차례 인사를 하고 돌아갔다. 그 후 외환은행 서소문지점에 근무하는 형으로부터는 저녁식사 대접을 받았다.

교직생활 중 또 하나 잊을 수 없는 것으로 어느 학부모와의 인연이다. 고등학교 입학시험을 40여 일 남겨 둔 어느 날 우○○ 군의 아버지라면서 당시로서는 꽤나 고급스런 기사 딸린 세단 차를 교무실 앞에 세우고 나를 찾아 교무실로 들어와서 정중하게 인사를 하고 퇴근길에 꼭 만나자는 간곡한 부탁을 하고 갔다.

그래서 퇴근길에 약속 장소인 장충동 수정약국 건물 커피숍에서 차를 마신 후 그 건물 3층인가에 있는 일식집에서 단둘이 만났다.

본론을 얘기하면, 자기 아들의 성적이 자기가 원하는 고등학교에 갈 정도가 안

경주수학여행: 1971년 중2 담임

된다니 선생님이 책임지고 자기가 원하는 학교에 넣어 달라는 것이다. 나와 둘만 알고 그 대가로 400만 원을 주겠다는 것이다. 400만 원을 주겠다는 근거는 그 돈이면 자기의 인맥으로 그 학교에 보결 입학이 가능하지만, 체면이 말이 아니니 선생님이 특별과외 지도를 해 달라는 것이다.

그는 영어회화에 능하며 통역에 오래 종사했다고 하는데 매우 젠틀하게 보였다. 무슨 사업을 하는지 구체적으로 물어보지는 않았지만 장충동개발위원회 총무를 맡고 있는데, 회장은 이병철 씨이고 부회장은 구자경 씨이며 장충동에는 재계에 막강한 분들이 많다고 했다.

그 당시만 해도 담임을 맡으면 학년 초에 공식적으로 가정방문을 하여 학생의 학업, 진학, 장래 문제 등 전반적 교육의 기초자료로 삼았는데 그때 우군의 부모는 바쁜 일이 있어서 만나지도 못했었다. 나는 정중하게 거절하

고 우 군의 장래를 위해서라도 정도에 맞는 학교를 택하도록 권유하고 공부는 그렇게 벼락치기로 되는 것이 아니란 점도 강조했더니 몹시 부끄럽다면서도 자기의 뜻을 굽히지 않았다.

오랜 설득 끝에 고등학교는 내가 추천하는 데로 정도에 맞게 선택하여 정상으로 시험치고 들어가도록 합의하고 그렇게 진학했다. 그 인연으로 우 사장과 종종 만나는 기회가 있었다.

한 번은 우 사장 친구들 모임에 초청을 받아 간 적이 있었는데 대부분 잘 나가는 중소기업 사장들이었다. 이야기 도중 독일연방공화국 뤼브케 대통령 방한을 앞두고 김현옥 서울시장의 아이디어라며 전철로를 걷어내려면 많은 시간과 돈이 들어가니 그냥 그 위에 아스팔트 포장을 하는 것이 철로를 걷어내는 것보다 시간과 경비가 크게 절감된다면서 시장의 행정력에 대한 칭찬 일색이었다.

내가 언권을 빌려 "공기업을 그렇게 운영하면 안 됩니다. 사기업인 경우 이익만으로 평가할 수도 있겠지만 철로를 걷어내는 노임과 경비는 실업자에게 돌아가나 땅속에 고철을 묻어버리면 고철을 수입하는 우리나라로서는 경제적으로도 손실이 크다"면서 오리梧里 이원익李元翼:1547~1634 대감의 일화를 이야기했더니 모두가 크게 공감하고 앞으로 종종 자리를 만들겠다고 했다.

오리 이원익 대감 일행이 말을 타고 개천을 건너다가 이 대감이 동전 몇 잎을 떨어뜨렸는데 그 돈을 찾으려고 마을 인부 몇 사람을 사서 물을 막고 동전을 찾으니 건진 동전보다 품값이 몇 배나 되었다.

수행원이 의아해 하며 물었다.

"대감님 손해인 걸 아시면서 왜 그렇게 하십니까?"

그러자 대감께서는 이렇게 대답했다는 것이다.

"개천에 빠뜨린 돈을 건지지 않으면 나랏돈이 그냥 없어진 것이지만 품값으로 나간 돈은 놀고 있는 그 사람들은 돈을 벌어서 좋고 나랏돈이 유실되지 않았으니 국익도 되지 않느냐?"

나는 교직생활에 더할 나위 없는 만족을 느꼈다. 기쁘고 보람을 느끼는 일도 많았으나 교사생활은 순탄치 못했다. '역사와 사회(공민)'과 교사였던 나는 1972년 유신체제와 체제 합리화를 위한 새마을운동 등 독재를 공고히 하는 박정희의 철권정치에 깊은 저항감을 갖고 있었다.

사회과목으로 유신헌법을 가르쳐야 하는 나에게 교사생활은 큰 고민을 안겼다. 민주인사들과 접촉이 잦아지면서 유신체제에 대한 저항의 강도도 점차 높아져 갔다.

동아일보 광고탄압과 교육자의 양심

나는 유신정권이 벌이는 언론탄압에 저항하여 교사들 회식비를 거두어 동아일보에 광고를 내고 신문사에서 주는 '자유의 메달'을 몇 개씩이나 받을 정도로 맞서 싸웠으니, 박정희 군사독재 정권이 나를 그냥 보고만 있지 않았다.

1974년 10월 동아일보 광고탄압 사태를 놓고 민심이 폭발하는 민주역사에 빛나는 한 장이 열리고 있었다. 중앙정보부는 '보도지침'을 작성하여 유신체제를 반대하는 일체의 기사를 간섭하여 고치거나 삭제했다.

이와 같은 언론통제에 맞서 동아일보 기자들이 1974년 3월 언론노조를 만들었다. 비록 사측과 정권의 탄압으로부터 법적 지위를 확보하지는 못했지만, 동아일보 기자 180여 명은 그해 10월 24일 '자유언론실천선언'을 발표했다. 그들은 3개 항의 결의를 채택했는데 그 내용은 다음과 같다.

① 언론에 대한 어떠한 외부 간섭도 우리의 일치된 단결로 강력히 배제한다.

② 기관원 '중앙정보부 요원'의 출입을 엄격히 거부한다.

③ 언론인의 불법 연행을 일체 거부한다.

이러한 기자들의 자유언론실천선언에 대해 당시 야당(신민당), 대학생, 종교계, 재야에서 크게 지지를 보내며 정부의 시대착오적인 언론탄압을 규탄했다. 이에 정부에서는 광고탄압이라는 방식을 동원하여 자유언론실천운동을 제압하고자 한 사건이다.

그해 12월부터 광고탄압이 본격화되어 동아일보에 광고 해약이 속출하자 동아일보는 해약된 공간을 백지로 내보냈다. 이에 독자와 시민들의 격려 광고가 줄을 이었다. 이때 나는 날마다 끝없이 올라오는 독자들의 격려 광고를 읽는 것이 큰 기쁨이 되었다.

겁 많고 소심한 나였지만 그냥 방관만 할 수 없다고 생각하여 드디어 이 운동에 동참하였다. 우선 내가 근무하는 건국 중학교 교사 중에 동참하는

언론 자유수호 기념메달: 동아일보 광고탄압에 저항한 기념으로 동아일보사로부터 받았다.(1975. 01)

동료들에게 얼마간의 돈을 모아 동창 모임이란 이름으로 광고를 내기도 하고, 또 마포 차피부과에 갔다가 그 원장과 이야기 끝에 의기투합하여 '마포 차돌이'란 이름으로 광고를 내기도 하였다.

당시 각계각층에서 유신 반대 성명이 속출하였다. 이에 우리 중고등학교 교사들도 교육자의 양심으로 유신 반대 성명서를 발표하기로 하고, 여의도 고등학교 김각 선생, 건국중학교 장원경, 조동민 선생 등 3~4명의 교사들이 뜻을 모았으나 갑자기 내가 구속되는 바람에 실행에 옮기지는 못했다.

시범수업과 교직 피날레

나의 교사생활의 피날레는 교육계에 발을 디딘 지 4년째인 1974년 10월이었다. 그해 9월 어느 날 직원조회 때 교감(이상덕) 선생이 다음과 같이 공지를 한다.

"오늘 교육청에서 종합감사가 나왔는데 첫 시간 수업을 참관한답니다. 아마 수업에 들어가시면 낯선 신사가 앉아 있는 교실이 있을 것입니다. 그분이 장학사이니 당황하지 마시고 평소대로 수업하시기 바랍니다."

수업에 들어가니 과연 40대 중후반의 장학사가 제일 앞의 빈자리에 앉아 있었다. 나는 그날 운이 좋았다고 생각된다. 내가 가르치는 학급은 중학교 2학년 6~10반까지의 국사였다. 그날 내 수업은 그 전날 2학급을 하고 3번째 맞는 수업이었으니 머릿속에 잘 정리된 채 학습 내용이 잘 입력되어 있어서 처음 시작부터 끝까지 매우 자신 있게 진행되었다.

사실 내 수업을 내가 평가해도 만족한 수업은 그리 흔치 않았다. 오후 전체 직원이 모인 가운데 6~7명의 장학사들이 그들이 참관한 수업에 대한 강평을 하는데 역사담당 장학사(권길중) 왈, "관내 20여 개의 학교에 수업을 참관을 했는데 김시우 선생의 수업이 가장 훌륭했다"는 극찬의 평가였다.

그리고 얼마 후 서울 동부지역 사회과 교사 회의에 참석하라는 공문을 받고 갔더니 당시 10월 유신에 대한 교안 설명과 전달이었다. 회의가 끝날 무렵 권길중 장학사가 오늘 10월 31일 서울 동부교육청 산하의 역사 교사들

전체가 모인 가운데 시범수업이 계획되어 있는데 희망하시는 선생님 있으면 자원 신청하라는 것이었다.

누가 그걸 자원하겠는가? 모두 묵묵무답이었다. 그러자 나를 지목하여 시범수업을 해달라는 부탁(사실은 명령)과 함께 인물 중심의 한국사 수업에 대해 연구발표까지 하라는 무거운 짐을 맡겼다.

시범수업은 종전의 틀에 박힌 주입식 강의 수업보다 학생들이 능동적으로 참여하는 학생 중심의 새로운 수업방식을 도입해 보라는 주문이었다. 그리고 우리 학교 교장(안영순)에게 "김시우 선생에게 이러이러한 일을 맡겼으니 잘 배려하라"는 전화까지 한 모양이었다.

이튿날 출근하니 교장 선생이 직원회의 중에 그 내용을 발표하면서 학교의 명예를 높일 기회라며 매우 만족해 하였다. 교장 선생은 세칭 일류학교 국어 담당의 교감이었는데 재단에서 스카우트해 온 분으로 전통수업의 베테랑이었다.

그러나 전통적인 주입식 수업은 별 의미가 없다고 판단한 나는 평소에 관심이 있었던 '학생 중심의 토의 학습'으로 시범수업을 하기로 결심하고 연구주제는 '주체성 확립을 위한 국사 교육'으로 하겠다고 장학사에게 제안하여 합의하였다.

시범수업 날짜가 다가오자 안 교장은 교안을 작성하여 자기에게 결제를 맡으라는 것이었다. 나는 토의 학습으로 학생들이 스스로 수업을 이끌어 가기 때문에 교안이 필요 없다고 했더니 안 교장 왈, '토의 학습이든 무엇이든 교안 없는 수업은 있을 수 없다'고 반드시 결제를 받으라고 하여 나와 평행선을 달려 타협의 여지가 없었다. 물론 원론적으로 안 교장의 주장이 틀린 것이 아니라 맞는 말씀이다.

그러나 나는 각본을 가지고 아이들을 훈련시키는 것을 보여주기 위한 수업은 할 수 없다는 것이 나의 주장이었다. 결국, 장학사까지 개입하여 이 수업은 김 선생의 뜻에 맡기자고 제안하여 조정되었다. 연구발표는 수업이 끝난 후 최창규 당시 서울대 교수의 기조연설을 먼저 들은 후에 하기로 하였다.

그런데 아무래도 마음이 놓이지 않았던지 교장 선생이 연구발표 전날 직원 조회시간에 회의를 생략하고 김 선생이 내일 발표할 연구주제(주체성 확립을 위한 국사 교육·시대적 인물을 중심으로)를 연습 겸해서 오늘 이 자리에서 발표하면 어떻겠냐고 공개 제안하였다.

나는 내심 바라던 바라 정해진 시간인 30분간 최선을 다해 성심껏 발표하였다. 전 교직원이 평소 보지 못했던 웅변조의 대중연설을 방불케 하는 나의 발표에 놀라운 표정으로 열렬히 박수를 보내주었고, 어떤 이는 국회의원에 나가도 되겠다는 등 찬사를 보냈다. 안 교장도 그제서야 크게 안도하며 만족해 하였다.

다음날 토의 학습으로 진행된 수업도 크게 만족할 정도는 아니었지만 누가 봐도 사전에 짜여진 각본 수업이 아니어서 참가교사들의 반응도 괜찮았다. 연구발표 후 권길중 장학사의 격찬이 있었고, 최창규 교수의 기조연설도 감동적이었다. 이를 계기로 나는 오랫동안 최 교수와 친분을 유지하면서 그의 해박한 지식에서 많은 것을 배웠다.

오찬장에서 권길중 장학사는 교장 선생께 덕담 겸 건의를 하는 것이었다.

"공립학교라면 좋은 곳으로 영전시키겠는데 사립학교여서 그건 불가능하고 교

연구발표와 시범수업 후 참관교사들과 기념촬영(1974.10.31)

역사과 연구발표

시범수업

시범수업 학생들과의 기념사진

장 선생님께서 양복 한 벌이라도 해 주세요. 학교 명예를 크게 빛낸 공로로……."

과연 그해 연말 우수교사 표창과 부상으로 양복 한 벌을 얻어 입었다. 그런데 누가 짐작이나 했으랴! 이것이 나의 교직생활을 마감하는 피날레가 될 줄이야.

내가 구속되자 안 교장과 이상덕 교감 등은 재빠르게 회의를 열고 당국의 반대를 무릅쓰고 나를 의원 사직시켜 출소 후를 배려해 주었다.

특히 나와 함께 부임한 몇몇 교사들은 출소 후를 대비하여 약간의 돈을 거두어주기까지 하였다. 참으로 고마운 분들이다.

5. 감옥, 시련과 인고의 세월

서대문 1번지

1975년 2월 15일 출근길에 악명 높은 중앙정보부에 납치되어 남산 분실에서 46일간의 조사를 끝내고 서대문구치소에 그 해 3월 31일 수감되었다. 서대문구치소는 일제가 조선을 실질적으로 지배하던 1907년 경성감옥이란 이름으로 서대문구 현저동에 짓기 시작하여 1908년에 완공하였다.

1912년에 서대문감옥소, 1923년에 서대문형무소로 이름을 바꾸었는데 일제가 수많은 독립운동가와 죄 없는 조선민중을 죽이고 가두었던 곳으로 우리 백성의 원한의 대상이었다. 지금은 서울 남쪽 의왕시로 옮기고 서대문구치소는 서대문 역사공원으로 변했다.

"삐거덕."

쇠창살 달린 큰문이 나를 집어삼키듯 달려든다. 서대문 1번지 형무소로 들어가서 교도관에게 간단한 인정심문과 신체검사를 마치고 푸른 죄수복으로 갈아입고 검정 고무신으로 갈아신었다. 서대문구치소 9사상 19호. 한 사람이 겨우 누울 수 있는 0.75평의 방은 관처럼 직사각형으로 길고 좁은 독방이었다. 오랫동안 사람이 거처하지 않았던 느낌이 들었다.

달포 전에 김동길 교수가 이곳에서 형이 확정되어 안양교도소로 갔다고 한다. 일제 때 지은 옛날 건물로 마룻바닥에는 여기저기 구멍이 있어 금방이라도 쥐새끼가 튀어나올 것 같았다. 안내 간수는 정보부 담당 수사관을 의식한 때문인지 말 한 마디 없었다.

방을 둘러본 수사관이 간수에게 잘 부탁한다는 말을 남기고는 며칠 후 또 오겠다면서 철문을 나가자 나는 동그마니 혼자 남았다. 내 자신이 생각해도 모를 일이다. 새로운 환경에 대한 두려움 때문인가. 그렇게 많은 협박과 회유와 고문을 한 사람들인데도 떠나가고 나니 시원하기보다는 허전함과 알지 못할 두려움이 더 크게 밀려왔다.

9사상 담당 간수와 경찰복 비슷한 복장에 지도라는 완장을 찬 사람이 나를 감시하였다. 급한 일이 있으면 이곳(문 가운데 붙은 곳을 가리키며)을 밀면서, "패통!" 하고 소리치라고 했다.

그곳에서는 간수를 담당이라고 불렀다. 담당이 시범을 보이면서 쓸데없이 누르면 벌을 받으니 필요할 때만 누르라고 했다. 말대로 누르니 방망이만 한 나무막대가 툭 떨어지면서 문밖에 수평으로 매달리어 담당이 그걸 보고 달려올 수 있게 되어 있었다.

주로 한 방에 여러 명이 수용되어 있는 일반 잡범들 방안에서 싸움이 벌어지면 그곳을 누르면서, "패통!" 하고 소리친다.

방 양쪽 벽은 차가운 시멘트다. 한쪽에 크고 작은 방 19개가 있으니 옥사 양쪽으로 모두 38개 방이 있었다. 아래층도 똑같은 형태였고 가운데 통로가 있는데 아래 위층이 그냥 틔어 있었다. KG식 2층 닭장과 흡사했다.

감방 안에서 통로쪽 문짝(출입문)은 사람 키 높이이고 그 문짝 얼굴 높이 부분에 가로 세로 40㎝ 정도의 창살이 있다. 그 문짝 아래쪽은 어린아이 머리가 들어갈 수 있을 만한 크기의 구멍이 있는데 식구食口통이라 한다. 하루에 세 번씩 밥 덩어리를 비롯하여 식수, 영치물 등이 모두 이곳으로 들어온다.

문짝은 가족의 접견이나 출정 때 이외에는 하루 종일 열리지 않는다. 얼굴 높이 부분에 있는 쇠창살 문짝으로 간수들이 죄수들의 감방 안 생활을 24시간 감시한다. 방 뒤쪽, 즉 바깥쪽 벽 밑에 뺑끼통이 있다. 뺑끼통은 원래 똥통인데 똥오줌 외에도 밥그릇 닦은 물 세숫물 등 24시간 생활한 모든 찌꺼기들을 그곳에 모은다.

뺑끼통이 놓인 벽 높이 약 1.8m 되는 곳에 쇠창살문이 있다. 열고 닫을 수 있는 문이 아니라 벽에 창살만 박아놓았다. 밖을 내다볼 수 있는 유일한 쇠창살문이다. 통혁당 사건의 주모자로 사형선고를 받은 김종태가 그 창문으로 탈출하려다가 발각되어 창살을 더 굵은 것으로 바꾸고 그의 사형 집행일이 앞당겨졌다고 한다.

뺑끼통은 오후 4시쯤 똥차가 와서 비워 간다. 이 똥차가 하루 쯤 거르는 날이면 똥통에 물이 가득 차서 대변을 볼 수 없을 정도가 된다. 그래도 나오는 배설물은 어쩔 수 없어 볼일을 보게 되면 항문과 엉덩이에 똥물이 튀어 올라 그곳 문자로 징역 중에 곱징역이 된다.

첫날 밤 오후 6시가 되니 소지가 "식사준비!" 소리친다. 그 소리에 일제히 식구통을 열고 밥그릇을 내민다. 콩과 쌀이 각각 1/4씩이고, 보리가 절반 섞인 180g의 원추형 가다밥인데 이른바 콩밥이다. 이 콩밥은 수용자의 누진 처우에 따라 1등에서 5등까지 크기가 다르다고 한다. 단무지 등 반찬 두 가지에 국 한 그릇이 들어왔다.

조금 있으니 옆방 수감자가 벽을 두들겼다. 통성명을 하고 보니 광주에서 학원 강사를 했고 공화당 중앙위원이었다고 한다. 재일교포 간첩연루 사건으로 보안사에 끌려가서 죽지 않을 정도로 얻어맞았단다. 1심에서 징역 15

년을 구형받고 선고 날짜를 기다리는 국가보안법 위반자였다.

통성명이 끝난 후, "김 선생, 밥 먹었소?" 하고 물어왔다.

못 먹겠다고 했더니, "그럴 거요. 한 3일 지나면 밥맛이 꿀맛 같게 됩니다. 그때까지 그 밥 버리지 말고 날 주시오. 조금 있으면 소지가 지나갈 테니 그때 주면 됩니다"라고 했다.

과연 조금 있으니 소지들이 청소를 마치고 제 감방으로 들어가기 위해 지나갔다. 내가 말하기도 전에 옆방에서 다급하게 "소지! 소지!" 하더니 옆방 밥을 전해 달라고 소리 지른다. 저렇게 배가 고플까. 정말 체면 없는 사람이라 느꼈는데, 과연 3일째 접어들자 밥맛이 꿀맛으로 바뀌었다. 감옥에서는 식사 때가 잡념을 떨쳐버릴 수 있는 유일한 시간이었다.

그 다음에 낙이라면 낙이라 할 수 있는 시간이 18시 30분부터 30분간 스피커에서 울려 퍼지는 음악이다. 그중 가장 인상 깊었던 노래는 오빠를 그리워하는 누이동생의 애절함을 담은 최순애의 동시에 박태준이 곡을 붙인 '오빠 생각'이다.

"뜸북 뜸북 뜸북새 논에서 울고/ 뻐꾹 뻐꾹 뻐꾹새 숲에서 울제/ 우리 오빠 말타고 서울 가시며/ 비단구두 사가지고 오신다더니."

이 노래를 매일 틀어주는데 나의 누이동생이 곧잘 부르던 노래인지라 얼마나 애달픈지 늘 눈물을 글썽이며 이 노래를 즐겼다. 그리고 당시 유행하던 송대관이 부른 "쨍하고 해뜰날 돌아온단다"로 시작되는 '해뜰날'이다. 나는 서적 차입도, 가족 면회도 금지된 상태였으니 오직 낙이라곤 이 음악뿐이었다. 다만 서적이라고 '신약성서' 한 권이 놓여있는데 '마태복음의 산상수훈 고린도전서 13장'은 달달 외울 정도였다. 그렇다고 기독교에 귀의한 것은 아니었다.

그런데 이 옥사에 마음대로 활보하는 기결수들이 있다. 소지와 지도였다. 소지는 옥사 내에서는 자유롭게 다니면서 담당 심부름과 청소 그리고 영치물 등을 전달하는 기결수들이었는데 대부분 1년 미만의 단기수들로 주로 절도 같은 범죄자이거나 여호와의 증인들이었다.

재소자 중에서 가장 특권을 가진 이들은 '지도'이다. 이들은 간수와 동행하지 않고 혼자서 구치소 안을 돌아다닐 수 있는 독보권獨步權이 있었다. 그들은 간수를 보좌하는 것이 주 업무지만 재소자에게 간수 이상으로 횡포가 심한 경우도 있었다. 마치 간수라도 되는 양 거드름을 피우기도 했다.

보안과장은 '지도'를 간수를 감시하는 스파이로 이용했기 때문에 간수들조차 '지도'를 두려워했다. 지도는 대개 3년 이내의 형을 받은 자들인데 담배, 쌍방울 런닝셔츠 장사 등 범칙을 저지르며 감옥 내 부정부패의 한 원인이 되기도 한다. 미결수들 눈에는 그들까지도 부럽기 한이 없는 자유인처럼 보였다.

소지의 의협심과 의적 일지매

소지 가운데 당시 사회적으로 큰 사건을 일으킨 사람이 있었다. 폭력으로 징역 7월을 받은 사람이었는데 긴급조치로 수감된 김지하 씨가 있는 옥사의 소지였다. 그는 김지하 씨를 내심 존경하여 자기가 할 수 있는 온갖 편리를 다 봐주었다.

당시만 해도 긴급조치, 국가보안법, 반공법으로 들어온 사람은 특별 요시찰 인물로 감시가 철저했다. 연필이나 글씨를 쓸 만한 종이 등은 일체 금지되었다.

이 소지는 김지하 씨에게 연필과 필요한 용지를 주고는 방 앞에 보초를 서다시피 하면서 김지하 씨가 마음대로 글을 쓸 수 있도록 망까지 봐주었다. 담당이 오면 문짝을 한 번 두드리는 신호를 주었다.

긴급조치, 국가보안법, 반공법 그리고 일반 잡범들 중에도 강력범 같은 요시찰이 있는 방은 무작위로 몇 곳을 골라 하루 한 번씩 검방을 했다. 일반 수들 방은 주로 담배나 쇠붙이 등을 면밀히 살피고, 정치범들 방은 외부와 연락할 수 있는 연필, 볼펜 등을 샅샅이 뒤졌다.

김지하 씨 방을 지켜주는 소지는 검방이 올 때는 문짝을 2번 두드려 연필과 종이를 감추라는 신호를 보냈고, 김지하 씨는 재빠르게 마루를 제끼고 그 속에 필기구 등을 감추었다고 한다. 검방하는 사람도 마루를 제낄 줄은 몰랐을 것이다.

이 소지는 출소일을 앞두고 김지하 씨에게 밖에 꼭 연락할 일이 있으면 자기가 심부름하겠다고 장담했다. 출소 날 김지하 씨로부터 원주 지학순 신부에게 전해 달라는 편지를 받았다. 교도소는 일반적으로 출소자 몸수색이 엄격하고 정밀하여 편지 같은 것은 가지고 나갈 수가 없었다.

이 소지는 머리를 썼다. 일반수 가운데 경제사범인 범털(돈이 있는 수감자를 범털, 아무것도 없는 빈털터리 수감자를 개털이라고 한다)에게 접근하여 집으로 보내는 편지를 한 장 더 받았다. 2장을 지니고 나가면서 신검을 받을 때 일반수에게 부탁받은 편지를 보이며 자수를 했다. "○○○에게서 집으로 전해달라는 이런 편지를 받았습니다" 하고 양심선언을 했다. 자수까지 했으니 몸수색을 할 필요가 없다고 생각하여 이 소지를 그냥 내보냈다.

김지하 씨의 편지는 며칠 후 지학순 주교에게 전달되었다. 지 주교는 멀리 미국 『뉴욕타임지』에 이 편지를 보내 우리나라의 인권탄압 실상을 알릴 수 있었다고 한다. 서대문 구치소가 발칵 뒤집혔음은 물론이고, 그 소지는 수감자들 사이에서 의리 있고 용감한 사나이로 화제의 인물로 떠올랐다.

또 한 사람, 화제의 인물은 조세형이었다. 조세형은 감옥에서 의적 일지매와 같은 인물로 알려졌다. 부잣집을 털어서 고아원이나 가난한 청소년들에게 이름을 밝히지 않고 도와준다고 하였다. 부정공무원이나 부정하게 돈을 많이 벌었다는 집을 찾아다니며 몽땅 털어간다고 했다.

벽을 거미처럼 타고 다니며 날렵하기가 비호같아 잘 잡히지 않는다고 했다. 그가 체포되었다는 뉴스에 모두 자기 일처럼 안타까워했다. 의도 조세형은 징역을 살릴 것이 아니라 외국 특히 일본으로 원정을 보내서 외화를 벌어 오도록 해야 한다는 주장이 교도소 내의 절도범들 사이에서는 단연 대세를 이루었다.

경제 제일주의로 외화를 벌어야 산다는 1970년대 사회상이나 가치관을 그대로 나타내주는 이야기다. 그러나 일지매 조세형은 출옥 후 한때 목사가 되어 간증을 하고 봉사활동도 한다는 신문기사를 보고 당시 교도소에서 떠돌던 이야기가 과연 헛소문이 아니었구나 하고 내심 반겼다.

그러나 그 후 또 다른 기사를 보니 그는 정말 일본까지 가서 절도 행각을 벌이다가 결국 체포되어 범죄인으로 송환되어 수감되었다는 기사를 보고 적지 않게 실망했다.

그런데 더 큰 실망은 형을 받고 만기 출소 후에 또 상습범으로 체포되었다는 기사였다. 과연 사람에게 개과천선이란 어려운 것이로구나 하는 느낌이 들었다.

속옷 영치물로 들어오는 아내의 편지

오후 6시. 소지가 들어가면 옥사 내 모든 감방은 적막에 싸인다. 길고 긴 저녁 시간을 그냥 눈감고 아침까지 기다려야 했다. 검사조서가 끝날 때까지 면회는 물론이고 변호사 접근까지 금지됐다. 내 방에는 성경 한 권이 놓여있을 뿐 다른 책은 허용되지 않았다.

검사 조사과정에서 정보부 조사 내용을 부인했더니 검사가 정보부에 보고했는지 정보부 조사관들이 다시 구치소까지 왔다. 구치소 소장실 옆 빈 방에 불려갔는데 놀랍게도 그들은 문답 조서를 이미 작성해 가지고 와서 부르고 받아쓰도록 하면서 그대로 하지 않으면 다시 남산 정보부로 끌고 가서 뜨거운 맛을 또 보이겠다는 것이었다. 다시 남산 분실로 데려가서 매운맛을 보여주겠다는 공갈과 시인하면 집행유예가 된다는 회유를 반복하였다.

왜 면회와 변호사 접견까지 막느냐고 항의했더니 검사조서를 남산 정보부에서 만든 대로 해야 금지 조치를 해제하겠다고 했다. 책이나 영치물은 곧 넣을 수 있도록 하고 영치금은 당장이라도 허용된다고 했다. 영치금은 안 넣어도 좋으니 가족 면회와 책 반입을 해달라고 했다. 그들은 약속하고 돌아갔지만 끝내 약속은 지켜지지 않았다.

어느 날 변호사 접견이라면서 감방문이 열렸다. 갑자기 닥친 일이라 당황도 했지만, 구세주라도 만난 듯 뛸 듯이 기뻐하면서 나갔다. 그러나 실망스럽기 그지없었다.

"오늘은 변호사 선임계에 지장만 받으러 왔으니 사건 관계는 다음에 상의하자"
라고 했다.

"전 같으면 기소꺼리도 안 되고 곤장이나 몇 대 때리고 내보내야 할 경미한 사건
인데, 시국이 어지러워 재판을 받게 되었다"라고 하더니, "잘하면 1심에서 집행
유예나 선고유예 정도일 것이고 아무리 어렵게 되어도 2심에서는 집행유예가 될
터이니 몇 달 고생하면 된다"라면서 선임계를 내밀었다.

지장만 받은 변호사는 법정 태도만 좋으면 바로 나갈 수 있는 건이니 '모
든 것을 순순히 시인하고 동정을 받으라'는 남산 정보부 수사관과 똑같은
말만 반복했다. 시인해도 법에 걸릴 만한 내용이 아니란 것이다.

"집안에 뭐 전할 말이 있느냐?" 물었다.

"고문이나 가혹행위는 받지 않았으니 안심하셔도 된다"는 말과 "구치소 밥이 배
가 고프지는 않을 정도이니 영치금은 넣지 않아도 된다"는 말을 아버지한테 전
해 달라고 했다.

그 후 변호사는 끝내 나타나지 않았고, 법정에서 비로소 만나게 되었다.

사실은 이때 나는 세상에 태어난 후 가장 심한 배고픔과 답답함을 느꼈
다. 절망감이 전신을 짓눌렀다. 0.75평 독방에서 생각나는 건 나 하나만 바
라보고 살던 집안 식구들이 어떻게 되었을까 하는 가족에 대한 궁금증이었
다. 하루하루가 고통스러웠다.

책마저 들어오지 않으니 가족에 대한 걱정과 알 수 없는 내 앞날에 대한
공포만이 나를 에워싸고 조여 왔다. 감옥 문을 들락거리는 것은 하루 한 번
의 똥통뿐이고 영치금과 속옷 같은 세탁물까지도 식구통으로만 들어왔다.

궁즉통窮卽通, 막히면 통하는 법이라고 했던가. 영치물로 집안 소식을 들을 수 있는 길이 트였다. 집에서 영치물로 런닝셔츠와 내복이 들어왔는데 그 내복 안에 집안 소식이 담겨 있을 줄이야. 아내가 속옷을 넣을 때 옷을 뒤집어서 집안 소식을 적고는 그 곳을 살짝 꿰매어 영치시켜 주었다.

내복을 입으려고 하니 소매 부분이 막혀 있었다. 뜯어 보니 연필로 집안 소식을 깨알같이 적어놓았다. 가족 면회 사절, 변호사 접견마저 금지된 때라 아내가 그런 기발한 착상을 한 것이다.

그 후 나도 세탁물을 내보낼 때 속옷에 편안히 잘 있다고 위로하는 글을 적어서 내보냈다. 이렇게라도 소식을 주고받으니 한결 숨통이 트였지만, 언제까지 이렇게 지내야 할지 한 치 앞도 보이지 않는 나날이 답답하고 지루하게 이어졌다.

똥통만 드나드는 감방문

변호사 접견만 되면 이런 문제는 모두 해결될 것이란 희망을 가졌지만 변호사를 만난 뒤 희망은 절망으로 바뀌었다. 0.75평 감방문은 열릴 줄 몰랐다. 날마다 오후 4시에 빵끼통(똥통)만이 내 방문을 열었다.

모든 죄수들이 빵끼통을 들고 나와서 잠시나마 바깥바람을 쐬었는데 나는 그마저 금지되었다. 나를 방안에 가둔 채 소지들이 대신 비웠다. 담당에게 내 빵끼통은 내가 비우도록 해달라고 간청했지만 높은 사람 보면 큰일 난다면서 안 된다고 했다.

어느 날 담당이 내 방문을 덜컹 열면서, "빨리 비우고 오시오"라고 하기에 나는 기뻐서 날듯이 얼른 빵끼통을 들고 나가려는데 다리가 떨리며 비틀거렸다. 정보부에서 46일, 0.75평 독방에서 20여 일 갇혀 있었더니 다리에 힘이 빠진 것이다. 보다 못한 담당이 한 마디 건넨다.

"좁은 방안에서라도 운동하시오. 다리 운동이나 팔굽혀펴기는 할 수 있지 않소."

담당은 24시간 근무하고는 바뀌는데 이 담당의 성이 나 씨였는데 조금 부드러웠다. 이 이가 근무하는 날은 말벗도 되어주었다.

국보법 위반 내용을 대충 듣고는, "민주화운동은 사상이 건전한 사람들과 해야 합니다. 불온한 사람이 섞이면 선생같이 오해를 받게 되지요" 하고는 동정을 아끼지 않았다. 법정에 나를 호송 갔다 온 날부터는 거의 터놓고 지냈다.

그날 이후 날마다 규칙적으로 운동을 했다. 팔굽혀펴기는 하루에 하나씩

올리고, 앉았다 일어섰다 하는 운동은 두 개씩 더해 갔다.

첫날 팔굽혀펴기를 3번밖에 못했는데 그 후 40개는 거뜬히 할 정도가 되었다. 2~300번씩 앉았다 일어서기를 반복하며 몸을 단련시켰다. 그런 가운데 배고픔을 해결할 수 있는 길도 생겼다.

인간은 적응의 동물이라고 했던가. 지금 당장 어떻게 할 수 없다는 현실이 내 몸을 감옥생활에 맞게 조금씩 적응시키고 있었다.

옥사에서 사귄 벗, 성유보 기자

동아일보 성유보 기자가 이부영 기자와 함께 국가보안법 위반으로 들어왔다. 성유보 씨 감방이 바로 내 옥사 아래층 맞은편인 9사하 16호였다. 나는 9사상 19호실이어서 얼굴을 마주 볼 수 있었다.

성유보 씨는 유명 신문사 기자로 있다가 구속 수감되어 온 터라, 들어오자마자 영치물이 넘쳤다. 빵, 건빵, 사과에다 영양제까지 들어왔다. 나한테 영치물이 들어오지 않는다는 것을 알고는 소지를 시켜서 들어오는 영치물의 절반 가까이나 나누어주었다.

당시 동아일보는 민주화운동의 상징이었으니 같은 국보법이라도 달랐다. 그 신문사 정치부 엘리트 기자였으니 간수들도 함부로 가혹하게 통제하지 못했다.

그는 거침없이 "김형, 필요한 것 없어요?"라 소리치면서 자기에게 들어온 영치물을 보냈다. 첫날 그가 보내준 건빵은 얼마나 맛이 있었는지! 너무 많이 먹은 통에 설사를 만났는데 그날이 하필 출정날이어서 그곳 문자로 며칠간 곱징역을 살았다.

그런데 이날 설사로 인한 긴장이 노이로제가 되었는지 출정 때마다 설사를 하게 되어 재판을 기다리는 죄수 대기실, 일명 비둘기통에서까지 화장실을 드나들게 되었다.

이때 성 기자의 옥사 담당이었던 아래층 전병용 교도관은 나중에 그 직을 집어던지고 재야운동가로 변신했을 정도였다. 성 기자와는 막역지우처럼 지내면서 10월 유신 긴급조치를 비판하였다. 때로는 옥사가 시끄러울 정도로 성 기자와 대화를 나누었는데, 이때부터 나도 내 의견을 내놓곤 했다.

높은 사람이 순시할 때는 소지들이 얼른 연락을 해 주었다. 내 수감생활도 그때부터 조금씩 긴장이 풀리기 시작했다. 정신적 고통과 굶주림에서 차츰 벗어났다. 그런 가운데 검사 조서가 끝나고 재판날이 다가왔다.

그러나 변호사 접견과 가족 면회 금지는 풀리지 않았다. 다만 영치물 중 서적반입이 허용되었다. 제한적으로나마 책이 들어오게 되었는데 문학, 소설류만 허용되었고 사상, 역사책은 여전히 손에 쥘 수 없었다.

재판 일정이 잡혔다. 1975년 4월 19일 공소장이 법원에 제출되고 그해 6월 30일 첫 공판이 열리게 된 것이다. 그날은 몹시 무더운 날씨였다.

아침식사가 끝나자 간수가 감방문을 열고는 "출정!" 하고 소리쳤다. 법정으로 나갔다. 죄수 대기실에서 재판을 기다리는데 이곳을 속칭 비둘기통이라 한다. 구조가 흡사 비둘기집처럼 되어있기 때문이다. 앉을자리도 비좁은데 사방이 막혀 답답하고 더워서 질식할 정도였다.

선임계를 받아간 변호사는 그때까지 코빼기도 보이지 않았다. 포승줄에 묶인 채 버스에서 내리면서 거의 석 달만에 먼발치로 아버지, 어머니와 아내를 보았다. 아버지 머리에는 하얀 서리가 앉았다. 눈물을 흘리며 나에게 달려오시던 어머니는 간수의 제지를 받았다. 아내 얼굴은 홀쭉하게 야위었고, 이마에는 없던 주름까지 보였다.

나는 애써 웃으면서 태연하게 수갑 찬 손을 흔들었다. 첫날은 주범에 대한 심문이 있을 뿐이었고 나에게는 검사 심문이나 변호사 반대 심문도 없었다.

다음날 두 번째로 변호사 접견이 있었다. 내 심문은 아직 멀었으니 변론 준비를 위한 접견은 다시 오겠다고 했다. 구치소 오는 길에 들렀다는 이야기만 남기고는 가버렸다. 그 후 변론을 준비하기 위한 변호사 접견이 두 차례 더 있었는데, 나는 이 변호사가 영 마음에 들지 않았다.

그는 사건기록을 봤다면서 나에게 사건에 대해 이야기는 하지 않고 "보안법은 부인해도 소용없고 그 내용이 시인해도 별 것 아니니 시인하고 동정받으라. 최악의 경우라도 2심에서는 집행유예다"라는 말만 되풀이했다.

이 이야기를 성유보 씨한테 했더니 "말도 안 되는 엉터리야. 증거가 없으면 무조건 부인해야 합니다. 보안법은 다 인정하면 정상참작이 안 됩니다"라고 했다.

부인해야 판사가 동정이라도 하지 다 인정하면 동정해 주고 싶어도 못한다는 논리였다. 지푸라기라도 잡으려는 나로서는 잘 판단이 서지 않았다. 나를 수사했던 중앙정보부 수사관들은 재판정에서도 바로 내 뒤에 앉아서 계속 시인하라는 귓속말을 했다.

"너희들은 이미 형량이 정해져 있다. 시인하고 동정받으라"며 위협했다. "부인하면 다시 중정에서 재조사를 할 수밖에 없다"라고 협박했다. "주범인 김달남의 정체를 알고 있지 않았느냐"는 검사의 강압적인 심문에 알지도 못했던 사실을 시인할 수가 없어서 묵비권을 행사했다. 당시 묵비권은 시인으로 간주하였는지 수사관들은 내 묵비권 행사에 안도하는 눈치였다.

성 기자의 말이 옳았다는 것을 뒤늦게 깨닫게 되었다. 나는 재판을 지켜보면서 함께 묶여서 재판을 받던 박○일 씨의 담당 홍성우 변호사가 하는 반대심문과 변론을 들으면서 가슴이 뛰었다.

'내 변호사가 저렇게만 해 준다면…' 기대와 희망에 부풀었다. 내 변론 차례가 되었다. 내 담당 변호사는 검사심문에 대한 변호사 반대심문도 없었다. 더듬더듬 몇 가지 묻더니 변론은 서면으로 하겠다면서 끝내고 말았다.

나는 울화통이 머리끝까지 치밀었다. "왜 서면 변론이냐! 반대심문이 왜 그 모양이냐!! 도대체 그게 변론이라고 하느냐!" 다그쳤다. 법정이 시끄러워지고 당시 정치 판사로 악명 높던 권종근 판사는 나한테 호통을 쳤다.

"당신을 위해서 온 변호사에게 웬 행패냐?" 변호사는 겸연쩍은 얼굴로 물러나고 나는 방청 오신 아버지한테 "아버지, 변호사 바꾸어 주세요"라고 소리쳤다.

그때까지도 가족 면회는 금지되어 있었다. 이제는 1심 재판이 끝나야 접견금지가 해제된다는 것이다. 참으로 말도 안 되는 인권침해였고 내 변호사는 박정희 독재정권의 하수인이었을 뿐이다. 국선변호인이라도 다 그렇지는 않겠지만 나의 변호사는 꼭 국선변호인 같았다.

내가 이 글을 쓰던 때인 2015년 7월 25일자 신문에 '2000년 8월 10일 익산 택시기사 살인사건'에 관한 기사가 실렸다. 당시 15세 소년이 범인으로 몰렸다가 진범이 따로 있다고 15년이 지난 지금 다시 수사에 들어간 사건이다. 국선변호인이 이 소년을 설득하는 과정이 내가 겪은 일과 너무나 닮았다. 이 소년이 한 말을 그대로 옮긴다.

"1심 때 15년형을 받았는데 변호사께서 그렇게 말씀하시더라고요. 더 이상 여기서 부인해 봤자 어차피 형은 확정이 됐는데 조금이라도 (감옥에서)덜 살아야 되지 않겠냐?"

나를 담당했던 김모 변호사와 너무나 같은 논리였다.

월급 이야기로 간첩방조죄 징역 5년!

이날 아버지가 쓰러지셨다고 한다. "시우가 법정에서 판사한테까지 미움을 샀으니 큰일 났다" 하시며 정신을 잃으셨다는 것이다.

온 집안 식구들이 크게 실망했단다. 나중에 아내가 넣은 영치물 내의 소매에 이날 집안 광경을 그린 듯이 써놓았다. 그날 재판정에서는 온통 내 이야기였다고 했다. 아내의 걱정이 태산 같았다.

나를 호송하며 법정에 갔던 간수도 몹시 걱정이 되는 모양이었다.

"당신은 매우 어렵게 된 것 같소"라고 염려스럽다는 듯이 말했다. 그때까지도 나는 가족 면회조차 금지되었으니 가족들의 근심이 얼마나 컸겠는가!

성유보 씨는 "그렇게라도 잘 했다"며 "판사가 판단하기 나름인데, 너무 억울해서 그렇게라도 할 수 있지 않았겠냐"고 생각할 수도 있다는 것이었다.

마지막 최후진술이 다가왔다. 나는 법정이 숙연할 정도로 조리 있고 힘차게 마지막 진술을 했다. 나와 공범으로 같이 재판을 받게 된 배영수의 처남이 방청석에서 내 최후진술을 듣고 당시 대학생이었던 그는 큰 감명을 받았다고 했다. 내가 출소 후 배영수와 셋이서 소주 한잔을 나눈 일이 있었는데 그때 그는 모 해운회사 전무였다.

"그때 선생님 최후진술을 듣고 한때 운동권 학생이 됐었지요"라고 말했을 정도로 울림이 있었다. 내 최후진술 내용은 대충 이러했다.

"나는 독재정권을 반대하고 비판했지 결단코 반국가적 행동을 한 일은 없다. 독재정부와 국가를 동일하게 보면 안 된다. 민주주의와 경제건설은 병행할 수 있다. 그러나 경제건설을 앞세운 민주주의의 유보는 독재정권을 합리화하기 위한 구실일 뿐이다. 경제발전이란 구실로 결코 인권을 유린해서는 안 된다."

그러나 독재자 손아귀에 있던 재판정에서는 울림 없는 광야의 외침에 불과했다. 15년 구형에 5년을 선고받았다. 장난 같은 재판은 한 사람의 인생을 결딴내고 가정을 파탄시켰다. 나는 상급법원을 기대하고 항소와 상고를 했지만 모두 기각! 기각이었다. 재판다운 재판도 받아 보지 못하고 형이 확정되었다. 나는 오랫동안 영어의 몸이 되었고, 우리 집은 큰 고난의 길로 들어섰다.

죄명은 국가보안법과 반공법 위반. 범죄내용은 금품수수와 국가기밀누설. 금품수수 내용은 1970년 5월 16일 내 결혼식 때 당시 연세대학교 대학원에 다니던 김달남이 참석하여 낸 축의금과 어머니 서울적십자병원에서 위궤양으로 입원 수술을 했을 때 문병 와서 '쾌유'라고 쓴 봉투를 놓고 갔는데 이런 것들이 모두 금품수수로 둔갑했다. 그러나 나에게 5년의 징역형을 묶어둔 가장 큰 죄인 국가기밀누설은 건국중학교 교사 봉급을 알려주었다는 것이다. 내가 봉급액수를 말한 것은 어느 날 그와 술자리에서였다.

중앙정보부에서, "김달남과 만나서 뭔 이야기했어?"라고 다그쳤다.

"기억이 없습니다."

"학교에 대한 여러 가지 이야기했을 거 아냐?"

"취직 후 첫 만남이니 월급이 얼마냐고 물었을 것 아냐?"

"월급이 얼마인지 물었는지는 모르겠으나 그것도 범죄입니까?"

"기밀탐지의 정을 알면서도 봉급액수를 가르쳐 준 것이 아니냐?"

"내 월급 액수도 기밀입니까?"

나는 재차 반문했다.

"판단은 판사가 하니까 죄가 되든 안 되든 그렇게 써."

이것이 국가기밀누설죄가 나온 조사과정이었다. 재판정에서는 더 웃기는 일이 벌어졌다. 뒷날 법무부 장관까지 지낸 김모 검사의 논고였다.

"중학교 교사의 봉급이 공지의 사실이라도 현대전은 총력전이므로 적이 알아서 좋은 일은 없다. 그러므로 기밀 누설에 해당된다"라며 유죄판결이 마땅하다는 논고를 하였다. 이 논고를 받아들인 판사는 당시 정치 판사로 유명한 권종근 부장판사다. 나는 내 봉급을 알려준 것으로 이적행위자가 되어 5년 징역형을 받았다. 도무지 실감이 나지 않는 장난 같은 재판이었다.

실제로 실정법 위반이라면 '공산당선언문'을 읽어본 반공법 정도였다. 더욱 어처구니없는 것은 가난한 집에서 태어나 사회에 많은 불만을 품고 정부를 전복하려 했다는 검사 논고였다.

부모 덕분에 대학을 나와 좋은 직장까지 얻었는데 참으로 어처구니 없는 논고였다. 나와 공범이란 사람들은 5명인데 재판정에서 처음 보는 사람이 2명, 그저 얼굴만 알았을 뿐 사회에서는 한 마디 대화도 없었던 선후배간이 1명이었다.

재판은 허무하게 끝났고, 나와 내 가족을 어둠으로 몰아넣을 5년이란 세월만이 검은 아가리를 벌리고 나를 기다리고 있었다. 그러나 나는 이에 승복할 수 없어 즉시 항소를 신청하고, 1975년 10월 30일 다음과 같은 항소이유서를 서울고등법원 형사 1부에 제출했다.

항소 이유서

성명: 김시우金時佑. 1944년 1월 5일생 (31세)
죄명: 국가보안법 등 위반

상기 피고인은 1975년 9월 1일 서울형사지방법원 합의 8부에서 징역 5년 자격정지 5년을 선고받은 자로서 먼저 검찰측의 엄청난 구형량을 대폭 삭감하여 주신 재판부 판결에 감사드립니다. 그러나 위 형량은 과장되고 왜곡된 공소 내용과 수사관으로부터의 강제된 진술내용이 사실로 인정된 데서 빚어진 판결의 결과이므로 불복 항소를 제기하고 아래와 같이 그 이유서를 제출합니다.

저는 처음부터 그러했지만 김달남이 간첩으로 판명된 이상 불법적인 수사경위를 비난하거나 사실을 숨기거나 왜곡시켜 내용을 호도하거나 판사님을 기휘忌諱할 생각은 추호도 없었습니다. 만약 그와 같은 비굴한 행동을 시도한다 할지라도 판사님들의 현명이 이를 용납치 않으리라는 사실도 잘 알고 있습니다. 다만 평소에 제가 가진 최소한의 국민적인 양심과 저의 인격을 걸고 모든 것을 사실대로 진술하여 피고가 흔쾌히 승복할 수 있는 정당한 판결을 받고자 하오니 판사님들의 깊은 통찰과 원심판결의 재고를 바랍니다.

먼저 김달남의 정체를 알고 있었다는 공소항목에 대하여…

1968년 5월경 당시 건국대학교 사학과 박형표朴亨杓 주임교수의 소개로 재일교포 모국 유학생 김달남金達男을 알게 된 후 동사건의 배영수裵榮洙 등과 각별히 친하게 지내면서 3선 개헌반대 데모 및 정부시책에 대한 비판적인 이야기는 있었으나 이는 당시 대학생들의 일반적인 화제의 내용이었으므로 김달남의 정체 파악과는 전연 관계없는 내용입니다.

…(중략)…

1970년 4월경 모택동과 김일성은 마르크스, 레닌주의의 정통파이며 김일성의 독립운동 운운한 내용은 4학년 '서양근대사(교수 강동진)' 시간에 공산주의 현상에 대한 교수의 강의 중 "수정주의와 교조주의에 대한 설명과 모택동과 김일성은 교조주의자이다"라는 강의가 끝난 후 여러 학생들이 이야기한 내용에 불과하며 김달남이 특별한 목적을 가지고 진행된 이야기는 아니었습니다.

이 점은 1심 법정이나 검찰에서 충분히 진술한 바와 같습니다. 김달남이 김일성을 독립운동가이고, 공산주의 정통파라고 했으며, 그런 이야기를 하는 사람을 보고도 간첩인 줄 몰랐다는 것은 어불성설이란 정보부 수사관의 주장은 논리의 비약입니다. 이를 가지고 사복경찰(정보부 요원)이 구치소까지 와서 5월 5일 검찰진술을 번복시킴은 도저히 납득할 수 없습니다.

공소사실 제1항 간첩방조

1970년 4월경 취직 후 처음 만난 김달남이 취직을 축하한다면서 직장 분위기와 보수를 문의한 것은 기밀탐지가 목적이었고, 그런 줄 알면서도 이를 알려줌으로써 간첩행위를 방조했다는 공소내용은 참으로 기막힌 내용이어서 그 작성 경위를 밝히고자 합니다.

1975년 5월 5일 이미 공소장이 송달된 후에 사복경찰관(정보부 요원) 3명이 문답형식의 수사기록을 작성해 가지고 와서 비치서류를 갖추기 위한 것이니 서명해 달라고 요구하여 읽어보니 위와 같은 내용이 있기에 거절했으나 '공소와는 관계없다. 이에 협력하지 않으면 다시 남산으로 데려가겠다'고 공갈, 위협하여 서명한 사실이 있습니다. 10여 일 후 바로 그 내용을 가지고 검사취조가 있기에 작성경위를 진술하였습니다. 그 후 10여 일 후 담당검사가 구치소까지 와서 똑같은 내용을 추궁하면서 왜 그들에게(사복 경찰관)는 시인하고 나에게는 부인하느냐. 맞아 죽더라도 그들에게서도 부인해야지. 결국 시비는 법정에서 가리기로 했던 것입니다. 사실은 월급 액수를 물은 사실조차 나는 기억 못하는 일입니다. 판사님들의 깊은 통찰을 바랄 뿐입니다.

공소사실 2항 금품수수(결혼 축의금)

1970년 5월 16일 나의 결혼식에 참석한 김달남이 축의금을 낸 것은 사실입니다.

공소사실 3항 라디오수수

1970년 7월경 김달남이 일본에서 가지고 왔다는 중고 트랜지스터 라디오를 받은 것은 사실이나 이는 내가 라디오를 사달라고 부탁했으나 중고품을 가지고 와서 내가 쓰던 것인데 아직은 성능이 괜찮다면서 돈은 받지 않고 선물이라 하기에 내가 거기에 상응하는 답례를 한 것으로 기억합니다.

…(이하 공소내용 생략)…

나의 가장 큰 죄목은 건국중학교 봉급액수를 알려주었다는 간첩행위 방조죄이다. 나의 항소이유서 내용 결론 부분은 다음과 같다.

공산주의를 막는 길은 안정과 번영과 자유라고 생각하면서 민주주의를 지나치게 내세운 것이 결국 유신체제에 대한 비판으로 이어졌으나 악의는 없었습니다. 그러나 공소내용 중 금품수수는 사실이나 결혼 축의금, 병문안 위로금 이상도 이하도 아니었습니다. 공소장이 이미 발송된 후에 간첩방조죄 부분을 사복 경찰관(정보부)이 사전에 문답형식의 서류를 구치소에까지 가지고 와서 강제서명을 받은 것, 결혼 축의금과 문병 위로금을 공작금으로 둔갑시킨 것은 사건을 만들기 위한 궁여지책이 아니면 맹자에서 말하는 이른바 망민罔民입니다. 즉 백성을 그물로 잡은 것과 무엇이 다릅니까? 공소내용 중 교사 봉급을 가르쳐준 간첩방조죄와 결혼 축의금 등을 공작금 운운하며 금품수수라 함은 아무리 생각해도 승복할 수 없는 판결입니다.

김달남이 간첩이란 그 자체도 정보부 요원들의 입을 통해서 들었을 뿐입니다. 이것이 어찌 간첩방조죄입니까? 항소 이유이기도 합니다. 저는 주의 사상이나 국가를 위해 자신이나 가족을 희생시킬 만한 용기 있는 인물도 못 되지만, 반국가단체의 구성원에게까지 돈을 받는 파렴치하고 비양심적인 행동으로 자신을 스스로 격하시키는 타락된 인간은 결코 아닙니다. 이는 저를 교육시키는 데 일생을 바친 부모님이나 저를 가장 성실한 남편으로 알고 있는 아내나 많은 제자들에게 가장 부끄러운 공소 부분입니다. 항소 이유입니다.

그러나 몇 번이나 연기 끝에 법정 기간이 만기되는 1976년 1월 10일 나의 항소 이유는 기각되었다. 나는 즉시 상고를 결정하고 그해 2월 21일 대법원 제 3부에 상고 이유서를 제출하였다. 기대와 희망에 부풀었던 항소가 기각되어 매우 실망스런 상태에서 그래도 실낱같은 희망을 걸고 다음과 같은 상고 이유서를 썼다.

그런데 항소심이 끝났는데도 가족면회 금지는 풀리지 않았으니 이러고도 민주주의라 할 수 있는지 참으로 개탄스러울 뿐이다.

상고 이유서

김시우. 1944. 1. 5

상기 피고인은 1975년 9월 1일 서울지방법원 합의 8부에서 징역 5년 자격정지 5년의 형을 선고받고 이에 불복 항소하여 1976년 1월 10일 서울고등법원 형사 1부에서 기각 판결을 받았습니다.

국민으로서 최소한의 양심과 정성을 다하여 사실대로 진술한 항소 이유서였습니다만 저의 이와 같은 충정衷情은 호말毫末의 참작도 없이 부당하게 사실심의가 끝난 데 대하여 승복할 수 없는 억울함과 원심을 확정시킨 항소심 판결의 정당성을 도저히 인정할 수 없어 이 나라 최고 법원에 피고의 억울함을 담아 상고 이유서를 제출합니다.

이는 죄를 반성할 줄 모르는 파렴치나 정당한 판결에 형량을 탕감받으려는 소인배적인 근성이 아니라 합리적이고 승복할 수 있는 판결을 갈망하는 국민한 사람의 정당한 요구이자 충정일 뿐입니다. 사실심 자체를 승복할 수 없는 피고가 그 사실심을 기정화한 법률심에 응하기란 여간 큰 어려움이 아니지만 저는 이 나라 최고 법정에서 저에게 부가된 억울한 죄명이 반드시 파기 환송될 것으로 믿습니다. 법 적용상의 하자瑕疵를 운위할 만한 법 이론이 없는 피고이지만 사실에 대한 피고인의 솔직한 진술이 외면되고 강제된 수사내용만 인정되는 잘못을 바로잡고자 아래와 같은 상고 이유서를 제출합니다.

… (중략/ 항소이유서와 겹침) …

끝으로 이 나라 교육자의 양심과 인격이 법의 심판 앞에서 이렇게 철저히 무시된다면 힘없는 국민의 억울한 사정은 어디에 호소할 수 있겠습니까? 김달남은 존경하는 주임교수로부터 가장 애국적인 민단 청년으로 소개되었고, 그의 친형은 민단 나가겐長野縣 부지부장으로 무역에 종사하는 실업인으로 소개되었습니다. 또 그는 강의실 옆자리의 학우였으며, 이 나라 유력한 언론(한국일보)은 그의 가정을 민단의 유력한 재벌로 보도(70년 5월경)했었고, 그는 상공부가 허가한 수출업체를 가지고 언필칭 애국과 민주주의를 들먹인 유학생인데 어찌 간첩으로 의심할 수 있겠으며, 특히 일본 쓰쿠바 대학 교환교수로 가있던 강동진姜東鎭 교수는 1972년 3월 상순경 일시 귀국했을 때도 그를 민단의 애국청년으로 칭찬을 아끼지 않았습니다. 이런 상황에서 그의 정체를 지실知悉하지 못한 채 친구로서 극히 자연스럽게 이야기한 봉급 액수가 간첩방조 행위가 되고 하찮은 도서 교환이나 우정을 표시한 이외에 아무런 뜻도 없는 축의금, 문병 위로금 등등이 금품수수가 된다면 그 논리를 그대로 적용시킨다면 그를 만난 자 범죄행위를 저지르지 않는 자 누구이며 그가 한국에 유학할 수 있도록 입국 및 교무행정 관계자 누군들 무사할 수 있겠습니까?

재판장님! 교육자의 무기는 인격적 감화력과 도덕적 권위와 의義로운 정신력에 있다고 생각합니다. 물론 저는 운위할 수 없는 일입니다만 저의 당초의 충정이 이렇게 철저히 짓밟히리라고는 생각지도 아니 상상도 하지 못했습니다. 제가 만약 그 정체를 알고도 암약했다면 저 자신의 안전을 위해서 정부 정책에 대한 비판적인 언동이나 김달남과 관계되는 일이나 증거가 될 만한 물건은 다 음폐했을 것입니다. 이 모든 점이 너무나 명약관화해서 둔한 필력의 변소가 오히려 번거로울 뿐입니다. 재판장님이 보다 현명한 통찰과 판단으로 아직 젊은 제가 가정의 단란과 행복을 되찾고 국가와 사회에 이바지할 수 있는 길이 조속히 이루어지기를 앙망합니다.

1976년 2월 21일
작성인 김시우

위 사항은 본인의 작성임을 확인함. 교도보 김진화

상고심 역시 1976년 4월 27일 기각되었다. 자기가 수령하고 있는 중학교 교사 봉급 액수가 무슨 큰 기밀이라고 징역 5년이라니 참으로 어처구니없고 아이들 소꿉장난 같은 재판은 비인간적인 고문과 회유 폭력 등이 만들어낸 수사기록만 인정되고 온갖 정성과 피를 토하는 절절한 해명은 호말도 받아들여지지 않은 채 9식구의 성실한 가장을 징역 5년에 처하는 그런 비인도적 반인륜적 결론으로 재판사에 오명을 남겼다고 생각하여 나는 형을 살면서 재판결과에 승복하지 못했고, 1976년 5월 19일 재심을 청구했으나 물론 결과는 기각이었다.

대구형무소로 이감

대법원 판결이 나자마자 머리를 깎였다. 머리를 깎던 죄수 이발사가 묻는다.

"몇 년 받았소?"

"5년입니다."

"가족은?"

"딸 셋."

"아들도 없으니 고무신 거꾸로 신겠구먼. 마음 독하게 먹어야지. 선생 같은 분은 보안법이라 감형도 없고, 앞날도 캄캄하고, 어떤 여자가 기다리겠소."

나는 한 마디 대꾸도 하지 않았다. 아내에 대한 믿음이 철석같았기에 대꾸할 필요도 없었다. 죄 같지도 않는 죄를 아내인들 모를 리 없기에 그럴 리 없다고 고개를 가로저으며 감방으로 들어왔다.

마음이 개운치 않다. 머리를 깎고 방안에 홀로 있으니 눈물이 하염없이 흘렀다. 배고픔마저 잊었다. 성유보 씨가 영치물을 보내왔으나 평소와는 달리 일어서서 고맙다는 손짓도 하지 않았다.

머리를 깎은 지 며칠 되지 않는 1976년 5월 22일 새벽같이 감방문이 열렸다. 감옥소에서 새벽 문 여는 소리는 모든 죄수에게 불안과 공포였다. 사형 집행이나 이감이 아니고는 새벽에 감방문을 여는 법은 없기 때문이다.

나는 대구형무소로 이감가게 되었다. 반공법과 보안법 수인 3명이 함께였다. 열차 뒷좌석 두 칸을 비우고 간수 2명이 우리를 호송했다. 김천을 지날 무렵 어떤 사람이 지나다가 힐끗 돌아보더니 간수에게 귓속말을 했다.

조금 있으니 열차 내 판매원에게 빵, 과자, 음료수 등을 잔뜩 사서는 "마음 모질게 먹고 지내세요. 세월이 생각보다 빠르니 건강하게 수형생활 마치고 재기해요"라며 몇 번이나 당부하였다. 참으로 고마운 분이었지만 우린 담담했다. 빵과 과자를 받았으나 먹었는지 아닌지 기억조차 나지 않는다.

그날 오후 대구에 도착하여 미전향 장기수들이 수용된 특별 옥사 1사하 48호실 독방에 수감되었다. 대구형무소 수형생활이 시작되었다.

미결수로 있던 서울 서대문형무소와는 감방 구조부터 달랐다. 71개의 독방을 가진 특별사동은 중앙에 긴 통로 양편으로 한쪽 35개씩의 독방이 엇갈리게 배열되어 마주 못보게 되어 있고 햇빛이 들어오지 않는 그야말로 밀폐된 미전향 장기수 옥사였다.

영화 빠삐용의 감방을 연상케 하였다. 대부분 미전향 좌익수로 10년 이상 감옥생활을 한 무기수들이었다. 1953년도에 치안유지법으로 들어온 사람도 있었다. 그는 좁은 방에서 23년 동안 산 사람이었다. 좌익수 외에 시국사범으로 긴급조치위반 학생, 재야 반체제 운동가, 정신장애인 등이 수감되어 있었다.

사회통제에서 벗어난 사람을 가두는 곳이 감옥이라면 이 특별사동은 감옥 안에 또 하나의 감옥이었다. 일반수 중에 다루기 힘든 꼴통들의 징벌방으로도 사용하기 때문이다. 아무리 다룰 수 없는 꼴통들도 이곳에 오면 기가 죽어 꼼짝 못 한다고 한다. 이 특별사동에 수감자들은 접근해서는 안 되는 사람으로 낙인찍혀 철저한 외톨이로 소지들조차도 말을 걸지 못했고 심지어 간수들도 말을 걸지 않고 표정 자체가 공포 분위기였다.

나는 처음에는 그런 분위기가 오히려 싫지 않았다. 우선 미결수 때와는 달리 책이 비교적 자유스럽게 들어왔고 하루 종일 아무런 방해 없이 책을 볼 수 있어서 오히려 시간이 아까울 정도로 독서에 열중할 수 있었다.

대구형무소에서는 간수 외에 교회사教誨師라 하여 나를 맡은 특별 담당자가 또 있었다. 대구에 온 지 며칠 지나자 그 교회사란 사람이 와서, "이제 당신은 다 끝났으니 기술이나 배우고 건강관리나 잘 하세요"라고 말했다. 나는 한마디로 거부했다. 내 방 맞은편 노인 죄수가 물끄러미 바라보더니 몇 년을 받았느냐고 물었다.

자기는 무기수인데 23년이나 살았다고 했다. 사람 목숨이 참으로 모질다는 생각이 들었다. 짐승 같으면 벌써 질식해 죽었을 터. 얼마 후 장기표, 환경운동가 최열 등도 대구의 특별옥사에 수감되었다.

나는 좁은 방에서 날마다 책만 보았다. 논어, 맹자, 대학, 중용, 성경을 비롯하여 평소 사놓기만 하고 시간에 쫓겨 못 보았던 집에 있는 책은 물론이고 교도소 안 도서관 책도 다 빌려 보았다. 내 생애에 가장 많은 독서를 했다.

이때도 가족 이외에는 누구와의 접견도 금지되어 있었다. 이상한 것은 이곳 좌익 장기수들이 우리를 동료로 취급하지 않는다는 것이었다.

특별 옥사의 외톨이 막걸리 반공법

국가보안법이나 반공법으로 5년 이하 징역형을 받은 사람은 막걸리 반공 사범으로 여겼다. 사회주의나 공산주의 이념이나 사상이 있는 것이 아니라 술 한 잔 마시고 박정희 정부에 대해 만용을 부리다가 들어온 사람들이니 자기들 같은 정치사상범이 아니란 뜻이다.

같은 옥사에서 생활하는 동안 우리들 자신도 그것을 느끼게 되었다. 그곳에서는 형무소 규칙이 아주 철저하게 지켜졌다.

그들은 주먹밥이 정량(180g)이 되는지 안 되는지를 저울을 만들어 확인까지 한다. 그렇게 하지 않으면 그 오랜 징역생활에 건강을 지키지 못한다는 것이 그들 이야기다. 밥덩이 무게를 다는 방법이 기발했다. 나무젓가락 가운데를 실로 묶고 젓가락 양쪽 끝에 치약, 미원 등을 밥 그램 수치와 같게 한 뒤 또 한쪽에 밥을 달아서 수평이 되는지를 확인한다.

그들은 감방생활 법규까지 알고 있었다. 하루 운동시간은 얼마간이라고 정해져 있는데 시간을 다 채우지 않으면 바로 항의한다. 음침하고 냉기만 감도는 감방에 따뜻한 햇빛이 얼마나 그립고, 자유로운 보행이 얼마나 절실했겠는가. 햇빛은 생명의 젖줄이요, 보행 한 시간은 삶의 실체일 수밖에 없었다. 운동시간을 단축하거나 밥덩이 정량을 줄이는 것은 곧 생명의 단축이요, 삶의 위협일 수밖에 없다. 그러니 규칙에 조금만 어긋나도 항의하고 경우에 따라서는 단식 투쟁도 마다하지 않는다. 이것이 좌익수 옥사의 실상이다.

전향하지 않는다는 이유로 그들에게 저질러진 야만적인 탄압으로 피해 의식이 극도로 심한 상태였다. 막걸리 반공사범을 의심하는 것도 그런 연유다. 그들이 하는 말을 막걸리 반공사범이나 일반수들이 밀고하는 경우가 종종 있었기 때문에 더욱 민감했다.

하루 한 번씩 운동을 시키는데 운동시간은 1시간이었다. 한꺼번에 다 하는 것이 아니라 한 번에 5~7명 정도로 제한했다. 서로 이야기를 나누지 못하게 만든 방법이다. 일정한 거리를 두어 철저하게 감시했다. 그러나 그들은 그 시간을 최대로 활용하여 눈짓, 손짓 등으로 의견을 교환하고 정보를 나누었다.

그 좁은 방에 20여 년을 산 사람들이 바깥소식을 훤하게 꿰뚫고 있었다. 내 방 맞은편에 이종한이란 분은 1976년 당시 23년 동안 옥에 갇혔다고 했다. 1954년도에 36세로 체포되어 59세가 되었는데 독방생활을 너무 오래 해서 말이 무척 어눌해졌다고 한다. 그곳에서 최장기수였다.

재야운동가 서준식 씨의 형 서승 씨도 그곳에 있었는데, 처음 운동 나온 그를 보고 문둥병 환자인 줄 알고 깜짝 놀랐다. 보안사에서 수사받을 때 고문에 못 이겨 수사관이 잠깐 한눈팔고 있는 사이에 석유난로를 뒤집어써 얼굴을 비롯한 온몸에 화상을 입고 손가락도 완전히 꼬부라져 꼭 문둥병 환자처럼 보였다.

그는 서울대학교 사회학과 재학 중에 동생 서준식과 함께 체포되어 자기는 사형을, 동생은 7년형을 선고받았다. 그러나 일본 조야와 인권단체에서 서승 형제의 구명운동을 한 것이 효과를 보아 무기징역으로 감해졌다고 한다. 그는 토인비의 역작 『역사 연구』를 원서로 읽을 정도로 실력이 출중했다. 그는 1990년 19년 만에 석방되어 일본 오사카에 있는 리츠메이칸 대학에서 2011년까지 법학부 교수로 일했으며, 지금은 우석대학 석좌교수이다.

그는 감옥에 있는 동안 당국의 강압적인 사상전향에 맞섰고 석방 후에는 고문 반대운동을 벌였다. 1995년부터 '동아시아 냉전과 국가 테러리즘 국제심포지엄 운동'을 주재하고 있다.

미전향 장기수 옥사에서 약 2, 3개월을 지냈다. 그 밀폐된 공간, 통방과 접근이 엄격하게 통제된 그곳에서도 기억에 남는 몇 사람이 있었다. 여기서 말하는 통방이란 앞방 혹은 옆방 사람과 이야기를 주고받는 것을 말하는데 이는 엄격하게 금지되어 있다. 통방을 근본적으로 막기 위하여 방을 엇갈리게 배치하여 앞방 사람과 바로 볼 수 없게 되어 있었다.

옥사의 감방문은 기상 후 세면대에 갈 때와 운동하러 갈 때만 담당이 열어주고 그 외에는 온종일 굳게 닫혀 있지만, 하루 세 번씩 "식사 준비" 하는 구호와 함께 문 아래쪽에 식구통이 일제히 열리는데 이때가 재소자들이 가장 분주한 시간이다. 아침 기상 시간에도 재소자들이 마음대로 서서 움직이므로 얼굴 높이에 가로, 세로 30cm 정도 넓이에 쇠창살 광창이 있다. 원래 이 광창은 담당들이 죄수들을 감시하기 위해 만들어 놓은 것인데 이때 재소자들이 앞방 사람과 이 광창을 이용하여 통방하는 시간이다. 식사시간에 식구통을 통하여 밥을 기다리는 동안에도 통방을 하는데 말소리가 나면 간수가 달려와서 통제하는데 때로는 폭력까지 휘두르기도 한다. 이와 같이 통방금지는 간수들의 큰 임무이다.

그런데 대개 아침 기상시간이 통방을 할 수 있는 절호의 찬스이다. 상대편을 볼 수 있도록 비껴 서서 손가락으로 벽면이나 허공에 번개같이 빠른 손놀림으로 글씨를 쓰는데 그들은 대개 10년 이상의 장기수들이라 용케도 이해하는 모양이다. 그러나 이웃 방으로 전달되는 과정에 때로는 소문이 와전되기 일쑤이다.

세면대에는 한 번에 한 사람씩 교대로 들어가서 세수하고 그날 자기가 쓸 물을 1양동이씩 떠 온다. 이 물로 세 끼 밥그릇 세척 등 허드렛물로 쓰게 되는데 여름에는 물 부족이 심하다. 세면대 교대시간에도 담당의 눈을 피하여 몇 마디씩 주고받으며 말을 나누기도 하는데, 대개는 말없이 지나치면서 목례만 한다.

한 번은 체구가 건장하고 서글서글해 보이는 40대의 인상 좋은 사람이,

"고생 많습니다, 몇 년이나 받았어요?"

"5년입니다."

"5년요, 잠깐입니다. 처음에는 힘들어도 견딜 만하니 마음 굳게 가지세요."

그러고는 씽긋 웃는데 인상이 매우 시원하고 좋아 보였다.

그는 옥사에서 최장군으로 통하는 무기수 최하종 씨였다. 함경도에서 태어나 만주 용정에서 자라고 하얼빈 공과대학 1학년 때 해방이 되어 고향에 돌아가 김책金策(본명 김홍계金洪啓:1903~1951, 사회주의 운동자) 공과대학에 진학하여 5학년 때 6.25 전쟁이 일어나자 인민군 정치 군관으로 입대하여 중좌로 제대하고, 국가 계획위원회의 꽤 좋은 자리인 대외 무역과장이 되었으며, 1남 2녀를 두었다고 한다.

그는 삼촌이 두 명인데, 큰삼촌은 만주 길림성 등지에서 김일성 항일부대의 지하공작원으로 활약했고, 해방 후 요직에 있었으나 항일 전쟁 때 옥중

에서 얻은 결핵으로 결국 사망하였다. 작은 삼촌은 최주종崔周鍾:1922~1998 장군으로 만주군관학교와 일본 육군사관학교를 졸업한 박정희의 후배로 일본군 소위로 해방을 맞이하였으나 친일파로 투옥되었다가 6.25 때 탈옥하여 남한으로 탈출하여 국군에 입대하였다. 1961년 준장으로 광주 31사 단장이 되어 5.16에 참가한 쿠데타 주체로 국가재건최고회의 건설분과 위원장이 되었다.

최하종은 작은 삼촌에게 민족통일에 힘을 모을 것을 설득하기 위해 남파되어 서울에 와서 삼촌에게 전화를 걸자 삼촌이 바로 당국에 고발하여 즉시 체포되어 무기수로, 15년을 산 장기수였으나 구김살 없는 밝은 얼굴로 오히려 나를 위로하였다. 그의 당당한 풍모와 통큰 인간성에 간수들도 최장군이라 불렀다.

같은 시기에 박정희 국가재건최고회의 의장에게 민족통일을 설득시키러 왔다가 형장의 이슬로 사라진 황태성黃泰成:1906~1963도 정계를 떠들썩하게 하면서 국민적 관심을 끈 인물이었다. 최하종과 황태성의 남파 목적이 유사하여 황태성 사건을 상기시켜 본다.

황태성은 상주에서 태어나 경성제일고보와 연희전문을 다니면서 반일감정과 좌익사상에 관심이 많은 학생으로 그때부터 투옥과 석방이 빈번했었다. 그는 박정희의 형 박상희와 매우 가까운 동지로서 항일운동을 함께하여 자연 박정희와도 알게 되어 박정희의 남로당 입당 때 신원보증까지 해 줄 정도였다.

1946년 대구 10.1 사건 때 박상희와 함께 연루되어 박상희는 경찰에 체포되고 황태성은 월북하여 북한에서 무역성 부상이란 고위 간부가 되었다.

그는 1961년 5.16 쿠데타로 박정희와 김종필이 주체세력으로 집권하게 되자 몰래 서울에 숨어들어 남로당 옛 동료였던 김성곤金成坤을 찾아 박정희와 김종필을 만나려 했으나 김성곤이 해외 출타중이라 친구의 아들이며 당시 중앙대 강사인 김민하金玟河를 통하여 이를 해결하려다가 뜻을 이루지 못했다.

황태성은 박상희의 딸과 김종필의 중매인이기도 하였으니 보통 관계가 아니었지만, 당시 1963년 대통령 선거 때 야당 후보 윤보선尹譜善이 박정희가 대남간첩 황태성을 몰래 숨겨줬다며 사상문제를 걸고 나오자 박정희는 용공문제에 대한 자기의 결백을 밝히기 위해 서둘러 처형하였으나 황태성이 '대남간첩이냐? 김일성의 밀사이냐?' 라는 여진이 오랫동안 꺼지지 않았다.

대구 특별사동 1사에는 미전향 좌익수와 보안법, 반공법 위반자, 긴급조치 위반자 등 70여 명이 있었는데, 그중 긴급조치 위반으로 구속된 장기표, 최열, 정하영 등 학생이 특별사동에 들어온 이후 운동시간에 사람 사는 분위기로 떠들썩하기도 했었다. 간수들도 긴급조치 학생들에게는 비교적 관대하게 대했기 때문에 얼어붙은 옥사에 이들이 있는 동안은 조금이나마 온기가 느껴지기도 했었다.

그럭저럭 내가 대구 미전향 장기수 옥사에 온 지도 2~3개월이 지났다. 처음 각오와는 달리 몸과 마음이 몹시 피곤해 있었다. 남은 세월은 아득히 멀기만 하고, 마음은 무거워만졌다. 더 이상 기다리기 힘든 상태였다. 생을 마감해 버리고 싶은 충동을 몇 번이나 느꼈다. 엎친 데 덮친 격으로 식중독 같은 두드러기가 온몸에 번졌는데 의무실 약으로는 치료가 되지 않았다.

암담하고 참담한 나날이 흘러갔다.

아버지는 거의 일주일에 한 번꼴로 위로와 격려편지를 보내셨다. 내가 어려움을 이겨내는 데 더없이 큰 도움이 되었다. 그러던 어느 날 정확하게 1976년 7월 29일 간수가 내 문을 열고 보따리 싸가지고 나오라고 했다.

'아, 이제 석방인가 보다.'

왜냐하면 이른바 내 사건의 주범인 재일교포 김달남은 벌써 석방되었다는 소식을 교회사로부터 들었기 때문에 나는 잠깐 환상에 젖어들었다. 물론 석방은 아니었다. 뜻밖에 병사로 옮긴다고 했다.

병사는 비교적 자유롭고 식사도 좋은 곳인데 그곳으로 옮긴다면서 간수와 담당 교회사가 함께 나를 데려갔다. 내 몸에 번진 두드러기와 병사를 옮기는 것과는 아무 관련이 없는 일이었다. 보따리를 싸들고 간수를 따라 긴 복도를 걸어 나가는데 양쪽 방 미전향 장기수들의 시선이 일제히 나에게 쏠렸다.

그런데 그 눈빛이 몹시 싸늘한 느낌이었다. 아침에 세면대에서 자주 만나던 매우 서글서글해 보이는 성품의 장기수 최하종 씨가 나에게 '선생을 전향시키기 위하여 병사로 옮기는 것'이라고 귀띔해 주었다. 조금 후 병사상 9실에 도착했다.

병사 1층은 일반 미결수가 대부분인데 이른바 범털(영치금이 많이 들어오는 재소자)들로 대부분이 나이롱 환자들이다. 2층은 진짜 환자들인데 고령의 좌익수들이 대부분이다. 2층 9실은 미전향 좌익수를 전향시키기 위한 공작방이었다. 하루 종일 취침과 기상점검 이외에는 간수(담당)는 거의 보이지 않고 교회사란 사람은 분주하게 드나들며 과잉친절을 베풀기까지 하였다.

내가 들어가니 좁은 방에 4명이 되었는데도 전혀 불편해 하는 기색이 없이 모두 매우 친절하게 대해 주었다. 특사 1층 48호실 독방생활과 전혀 다른 분위기였다. 모두 나보다 나이 많은 분들로 남을 배려하는 마음이나 행동이 공동생활에 전혀 불편이 없는 딴 세상이었다. 하루 1시간씩 운동시간 외에 주로 독서와 시사에 대한 토론 등 아주 즐거운 한때였다.

전향 공작을 위한 병사생활

　교회사教誨師란 좌익수의 지도요원이다. 법무부 소속 교정직은 아니었다. 그들은 우리들 일거수일투족을 정보부에 보고하고 좌익수를 전향시키는 일을 맡았다. 언제나 사복을 입고 무의탁 좌익수들에게는 교회나 사찰의 평신도들과 자매결연 따위를 주선하여 영치금과 영치물을 넣어주기도 했다.

　내가 소지품을 싸들고 나오자 감방 안 좌익수들이 떨떠름한 얼굴로 내다보는 이유를 알게 되었다. 병사로 옮기는 것을 거부하지 않는 데 따른 불만이었던 것이다. 병사로 옮긴다는 것은 전향하거나 전향을 약속했을 때임을 나는 나중에야 알았지만, 그들은 이미 알고 있었던 것이다. 그때까지 전향 이야기는 전혀 들은 바가 없었다.

　병사는 특별옥사 독방과는 많이 달랐다. 방안에 온기가 가득하여 사람 사는 곳 같았다. 식사도 그곳과는 달랐다. 감옥서 귀족으로 대접받는 범털 미결수가 많아서 무척 자유롭고 사회 소식도 빨랐다. 바둑판과 장기판도 있고 책도 많았다.

　내가 들어간 방에는 긴급조치와 반공법으로 들어온 전국 효도회장 장○학, 건국대학교 축산대 졸업생, 전북대 졸업생 세 사람이 한방을 쓰고 있었다. 바로 앞방에는 일제 때 중국 남경대학을 나왔다는 예천 출신 안병화란 분이 있었다. 그는 소동파의 '적벽부', 도연명의 '귀거래사' 등을 그냥 줄줄

외웠다. 안동농림 1회 졸업생으로 재학시에는 성적이나 운동에서 빼어난 천재로 알려졌고, 졸업 뒤 행적으로 안동농림학교에서는 거의 전설적인 인물이었다.

일본 유학 중 500대 1의 경쟁을 뚫고 남경대학에 입학했다고 자랑했다. 6.25 때는 인천지구 인민위원장을 했는데 UN군의 인천상륙작전으로 월북 기회를 놓쳤다고 한다. 빨치산으로 들어가 부단장으로 활약하다 하산하여 전남 광주 조선대에서 중국문학을 가르쳤다고 한다. 변장술이 뛰어나고 두뇌 회전이 빨랐다. 테니스는 경상북도 대표 선수로 출전할 정도였다.

4.19 후 세상 돌아가는 모습을 살피려고 서울에 갔다가 내려오는 도중 호남선 열차 안에서 옛 빨치산 부하를 만난 것이 화근이 되어 체포되었다. 그는 거물 공산주의자로 지명 수배되었지만, 오랫동안 행적이 오리무중이라 당국에서는 산에서 전사했거나 일본을 거쳐 월북했을 것으로 판단, 이미 수사선상에서는 제외한 인물이었다. 하필 열차에서 전향한 빨치산 대원을 만나 인사까지 했으니 곧 신고될 것으로 예단하고 자기는 현재 대전에 산다고 둘러대고 급히 열차를 내렸으나 곧바로 지명 수배되어 체포되었다고 한다.

5.16 후 군사재판에서 무기징역을 선고받고 17년째 복역 중인데 몇 년 전 중풍으로 반신불수가 되어 그때까지 병사에 있었다. 고향이 예천읍 통명동이니 나와는 10리 정도 떨어진 이웃 동리였다. 그는 결국 옥에서 사망했는데, 출소 후 나이든 분들에게 "안병화 씨를 아느냐?"라고 물었더니 거의 모르는 분이 없을 정도였다. 오히려 자네가 어떻게 안병화를 아느냐고 의아해 했다. 안타깝게도 숱한 인재들이 분단의 비극 속에 이렇게 묻혀 버린 것이다.

무전유죄, 유전무죄

　병사에는 진짜 환자는 별로 없고 범털 미결수들과 나이롱환자가 대부분이었다. 내가 있던 병동에 유명 인물이 있었다. 대구 모 국립대학교 법대 학장이었는데 교통사고로 사람을 치어 죽이고 뺑소니치다가 붙들린 특가법 위반자였다. 1심에서 징역 7년 구형을 받고 선고를 기다리고 있었는데 외모가 아주 준수하였다.

　그가 저녁마다 그 병동 미결수들에게 도덕 강의를 한다는 이야기를 듣고 장○학 씨와 나는 소리 높이 웃었다. 운전을 하고 가다가 두 남녀가 타고 가는 자전거를 들이받아 남자는 즉사했고, 여자는 튕겨 나가 고꾸라진 모습을 보고 도망치다가 순찰차에 붙잡혔다. 법정에서는 도망친 것이 아니라 앰뷸런스를 불러오려고 종합병원으로 가다가 순찰차에 잡혔다고 변명했는데, 그 방향이 병원과는 반대 방향이었다고 같은 병동 미결수들이 쑥덕거리며 킥킥댔다. 자전거 타다가 죽은 사람은 중국집에서 배달하는 고아였고, 여자 역시 고아여서 일단 일이 쉽게 해결될 것이라고들 했다.

　여자는 다친 데도 없이 멀쩡하게 일어났는데, 그 교수가 자기 집 가정부로 취업시켜 주는 대신 유리한 증언을 하도록 꼬드기고 있다고 말이 많았다. 법대 교수로 20년 이상 있었으니 제자들 중 검사, 판사, 변호사가 수두룩하여 곧 풀려날 것이라는 소문이 병동 기결, 미결수들 사이에 자자하게 퍼졌다. 유전무죄 무전유죄라는 말이 있는데 이 사람은 돈에다 검, 판사와 변호사까지 있으니 석방은 시간문제로 보였다.

당시 뺑소니차 특별단속기간이라 집행유예는 안 될 것이라는 의견도 많았다. 이런 의견을 내놓는 사람들은 교도소에 비슷한 내용으로 특가법 위반을 한 택시기사는 12년 실형을 받아 복역중이란 판례까지 들먹였다. 나도 제대로 된 법 적용이 살아있지 않을까 하고 유심히 지켜보았다. 그러나 '유전무죄 무전유죄'가 빈말이 아님을 증명이라도 하듯이 2심에서 집행유예로 간단히 풀려났다.

운동시간에 무척 친절하게 인사를 해 와서 얼굴을 익혔다. 1982년 무렵 등촌동 새마을연수원 무슨 집회에 갔다가 우연히 마주치어 인사를 했더니, 당황해 하면서 황급히 자리를 피했다. 그 후 그가 TV 토론회에 나오는 것을 보니 '○○대학교 법대 교수'라고 소개되고 있었다. 유전무죄 무전유죄란 전통(?)은 여전하구나 싶어 입맛이 씁쓸했다.

병사에서 수형생활을 하던 1976년 12월 10일 가족 특별 면회가 이루어졌다. 아버지, 어머니와 아내 그리고 셋째 딸 혜진이가 왔다. 구속 뒤 처음으로 손이라도 잡아볼 수 있는 면회였다. 혜진이를 낳고 백일잔치 며칠 전에 체포됐는데 면회실에 올 때는 벌써 3살이었다.

아내가 "아빠다" 하고 말하니 아니야 하고 강하게 고개를 저었다. 아빠가 아니라 오빠라고 했다. 머리를 빡빡 깎았으니 오빠로 보였을까. 병사로 옮기고, 가족들과 무제한 특별면회를 주선한 건 국보법 위반을 반성하도록 하고 전향서를 쓰게 하려는 공작이었다.

"나는 자유민주주의자다. 무슨 전향서가 필요하냐!"라고 했더니 전향 절차를 밟지 않으면 형기가 끝나도 석방되지 않는다고 했다. 감호소로 갈 수밖에 없다는 것이었다. 교회사가 들락거리며 회유를 시작했다. 빨리 전향서 쓰고 공장에 나가 바람도 쐬고 운동도 하면서 사회에 나갈 준비를 해야 하지 않겠느냐, 그러면서 살갑게 불편함이 없느냐는 따위 질문을 하며 수시로 찾아왔다.

사건에 대해 이야기를 하다가 사형을 받은 재일교포 유학생 김달남은 어떻게 됐느냐고 물었다. 교회사는 한참 머뭇거리더니 벌써 출소했다고 했다. 형이 확정되자마자 곧 출소되어 일본으로 갔다는 것이다. 인정으로야 사형이 집행되지 않은 것은 다행이지만 이런 불공평한 일이 어디 있을까!

"어째서 정부전복 음모의 주범이며 간첩이라고 온 매스컴을 동원하여 법석을 떨면서 사형까지 언도하고는 판결문의 잉크가 마르기도 전에 풀어주고, 우린 3년이 되도록 이게 무슨 짓이냐"라고 소리를 질렀다.

"그걸 우리가 어떻게 알겠느냐, 무슨 이유가 있겠지요. 우린 그런 것은 모릅니다"라고만 했다.

하기야 유신독재를 지탱하는 독재정권 수뇌부들이 하는 일 같지도 않은 일을 간수나 교회사가 어떻게 알 수 있으랴. 나는 처음부터 그를 재일교포 민단 부단장 동생으로 소개받았다. 공산주의가 허용되는 일본에서 자라고 공부했다. 우리보다 전향적인 생각을 가질 수 있는 것 아닌가. 더욱이 대한민국 정부가 유학까지 허락하지 않았던가.

그런 그가 갑자기 간첩으로 바뀌었다. 나는 간첩으로부터 결혼 축의금을 받고 학교 선생 월급을 밝혀 국가기밀을 누설 방조했다는 죄목으로 5년 징역형을 받았다. 정부 전복 간첩단 주범이라며 사형 선고된 김달남은 재판이란 요식 행위를 거치자 얼마 되지 않아 석방되어 일본으로 출국했다. 내가 소리 지르는 건 항의가 아니라 기가 막혀서 나온 단말마斷末魔였다. 박정희 독재정부가 꾸민 거대하고 음습한 음모는 나라를 창살 없는 감옥으로 만들었다.

내가 1976년 5월 19일에 청구했던 재심도 기각되었다는 법원 결정문이 날아왔다. 변호사 도움도 받지 못하고 내 홀로 감방에서 써낸 재심청구였으니 독재정권의 하수인이었던 법원이 관심인들 가졌을까. 온몸의 피가 빠져나가는 듯했다. 검은 하늘이 내 몸뚱이를 뒤덮는 듯한 아득한 절망감이 덮쳤다.

"김 선생, 빨리 전향서 쓰고 몸도 단련시키고 기술도 배우는 것이 어떻겠소. 가족도 생각해야지요. 김 선생을 기다리는 가족들 말이요. 시간을 드릴 테니 잘 생각해서 결정하시오."

나는 3년 반 동안 전향서를 쓰지 않았다. 그때마다 독방에서 책이나 보고 전향문제는 만기 무렵에나 생각해 보자고 했다. 교도소에서는 다시 특별옥사로 보내야 할 시간이 임박했다는 신호를 보냈다. 위협이었다. 병사에서 특별옥사로 돌아가느냐, 공장 작업장으로 가느냐 갈림길에서 나는 갈피를 잡을 수 없었다. 아버지는 하루빨리 출소할 수 있도록 모든 규칙을 준수하라는 편지를 일주일마다 보내셨다. 교회사는 더 이상 병사에 머물 수 없으니 독방으로 가든지 전향하고 출역을 하든지 선택하라는 압력을 가해 왔고 같이 병사에 있던 장○학 씨는 석방되고, 두 사람은 벌써 출역수로 나갔다. 결국 나도 공장 작업장에서 일하는 출역수의 길을 택했다. 정신적으로나 육체적으로 한계점이 이르러 독방생활을 더 이상 견딜 수 없었기 때문이었다. 출역을 결심하고 간단한 전향 절차를 밟으니 바로 병사에서 퇴원되었다.

잡범들과의 공동생활

다시 새로운 수형생활이 시작되었다. 전향한 출역수와 미전향 좌익수와의 수형생활은 완전히 달랐다. 나는 2사하 19호 출역 대기실로 전방되었다가 바로 출역시키지 않고 그곳에서 약 5개월 동안 머물렀는데, 그곳은 반공법 단기수와 국가보안법 장기수들이 섞여 있었다.

그중에 평택 출신의 특수부대 출신 반공법 위반자가 있었는데 북한 무기고 폭파 임무를 띠고 다녀온 이야기였다. 실제로 그가 다녀왔는지, 특수요원(UDT or HID)이 맞는지는 모르겠으나 이야기를 그럴듯하게 하고 입담도 매우 좋은 사람이었다. 북한 무기고 어느 지점으로 가기 위해 밤중에 고공비행으로 넘어가면 북한 레이더에 잡히지 않는다는 것이다.

낙하산으로 내려앉아 식사 해결은 주로 뱀, 개구리 등을 잡아서 해결하지만, 성공 확률은 거의 없다는 것이다. 대부분 며칠을 헤매다 체포되는데 북한은 체포 후 절대로 처벌하지 않고 일정한 정보를 주어 남한으로 되돌려 보내준다는 것이다.

남한에서 파견한 부대에서는 그 사실을 알고도 모르는 체하고 다시 북으로 보내기를 몇 번 반복하다 보면 자기도 모르게 이중첩자가 되고 이용가치가 없다고 판단되는 쪽에서 먼저 체포한다는 것이다. 대개 이런 공작활동은 남북한이 다 행하고 있지만 북한사회는 전 국민이 철저하게 조직화되어 아무것도 할 수 없다는 것이다.

또 한 사람은 마산 출신으로 빨치산 활동을 하다가 체포된 무기수인데 한쪽 팔이 굽어져 자유롭지 못한데 빨치산 전투에서 부상당했다고 한다. 그는 그의 딸이 마산에서 유수한 학원 원장인데 박종규 전 경호실장이 국회의원에 출마했을 때 그 운동원으로 큰 공을 세웠다고 한다.

10대 국회의원에 당선된 박종규 의원이 한 가지 청이라면 무엇이든지 들어주겠다고 하니 그 원장이 아버지의 가석방을 간청하여 곧 출소할 것 같다며 출역을 중지하고 출소 대기실에 있다고 했다. 그는 과연 무기수로는 가장 빠른 15년 만에 출소했다.

그 해 1977년은 기상관측 이래 가장 더워서 34℃까지 올라갔으니 감방안은 그야말로 살인적인 더위였다. 출역을 그렇게 원하던 교회사의 발길도 뜸하더니 해가 바뀐 1978년 초에야 목공기술이 좋다며 목공장으로 가라는 권유였다. 나는 일언지하에 목공소 출역을 거절하고 내가 기술을 배우려고 출역하는 것이 아니니 먼지 안 나고 조용한 곳으로 보내달라고 했다.

며칠 후인 1978년 1월 16일 먼지 나지 않고 실내에서 일하는 5공장으로 결정됐다는 통보와 함께 4사상 9호실로 전방되었다. 출역수들 감방은 5~6평이 되는 넓은 방이었다. 기결수 15~20명이 한 방에 있었다. 무기수 4~5명에다 10~15년 정도 형을 받은 반공법과 국가보안법 위반자들이었다. 모두 나를 반갑게 맞아주면서 위로를 아끼지 않았다. 건강을 위해서 잘했다는 격려까지 하였다.

나는 대구형무소 5공장 양산 살대 끼는 공장으로 출역하게 되었다. 기술을 배운다거나 작업할 생각은 없었지만 이렇게 된 바에야 가장 조용하고 한가하고 먼지 나지 않는 편안한 공장을 희망했더니 그곳으로 배정되었다.

출역수들 공장생활은 오전 9시부터 오후 5시까지다. 적어도 공장에서 일하는 시간에는 좌익수와 일반수 구별이 없었다.

일과시간 외 감방생활은 일반수와 정치사상범을 엄격하게 분리시켰다. 그래도 미전향수와 비교하면 무척 자유롭고 감시 감독이 심하지 않아 일반수와 별 차이가 없었다. 출역수로서 배정된 내 방은 15~6명의 반공법, 국보법, 긴급조치 위반자들인데 10년 이상 장기수들이 절반을 넘었다.

일반수들 감방은 아무리 수형생활을 오래 했어도 감방을 옮기면 신고식이란 것이 있었다. 정치·사상범은 신고식이 없었다. 모두가 친절하고 반갑게 맞이하면서 감방장이 자리를 정해 주었다. 서로 부르는 호칭은 선생이었고 감방장은 선거로 뽑았다.

개인소지품 외에 과일이나 음식을 비롯한 치약 등은 공동구입하고 정확하게 나누었다. 연고자가 없거나 영치금이 들어오지 않아도 차별하지 않았다. 무의탁 수형자가 아니면서도 영치금이 한 푼도 안 들어오면 동료 수형자들에게 스스로 자격지심으로 미안해 하지만 누구도 눈치 주는 사람은 없었다.

공휴일과 저녁 점검 후 취침시간까지는 자유시간이다. 주로 독서시간으로 활용하였다. 마음먹기에 따라서는 공부도 할 수 있었다. 한문이나 외국어를 열심히 배우는 이도 있었다. 좌익수 방에는 대개 일제 때 일본의 저명대학까지 유학한 수형자들이 있어서 배우려는 젊은 수형자가 있으면 열심히 가르쳐주었다.

이튿날 아침, 배정된 5 공장으로 갔다. 일하는 자리가 지정되고 9시가 되니 인원 점검 뒤 바로 작업을 시작하였다. 양산 살대를 오전 30개, 오후 30

개 하루에 60개를 꿰는 것이 할당된 작업량이었다. 작업량에 따라 작업비가 결정되고 출소할 때 정확하게 돈으로 환산하여 지급되지만 노임이란 것이 너무 형편없어 10년을 열심히 해도 10만 원을 넘지 못한다고 했다.

나는 작업대 위에 양산 살대를 몇 개 올려놓고는 책을 펴 들었다. 조금 후에 누가 내 수번을 큰 소리로 불렀다. 나가 보니 작업반장이다. "다른 사람은 다 일하는데 당신은 첫날부터 왜 책만 보느냐?"며 힐책했다. 담당 간수는 말이 없고, 작업반장이 아래위를 몇 번 훑어보기에 "미안합니다" 했더니 "자리로 돌아가 일하시오" 하고는 못마땅한 표정을 지었다.

그는 살인죄로 들어온 무기수인데 인상이 해골처럼 생겼다고 모두 해골이라 불렀다. 조금 지나자 해골 작업반장이 다시 와서는 "아까는 미안했습니다. 잡범인 줄 알고 그랬습니다. 책 봐도 좋습니다"라고 퉁명스런 말을 던지고는 가버렸다. 그러나 잡범으로 알았다는 말은 거짓말이다. 국사범은 수번이 틀리고 요사찰이란 딱지가 붙어서 모를 리 없지만, 짐짓 간수 앞에서 군기를 세운 것이다.

한 작업대에 4명이 일했다. 나와 같은 작업대에는 항해사로 일하다 들어온 수형자가 있었다. 군산이 고향이고 형이 정보부에 있다고 하는데 그곳에서 말하는 잘 나가는 범털이었다. 이 사람은 작업도 하지 않고 우두커니 앉아 운동시간만 기다리고 있었다. 영치금도 두둑하여 툭하면 식당에 가서 감자튀김 등을 사 먹었다.

그는 첫날부터 나한테 무척 친절했다. 작업반장도 아마 이 사람한테 무슨 말을 들었던 것 같다. 내 신상도 대충 꿰고 있었고 자기 영치금을 나와 같이 쓰다시피 했다. 휴일이면 꼭 나를 불러내어 식당에도 함께 가고 테니스 라켓, 테니스볼도 내 것까지 다 차입시켜서 테니스를 나와 함께 쳤다. 무엇보다 출역한 뒤부터는 매일 한 시간씩 테니스를 칠 수 있어서 건강에 자신이 생겼다.

공장에서도 거의 일은 하지 않고 주로 책만 보았다. 일반 기결수들이 시비를 걸거나 반말하는 법은 거의 없었다. 나이 많은 죄수들도 꼭 '선생님'이라 불렀다.

제주도가 고향인 나이 많은 무기수한테 물었다.

"왜 국가보안법으로 들어온 사람들에게 그렇게 깍듯하게 대하지요?"

"일제 때부터 내려오는 감방 안 전통이죠. 선생들은 땅 도둑이고 우린 좀도둑 아닙니까?" 하기에 "그건 무슨 말이요?" 했다.

"선생들은 성공했으면 나라를 빼앗아 충신이 되었을 것이고, 우린 먹고 살기 위한 도적질 아니면, 물총강도(강간범), 뚝발이(소도둑), 살인죄, 폭력범 같은 사람들이니 정권을 빼앗으려던 선생들과는 차원이 다르지요."

졸지에 혁명가가 되었다.

감방에서는 범죄 내용에 따라 나름대로 질서가 확고하게 서 있었다. 공장생활은 불편 없이 편안하게 흘러갔다. 점심시간이나 휴식시간이면 소년수를 갓 면한 우리 5공장 출역수들이 계란 프라이를 해 오는가 하면 겨울에는 목욕물까지 데워 왔다.

어떤 문제를 놓고 다투다가 결론이 나지 않으면 몰려와서 심판을 청하는 일도 있다. 그들과 생활하는 동안 재소자들 대부분이 부모 못 만난 문제가정에서 자란 사람들임을 알게 됐다. 단순하고 순진한 사람들이 너무나 많았다.

폭력범으로 출역수 공장에서 함께 일하며 나를 무척 따르던 20대 초반의 두 청년을 나는 출소 후, 중앙선 영주역에서 우연히 만난 일이 있었다. 그때 나는 영주에 사는 누님을 의지해서 보따리 장사를 할 때였다. 서울 남대문시장에서 이것저것 챙겨서 중앙선을 타고 영주역에서 내려 역광장으로 막 나오는데 두 청년이 달려와서 김 선생님하고 불렀다.

먼발치에서 나를 보고 급히 달려왔다면서 어찌나 반갑게 인사를 하는지 나는 아무리 어려워도 그들을 그냥 보낼 수는 없었다. 역 부근 식당에서 소주잔을 기울이며 이런저런 이야기 중 근황을 물었더니, 그들은 출소 후 서울 성수동 어느 인쇄공장에서 잡일을 하는데 몇 달치 노임을 못 받았다는 것이다. 공장이 잘 돌아가는데도 전과자라고 깔봐서 그런 것 같다며 아주 풀이 죽은 기색이었다. 당국에 신고하라고 했더니, "신고요, 그걸 왜 안 했겠어요. 아무리 하소연해도 사장은 그 지역에서 유력한 유지이고 우리는 전과자란 딱지가 붙었으니 말이 먹히질 않고 그냥 건성으로 듣고 지나가고 맙니다."

나는 그들이 어쩌다 폭력 전과자가 되었는지는 모른다. 물은 적도 없지만 1년 미만의 징역형이었던 것으로 봐서 그리 중한 폭력은 아닌 것 같았다. 그러나 젊은이들의 노임을 갈취하면서 치부하고 유지 행세를 하는 그들이야말로 형을 받아 마땅한 보다 큰 범법자가 아니겠는가!

법이 공평하게 집행되지 않고 옻나무법이 되어 옻 타는 사람은 옻나무 근처에만 가도 옻이 오르고 옻을 타지 않거나 옻 타지 않는 약을 먹는 사람은 옻나무 가지를 꺾어도 옻이 오르지 않는다. 이런 옻나무 법이 횡행한다면 그 사회를 어찌 공정하고 정의로운 사회라 할 수 있겠는가!

또 한 사람 나한테 친절을 베풀던 항해사는 나와 6개월 정도 같이 지내다

출소했다. 그가 나갈 때 값비싼 모포와 라켓 등을 모두 물려주었는데, 내가 보던 이가원李家源 선생이 쓴 '한문신강漢文新講'이란 책을 기념으로 보관하고 싶다면서 가져갔다. 출소 후 그를 만나서 빚 갚음을 해야겠다고 군산쪽으로 여러 번 수소문해 보았으나 찾을 수 없었다. 군산 전화부에 나와 있는 같은 이름을 가진 사람에게 모두 전화를 해 보았으나 허사였다.

나는 출역수 감방에 간 지 2~3개월 지나서 감방장으로 뽑혔다. 감방장은 방안의 질서유지와 청소, 배식, 잠자리 등 자치적으로 해결하기 위하여 수감자들이 합의로 결정하는데 감방장은 대개 장기수들의 몫이지만 잔여 형기가 1년도 남지 않는 내가 감방장으로 뽑혔다. 나는 사소한 작은 문제들까지도 감방 전원이 참여하는 민주 방식으로 결정하였다. 다툼은 대개 사소한 문제로 일어나기 때문이다. 그 결과 나는 명감방장이란 말을 들었다.

내가 있던 감방에는 원로 좌익수가 4명이 있었다. 일제 때 일본 유학을 했거나 전문대학 졸업생들로 공산주의에 매우 투철한 사람들이었다. 모두 30대 초반에 체포되어 17~8년간 수형생활을 한 분들로 60을 바라보는 분들인데, 서로가 서로의 건강을 걱정하면서 마치 부부처럼 생활하고 있었다. 모두가 온화한 표정으로 감방 안에서 일어나는 토론이나 과격한 대화에는 웃음띤 얼굴로 듣고만 있을 뿐 잘 끼어들지 않았다. 사상논쟁 같은 대화에는 거의 말하지 않았지만, 박정희 정부 비판에는 민감했다.

1972년 7.4 남북공동성명 이후 무리하게 추진한 비인도적이고 가혹한 전향공작에 견디지 못하여 전향한 사람들이다. 그래서인지 좀처럼 단기수들에게 깊은 마음을 주지 않았다.

진천 출신 정순택 씨는 끝내 전향하지 않고 독방에 갇혀 있었는데 1978

년부터 불면증과 악몽 등 환청 현상에 견디다 못해 진찰을 받은 결과 '정신신경증'이란 진단을 받았으나 치료가 되지 않아 결국 전향을 하여 출역수가 되었다. 그는 서울 상대 전신인 경성경제전문학교를 졸업하고 상공부 과장으로 있다가 1949년 월북하여 상업성 외국인접대관리소 소장, 내각기술자격심사위원회 책임심사위원 등 요직에 있었다.

1958년 대남정치 공작원으로 남파되어 청주상업고등학교 동기 동창인 충북 괴산 출신 극작가 한운사韓雲史:1923~2009를 포섭하려다가 체포됐다. 북한에 어린 두 아들과 뱃속에 아이를 가진 아내를 두고 남파되었다. 아내에게는 한 3년간 모스크바에 가서 공부하고 오겠다면서 집을 떠난 후 밀봉교육을 받고 그해 7월 해주에서 공작선을 타고 전북 옥구군 회현면 지전리에 상륙하여 대야역에서 기차를 타고 상경하였다.

청진동 어느 여관에 머물면서 신문을 뒤적이다 한운사가 운영하는 방송문화연구소로 전화를 걸었다.

"한운사 선생 계십니까?"

"네, 한 선생님은 오늘 몸이 불편하여 출근하지 않으셨습니다."

"그럼 한 선생 주소를 알 수 없을까요?"

"이사를 하셔서 주소를 모르겠습니다."

"출근하시거든 청주 상업은행에 있는 친구가 서울 왔다가 전화 걸었다고 전해 주십시오."

"네, 아… 잠깐 기다리세요. 여기 한 선생 부인이 오셨는데 한 선생님 댁을 찾으시려면 곧 방송국으로 오시죠."

"네, 그렇게 하지요."

그렇게 찾아갔다가 바로 체포됐다. 함정에 빠진 것이다. 이것이 그가 벌인 간첩활동의 전부였다. 그날 찾아간 방송국이 그로서는 바로 지옥문이었다. 1989년 31년 5개월 만에 가석방으로 출소되어 아내와 자식이 있는 북한으로 가기 위해 정동영 통일부 장관에게 보내는 애절한 편지를 한겨레신문에 발표한 것을 보았다. 1977년 환청과 정신신경증으로 시달리다가 전향했다는 이유로 미전향 장기수 북송 때 누락되었다. 31년 5개월이란 긴 세월 징역을 살게 된 까닭은 원래 무기수인데 10년형을 또 추가로 받았기 때문이다.

내가 있던 감방에 조총련계 강○수란 청년이 징역 7년을 받고 출역수로 있었는데 성격이 무척 난폭했다. 북한에 대한 조총련의 선전과 남한에서 북한 사회에 대한 비판에 대해 갈피를 잡지 못했다.

"북한이 정말 조총련의 말대로 천당이냐, 아니면 남한 말대로 지옥이냐?"라는 강○수의 물음에, "천당도 지옥도 아닙니다. 보통사람들이 사는 곳입니다"라고 정순택 씨가 답했다.

강은 이에 만족하지 않고 교육·의료·사회보장제도 등등 이것저것 물었다고 한다. 그 옆에 평소 강○수와 사이가 좋지 않던 이○성이란 사람이 있었는데 강○수와 같은 방에서 못 살겠으니 방을 바꾸어 달라고 본부에 청원한 사람이었다. 나이는 60이 넘었고 마산에서 과수원을 경영했다고 하는데 반공법으로 징역 3년을 받은 막걸리 반공사범이었다.

평소에 말이 없고 반공의식이 강한 사람이었다. 그는 교무부에서 방을 바꾸려는 이유로 강○수가 자기를 괴롭힌다는 얘기와 함께 그가 북한사정을 알고 싶어서 정순택에게 여러 가지 질문을 한다고 일러바쳤다. 교무과에서는 그 사실을 확인하려고 강을 데려다 심문하니 그는 그런 사실이 없다고 딱 잡아떼고 부인하니 강을 오라로 묶고 쇠고랑을 채우고 입을 틀어막고 독방에 넣었다. 계간鷄姦이나 범칙 재소자에게 가하는 가장 큰 징벌이다. 밥 먹을 때만 입을 열어주는데 이를 개밥 먹인다고 한다.

강은 이 고통을 못 이기고 사실을 시인했고 정순택은 그게 무슨 죄가 되느냐고 버티니 담당 교회사와 교회관들은 문제 삼지 말라고 했으나 교무과장과 소장이 이를 문제 삼아 검찰에 고발되어 2년 7개월의 재판 끝에 추가로 무기징역을 받아 쌍무기수가 되었는데 대법원에서 파기 환송되어 10년이 추가됐다고 한다. 이때 하마터면 감방장인 나도 화를 당할 뻔했다.

우리 감방 출역수 중에 이○성과 같은 막걸리 반공법으로 5년형을 살고 있는 안동의 풍산 출신 이○창이란 사람이 있었는데, 성격이 호탕하고 재담을 잘하나 교회사, 교도관들과의 접촉이 빈번한 사람이다. 그는 불교신도회 회장으로 당시 교도소에 널리 알려진 박삼중 스님과 재소자를 후원하려 드나들던 사람인데 어쩌다 반공법으로 징역형을 받고 곧 석방을 앞두고 있는 사람이었다.

이런 사건이 터졌으니 교무과에서 당연히 이○창 불러 진상을 물어보게 되었고 그도 강○수를 몹시 미워했으니 강○수가 무사할 리 없었다. 그가 교무과에 불려갔다 온 후 나에게 귓속말로 "조심하라, 당신을 불러 조사하겠다는 것을 내가 극구 만류해서 무마했다"라는 것이다. 나를 조사하는 이유는 '그 사람 중학교 선생 출신인데, 뭐 그렇게 아는 것이 많고, 정순택과도 많은 대화가 있다는 보고가 있었다'라고 하면서 조사해야겠다고 하는 것을 "절대로 사상적으로 의심할 것도 없고 예천 사람인데 자기가 보증할 수 있는 사람이다"라고 무마했다는 것이다.

그 후 아닌게 아니라 내 담당 교회사도 아닌 그 교회사가 나를 보는 눈길이 몹시 날카로움을 느낄 수 있었다. 그 당시에 그들이 마음만 먹으면 죄를 만들기도 쉽고, 또 그렇게 형을 추가시키는 일이 다반사로 일어나고 있는 것이 현실이란 것을 생각하면 나로서는 이○창 씨가 고마울 수밖에 없었다.

그는 진성이씨 양반 가문에서 태어난 것에 대한 자부심이 대단한데 나의 고향인 예천 보문 미울이란 곳을 잘 아는 관계로 나와는 유별하게 지낸 사이였다. 나는 출소 후 서울 시내버스에서 우연히 그를 만났으나 그와 소주 한잔 나눌 수조차 없었다.

그때는 전두환의 신군부가 통치하는 시대였고 그와 나는 보호관찰 대상자였기 때문에 주위를 살피며 아쉬움을 눈빛으로 교환한 후 헤어졌는데, 그 후에는 한 번도 그를 우연히라도 만나는 기회가 주어지지 않았기 때문이다.

강○수가 정순택에게 이런저런 것을 묻고 있다고 교회사에게 일러바친 이 사건으로 정순택 씨는 무기징역에 또 10년을 추가로 받아 31년간이나 징역을 살고도 형을 마치고 석방된 것이 아니라 5년 10개월을 남기고 1989년 12월 23일 가석방되었다.

사상과 이념을 뛰어넘은 정순택과 한운사의 우정

정순택이 우리 감방에 오게 된 것은 불면증과 환청현상이란 정신질환 때문이었다. 1972년 이른바 7.4 남북공동성명 이후 대한민국에는 비전향 좌익수가 한 사람도 없다는 체제의 우월성과 남한에는 사상범이 없다는 것을 북한에 통보하려는 목표로 좌익수를 모두 전향시키려고 무리하게 밀어붙이다가 교정사상 가장 큰 오점만 남기고 결국 100% 전향목표는 수포로 돌아가고 말았다.

이때 인간으로서는 감당하기 어려움을 견뎌내면서 비전향 장기수로 특별사에 있던 정순택 씨도 병마는 이기지 못하고 병사에 옮겨 있다가 전향하여 우리 감방에 오게 된 것이다. 당시 우리 감방에는 정순택 씨와 같이 대전형무소에서 폭력을 이기지 못하고 전향한 맹기남 씨와 폐병으로 전향하여 마산요양소에서 완치 후에 온 김기창 씨가 있었는데 김기창 씨는 정순택 씨의 고등학교 한 해 선배였다.

모두 일제 때 일본 유학까지 한 지식인들이었다. 이때 정순택 씨는 자기 몸도 불편한데 김기창 씨의 건강을 돌보는 정성이 부모가 자식에게 하는 정성이었다. 정순택은 의리와 인정이 보통 사람을 넘어서는 도를 닦아 어떤 경지에까지 이른 정도로 수양된 사람처럼 보였다. 극작가요 방송인인 한운사가 6.25 때 인민군 치하의 서울에서 100일 동안 무사히 견딜 수 있었던 것은 가짜 신분증 덕분이었고, 그 가짜 신분증은 정순택이 만들어 주었다고

길은 달리 했어도 우정은 변치 않았던 정순택(좌)과 한운사(우)가 바둑으로 우정을 나누고 있다.

회고했다.

한운사가 미처 피난을 못가고 인민군 치하에서 서울중앙방송에 나갔는데, 의용군으로 가자는 결의가 잇따라 그도 농민들과 함께 일산초등학교 쪽으로 끌려갔다. 길가에서 잠깐 쉬는 사이 골목길로 들어가서 그대로 도망쳐 삼청동 정순택의 집으로 달려갔다고 한다. 정순택의 자당이 재동에 있는 정순택의 거처를 가르쳐 주었고 정순택은 땀으로 범벅이 된 한운사를 보며, "총대 하나 메는 것도 힘든 네가 무슨 놈의 의용군이냐?"라고 짐짓 나무라며 고철수집원이란 신분증과 자전거까지 한 대 주었다고 한다.

한운사는 그의 얼굴을 뚫어져라 쳐다보니, 정순택은 빙그레 웃으며, "내 옆에 가만히 있어"라고 하더라는 것이다.

한운사는 고철을 한 번도 수집해 바쳐 본 적이 없고 가끔 이불을 뒤집어

발언대 "나를 고향에 보내주오"

정동영 통일부 장관님! 오랫동안 안정되지 못한 정치정세 때문에 마음에만 간직하고 요로에 진정을 못하던 차에 마침내 새 정부가 자리잡히고 정 장관이 통일부를 관장하게 되어 이 글을 올립니다.

다름이 아니라 2000년 6·15 남북공동선언 정신에 바탕하여 남녘에 있던 비전향 장기수들이 북녘으로 송환되는 일이 이루어질 때 당연히 송환되리라고 믿었던 저는 안되었습니다.

저의 경우는 1985년 9월에 장기간 고생하던 정신신경증을 감내할 수 없어서 전향서를 제출했고, 89년 12월에 가석방으로 출소해서(형기 만료는 95년 11월) 송환이 이루어지기 1년5개월 전인 99년 4월23일자로 전향의사 철회선언(한겨레) 1999년 4월24일)를 했습니다.

그러나 당연히 비전향수로 취급되 송환될 것으로 믿었습니다. 그런데 송환비사업이 추진되는 과정에 저에게는 소식이 없었습니다. 통일부의 담당관에게 문의했더니 천만 뜻밖으로 송환추진위원회에서 제출한 송환 희망자 명단 말미에 방재순, 유연철, 정순덕, 정순택 네 사람은 송환 의사가 명백하지 않은 사람이라고 첨언되어 있어서 관계 당국자들 사이에서 논의 중이니 기다려 달라고 하였습니다. 그런데 방재순, 유연철은 송환되고 정순덕, 정순택은 누락되었습니다. 이 내막은 세밀한 검증이 필요합니다.

당시 송환추진위원회에서는 저에게 북에 있는 가족의 명단과 주소를 문의했을 뿐, 송환의사 유무를 확인한 일은 없습니다. 또한 송환자 명단에 등록을 요구하면 그것이 바로 송환의사를 표현한 것이지 무슨 확인절차가 필요합니까?

송환이 실패된 뒤 당시 통일부 장관과 대통령께 송환에서 차별된 이유를 질의했더니, 통일부에서 회신이 오는데 84년 9월26일에 전향서를 제출한 사실이 있어서 누락되었다고만 언급되 있었습니다. 전향서 제출 사실을 부인하지 않습니다. 그런데 왜 전향 취소는 인정하지 않습니까. 법전의 어느 곳에도 전향자가 전향을 취소할 수 없다는 조항은 없습니다. 또 전향한 사실이 있어서 누락되었다고 한다면, 유연철씨는 송환이 되고 저는 누락되니까, 이 사실이 차별이라는 것은 어린아이도 판별할 일인데, 차별에 대한 책임은 회피하고 과거 전향한 사실이 있다는 것만 앞세워 강조하는 것입니까? 4년 가까이 시간이 흘렀으니 시간을 되돌릴 수는 없지만, 추가 송환과 정신적 피해에 대한 보상 등 선후책이 있을 수 있겠습니까, 통일위업을 달성하기 위한 남북간의 화해와 협력이 진척되는 이 시점에서 장관님의 현명하신 영단을 기대합니다.

국가보안법 자체가 세계적으로 비난받고 있는 그릇된 법이며, 일제가 남긴 전향제도는 더욱이 인간의 양심을 짓밟는 야만적인 제도이기 때문에 국민의정부에서 폐지한 것이 아닙니까. 그리고 국가보안법도 시대에 뒤진 악법이어서 그 폐지 문제가 당면과제로 돼 있지 않습니까.

이러한 법과 제도 때문에 인생의 황금기 31년5개월을 옥중에 파묻고 않날을 얼마 가진 84살의 노구에게 송북할 수 없다는 차별의 굴레를 뒤집어씌워 송환을 부결한 박재규 전 통일부 장관과 93년에 노약한 이인모씨를 인도적 자원에서 북송조치한 한완상 전 부총리는 분단사를 정리할 때 흑백을 분간하기 쉬운 것만큼이나 뚜렷한 대조적 존재로 되었습니다.

끝으로 첨가할 말은 국가인권위원회에서도 인정한 대로 비인간적 폭압으로 강제전향한 수십명이 2002년 2월6일 공동으로 전향 무효를 선언하고 송환을 희망하고 있다는 사실을 명심하시고 소망이 빨리 이루어지도록 조처하시어 통일 역사에 금자탑을 세워주시길 간절히 바랍니다. 열사청의 소환장은 이미 받아 있고 출두만 보류하고 있는 늙은이 정순택이 올립니다.

정순택
비전향 장기수·서울 봉천 6동 낙성대 '만남의 집'

정동영 통일부 장관에게 올린 공개 서한(한겨레신문)

쓰고 VUNC(유엔군 총사령부 방송)를 듣고 있으면 옆에 있던 정순택이 "조심해 다른 사람 눈에 띄면 큰일 나"라고 했다는 것이다.

파죽지세로 남진하던 인민군은 낙동강에서 저지되고 9월에 인천상륙작전으로 허를 찔린 인민군이 북한으로 도망칠 때 한운사는 정순택의 거처로 달려갔다.

'가지 마라, 내가 책임지겠다.'

이렇게 말리려 했는데 그는 이미 거기 없었다. 그리고 세월이 흘러 한운사는 한국일보 문화부장직을 그만두고 『이 생명 다하도록』이란 장편소설을 쓰면서 방송문화연구실장을 할 때 난데없이 경찰에 불려갔다고 한다. 그의 서울대 동창중에서 '양키 고 홈'이란 삐라를 뿌린 자가 있어서 참고인으로 불려갔다는 것이다. 거기 경찰서에서 조사받고 있는데 찾아온 사람이 정순택이란 것이다.

그는 희한한 운명이라고 회고했다.

1990년 어느 날 인천에서 전화가 왔는데, 그가 32년 만에 풀려 나왔다는 정순택이었다고 한다. 한운사는 동료 송재만宋在萬 교수와 함께 달려갔고 정순택은 목장을 경영하는 인척집이라며 거기서 일하고 있었는데 얼굴이 옛날 그대로였다고 술회했다. 나쁜 짓을 하나도 안 해서 그런가 하고 생각하면서 시내 백화점으로 그를 데리고 가서 양복 한 벌과 구두 등을 사주면서 자꾸만 눈시울이 뜨거워졌다고 한다.

한운사는 조인구趙寅九 공안검사가, "만약 밖에서 정을 만났다면 어떻게 했을 거야"라고 추궁하자 한운사는 그냥 고개를 숙이고 대답하지 않으니 "고발 안 해"라고 다그쳐서, "예… 실제 그런 상황에 부딪히면 모르겠습니다"라고 했다.

"뭐 몰라?"

"가짜 신분증으로 나를 살려준 사람입니다."

그러자 그들은 한운사가 남로당 거물은 아닌지, 북과 무슨 선이든 달고 있는 것이 아닌지 많은 의심을 하고 조사를 했다는 것이다.

필자는 2000년 초엔가 청주대학교 김준철金俊哲 총장의 고희연에 참석했다가 거기서 뜻밖에도 정순택 씨를 만났다. 김준철 총장과 학교 동창이라고 하면서 반갑게 인사를 교환하고 독립기념관 사무처장 명함을 주었더니 그 후에 찾아와서 기념관을 한 번 보았으면 했는데 마침 김 선생이 여기 있으니 님도 보고 뽕도 따러 왔소. 전시관의 전시물을 알뜰히 살펴본 후 생각했던 것보다 더 잘 되어 있다고 평가하면서 항일독립운동 중 사회주의 계통의 독립운동 부분이 많이 빠져 있다면서 조금 아쉽다고 했다.

그 후 1993년 김영삼 정부는 인도적 차원에서 비전향 장기수 북송을 추진하였다. 그해 3월 19일 빨치산 활동으로 장기간 복역한 이인모李仁模 노인이 판문점 중립국감독위원회 회의실에서 북측에 인계되어 평양에 거주하는 가족들과 42년 7개월 만에 재회했다는 기사가 도하신문에 대서특필되었다.

그 후 정순택 씨는 북송을 각계에 탄원하였다. 정동영 통일부 장관에게 공개서한을 보내어 자기는 신병으로 잠시 전향했다가 다시 특별사에서 미전향 좌익수로 있었다면서 북송을 희망했으나 끝내 그 소원을 풀지 못하고 2005년 9월 3일 시신으로 판문점에서 북측 아들에게 넘겨졌다는 기사를 보면서 남북관계가 너무나 비인도적, 반인륜적 이데올로기라는 틀에 얽매여 있다는 사실을 새삼 느끼게 되었다. 그는 출소 후 『보안관찰자의 꿈』이란 옥중기를 펴냈는데 그 책 머리말 중 다음과 같은 부분이 있다.

"나는 지금까지 일그러진 민족사 속에서 시대의 상처를 온몸으로 겪으며 살아왔다. 일본 제국주의자들이 우리 민족의 주권을 깡그리 침탈한 지 11년 만에 세상에 태어나 일제에 짓밟힌 역사를 살아오고 있다. 나는 우리 역사를 볼 때 일제에 의해 일그러진 기간을 현대사에서 수난의 제 1기라 하고, 미소에 의해서 일그러진 기간을 제 2기라고 가름한다. 나는 일그러진 역사 속에서 민족교육을 받지 못했다. 억압받으면서 억압자를 위해 군복을 입어야 하는 수모까지 당했다"라고 학병에 끌려간 것을 부끄러워했다.

한운사는 정순택과의 관계를 다음과 같이 설명했다. 그 끝부분만 옮긴다.

…(전략)…

"돈 필요하지요. 그러나 우리는 돈보다도 더 소중한 재산이 있습니다. 정이라는 것이 바로 그것입니다(…). 정순택 우리가 어려서부터 정이 있어 여기까지 살아온 것 아니겠는가. 그때, 나와 정순택을 얽으려던 조인구 검사, 천관우, 홍승면까지 엮으려던 조 검사는 4.19 후 지명수배되어 쫓기는 몸으로 나와 만나 맥주잔을 기울이며, 천관우, 홍승면, 정순택 이야기를 했다. 그리고 또 세월이 흘러 천관우, 홍승면, 조인구도 죽고 신기한 것은 사형에서 무기로 되었다가 32년 만에 정순택이 이 세상으로 돌아와 지금까지 살아있다는 사실이다. 이 아이러니한 역사의 흐름에 새삼 감회에 젖었다"라고 했다.

아내의 만화편지와 어머니의 암호편지

　내 대학 선배인 김종오 씨가 책 속 표지에 '좁은 방의 시우를 위하여!'라는 글을 쓴 책을 많이 넣어 주었다. 아버지 어머니는 바쁜 가운데서 거의 매주 편지를 보내셨다. '지금 우리가 시우를 돕는 길은 바깥소식이라도 자주 전해, 용기를 잃지 않게 해야 한다'면서 온 식구들에게 편지를 쓰도록 독려하셨다고 한다.

　만화 그리기에 타고난 재주를 가진 아내는 늘 희망적인 만화편지를 보내어 나를 위로하였다. 아내가 보낸 만화편지는 같은 감방에 있는 다른 국사범들에게 큰 인기가 있어서 아내 편지 오기를 그들이 더 기다리는 진풍경도 벌어졌다.

　감방에서 유일한 낙은 아내와 아버지, 어머니 편지를 받는 것이었다. 어머니 편지는 몇 차례나 되돌아가거나 압수되었다. 옛날 고어체로 쓴 편지를 교도소 교무과 직원들로서는 읽을 수가 없으니 그냥 돌려보내거나 압수해 버렸다.

　국사범인 나에게 알지도 못하는 암호 같은 글씨를 전해 줄 수는 없었을 터이다. 나중에 보안과 박 과장이란 분이 "어렵고 좋은 책을 많이 보는 것 같은데 사회에서 무엇을 했느냐, 불편한 것은 없느냐?"라며 이것저것 묻기에 "전깃불이 너무 어두워 책 보기 불편하고 편지가 잘 전달되지 않는 일이 있다"라고 했더니 그 날 밤부터 15~16촉 밖에 되지 않던 감방 전깃불을 30촉으로 바꿔주

아내의 만화편지(좌)와 암호문(한글 고어체)으로 오인받아 전달받지 못한 어머니의 편지(우)

고 편지도 꼬박꼬박 전달해 주었다.

이렇게 감방에서 읽은 많은 책들이 후일 사회생활의 밑거름이 되었다. 내가 일생을 통하여 책으로 식견을 넓힌 곳은 학교보다 감방이었다.

풍비박산 난 우리 가족들

나의 구속 전 우리 가정은 무척 단란했었다. 그러나 내 징역형이 확정되자 우리 가족들은 혼돈의 길로 들어섰다. 법과대학을 다니며 고시준비를 하던 동생은 고시를 포기하고 입대했다. 서울에서 내가 데리고 있으면서 초등학교를 졸업하고 중학교 1학년에 입학했던 막내 동생은 다시 고향으로 내려갔다.

나와 19살 차이였기 때문에 손잡고 나가면 아들 일찍 두었다는 말을 들었던 막내 동생이었다. 초등학교 2학년 때부터 서울에서 아내가 기르다시피 했고 형수를 어머니 못지않게 따랐다. 그런데 내가 없는 서울에서 시동생들을 아내 혼자 감당할 수 없으니 이렇게 흩어지게 된 것이다.

이웃들에게 아버지의 자존심이 얼마나 상했을까, 아내는 내가 정보부에 잡혀간 뒤 며칠만 있으면 나온다는 그들 말만 믿고 당시 100일이 채 안 된 셋째 딸아이를 업고 장독대 위에서 매일 밤늦게 시내버스가 끊길 때까지 기다렸다고 한다.

하지만 청천벽력 같은 징역형과 어제까지도 살가웠던 이웃들의 싸늘한 냉소만이 찾아왔으니 얼마나 견디기 힘들었을까? 아내는 남은 어린 딸들 셋이 이웃 아이들한테 어떤 조소를 받을지 불안하여 중곡동에서 구의동으로 몰래 이사하였다.

실제로 나와 같은 학교는 아니지만 매일 출근을 같이하며 가깝게 지내던

1972년 당시 29세: 딸기서리를 나온 온 가족이 한때를 즐기고 있다. 좌로부터 필자, 시열, 시백, 윤선 그리고 신종갑(처) 이때 모두 자양동 한 집에서 생활했다.

이웃집 교사 아들이 우리 집 담벼락에 빨갱이 집이란 낙서를 하여 아내는 어떤 일이 생길지 몰라 급히 이사했다고 한다. 마녀사냥하는 분위기에서 그냥 그 집에 눌러 살 수 없는 형편이었다고 한다.

그러나 빨갱이란 소문 때문에 내가 출소하기 전 네 번이나 이사를 했으며 이사할 때마다 집을 줄여 중곡동의 제법 큰 단독주택이 내가 출소했을 때는 11평짜리 시영아파트로 줄어들었다.

영원히 나를 묶어둘 것 같았던 5년이란 시간도 흘러 어느덧 감옥을 나서게 되었다. 새 인생을 걸어야 했다. 나는 선천적으로 기술에 몹시 무디었다. 전기 퓨즈가 나가도 아내가 갈아 끼웠다. 기술로 뭔가 이루는 건 요원한 길이었으니 그저 독서로 마음을 달랬다. 기술 한 가지만 있어도 취직에는 별 어려움이 없었을 터인데, 나는 그마저 못했다.

국보법 전과자를 일반 행정직으로 받아들이는 사회분위기도 아니었고, 또 법으로도 제한되어 있었으니 책을 읽으면서도 앞날에 대한 걱정은 가시지 않았다. 걱정과 희망이 함께 밀려왔다.

생각하면 5년이란 시간은 내 인생에 잃어버린 것이 너무나 많은 인고의 세월이었다. 31세부터 36세까지였으니 사회에 진출하고 도약할 수 있는 골든타임을 날려버렸고, 인생의 황금기를 지옥문의 동토凍土에서 가슴 한 번 펴지 못하는 세월을 보낸 것이다.

그러나 얻은 것이 전혀 없는 것은 아니었다. 잃은 것은 타의에 의한 것이고 얻은 것은 내 의지에 의한 것이기 때문에 잃은 것은 많아도 복구할 수 있었고, 얻은 것은 비록 적어도 활용하고 키울 수 있는 희망이 있었다.

그렇게 생각하면 의미 없는 허송세월만은 아니었다. 내 일생에 가장 많은 독서량도 이때였고, 혼자서 생각하는 버릇이 생겨 어떤 경우에도 심심하거나 지루함이 없이 정신세계는 항상 바삐 움직이게 되었다. 그곳에서 나는 민족분단의 아픔을 온몸으로 느낄 수 있었고, 비참한 역사현장을 목격할 수 있었다.

암울하고 야만적인 시대에 혹독한 희생자들도 만날 수 있었다. 민족의 미래를 걱정하며 민주주의를 위해 앞에 나왔다가 고통 받고 쓰러진 많은 사람들을 보면서 그들에 비하면 내가 겪은 고통은 너무나 미미하다는 부끄러움까지 느끼게 되었다. 나의 고통과 억울함은 짧고 쓸쓸한 추억으로 스스로를 자위할 수 있는 여유도 생겼다. 그래서 나는 새 출발을 다짐하며 옥문을 나설 수 있게 되었다.

다시는 돌아보기 싫지만 내가 잠시 머물렀던 특별 사동에는 가족도 없고 면회 올 사람도 없어 석방의 기약도 없이, 아니 그보다 더 비참한 것은 그 존재조차 아무도 모르는 짐승처럼 던져주는 밥만 먹고 사는 무기수들이 70여 명이나 있다. 대체 그들의 존재는 무엇인가? 국가는 무엇이고 국민은 누구인가? 가해자는 누구이며 피해자는 누구인가? 가해자도 피해자도 모두 자신이 무엇을 하고 있는지 깨닫지 못하는 존재가 되어가고 있다.

공권력이 가해자와 공범일 때, 가해자들은 그런 일을 저질러도 처벌당하지 않는다는 것을 알았고 피해자들은 아무리 피해를 당해도 사회로부터 보호받을 수 없음을 깨닫게 되었을 때, 전자는 난폭해지고 후자는 무기력해진다. 특별사의 독방에는 영하 15℃의 겨울과 40℃에 가까운 여름이 있을 뿐 봄, 가을은 없다.

1평 남짓한 그 좁은 공간에 햇빛이 없고 통풍조차 되지 않는 공간에서 10년 20년을 견뎌온 사람들을 보면서 인간의 적응력에 크게 놀라고, 또 비인도적 잔인함에 분노를 금할 수 없었다. 대체 왜 이렇게까지 해야 하는가?라는 의문을 제기하지 않을 수 없다. 법은 무엇이고 정치는 무엇이고 국가는 왜 존재하는가?

옥문을 나서자 어머니께서 급히 생두부를 내 입에 넣어주었다.

콩은 밭에서 나오는 소고기라 할 정도의 고단백식품이다. 그래서 감옥에서 반죽음이 되어 나오던 시절 출소자에게 즉석에서 먹일 수 있는 구급영양식품이 두부였기 때문일 것이다.

그러나 두부를 먹이는 또 다른 뜻이 있는 모양이다. 콩이 두부가 되면 다시 콩으로 돌아갈 수 없듯이 그 두부를 먹고 두 번 다시 감옥에 가지 말라는 뜻이라고 한다. 또 두부처럼 희고 깨끗하게 죄짓지 말고 살라는 뜻이 내포되어 있다고 한다.

집에 도착해 보니 아버지께서 아들이 구속되어 수사받는 동안 혹 장독杖毒이나 들지 않았을까 하고 똥물로 왕겨를 이겨서 태운 약물이 나를 기다리고 있었다. 예부터 매 맞은 장독에는 똥물이 특효약이란 말이 민가에 널리 퍼져 있었다.

구속되었을 때 변호사를 통하여 "뺨 한 찰 맞은 적이 없다"는 말을 꼭 전해 달라는 부탁을 했으나 일제와 6.25 등 산전수전 다 겪은 아버지께서 사상범이 당하는 고초를 모르실 리 없는 분이니 내 말을 곧이곧대로 믿으실 리는 없었다.

두부나 똥물에 담긴 유래와 효과는 잘 모르지만 내 아들에게 두 번 다시 이런 불행이 없기를 바라는 부모님의 정성을 외면할 수 없어 나는 두부를 먹고 억지로 똥물을 삼킬 수밖에 없었다.

6. 재심청구

재심청구인

　재심은 확정된 최종판결에 중대한 흠이 있는 경우 이미 종결되었던 판결의 취소와 사건의 재심판을 청구하는 제도이다. 따라서 중대한 흠이 있는 예외적인 경우에 한하여 법적 안정성을 후퇴시키고 구체적 정의를 실현하기 위하여 마련된 제도이므로 그 절차가 매우 까다롭고 복잡하다.

　형사소송법 420조의 재심사유는 법적 안정성과 정의의 실현이라는 상반된 요청에 대하여 입법자가 법적 안정성을 후퇴시킬 예외적인 사유를 규정한 것이므로 그 운용은 매우 엄격하고 재심사유의 존재는 원칙적으로 재심을 청구하는 사람이 증명하게 함으로써 실제적으로 재심청구는 매우 어려운 일이라고 할 수 있다.

　그러나 과거의 정치적 사건들이 재심을 통하여 재평가되는 사실을 여러 차례 보아왔고 재심을 청구하라는 권유를 받기도 했지만 진지하고 적극적으로 생각해 보지는 않았다. 그 이유는 다음과 같다.

　첫째, 앞에서 언급한 대로 이미 복역중에 재심을 청구한 일이 걸림돌이 되었기 때문이다. 그동안 여러 변호사들과 상담해 보았으나 한 번 했던 것은 일사부재리 원칙에 의해 안 된다는 것이다.

　둘째, 암울하고 야만적인 독재정권시대에 민주화 운동을 하다가 고통받고 희생되었던 수많은 사람들에 비하면 내가 겪은 고통은 미미했을 뿐 아니라 강압적인 폭력 앞에 당당하게 끝까지 맞서지 못한 자책감이 나를 많이 망설이게 했다.

셋째, 이 사건으로 인한 부모님과 가족들의 고통은 상상을 초월하는 것이었지만 사건 이후 나의 삶이 크게 뒤틀리지 않고 운 좋게도 바른 길로 갈 수 있게 되었고, 어떤 면에서는 인생공부도 적지 않게 했다는 점으로 스스로 울분을 달랠 수 있었기 때문이었다.

그러나 시간이 가고 인생 마감의 시간이 목전에 다가오니 정리할 것은 올바르게 정리해야겠다는 결심이 서게 되었고, 마침 조용환 변호사를 만나 새로운 용기를 얻게 되어 재심을 결심하게 되었다.

2018년 11월 13일 서울 중앙지방법원에 재심청구를 하였다.

재심청구인 의견서

위 재심청구는 재심을 개시하는 결정을 하여 주심이 상당하다고 합니다.

이유 :

첫째, 1968년 병역 의무를 마치고 복학한 저에게, 그 해 5월 어느 날 박형표 주임교수가 재일교포거류민단 나가노껭 지부 부단장의 동생으로 건국대학교 사학과에 편입학한 유학생이니 학교생활에 적응할 수 있도록 시우가 잘 도와주리라는 부탁을 받고 김달남을 처음 만나 가까이하게 되었습니다. 그 후 1975년 2월 15일부터 3월 31일까지 저는 중앙정보부 남산분실 지하에서 45일간 모진 고문과 협박에 인간으로서 한계를 느끼고 자포자기상태에서 석방을 전제로 던진 반성문이란 회유의 덫에 걸렸습니다. 온갖 감언이설과 폭력으로 자기들의 입맛대로 작성된 반성문이 유죄의 증거물이 될 줄은 상상도 못 했습니다. 결국 저는 그 덫에 걸려 간첩방조죄란 부당한 판결로 5년형을 살게 되었습니다.

그런데 이른바 주범이란 김달남은 사형이란 극형이 확정되고도 2년도 안 되어 석방되었으니 그가 간첩이기 때문에 제가 말한 교사 봉급 액수도 국가보안법 간첩방조죄에 해당된다고 강변하던 부분에 대해 묻고 싶습니다. 그가 정말 간첩이었다면 주범인 그를 풀어주는 이유가 무엇입니까? 이른바 종범인 우리들에게는 그 형을 다 살리는 이런 법이 어느 나라 법입니까? 만약 그가 간첩이 아니어서 풀어주었다면 당연히 우리는 무죄가 아닙니까? 우리는 45일간 남산 지하실에서 외부와 단절된 상태에서 고문과 협박과 회유 속에 작성된 수사 기록과 반성문이란 허위자백으로 유죄 판결을 받았습니다. 이는 피해 당사자의 재심 청구 이전에 국가가 바로 잡아주어야 하는 것이 국민에 대한 당연한 국가의 책무라는 생각이 재심청구의 첫 번째 이유입니다.

둘째, 저는 당시 5대 일간지는 물론 심지어 영화관 리버티 뉴스에까지 고정간첩으로 보도되고 방영되어 저희 집 담장에는 이웃집 아이들이 간첩집, 빨갱이집이란 벽보를 붙이는 등 살벌한 분위기에서 우리 가족과 어린 자식들이 심한 위협을 느껴 아내는 몇 차례나 이사를 해야 했고, 지방행정공무원으로 정년퇴임한 아버지 내외분이 계시는 시골집은 친인척과 이웃의 발길이 끊기는 등 온갖 수모와 고통 속에 부모님은 울분으로 여생을 마치셨습니다. 그 한을 풀어드려야겠다는 것이 두 번째 이유입니다.

아내의 일기와 간간히 들은 이야기에 의하면 내가 복역하는 동안 가난에 못 이겨 아내는 행상을 하고 아이들은 이웃집 쓰레기통까지 뒤졌다니 그냥 단념하고 마는 것은 결국 아내와 자식 그리고 모든 가족들에게 빚을 지고 사는 것이니 이는 결코 참는 것이 미덕이 될 수 없다는 것이 세 번째 이유입니다.

국가 공권력의 폭력에 의해 덧씌워진 누명은 언젠가는 반드시 벗겨진다는 사법정의만이 공권력에 의한 국가 폭력의 운용자들에게 교훈이 되어 이를 줄일 수 있다는 생각과 자식으로서 부모에 대한 최소한의 속죄라고 생각되기 때문입니다. 또 가장으로서 아내와 형제자매 그리고 자식들에 대한 도리라 생각하여 재심을 결심하게 되었습니다. 깊이 살피어주시기 바랍니다.

2018. 11. 27. 김시우

아내의 재심청구 진정서

생각만 해도 가슴이 떨리고 소름이 끼치는 공포 분위기에서 일어난 46년 전의 일을 떠올리려니 새삼 분노가 느껴지면서도 한편 정의와 진실은 언젠가는 밝혀진다는 역사의 엄숙함이 피부에 와닿는 기쁜 마음으로 당시를 회상하고 진실을 밝히려 합니다.

1975년 2월 중순 밤늦도록 학년말 성적 집계를 끝내고 밤잠을 설친 피로한 기색으로 출근한 남편은 2~3일간 행방이 묘연해졌습니다. 당시 나는 셋째 아이가 태어난 지 두 달이 채 되지 않았고, 그 해 3월 말경 시아버지 회갑잔치 준비로 이것저것 챙기던 남편이 갑자기 사라지자 순수한 가정주부인 나로서는 그 자체만으로도 내 몸 전체가 무너지는 큰 불안과 공포를 느꼈습니다.

하루가 10년 같은 시간이 2~3일이 흐른 후에 검은 잠바 차림의 청년들이 나타나, "당신 남편은 조사할 것이 있어서 우리가 보호하고 있으니 걱정 말라. 그리고 어느 누구에게도 발설하지 말라"라고 위협한 후 온 집안을 샅샅이 뒤지기 시작했습니다. 집안을 뒤져도 나오는 것이 없으니 "학교 선생이란 사람이 옷이 이것뿐이에요?" 그리고는 형광등 불을 끄기 위해 전등에 달아놓은 못 쓰는 이어폰과 책장에 몇 권의 책, 그리고 앨범에 꽂힌 김달남과 찍은 사진 몇 장을 뽑아가면서 "당신 남편의 행방과 지금 일어나고 있는 일들은 어느 누구에게도 말하지 말라. 곧 나오게 되니 그때까지 비밀로 해라. 만약 이 일이 밖으로 새어나가면

필자 구속 후 아내가 기록한 일기장 일부, 中은 중앙정보부를 말한다. 좌측 비석은 항일운동가로서 만주 신경 감옥에서 순국한 처외조부 박시목 선생의 신도비이다. 비문 찬자는 필자이다.

당신 남편에게 큰 불행이 닥칠 수 있다"라는 말을 남기고 돌아갔습니다.

4~5일 후 그들이 다시 와서 나에게 진술서를 쓰게 했는데, "내가 불러주는 대로 쓰라. 이것은 당신 남편이 당신에게 쓴 것이다"라고 하면서 내놓은 쪽지는 틀림없는 남편의 필체였습니다. 내용은 이분들에게 협조하여 시키는 대로 하라는 편지였습니다. 그래서 시키는 대로 그들이 부르는 대로 써낸 것이 나의 진술서입니다.

내가 모르는 일이라고 하면, "그들은 당신 남편이 스스로 다 말한 것이다. 이것은 김달남을 벌주고 당신 남편을 빨리 석방시키기 위한 것이니 우리를 믿고 쓰면 된다"는 것이었습니다.

나와 남편은 그때까지 누구와 다툰 일도, 파출소에도 한 번 가 본 일이 없는 사람이었고 그런 집안에서 태어났으니 그야말로 순내기들이라 그들의 회유와 공갈, 협박 앞에 그저 하라는 대로 할 수밖에 없었습니다.

당시 집안에는 4살, 3살 되는 여자 아이와 갓 태어난 여아가 있었고, 시동생 2명, 나의 친정 여동생이 모두 학생이었습니다. 나는 그저 시동생들과 친정 동생이 학교에서 하교하기 전에 끝내자는 심정과 남편이 이 진술서만 끝내고 반성문을 쓰면 곧 나온다는 그들의 회유와 남편의 메모를 보고 그들이 하라는 대로 쓴 것이 그 진술서임을 먼저 밝혀드립니다.

진술서 (1975. 2. 17 부분)

두 번째 물음, 1970년 부분의 내용(김달남과 남편 접촉관계)은 100% 그들이 불러주고 받아 쓴 내용입니다. 순수한 가정 주부인 내가 남편과 김달남의 일을 알리도 없고 집안에 불온서적이 있지도 않은 일들입니다. 남편이 김달남을 간첩으로 인지하고 있었다면 어떻게 그렇게 태연하게 불온서적을 허술하게 관리하겠습니까?

1971년 5월 13일 부분 시모님 입원 중 김달남이 문병 왔다 갔다는 이야기는 남편에게 듣고 고맙게 생각했습니다. 1971년 7월 초순께 내용 또한 100% 불러주는 대로 받아쓴 것입니다.

불온책자 처리 사항

남편이 불온책자를 소지한 사실이나 청소하다 발견하고 없애라고 충고했다는 내용은 모두 부르는 대로 받아쓴 것입니다. 그러한 책을 소지한 자체를 알지 못합니다.

끝으로 남편 김시우의 언동사항 이 부분도 100% 부르고 받아 쓴 것입니다.

진술조서 2회

내용은 1회 때 다 언급했으나 2회는 더 구체적으로 다듬은 작문에 불과합니다. 이상은 거짓 없이 진술한 것입니다. 나와 남편은 서로 간에 비밀을 간직하고 살지 않았습니다. 다른 것은 몰라도 정직하고 투명하게 일생을 살아왔을 뿐 이해관계를 개입시켜 살아온 적이 없는 공통점을 지니고 있습니다.

내가 5년이란 긴 세월을, 그 고통 속에서도 세상 사람들의 눈초리를 피해 남편만을 믿고 기다린 이유도 남편이 가진 순수한 인간성 때문입니다. 당시 남편이 재산이 있는 것도 아니고 나오면 잘 살 수 있으리라는 희망은 1%도 없었습니다. 그래도 내가 남편을 기다리고 참은 것은 오직 남편의 순수한 인간성, 그리고 누구에게도 뒤지지 않는 뚜렷한 국가관, 도덕성 이것만은 내가 남편을 사랑하고 돕고 지켜주어야겠다는 일념뿐이었습니다.

일본에서 사업으로 성공한 민단 나고야지부 부지부장의 동생이라는 소개와 함께 잘 돕고 지도하라는 주임교수의 각별한 부탁을 받은 남편이 어찌 그를 간첩일지도 모른다는 의심을 품었겠습니까? 남편은 남을 쉽게 의심하고 상대를 비판적으로 분석하는 그런 성격은 선천적으로 없는 사람입니다. 나는 남편이 5.16 후 재건국민운동, 4-H 클럽 등에 열성적으로 참여한 것으로 알고 있습니다. 그러나 3선 개헌 후 정부를 비판하며 당시 동아일보 백지광고 등 민주화 운동에 앞장서는 민주주의 신봉자였습니다. 나는 그것 때문에 남편이 조사받는 줄로 알고 있었습니다.

아무쪼록 남편이 살아온 과거의 행적이 명명백백 사실대로 밝혀지기를 기대하면서 재심에 참고가 될 수 있도록 진정서를 제출합니다.

2021년 진정인 신종갑

변호사 의견서

청구인의 대리인
법무법인 경 변호사 조용환

가. 사건의 배경

중앙정보부가 이 사건을 발표한 시점은 1975. 4. 1.입니다. 그날 중앙정보부는 "북괴 노동당의 지령을 받고 국내에 잠입, 반정부 학원 소요를 배후조종하고 야당 정치인을 포섭, 정부 전복을 위해 암약해 온 재일교포 김달남(31) 등 학원 정계 침투간첩단 8명을 검거, 서울지검에 구속 송치했다"라고 발표했습니다. 여기서 김달남이 포섭하려고 했다는 '야당 정치인'은 김대중과 장준하를 말합니다.

그 무렵 유신헌법에 대한 재야 시민사회와 대학생의 반대운동을 억누르기 위해 박정희 정권이 연이어 긴급조치를 발동해 유례없는 탄압을 가했지만 비판과 항의는 수그러들지 않고 시민사회와 정권 사이에 긴장이 높아지고 있었습니다. 하루 전날인 3.31.에는 서로 분열·대립하던 야당의 주요 정치인 4명(윤보선, 김대중, 김영삼, 양일동)이 모여 유신헌법의 개헌투쟁을 위해 야당이 통합하고 수권태세를 갖추기로 합의했습니다.

일주일 후인 같은 해 4.8에는 대학가 유신반대 시위를 주도한 고려대학교에 휴교령을 내린 긴급조치 제7호가 공포되고, 한 달 뒤인 같은 해 5.13에는 악명 높은 긴급조치 제9호가 공포됩니다. 긴급조치 제9호는 그 이전에 공포했던 모든 긴급조치를 집대성한 것입니다. 그리고 8.17.에는 재야지도자 장준하가 포천에서 의문의 추락사로 사망하는 사건이 일어납니다.

돌이켜 보면 중앙정보부가 이 사건을 발표할 즈음 박정희 정권과 시민사회의 갈등은 더 이상 '정치적'으로는 해결할 길이 없는, 극단적 탄압과 저항, 그리고 비극으로 내달리게 되는 전환점에 접어들고 있었다고 할 수 있습니다. 이 사건은 당시의 정치적 상황과 대학생들의 유신반대 운동에 용공 음모를 씌워 시민들과 이간하던 정치적 조작사건을 일으키던 중앙정보부의 관행을 통해 이해해야 합니다.

나. 재심사유의 개요

청구인 김시우는 1975. 2. 15. 자택 근처인 서울 성동구 중곡동 노상에서 중앙정보부 수사관들에게 체포되어 중앙정보부로 연행되었습니다(수사기록 14-11 책, 4쪽, 1975. 2. 15.자 인지동행 보고). 이 체포는 당시 형사소송법이 정한 구속 또는 긴급체포의 요건을 갖추지 않았고 이른바 '임의동행'에도 해당하지 않으므로 불법 체포입니다. 불법 체포와 연행에 이어 청구인 김시우는 자택으로 돌아가지 못한 채 25일이 지난 1975. 3. 12.까지 중앙정보부에 감금되어 수사를 받았습니다(14-1 책, 129쪽, 김시우 구속영장). 그 기간 동안 중앙정보부 수사관들은 불법 감금의 범죄를 저질렀습니다.

다. 재심사유의 존재

검사는 2020. 7. 15.자 의견서에서 청구인 배영수에 대하여는 불법 체포를 인정했으나 청구인 김시우에 대해서는 앞뒤가 다른 주장을 했습니다. 청구인이 1975. 2. 15. 08:30 주거지에서 중앙정보부 수사관에게 '동행'된 사실과 같은 해 3. 12. 에야 구속영장에 의해 구속된 사실을 인정하면서도 "불법 체포를 확인할 수 있는 객관적 자료가 존재하지 아니하고, 체포일시를 추정할 수 있는 피고인의 구체적인 진술도 없이 막연히 불법 체포를 주장하고 있을 뿐"이라면서 "사법경찰관 등이 직무 범죄를 저질렀다는 사실에 대해서" 증명이 부족하다고 주장했습니다.

검사의 주장은 사실관계와 법리는 물론 윤리적으로도 잘못된 것이며, 공익을 대표하는 검사의 직무상 의무와 양립할 수 없는 것입니다. 이 점은 2020. 8. 4.자 의견서에서 지적한 바 있습니다.

검사의 주장에 따르더라도 청구인 김시우가 1975. 2. 15. 중앙정보부 수사관들에게 불법 체포되어 연행된 사실은 의문의 여지가 없습니다. 중앙정보부 수사관들이 작성해 중앙정보부장의 결재까지 받은 문서에 분명히 기재되어 있는 내용입니다. 그보다 더 명백한 증거는 있을 수 없습니다. 또 수사관들이 청구인에 대해 작성한 진술서와 피의자 신문조서, 반성문 등을 통해 중앙정보부에 감금한 사실도 의문의 여지없이 증명됩니다. 수사관들이 피의자를 체포해서 연행한 사실과 그 기관에서 상당 기간 수사를 진행한 사실이 분명하게 증명된 이상 그 체포와 구금이 합법적이며 정당하다는 것은 수사기관, 즉 검사가 입증해야 합니다.

청구인 김시우에 대한 체포는 형사소송법에 의한 구속이나 긴급체포가 아니며 임의동행에도 해당하지 않습니다. 중앙정보부조차 그렇게 주장하지도 않았지만 수사기관이 임의동행이라고 주장한다고 해서 임의동행이 되는 것은 아닙니다. "오로지 피의자의 자발적인 의사에 의하여 수사관서 등에 동행이 이루어졌다는 것이 객관적인 사정에 의하여 명백하게 입증된 경우에 한하여, 동행의 적법성이 인정"(대법원 2011. 6. 30. 선고 2009도6717 판결)될 수 있는데 이 사건은 그런 경우에 해당하지 않습니다.

　김시우에 대한 감금은 더 말할 것도 없습니다. 청구인들은 청구인들에 대한 체포와 구금이 당시의 법령에 따라 정당화할 수 없는 것임을 증명했습니다. 하지만 검사는 자신의 책임을 이행하지 않은 채 잘못된 주장만 내세울 뿐입니다. 청구인들에 대한 체포와 구금은 범죄에 해당함이 명백하므로 재심사유에 해당합니다.

　라. 사건의 진행 경과

　청구인들은 그동안 재심사유의 심리에 직접 관련된 것은 아니지만 재심개시 후 본안 심리과정에서 증거조사 기간을 절약하기 위해 이 사건의 실체를 이해하는 데 필요한 증거를 조사하기 위해 노력했습니다. 그 동안 밝혀진 것을 정리하면 다음과 같습니다.

　○김달남의 감형과 석방

　이 사건의 '주범'인 김달남은 청구인들과 마찬가지로 1976. 4. 27. 대법원의 상고기각 판결에 의해 사형이 확정되었습니다. 1977. 2. 대검찰청은 김달남에 대해 법무부장관에게 사형집행을 '구신具申'했습니다(2020. 3. 20.자 국가기록원 문서송부촉탁 회신 중 506쪽). 사형은 법무부장관의 명령에 의해 집행한다는 당시 형사소송법(법률 제2653호) 제463조에 따른 것입니다. 그런데 같은 해 3. 1. 대통령은 김달남의 형을 무기징역으로 감형했습니다(2020. 3. 20.자 국가기록원 문서송부촉탁 회신 중 146쪽 감형장). 이 과정에

석연치 않은 점이 있습니다.

2020. 9. 21.자 국가기록원의 문서송부촉탁 회신에는 그 과정의 일단을 드러내는 자료가 있습니다. 사형집행 구신을 받은 법무부장관은 1977. 2. 16. 김달남에 대해 특별감형을 상신하도록 하는 문서에 결재했습니다. 3급 비밀로 지정된 이 문서 제일 아래에 있는 '예고문'에는 "1977. 3. 1. 일반문서로 재분류"라고 되어 있습니다. 3. 1.에 특별감형이 결정되면 비밀을 해제하고 공개한다는 뜻입니다. 그런데 문서에 찍힌 도장에는 1977. 3. 1.자로 "대외비로 재분류"라고 표시되어 있습니다. 김달남에 대한 특별감형을 공개하지 않고 비밀로 유지한다는 뜻입니다. 그 문서에는 김달남에 대한 특별감형을 국무회의에 제출하는 안건에 이어 2. 18. 국무회의 심의를 거친 김달남에 대한 특별감형을 대통령이 결재한 문서가 붙어 있습니다. 이 문서에는 대통령 결재란 아래 "대외 발표하지 말 것"이라는 손글씨 지시문이 있는데 이것은 대통령이 직접 쓴 것으로 보입니다. 정치범에게 부당하게 과중한 형을 선고한 다음 3.1절 또는 광복절에 대통령이 마치 은사를 베푸는 것처럼 감형이나 특별사면을 하고 그 내용을 공표해 온 당시의 관행에 비추어 매우 이례적인데, 이는 김달남에 대한 특별감형을 대통령이 결정한 것이며, 그럼에도 대외적으로 공개하기 힘든 사정이 있었음을 암시합니다. 그 사정이 무엇이든, 간첩죄를 저지른 일개 범죄자에 대한 특별감형 문서에 대통령이 직접 이런 지시를 손으로 쓰기까지 한 것은 이 사건에 매우 특별한 배경이 있음을 의미한다고 보는 것이 합리적입니다. 이 점을 추론할 수 있는 자료가 같은 문서철에 포함되어 있습니다. 문서는 검찰청의 정보보고 문건입니다. 김달남의 상고가 기각되어 사형이 확정되었다는 내용입니다. 그 뒤에 담당 과장이 쓴 것으로 보이

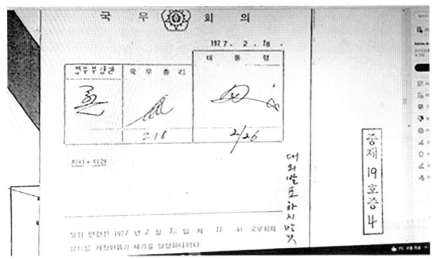

박 대통령이 결정한 김달남에 대한 특별 감형 결재 사인인데 대외적으로 발표하지 말라는 부기附記가 있다

는, 부전지 형식의 지시문서가 있는데 내용은 다음과 같습니다.

　　김달남의 사형집행 구신이 있을 경우에는 중정中情에 재협의하여야 할

　　것이니 즉시 통보하여 줄 것.

　'중정'이란 중앙정보부를 말합니다. 이 부전지는 김달남을 중앙정보부가 특별히 관리하고 있었다는 사실을 드러냅니다. 비록 대법원 판결을 거쳐 사형이 확정됐지만 형집행에 대해서는 중앙정보부와 협의해야 하며 검찰과 법무부가 자율적으로 판단할 수 없다는 뜻입니다.

　대검찰청이 사형집행을 구신한 김달남에 대해 법무부장관이 특별감형을 하는 안건을 국무회의에 제출하고, 그 문서에 대통령이 결재하면서 "대외발표하지 말 것"이라는 이례적 지시문을 직접 기재한 것은 김달남이 중앙정보부가 따로 관리하는 인물이었고, 중앙정보부가 김달남에 대해 감형을 요구

했기 때문이며, 그 이유는 대통령이 특별히 관심을 가질 만한 이유가 있었기 때문이라고 추론할 수 있습니다.

1977. 3. 1. 감형으로 무기수가 된 김달남은 같은 해 5. 11. 광주교도소로 이송됐고, "동정을 엄밀히 시찰"해야 하는 요시찰 대상이 되었습니다. 그 해 12. 24. 김달남에 대해 갑자기 '중증보고'라는 표시가 나타납니다[2020. 3. 20자 국가기록원 문서송부촉탁 회신 중 김달남의 수용자신분장, '155'로 표시된 쪽 '동태사항' 항목]. 어떤 증세가 있는지, 왜 그런 증세가 생겼는지, 누가 어떤 진료를 했는지 아무 내용도 없습니다. 그리고 그 다음날인 12. 25. 곧바로 형집행정지로 출소했습니다. 북한에서 공작원 교육을 받고 정권을 전복하기 위해 남파된, 사실상 북한공작원인 무기수를 전광석화처럼 석방했습니다. 이번에도 어느 검찰청의 어느 검사가 어떤 이유로 형집행정지 결정을 했는지 어떠한 기재도 없습니다.

○김달남에 대한 여권발급과 출국 허용

간첩죄로 사형을 선고받고 무기징역으로 감형된 지 1년도 되지 않은 김달남이 위중한 병세에 빠져 형집행정지 결정을 했다면 당연히 수사기관의 엄중한 감시 아래 병을 치료한 다음 회복하는 대로 즉시 재수감하여 형집행을 계속해야 할 것입니다. 그러나 더욱 수상한, 도저히 납득할 수 없는 일이 벌어집니다.

2020. 10. 29.자 외교부의 '여권발급 기록 및 여권발급 신청서류 일체 송부'에 의하면 김달남은 1978. 5. 10. 유효기간 3개월의 여권번호 R262911로 된 여권을 발급받았습니다. 김달남이 여권발급 신청서를 작성한 날은

1978. 1.로 표기되어 있는데 김달남의 외조부와 지인이 신원보증인으로 서명한 날짜가 1978. 1. 4. 인 것을 보면 김달남이 신청서를 작성한 날은 1. 4. 이거나 그 전입니다. 김달남이 "위중한 병의 증세"를 명분으로 형집행정지를 받자마자 일본으로 출국하기 위해 여권을 신청한 것입니다. 상식적으로 말이 되지 않고 상상도 할 수 없는 일입니다. 김달남을 형집행정지로 석방할 때부터 일본으로 돌아가게 해 주기로 약속이 되어 있지 않았다면 이런 일은 절대로 일어날 수 없습니다. 이것은 1977. 12. 24. 광주교도소의 "중증보고"와 그 다음날의 형집행정지가 김달남을 풀어주기 위한 허울에 지나지 않음을 의미합니다.

여권발급일은 같은 해 4. 27.입니다. 그 전에 외교부는 중앙정보부에 신원조회를 해서 답을 받았습니다. 같은 달 24.자 김달남에 대한 신원조회 결과 회보에서 중앙정보부는 여권발급이 "적합"하다고 회신했습니다. 그래서 여권이 발급될 수 있었습니다. 이렇게 발급받은 여권으로 출국한 김달남은 그후 2006. 11. 15.까지 90회에 걸쳐 한국과 일본을 왕래하면서 자유롭게 활동했습니다(2019. 1. 8.자 서울출입국·외국인청 사실조회 회신). 김달남에게 포섭되었다는 나머지 피고인들은 어리고 경험이 없는 한국의 대학생들입니다. 공소사실이 모두 진실이라고 가정해 보더라도 이들은 민주주의를 열망하는 순수한 열망으로 행동한 데 지나지 않았습니다. 그런 학생들은 징역 10년(김재명)과 5년(김시우)의 무거운 형을 단 하루의 에누리도 없이 살아야 했습니다. '간첩'이라는 명에를 지고 경찰의 감시와 사회의 배척에 시달리며 '불가촉천민'처럼 살아야 했습니다. 김달남에 대한 특별한 처우와 나머지 피고인들에 대한 가혹한 처우를 비교할 때 이 사건의 진실을 의심하지 않을 수 없습니다. 상식을 가진 대한민국 국민 가운데 이 상황을 이해할 수 있는 사람은 아무도 없을 것이라는 점만은 지적하지 않을 수 없습니다. 김달남이 정말로 북한에 밀항해서 공작원 훈련을 받고 남파된 간첩이라면 이런 일은 결코 일어날 수 없습니다. 이런 사정만으로도 이 사건은 중앙정보부가 정치적 목적으로 조작한 사건일 가능성이 크다고 하겠습니다. 피고인들이 요청하기 전에 솔선해서 이 문제를 밝히는 것이 법적으로, 또 윤리적으로 검사의 책임이라 하겠습니다.

마. 결론

이 사건에서 청구인 김시우와 배영수의 상황은 조금도 다를 것이 없습니다. 중앙정보부 수사관들이 1975. 1. 15. 또는 1.17. 김시우와 배영수를 불법체포하여 중앙정보부로 연행한 다음 3. 12.까지 구금한 채 조사한 사실은 의문의 여지가 없습니다. 중앙정보부 수사관들이 불법체포와 감금죄를 저지른 것은 수사관들이 작성한 수사기록에 의해 명백하게 증명됩니다. 또 이들에 대한 공소시효가 지나서 확정판결을 얻을 수 없는 때(형사소송법 제422조)에 해당한다는 점도 분명합니다.

재심사유가 존재하는 이상 법원은 재심개시 결정을 해야 하며 그 사유가 사건의 실체관계에 관계된 것인지는 고려할 필요가 없습니다(대법원 2008. 4. 24. 자 2008모 77 결정). 재심개시 결정을 반대하는 검사의 의견은 사실에도 어긋나고 법리에도 어긋나며 윤리적으로도 잘못된 것입니다. 검사의 의견은 고려할 가치가 없습니다. 신속하게 재심개시 결정을 해 주시기 바랍니다.
                              2021년 3월 18일

재심청구에 대한 검사 의견서

귀원 2018 재고 합 38 피고인 김시우에 대한 국가보안법위반 재심 사건 관련, 재심개시 여부에 대하여 다음과 같이 의견을 개진합니다.

가. 불법체포 등에 대한 변호인의 주장 및 검토

○ 변호인은 피고인 김시우에 대한 불법체포·감금이 이루어진 사실이 수사기록 자체에 의해 증명된다고 주장하면서, 피고인 김시우가 1975. 2. 15. 불법체포되어 같은 해 3. 12. 구속영장에 의해 구속되었다고 주장합니다.

○ 수사 및 공판 기록을 통해 아래와 같은 사실이 인정됩니다.

– 관련 기록 인지동행 보고서에 피고인 김시우는 1975. 2. 15. 08:30 주거지에서 임의동행하였다고 기재되어 있으며, (사전) 구속영장은 같은 해 3. 12 집행된 사실이 확인됩니다. 임의동행된 것으로 기재된 1975. 2. 15. 약 50쪽 가량의 진술서와 약 85쪽 가량의 피의자신문조서가 작성되었고, 2. 20. 약 51쪽 가량의 진술서와 약 39쪽 가량의 피의자신문조서가 작성되었으며, 3. 12. 5쪽 가량의 반성문이 각각 작성된 사실 역시 확인됩니다.

○ 임의동행 첫날부터 자백 취지의 진술서 등이 다량(135쪽) 작성되는 등 일부 의심할 사정이 있으나, 불법체포를 확인할 수 있는 객관적 자료가 존재하지 아니하고, 체포일시를 추정할 수 있는 피고인의 구체적인 진술도 없이 막연히 불법체포를 주장하고 있을 뿐입니다.

- 형사소송법 제420조 제7호에서는 '수사에 관여한 사법경찰관 등이 직무 범죄를 저질렀다는 사실'을 재심사유로 규정하되 그 증명방법을 확정판결을 통해서만 가능하도록 제한하였고, 동법 제422조에서는 '확정판결을 얻을 수 없는 경우 다른 방법으로 증명'할 길을 열어 두고 있으나 그 증명은 확정판결을 대신하는 정도에 이르러야 하므로, 사법경찰관 등이 직무 범죄를 저질렀다는 사실에 대해서는 기소되었을 경우 유죄로 판단될 수 있을 정도로 합리적인 의심을 할 여지가 없을 만큼 적극적이고 객관적으로 증명되어야 합니다.

○ 또한 사법경철관의 가혹행위가 있었다는 사실에 대해서도 피고인 김시우의 막연하고 일방적인 주장뿐이어서 이를 재심사유로 인정하기에 부족한 측면이 있습니다.

- 이에 검사는 재판부께 재심개시 여부에 대한 의견을 제출하기 앞서, 변호인에게 이에 대한 자료 보완을 요청하였으나, 1년이 넘는 시간동안 주변지인의 진술 등 아무런 보완이 이루어지지 않아 피고인 김시우의 일방적인 주장 외에는 사법 경찰관의 직무상 범죄를 인정할 증거를 발견할 수 없었기에 불가피하게 형사소송법 제431조에 따른 사실조사가 필요하다는 의견을 개진하였습니다.

○ 따라서 변호인이 제출한 증거 및 주장만으로는 형사소송법 규정에 따른 재심사유를 인정하기에 부족하므로 이에 대한 사실조사가 필요합니다.

나. 국가기밀에 대한 위헌결정이 재심사유에 해당되는지 여부

○ 변호인은 헌법재판소(92헌바6 등)에서 '공지의 사실'을 국가기밀로 보

는 것이 죄형법정주의에 위반한다는 판시가 있었으므로 헌법재판소법 제75
조에 정한 재심사유가 있다고 주장하고 있습니다.

– 헌법재판소법은 위헌법률심판이나 헌법소원심판을 청구한 당사자가 재
심을 청구할 수 있다고 규정하고 있을 뿐이며 동일 조문으로 형사처벌받는
사람이 재심을 청구할 수 있는지에 대하여는 아무런 규정이 없음으로, 재심
사유가 있는지 여부는 형사소송법 제420조에 따라 판단하여야 합니다.

○ 헌법재판소는 92헌바6 등에서 "군사상 기밀 또는 국가기밀"을 일반인에
게 알려지지 아니한 것으로 그 내용이 누설되는 경우 국가의 안전에 명백한
위험을 초래한다고 볼 만큼의 실질가치를 지닌 사실, 물건 또는 지식이라고
해석하는 한 헌법에 위반되지 아니한다고 할 것이다. 라고 하면서 '한정합헌'
결정을 하였습니다.(즉 '위헌' 결정이 아닙니다.)

○ 대법원은 「헌법재판소가 법률 조항 자체는 그대로 둔 채 그 법률 조항
에 관한 특정한 내용의 해석·적용만을 위헌으로 선언하는 이른바 한정위헌
결정에 관여하는 헌법재판소법 제47조가 규정하는 위헌결정의 효력을 부여
할 수 없으며, 그 결과 한정위헌 결정은 법원을 기속할 수 없고, 재심사유가
될 수 없다.」 면서 헌법재판소의 한정위헌 결정은 재심사유가 될 수 없다고
판시(2012 재두 299)한 바 있습니다.

○ 따라서 헌법재판소의 한정합헌(위헌) 결정을 근거로 하여 피고인 김시
우에 대한 재심사유가 존재한다는 변호인의 주장은 타당하지 아니합니다.

다. 결론
○ 재심은 확정된 종국판결에 중대한 흠이 있는 경우 그 판결의 취소가 이

미 종결되었던 사건의 재심판을 구하는 비상의 불복신청방법으로서 그와 같은 중대한 흠이 있는 예외적인 경우에 한하여 법적 안정성을 후퇴시키고 구체적 정의를 실현하기 위하여 마련된 제도입니다.

— 따라서 형사소송법 제420조의 재심사유는 법적 안정성과 정의의 실현이라는 상반된 요청에 대하여 입법자가 법적 안정성을 후퇴시킬 예외적 사유를 규정한 것이므로, 그 운용과 해석은 엄격하고 일관되게 이루어져야 합니다.

— 위와 같은 형사소송법 규정과 재심의 이념 및 형사소송에서 사실의 인정은 증거에 의하여야 하는 점(형사소송법 제307조 제1항)에 비추어 보면 재심사유의 존재는 원칙적으로 재심을 청구하는 사람이 증명하여야 하고, 제422조도 확정판결을 얻을 수 없는 경우 다른 방법으로 증명할 길을 열어두고 있으나 그 증명은 확정판결을 대신하는 정도에 이르러야 하므로 그 직무범죄를 저질렀다는 사실은 합리적인 의심을 할 여지가 없을 만큼 적극적으로 증명되어야 합니다.(93모66 결정 등)

○ 변호인의 주장은 피고인 김시우가 임의동행한 날짜와 구속영장이 집행된 날짜 사이에 간격이 있다는 사실을 근거로 불법체포가 이루어졌다는 주장에 불과하고, 이를 입증할 수 있는 증거가 확인되지 않았습니다.

— 따라서 형사소송법 제431조에 따른 사실조사를 통해 형사소송법이 정한 재심사유가 있는지 확인할 필요가 있습니다.

○ 그 외 헌법재판소의 한정합헌 결정은 재심사유에 해당되지 아니하므로 이에 관한 주장은 이유 없습니다.   검사 이주영

서울중앙지방법원의 결정

사   건 2018 재고합 38, 2019 재고합 9(병합)
　　　　　가. 국가보안법위반, 나. 반공법위반, 다. 간첩방조
재심청구인 김시우 (440105-1019211)
변 호 인 법무법인 경 담당변호사 조용환, 김재희

재심판결대상 서울형사지방법원 1975. 9. 1. 선고 75고합244, 386호 판결 중 피고인에 대한 부분

주   문

재심대상판결 중 피고인에 대한 부분에 관하여 재심을 개시한다.

이   유

○재심대상판결의 확정

 이 사건의 기록에 의하면 다음과 같은 사실이 인정된다.

가. 피고인은 1975. 4. 19. 김달남, 박종일과 함께 별지 기재와 같은 공소사실로 기소되었다.

나. 서울형사지방법원은 1975. 9. 1. 75고합244, 386호로 피고인에 대한 위 공소사실을 모두 유죄로 인정하여, 피고인 김시우를 징역 5년 및 자격정지 5년에 처하는 판결을 선고하였다(이하 '재심대상판결'이라 한다).

다. 재심대상판결에 대하여 피고인 및 검사가 각 항소하였으나 서울고등법

원은 1976. 1. 10. 75노 1274호로 각 항소를 기각하는 판결을 선고하였고, 피고인은 상고하였으나 대법원은 1976. 4. 27. 76도 342호로 상고를 모두 기각하는 판결을 선고하여 재심대상판결이 확정되었다.

○재심청구의 요지

가. 피고인은 영장 없이 불법체포되어 감금된 상태에서 중앙정보부 수사관들로부터 조사를 받았는데, 수사관들의 피고인에 대한 불법체포·감금행위는 형법 제124조 제1항의 '불법체포·감금' 죄에 해당하므로, 이는 형사소송법 제420조 제7호에서 정한 재심사유에 해당한다.

나. 재심대상판결은 피고인 김시우가 간첩인 김달남에게 건국중학교 교사의 보수 수준을 알려준 것이 간첩방조에 해당한다고 판단하였는데, 헌법재판소의 한정합헌결정[헌법재판소 1997. 1. 16 선고 92헌바 6, 26, 93헌바 34, 35, 36(병합) 전원재판부결정]에 따르면 공지의 사실은 간첩의 대상이 되는 '국가기밀'이라고 할 수 없으므로, 재심대상판결에는 헌법재판소법 제75조 제7항에서 정한 재심사유가 있다.

○판단

가. 관련 규정 및 법리

형사소송법 제420조 제7호는 "원판결, 전심판결 또는 그 판결의 기초된 조사에 관여한 법관, 공소의 제기 또는 그 공소의 기초된 수사에 관여한 검사나 사법경찰관이 그 직무에 관한 죄를 범한 것이 확정판결에 의하여 증명된 때"를 재심사유의 하나로 규정하고 있고, 같은 법 제422조는 "전 2조의 규정에 의하여 확정판결로써 범죄가 증명됨을 재심청구의 이유로 할 경우에 그 확정판결을 얻을 수 없는 때에는 그 사실을 증명하여 재심을 청구할 수 있다"고 규정하고 있다.

그런데 같은 법 제420조 제7호에 규정된 직무에 관한 범죄의 공소시효가 이미 완성된 경우에는 유죄판결을 얻을 수 없는 사실상, 법률상의 장애가 있다고 할 것이므로, 이는 형사소송법 제422조에서 규정하는 '확정판결을 얻을 수 없을 때'에 해당한다(대법원 2010. 10. 29.자 2008재도 11 전원합의체 결정 등 참조).

나. 인정사실

이 사건 기록에 의하면 다음과 같은 사실이 인정된다.

중앙정보부 수사관들은 피고인 김시우를 1975. 2. 15에 국가보안법 위반 등의 혐의로 중앙정보부에 연행하여, 피고인 김시우로부터 1975. 2. 15.부터 1975.3. 12. 까지 2회의 진술서와 2회의 피의자신문조서, 1회의 반성문을 받았다.

피고인에 대한 구속영장은 1975. 3. 11. 발부되었고, 그 다음날인 1975. 3. 12. 각 집행되었다.

다. 판단

1) 임의동행의 적법 여부

피고인이 연행될 당시의 구 형사소송법(1980. 12. 18. 법률 제3282호로 개정되기 전의 것, 이하 별도의 언급이 없는 한 같다) 제199조 제1항은 "수사에 관하여는 그 목적을 달성하기 위하여 필요한 조사를 할 수 있다. 단 강제처분은 법률에 특별한 규정이 없으면 하지 못한다"라고 하여 임의수사 원칙을 명시하고 있는데, 수사관이 수사과정에서 동의를 받는 형식으로 피의자를 수사관서 등에 동행하는 것은, 피의자의 신체의 자유가 제한되어 실질적으로 체포와 유사한데도 이를 억제할 방법이 없어서 이를 통해서는 제도적으로는 물론 현실적으로도 임의성을 보장할 수 없을 뿐만 아니라, 아직 정식 체포·구속 단계 이전이라는 이유는 헌법 및 형사소송법이 체포·구속된 피의자에게 부여하는 각종 권리보장 장치가 제공되지 않는 등 형사소송법에 원래 반하는 결과를 초래할 가능성이 크므로, 수사관이 동행에 앞서 피의자에게 동행을 거부할 수 있음을 알려 주었거나 동행한 피의자가 언제든지 자유로이 동행과정에서 이탈 또는 동행장소에서 퇴거할 수 있었음이 인정되는 등 오로지 피의자의 자발적인 의사에 의하여 수사관서 등에 동행이 이루어졌다는 것이 객관적인 사정에 의하여 명백하게 입증된 경우에 한하여, 동행의 적법성이 인정된다(대법원 2011. 6. 30. 선고2009도6717 판결 등 참조). 그리고 위와 같은 임의동행에서의 임의성에 관한 판단은 동행의 시간과 장소, 동행의 방법과 동행 거부의사의 유무, 동행 이후의 조사방법과 퇴거의사의 유무 등 여러 사정을 종합하여 객관적인 상황을 기준으로 하여야 한다(대법원 1993. 11. 23. 선고93다35155 판결 등 참조).

이 사건 기록에 의하여 알 수 있는 다음과 같은 사정, 즉 ① 피고인이 사전에 동행을 거부할 수 있음을 고지받았다거나 동행과정에서 언제든지 자유로이 이탈 또는 동행장소로부터 퇴거할 수 있었다고 볼만한 아무런 증거가 없는 점. ② 피고인이 조사받은 장소는 진술서와 피의자신문조서에 모두 '중앙정보부'라고 기재되어 있고, 구속영장통지서 역시 중앙정보부에서 발송한 점. ③ 피고인에 대하여 단기간에 자백 취지의 방대한 분량의 진술서 및 피의자 신문조서가 작성된 점. ④ 피고인에 대한 조서가 수차례 이루어진 후인 1975. 3. 11.에야 피고인에 대한 구속영장이 발부된 점 등을 종합하여 보면, 중앙정보부 수사관들이 피고인을 동행하여 수사를 한 것은 위와 같은 임의동행의 요건을 갖추지 못한 강제연행 및 강제구금에 해당한다고 봄이 타당하다.

2) 긴급구속 요건의 충족 여부

이 사건을 기록에 의하여 알 수 있는 다음과 같은 사정, 즉 ① 중앙정보부 수사관들이 구속영장 없이 피고인을 연행하여 조사한 점. ② 피고인이 연행된 시점을 기준으로 48시간이 훨씬 경과한 후인 1975. 3. 11.에 비로소 구속영장이 발부된 점. ③ 중앙정보부 수사관들이 피고인을 긴급구속하면서 검사로부터 미리 지휘를 받거나 사후 승인을 받는 사실을 찾아볼 수 없는 점 등을 종합하여 보면, 피고인에 대한 강제연행은 긴급구속의 요건도 갖추지 못하여 부적법하다.

따라서 위와 같은 중앙정보부 수사관들의 피고인에 대한 강제연행 및 구금행위는 불법체포 및 불법감금 행위에 해당하므로, 형법 제124조 제1항의 불법체포·감금죄를 구성하는 바, 피고인이 수사기관에 강제연행 및 구금된 시점은 1975년이고, 위 불법체포·감금죄는 그 법정형이 '7년 이하의 징역과 10년 이하의 자격정지'이므로 이미 구 형사소송법[2007. 12. 21. 법률 제8730호로 개정되기 전의 것, 형사소송법 부칙(2007. 12. 21.) 제3조에 의하여 개정법 시행 전에 범한 죄에 대하여는 종전의 규정을 적용한다] 제249조 제1

항 제4호에서 정한 5년의 공소시효가 완성되었다고 할 것이어서, 결국 이러한 사정은 형사소송법 제422조 소정의 '확정판결을 얻을 수 없는 때'에 해당한다.

3) 소결론

결국 재심대상판결은 그 공소의 기초된 수사에 관여한 중앙정보부 수사관들이 그 직무에 관한 죄를 범하였고 그러한 사실이 증명되었다고 할 것이므로, 나머지 재심청구의 이유에 대하여 살펴볼 필요 없이, 재심대상판결에는 형사소송법 제420조 제7호에서 정한 재심사유가 있다.

라 결론

따라서 이 사건 재심청구는 이유 있으므로, 형사소송법 제435호 제1항에 의하여 재심대상판결 중 피고인에 대한 부분에 관하여 재심을 개시하기로 하여 주문과 같이 결정한다.

2021. 6. 16

재판장　판사　노호성

판사　오흥록

판사　선승혜

청구인의 모두진술

저는 1975년 2월 15일 아침 출근시간 자택 집앞 골목에서 정보부 요원들에 의해 강제연행되어 중정 남산분실 지하에서 45일간이나 강압적인 수사를 받은 후 3월 31일 서울구치소에 수감되었습니다.

남산분실 지하실에서 강압에 의해 작성된 수사기록과 반성문을 근거로 한 공소내용으로 국가보안법 위반이란 죄명으로 5년의 징역형을 선고받고 복역을 마친 지 46년이 지난 지금까지도 그 후유증에 시달리며 절치부심 재심까지 청구하게 되었습니다. 이 재심청구는 결코 피고인의 명예회복이나 한갓 보상을 받기 위한 목적이 아니란 점을 분명하게 밝혀 드립니다.

저는 법률 전문가는 아니지만 법이란 최소한의 사회규범으로 정의로운 민주사회라면 적어도 평범한 국민들의 일상적인 생활이나 국가나 사회 어느 누구에게도 피해를 주지 않는 자율적인 활동을 범법자로 엮어 장래가 촉망되는 젊은이의 희망을 꺾고 지극히 정상적인 평범한 가정을 파탄시키는 이러한 법집행은 있을 수 없다고 생각합니다.

법집행이 이렇게 이루어지는 사회라면 이는 그물을 치고 짐승을 잡거나 미끼를 놓아 고기를 잡는 것과 무엇이 다르겠습니까? 저는 아니 저뿐 아니라 나의 아버지, 어머니를 비롯한 우리 가족들은 적어도 거짓말을 모르는 한 고을에서 가장 신의 있고 성실한 모범적인 가정이었습니다.

제가 철든 이후 거짓말을 했다면 정보부에서 회유와 강압에 의한 거짓자백과 반성문일 것입니다. 1968년 건국대학교 사학과 3학년에 복학한 그해 5월 어느 날 박형표 주임교수가 재일교포거류민단 나가노껭 지부 부단장의 동생이라면서 나와 같은 학과에 편입학한 김달남이란 유학생을 소개하였습니다. 학교생활에 적응할 수 있도록 시우가 도와주라는 부탁을 받고 그와 가까이하게 되었으나 일상적인 학교 생활이었습니다.

그러나 그와 가깝다는 이유로 저는 중앙정보부 남산분실 지하에서 모진 폭력과 협박을 견디기에는 인간으로서 한계를 느끼고 자포자기 상태에서 석방을 전제로 던진 반성문이란 회유의 덫에 걸렸습니다. 온갖 감언이설과 폭력으로 자기들의 입맛대로 작성된 반성문이 유죄의 증거물이 될 줄은 상상도 못 했습니다. 결국 저는 그 덫에 걸려 간첩방조 죄명으로 5년형을 살게 되었습니다. 이로 인하여 아직도 제 주변 대부분의 친구들은 석연치 않은 눈길과 친교를 꺼릴 때가 있으며 그때마다 저는 마음의 상처를 숨기고 있습니다.

그렇기 때문에 이번 재심청구는 명예회복보다는 국민이란 공동체의 구성원으로서 떳떳한 생존권 차별 없는 인권을 누리고 싶은 절박함이 있습니다. 또 부모님 영전에라도 누명을 벗은 떳떳한 자식의 모습을 보여드리고 싶었기 때문입니다. 더 바란다면 이 땅에서 다시는 공권력에 의한 폭력으로 나와 같이 희생되는 사람이 없는 밝고 정의로운 세상이 되기 바라는 마음이 재심청구에 담겨 있습니다. 판사님의 깊은 통찰력으로 국민의 안정을 지켜주는 사법부의 모습을 보여주시기를 간곡히 부탁드립니다.

2021년 6월 16일

· 검사의 공소 사실과 적용법조

순번	적용법조	내용	공소사실 순번
1	구 반공법 제5조 제1항	회합 · 통신 등	2, 3, 5~11, 13, 14
2	구 반공법 제4조 제1항	찬양 · 고무 등	4
3	구 반공법 제4조 제2항	문서, 도화 기타 표현물 취득	12
4	구 국가보안법 제2조, 형법 제98조 제1항	간첩방조	1

◈ 공소사실
 - 김달남은 '간첩'이다
 - 피고인들은 김달남이 '간첩'이라는 사실을 알면서 이적활동을 하거나 신고하지 않았다
◈ 실제 상황
 - 피고인들은 김달남이 '간첩'이라고 생각해 본 적 없음
 - 어떤 경우에도 '간첩활동' 또는 북한을 지지·지원하려는 인식과 목적 없었음
 - 대학생들의 일상적 교류를 과장·왜곡하고 기망과 폭력으로 조작한 허위사실을 뒤섞어 이적활동으로 몰아간 것

 - 실질적 가벌성 있는 행위 없음
◈ 검찰 수사와 재판
 - 중정의 영향 아래 중정의 불법 수사결과를 추인하는 데 급급한 불공정한 절차
 - 진실 발견과 인권보호에 대한 의지 부재
 - 그 절차에서 작성된 조서, 객관적 정황에 어긋나고 모순된 내용 포함
 - 증거능력 또는 신빙성 없음
◈ 김달남이 간첩이라고 인정할 증거 없음
 - 김달남의 자백이 유일한 증거, 보강증거 없고 신빙성도 없음
 - '박'의 존재와 정체 불명, '밀입북' 일정과 귀환일정 불가능, 'A-3 통신조작'과 '지령' 허위 정황
 - 중정과 검찰은 의심스러운 정황 검증·확인 회피하고 얼버무림, 김달남이 간첩 아닌 것 알았기 때문
◈ 불법 수사에 의한 조작 정황
 - 불법과 인권유린으로 점철된 중정 수사, 매우 짙은 사전 각본 가능성과 정치적 조작 정황
 - 김달남과 그 가족 및 중정과 정권 사이의 비정상적 특별 관계

검사심문과 법정 진술

김시우 피고인 법정 진술

제1심 1회 공판조서 [14-1권]	(김달남이 공산주의사상 신봉자라는 것) "몰랐습니다"(262쪽) (김달남이) "간첩인 줄 몰랐습니다" "재일교포 진보주의자로 보았습니다"(264쪽) "월급이 얼마나 해서 말해준 것이지 다른 뜻이 없었습니다"(265쪽)
제2회 공판조서	(김달남이 준 돈이 불순자금인 것) "그런 생각은 못했습니다"(291쪽) (김달남이) "간첩이라는 의심을 못 가졌습니다"(293쪽)
항소이유서 [14-4권]	(제1심 판결은) "과장되고 왜곡된 일부 공소내용과 수사기관에서의 진술내용이 사실로 인정되어서 빚어진 결과"(65쪽) "일반적인 이야기를 가지고 동료 학우를 공산주의 사상을 신봉하는 자로 규정한다는 것은 적어도 학원 안에서 있을 수 없는 일 … 결코 의혹의 대상일 수는 없던 …"(68쪽) "동인의 사상적 의심이나 조총련 등과의 연관은 전연 생각지도 않았습니다"(68쪽) "동료 학생을 의심하고 분석하기에는 저는 너무나 순수했고 또 그는 너무나 위장이 철저했고 합법적으로 행동했으며 간첩이 그와 같은 방법으로 접근하리라고는 꿈에도 생각지 못한 사실입니다"(69쪽) "위의 모든 사실은 수사기관에서 김달남의 정체를 완전히 파악하고 그동안 동인에게 속아온 분한 마음에서 그와 사귄 경위를 성의껏 진술한 것인데 그의 정체를 지실했다고 구치소에까지 사복경찰관이 찾아와서(5월 5일) 검찰 진술을 번복시킴은 저로서는 도저히 납득할 수가 없는 일입니다. 여기서 동인의 정체를 지실했다 함은 김달남을 의심할 수 없었던 대단히 많은 부분과 여건은 전혀 고려하지 않고 의심할 수 있는 극히 적은 부분만 가지고 전체를 대신시킨 모순에 빠지고 있습니다 …"(70쪽)
제2심 1회 공판조서 [14-4권]	"저로서는 김달남을 의심한 일 없고 보수를 얼마나 받고 있는지 그런 것을 대화 중에 보편적으로 할 수 있는 말로서 했습니다"(207쪽)
상고이유서 [14-4권]	"김달남의 간첩행위를 방조했다는 공소사실 제1항 … 그 당시로서는 의심조차 한 일이 없으므로 기밀탐지의 정은 더욱이 알 수 없었던 것입니다"(330쪽)

피고인 김시우

모두 사실	① 정부 시책 비난과 데모 적극 가담 선동… ② 69.5. '갈기' 사건 이야기 … ③ 자본주의 비판, 공산주의 역설, 공산주의자 지실 ④ 유엔군 비난 등 북한 찬양 … ⑤ 통일혁명당과 김종태 찬양 ⑥ 70.4. 김일성 찬양 … ⑦ 김달남 정체 인식	① 받은 적 없음 ② 몰은 적 없음. '갈기' 납북 사건 69.12.11. 발생 ③ 그런 일 없음 ④ 그런 일 없음 ⑤ 그런 일 없음 ⑥ 그런 일 없음 ⑦ 김달남 정체 모름
1항	70.5. 결혼비용 4만원과 신혼여행 항공권 수령	항공권만 수령, 친구로서 의례적 부조로 인식
2,3항	70.7. 이북방송 청취용 일제 라디오 수수, 이북방송 청취, 동조	라디오 구입 부탁했으나 중고 라디오 가져와 선물로 받음 이북방송은 라디오 주파수 맞추다가 우연히 들린 것일 뿐
4~7항	70.9. 「사영대사」 책과 <공산당선언> 수령 71.3. 「내가 걷는 70년대」, 「대중경제」 수령	「사영대사」 책과 유인물로 된 꽁플렛 <공산당선언> 받음 「내가 걷는 70년대」, 「대중경제」 받지 않고 직접 구입
8항	71.3. 건국중 학생 교원 데모 동원 교육 시키라 「학생운동의 나아갈 길」 수령	그런 말 들은 적 없음 「학생운동의 나아갈 길」은 받은 거 아니고 집에 보관하던 자료
9항	71.4. 김대중에게 5만원 전하라 요구, 김대중 사진과 1만원 수령	5만원 전하라는 말 들은 적 없고 김대중 사진과 1만원 받음
10,11항	71.4. 「바람과 함께 …」, 「러브스토리」 위장 북한책자 수령, 탐독해 찬양 동조	「바람과 함께 …」와 「러브스토리」로 알고 받음 나중에 보고 북한관련 서적인 것 알고 뜯어서 버림
12항	71.5. 모친 입원비로 10만원 수령	친구로서 순수한 도움으로 생각하고 받음
13항	71.7. 입학할 학생 소개하라, 6·8부정선거 규탄 데모 교직원 학생 선동 동원 지시	그런 일 없음 '6·8부정선거'는 67.6.8. 선거, 71년에 규탄 데모 알이 안됨
추가 기소	70.4. 김달남에게 국가기밀인 건국중 교사 보수 알려서 간첩 방조	그런 일 없음 있다 해도 기밀성 없는 정보, 범죄 불성립 이런 것을 기밀탐지로 만든 것 자체가 조작의 증거

2018재고합38, 2019재고합9

청구인의 최후진술

저는 1975년 2월 15일 아침 출근 시간에 집앞에서 중정 수사관들에게 강제 연행되어 45일간이나 강압수사를 받고 3월 31일 서울구치소에 이감되었습니다. 지하밀실에서 고문과 폭력으로 만들어낸 수사기록과 반성문을 근거로 국가보안법의 죄명을 쓰고 5년의 징역형을 받았습니다.

복역을 마친 지 46년이 지났습니다. 그 정도면 잊어버릴 것 같은데 기억은 오히려 더 또렷해지기만 합니다.

… (중략) …

앞에서의 진술과 중복

이제 세상이 좋아졌다고 하지만 그렇지 않습니다. 유신체제에 반대한 것이 어떤 사람들에게는 자랑스런 민주화 운동이지만 우리에게는 벗어날 수 없는 천형입니다. 아직도 석연치 않아 하는 주변의 눈길을 느낍니다. 모임에 제가 참석하는 것을 반가워하며 말을 섞으려는 친구는 거의 없습니다. 일상에서 늘 마주해야 하는 사소한 일 하나하나가 비수보다 더 날카롭게 제 영혼을 찌릅니다. 잃어버린 삶을 돌이킬 수 없지만 나이가 들고 보니 부모님 영전에 누명을 벗은 떳떳한 모습을 보여 드리고 싶다는 생각이 듭니다. 또 한편으로는 다시는 이 나라에서 부도덕한 공권력에 의해 희생되는 젊은이가 없게 하는 데 조금이라도 기여하고 싶다는 생각을 하게 되었습니다. 이게 제가 재심을 청구한 이유입니다.

존경하는 재판장님!

진실을 밝히는 정의로운 재판을 해 주시기 바랍니다.

감사합니다.

2022년 1월 7일 김시우

법원의 판결(무죄 확정)

○ 피고인 김시우의 구 반공법 제5조(회합 · 통신 등) 위반의 점

• 판단

이 부분 공소사실은 피고인 김시우(공소사실 제2, 3, 5~11, 13항)가 '반국가단체의 구성원 또는 그 지령을 받은 자'인 김달남으로부터 금품을 제공받았다는 것과 반국가단체의 구성원 또는 그 지령을 받은 자'인 김달남과 회합을 하였다는 점 등을 내용으로 한다.

먼저 금품수수의 점에 관하여 보면, 피고인들이 김달남으로부터 일제 소니 트랜지스터 라디오, 선전교양책자 등을 제공받은 사실을 인정하고 있기는 하다. 그러나 피고인 김시우는 결혼 당시 김달남으로부터 축의금을 선물받았으며, 라디오는 김달남에게 구해달라고 부탁하였더니 김달남 본인이 쓰던 중고 라디오를 주길래 받은 것이라고 진술하고 있는 점 등에 비추어 볼때, 피고인이 김달남으로부터 제공받은 금품 등은 피고인이 재력이 있는 재일교포 사업가 집안의 자제인 김달남과 교류하면서 의례적·사교적인 차원에서 제공받은 수준으로 보이고, 금품수수가 어떤 목적수행을 위한 일련의 활동과정에서 이루어졌다거나, 나아가 국가의 존립·안전이나 자유민주적 기본질서를 위태롭게 할 위험이 있는 경우에 해당한다고 보기 어렵다.

다음으로 회합의 점에 관하여 보면, 피고인은 김달남과 건국대학교 사학과 동기로 김달남과 교류한 사실은 인정하고 있다. 그러나 검사가 제출한 증거

들만으로는 피고인들이 의례적·사교적인 차원을 넘어 '국가의 존립·안전이나 자유민주적 기본질서를 위태롭게 한다는 점을 알면서 반국가단체의 구성원 또는 그 지령을 받은 자와 회합·통신 기타의 방법으로 연락을 한 사실을 인정하기에 부족하고 달리 이를 인정할 증거가 없다.

○ 피고인 김시우의 구 반공법 제4조(찬양·고무 등) 제1항 위반의 점
• 판단

피고인 김시우(공소사실 제4항)가 김달남으로부터 제공받은 라디오로 북괴방송에 다이얼을 맞추어 그 방송내용을 청취하여 북괴의 선전활동에 동조하여 반국가단체를 이롭게 하였다는 것이다. 앞서 본 법리에 비추어 보건대, 피고인들이 북괴방송을 청취하였다고 하더라도 그 행위만으로는 반국가단체 등의 활동에 호응·가세한다는 의사를 적극적으로 외부에 표시하는 정도에 이르렀다고 보기는 부족하고, 따라서 국가의 존립·안전이나 자유민주적 기본질서에 실질적 해악을 끼칠 명백한 위험성이 있을 정도로 반국가단체 등의 활동에 동조하였다고 볼 수 없다.

○ 피고인 김시우의 구 반공법 제4조(찬양·고무 등) 제2항 위반의 점
• 판단

피고인 김시우는 재심 후 이 법정에서 이루어진 피고인신문에서 김달남으로부터 소설책 표지로 감싼 책자를 수수하여 이를 보관한 사실은 있으나 항일운동에 관한 책자로 진술하고 있다. 설령 피고인들이 김달남으로부터 선전교양책자를 수수하여 주거지에 보관한 사실이 있다고 하더라도, 그러한

사실만으로는 피고인들이 국가의 존립·안전이나 자유민주적 기본질서를 위태롭게 한다는 점을 알면서 보관하였다고 보기 어려운 이상, 국가보안법 제8조에서 정하고 있는 회합·통신 등의 죄가 성립한다고 볼 수 없다.

무죄 판결 후, 법원 앞에서 찍은 기념사진

○ 피고인 김시우의 구 국가보안법 제2조(찬양·고무 등) 위반의 점

• 판단

피고인 김시우가 김달남이 우리나라 중학교 교사들의 보수 수준에 관한 기밀을 수집·탐지하려 한다는 점을 알면서 김달남에게 건국중학교 보수를 알려줘 김달남이 그 목적수행을 위하여 간첩한 것을 방조하였다는 것(공소사실 제1항)이다. 그런데 검사가 제출한 증거들만으로는 피고인이 이 부분 공소사실 기재와 같은 행위를 하였다는 사실을 인정하기에 부족하고 달리 인정할 증거가 없다. 또한 피고인 김시우는 재심 전 제출한 항소이유서에서 '이것(건국중학교 교사의 보수 수준을 알려준 점)은 말도 안 되니 쓸 수 없다고 했으나, 공소와는 관계없다면서 굳이 요구하므로 쓴 사실이 있고, 검사의 취조가 있기에 작성경위를 그와 같이 진술하였는데, 검사가 추궁하므로 시비는 법정에서 가리기로 결심하였다'는

취지로 주장하였고, 재심 후 이 법정에서 이루어진 피고인 신문에서는 "당시 중앙정보부 수사관들에게 1971. 3. 경 건국중학교에 부임을 한 후 김달남을 만난 적이 있다는 이야기를 하니까 수사관들이 '교사 발령을 축하해 주러 왔으면 월급이 얼마인지라도 물었을 것 아니냐'라고 몰아갔다"라고 진술하였다. 설령 피고인 김시우가 김달남과 건국중학교 교사의 보수에 관하여 대화를 나눈 사실이 있다고 하더라도, 중학교 교사의 보수는 관보 등을 통하여 대외적으로 알려진 것이어서 그 내용이 누설될 경우 대한민국의 안전에 위험을 초래할 우려가 있어 기밀로 보호할 실질가치를 갖춘 정도에 이르는 정보라고 볼 수 없다.

○ 결론

따라서 이 사건 공소사실을 범죄의 증명이 없는 경우에 해당하므로 형사소송법 제325조 후단에 의하여 피고인에게 무죄를 선고하고, 피고인 김시우는 형사소송법 제440조 본문에 따라 판결의 요지를 공시한다.

재판장　판사　노호성
판사　오흥록
판사　선승혜

준비서면

2022가합558127 손해배상(기)
위 사건에 관하여 원고들의 소송대리인 변론

다음은 김달남 간첩사건의 내용 중의 하나인 위 사건 소송대리인인 조용환 변호사의 손해배상 변론 준비 서면이다.

1. 이 서면의 내용

이 서면에서는 소장 제2항, "김달남 간첩사건'의 내용과 진실"에 관한 부분을 구체적으로 밝히고자 합니다. 김달남의 정체가 무엇이든 이 사건 피해자들(원고 김재명, 김시우, 배영수)은 아무런 잘못이 없고, 중정과 검사의 불법수사와 법원의 불공정한 재판으로 잘못된 유죄판결을 받아 피해를 입었다는 사실에 변함이 없습니다. 하지만, 이 사건의 '주범'으로 규정된 김달남이 실제로 북한의 간첩이었거나 그렇게 볼 만한 상당한 근거가 있어서 정당하고 필요한 수사 과정에서 피해자들이 억울하게 연루된 경우와 처음부터 정치적 목적으로 사건을 날조해 피해자들을 얽어 넣은 경우는 역사적 진실은 물론, 정상에도 중대한 차이가 있기 때문에 규명할 필요가 있습니다.

이른바 '김달남 간첩사건'은 실체가 없고, 당시 유신정권을 떠받치던 중정이 처음부터 정치적 목적으로 날조한 인권유린 사건이라는 것이 원고들의 주장입니다.

2. 김달남 사건에 대한 근본적 의문

김달남 석방과 자유로운 출입국이 의미하는 것

중정이 발표한 사건 명칭이 말하듯 김달남은 사건의 '주범'입니다. 그는 밀입북해 간첩교육을 받은 후 '정부 전복' 등의 임무를 띠고 '잠입'한 '간첩'으로 유죄가 인정되어 사형이 확정됐습니다. 피해자들은 '종범'입니다. 같은 대학, 같은 학과의 동급생 또는 후배로 서로 교류하는 과정에서 '포섭'됐다는 혐의로 재판을 받았습니다. 원고 김재명은 징역 10년, 김시우는 징역 5년을 선고받았습니다. 원고 배영수는 징역 1년에 집행유예 3년을 선고받았습니다. 김달남이 받은 사형과 피해자들이 받은 형의 차이는 그들에게 적용된 '범죄'의 경중에 엄청난 차이가 있음을 보여줍니다.

원고 김재명과 김시우는 수감 중 폭력적이고 치욕적이기 짝이 없는 과정을 거쳐 전향까지 했음에도 그 제도가 약속한 혜택을 전혀 받지 못했습니다. 원고 김시우는 하루도 남김없이 형기를 다 채웠고, 원고 김재명은 형기 만료 3개월을 앞두고 가석방됐습니다. 수감중 부친상을 당했지만 장례조차 참석하지 못했습니다. '간첩'에 대한 국가권력의 처우는 그만큼 가혹했습니다. 그런데 김달남에 대한 처우는 전혀 달랐습니다. 주범이니 더 가혹한 대우를 받았을 것 같지만 정반대였습니다.

김달남은 사형 확정 후 얼마 지나지 않아 대통령 특사로 무기징역 감형을 받았습니다.

…(중략)…

불법으로 점철된 김달남의 수사 상황과 간첩단 조작의 전모가 「준비서면」에 상세하게 나와 있지만 필자가 임의로 생략한다.

다만 본 사건의 성격을 규정하는 부분만 발췌한다.

3.정치적 목적의 사건 조작 정황

김달남에 대한 중정 11회 진술서(갑 제8호증의 16, 467~469쪽)에는 이 사건의 진짜 배경으로 추정되는 의미심장한 대목이 나옵니다.

"전일前日 본인이 말한 바 있는 전 대통령후보 김대중에게 500~ 600만 엔 정도를 주었다고 한 것은 본인이 … 위 김대중이 일본에 방문하였을 시 위 금액 정도는 마련하여 줄 수 있다는 것이며 … 재일상부선인 박모에게 보고하여 마련하거나 … 500~600만 엔 정도를 김대중에게 전해줄 수 있다고 생각하여 김대중에게 돈을 준 사실이 없이 그러한 이야기를 하였습니다."

"야당정치인 포섭"이라는 소제목 아래, 김달남이 "북괴의 지령에 따라 김대중 장준하 … 등 야당정치인을 대상으로 … 여러 차례에 걸쳐 금품을 제공하면서 친교를 맺어 소위 통일전선 형성을 기도해 왔다"면서 조직도 하단에 '포섭대상 정치인'으로 그들의 이름을 적어 넣고 있습니다. 야당의 전 대통령후보로 유신체제에 도전하는 정치세력의 핵심인물인 김대중이 김달남으로부터 일화 "500~600만 엔" 정도를 받았다면 경천동지할 일입니다. "500~600만 엔"은 반 세기가 지난 지금 기준으로도 거액입니다. 김대중이 간첩으로부터 그런 돈을 받았다면, 본인은 말할 것도 없고, 그가 속한 야당, 그와 함께 민주화 투쟁을 한 '재야' 전체를 완전히 끝장낼 수 있는 어마어마한 사태입니다. 김달남이 그런 진술을 한 것입니다. 그리고는 중정 11회 진술서에서 슬그머니 취소했습니다.

수사기록에 의하면 11회 진술서를 작성한 날은 1975. 3. 14.입니다(갑 제8

호증의 16, 469쪽). 김달남이 그 진술을 한 것은 첫 자백을 한 2. 15. 이후 일 것입니다. 김달남이 그런 진술을 했다면, 수사관들은 당장 상부에 보고한 후 김대중에게 돈을 준 시간과 장소, 경위 등 상세한 내용을 캐묻고 추가조사를 했을 것입니다. 일선 수사 담당자 수준에서 처리할 수 있는 내용이 아니기 때문입니다. 11회 진술서에서 김달남이 그 진술을 취소한 것은 중정이 일련의 수사를 통해 사실이 아님을 확인해서 김달남을 질책한 결과일 수도 있고, 중정이 짠 원래 각본을 변경했기 때문일 수도 있는데, 수사기록에 나타난 정황을 보면 후자일 가능성이 큽니다.

중정은 장준하, 김선태, 김이권 등 수사발표에 등장하는 '야당정치인' 외에 김대중의 비서들까지 조사했는데 모든 조사가 김달남이 11회 진술서를 작성한 1975. 3. 14. 이후, 같은 달 15.~24. 사이에 이루어졌습니다. 그 과정에서 수사관들은 김달남의 진술에 관해 어떠한 질문도 하지 않았습니다.

이처럼 수사관들이 김대중 주변 인물에게 거액 수수 혐의를 전혀 조사하지 않은 사실은 그 점을 확인할 필요성을 느끼지 않았음을 의미하며, 이는 다시 그 진술이 각본에 따른 허위진술이었고, 김대중 주변 인물들을 조사하기 전에 어떤 이유로 폐기됐음을 보여줍니다.

4. 맺는 말

지금까지 살펴본 여러 의문과 모순들 외에도 이 사건에는 납득할 수 없는 문제점이 많이 있습니다. 이 모든 것을 설명할 수 있는 길은 하나밖에 없습니다. 유신체제에 대한 야당과 시민사회의 저항을 분쇄하기 위해 정치적 목적으로 날조한 사건이라는 것입니다.

멀쩡한 시민을 북한의 간첩으로 날조해 패가망신을 시키고 정권에 도전하는 정치인과 지식인들을 함께 엮어 국민과 이간하고 겁을 주는 것입니다. 피해자들은 그런 사건의 희생양으로 선택되어 평생을 고통 속에 살아야 했습니다. 원고들은 바로 그런, 이 사건의 본질에 맞게, '원상회복'이라는 손해배상법의 이념을 실현할 수 있는 수준의 재판을 요청하는 것입니다.

2023. 3. 23
원고들 소송대리인
법무법인 경
담당변호사 조 용 환
정 연 순

서울중앙지방법원 제37민사부(나)　　귀중

7. 황량한 광야에 홀로 나서다

황량한 광야에 홀로 나서다
길바닥 행상으로 나서다
금혼에 붙여 아내에게

황량한 광야에 홀로 나서다

출옥하던 날 교도소 안에까지 들어와서 나를 가장 먼저 맞은 사람은 예천 정보계 형사였다. 집안 동생뻘이었는데 서장이 모시고 오라고 했단다.

"형님, 고생 많이 했지. 그런데 기록이 아무것도 없네."

"무슨 기록?"

"죄상과 수형 내용이 있는데. 형님은 죄상 내용도 별로 없고 수형 기록도 없네."

그러고 더는 묻지 않았다. 일가친척들이 모여 있는 집보다 바로 경찰서에 먼저 갔다. 어려움이 있으면 최대한 도움을 줄 터이니 바로 연락하라는 의례적인 서장의 말을 귓전으로 흘리며 집으로 향했다. 집에 와 보니 온 동리는 물론 이웃 동네 노인, 젊은이들이 다 모였다.

2~3일간은 잔칫집이었다. 아버지가 평소에 인심을 얻은 까닭일 것이다. 며칠 지나고 보니 집안 형편은 생각보다 훨씬 심각했다. 아버지 어머니는 아들을 감옥에 보내놓고 지칠 대로 지쳤고 노쇠하였다. 설상가상으로 1979년은 대흉작이었다.

우리 가족은 아버지, 어머니 그리고 나와 아내, 세 딸과 결혼하지 않은 동생이 셋이나 되었으니 10명 대식구였다. 식구는 많아도 모두 학생이어서 돈 버는 사람은 없고 살길이 막막했다. 다행히 바로 밑에 동생이 수협에서 실시한 공채시험에서 전국 수석 합격으로 당당히 수협중앙회에 들어간 것이 집안의 유일한 희망이었다.

큰딸(윤선)은 할아버지 밑에서 시골 초등학교에 다녔고, 아내는 두 아이를 데리고 서울에서 하숙을 치며 겨우 살림을 꾸려가는데 그 학생들은 3개월 동안이나 외상하숙을 하고 있었다.

어느 날 쌍둥이 하숙생 형이란 사람이 찾아와서 "사업에 실패하여 더 이상 학교에 보낼 형편도 못된다"면서 "밀린 하숙비는 곧 부쳐주겠다"는 말만 남기고 학생

이민호 교수와 함께

들을 데려간 뒤 연락을 끊고 말았다. 참 야박한 사람들이었다. 덕수상고 학생들이었으니 학교라도 찾아갈 수 있었지만 그냥 포기하고 말았다.

어느 날 아내가 아침을 하지 않았다. 아무것도 모르는 나는 "오늘 아침은 안 하나?"라고 화난 듯이 물었다.

아내는 "천천히 하지 뭐" 하고 답하는데 영 이상했다. 여기 저기 뒤져보니 쌀도 연탄도 아무것도 없었다. 아, 살림이 이렇게까지 쪼그라든 줄도 모르고 나는 태평세월 바보처럼 지내고 있었다니, '큰일 났다!' 싶어서 그때부터 부랴부랴 일자리를 찾아 나섰다. 나를 받아주는 회사는 그 어느 곳에도 없었다.

나는 그때까지도 내가 우리 사회에서 기피 인물이란 것을 어림짐작만 했을 뿐 그렇게까지 심하게 낙인찍힌 사실을 잘 모르고 있었다. 사건 전 절친했던 친구까지도 나를 못 본 척 지나가 버리는 수모를 여러 번 겪었고, 결국 나조차도 고개를 들고 절친했던 사람들과 이야기하는 것이 어색하게 느껴

졌다. 나는 철저히 소외된 삶을 살아야 한다는 강박감이 몰려오는 빈도가 점점 잦아졌다.

이런 가운데 나는 시골에서 농사를 지을까 하는 뜻을 내비쳤다. 산전수전 다 겪으신 아버지께서 나를 예천읍에 있는 아버지가 잘 알고 지내는 양복점에 데리고 가서서 외상으로 양복을 맞추어 주셨다. 집안 형편이 세 끼 밥 먹기 어려운 때였다.

아버지께서는 "너는 옛날과 다르다. 아무리 어려워도 옷차림을 깨끗하게 하고 무엇을 하든 서울서 살아야 한다. 지금 고향에서 농사하면 남들로부터 사람대접 못 받는다"라고 하시면서 얼마간의 돈을 쥐어주셨다. 나는 그 이튿날 특별한 계획도 없이 무작정 서울로 발걸음을 옮겼다. 감옥살이보다 더한 고통이 시작되었다.

이때 나를 아주 반갑게 맞이해 주신 스승이 한 분 계셨다. 서울대학교 이민호李敏鎬 교수였다. 나는 그때 그냥 할 일 없이 거리를 방황하는 경우가 많았는데, 그날도 별 볼일 없이 광화문 보신각 앞을 지나는데 누군가 뒤에서 "시우 아닌가!" 하고 소리치기에 돌아보니 이민호 선생님이었다.

숨을 헐떡이시며 "시우, 죽지 않고 살았구먼" 하시고는 한참 동안 말을 잇지 못하셨다.

"내가 택시를 타고 지나는데 뒷모습이 아무래도 자네 같아 차를 내려 자네를 놓칠까 봐 급히 달려왔네"라고 하시면서 명함을 주시고 내 전화번호를 적고는 오늘은 내가 볼일이 있으시다며 꼭 연락하겠다는 말씀을 남기고 가셨다.

이민호 교수를 알게 된 것은 건국대학교 재학시에 그분의 '서양 중세사'를 수강한 것이 인연이었다. 이 교수는 나를 각별히 사랑하시어 당시 기숙사 생활을 하는 나를 집으로 몇 번이나 불러서, 무학여고 교사인 사모님이 식사를 차려 내오셨다. 나에게 어떻게 하든 서울대학교에서 강의를 들으라고 하시며 김용덕 교수를 소개하기도 하셨다.

그 후 내가 직장을 가지고 사회활동을 정상적으로 하면서 가락중앙종친회에서 '가야사 연구'를 위한 재단법인 연구소를 설립하고 그 운영을 맡게 되자 학계의 중진인 노태돈盧泰墩 교수를 소개해 주시어 노 교수와 몇 년 동안 연구소를 운영하며 각별한 관계를 가지기도 했다. 그러나 선생님은 2009년에 식도암으로 타계하시었다. 타계하시기 직전까지도 역사, 시국 등 자주 대화를 나누기도 했었는데 나는 선생님의 갑작스러운 타계 소식에 또 한 번 인생무상을 맛보았다.

그 외에도 경우는 다르지만 적지 않은 분들이 나를 물심양면으로 도왔다. 흥국생명의 한돈희 상무, 율성출판사 김종우 대표, 풍한방직 임병훈 전무, 건국중학교 교사들의 위로금, 중·고등학교 1년 선배 김종문 외항선 통신장 등은 모두 내가 재기할 수 있도록 크게 용기와 힘을 준 분들이다.

길바닥 행상으로 나서다

서울 을지로 4가 방산시장에서 장갑 도매상을 하는 4촌 처남이 있었다. 그의 소개로 외상으로 물건을 떼서 시골 여기저기 돌아다니는 보따리 장사를 시작했다. 손님들은 대부분 영주에 있는 누님 친구들이었다.

문제는 보따리 장사가 대부분 외상이라는 것, 그보다 더 어려운 문제는 시간이 지나도 도저히 장사에 익숙해지지 않는다는 점이다. 이를 떨쳐보고자 나를 아는 사람이 없을 것으로 생각되는 먼 곳에 가서 행상을 시작했다. 봉화시장판에다 김장용 고무장갑으로 전을 폈다.

아는 사람이 없는 곳에 간다고 봉화까지 갔는데 펴자마자 초등학교 1년 후배를 만났다. 나이는 나보다 한 살 위였다. 저편에서 오토바이를 타고 오는 사람이 그 친구임을 단박에 알아보고 나는 얼른 돌아섰다. 획 지나가던 그가 다시 돌아와서는 한 마디 한다.

"야, 너 시우 아니가. 니 언젠가 신문에서 봤는데……. 야 니가 이렇게 되었구나. 야, 니가 이런 장사를 다 하다니 나하고 점심이나 먹으러 가자."

창피하고 자존심이 상했다.

"너 혼자 가서 먹어. 난 생각 없다."

그리고 나는 매정하게 돌아섰다.

그도 겸연쩍은 듯 한 마디 남기고 가버린다. 한참 머뭇거리더니,

"다음에 만나자. 여기 오면 꼭 연락해. 이곳에서는 내 이름대면 다 안다."

나는 제 풀에 화가 났다. 건방진 자식 객지에 나와서 유지가 된 듯 건방 떠는 모습에 자존심이 있는 대로 상했다. 그 친구가 떠나자 나는 곧 전을 걷어 버렸다.

내가 장사를 시작하자 가장 반긴 사람은 나의 3살 위의 누님이었다. 누님은 아는 친구들에게 알뜰히 소개하고 발 벗고 선전하여 처음에는 물건을 가져오면 순식간에 다 팔아버렸다. 물론 물건 값의 1/3은 현금, 2/3는 외상이었다. 그런데 누님의 아는 친구란 게 한계가 있었다.

그래서 봉화에 처음으로 시장 상대의 장사를 시작한 첫날이었다. 나의 기분을 살핀 누님도 오늘은 그만 가자, 이렇게 해서 또 누님 친구들에게 다 맡기고 나는 곧바로 서울로 올라왔다.

똥 뀐 놈이 성내는 격으로 나는 아내만 원망했다. 출소하기 전에 완구 장사를 해서 그런 대로 잘 지내는 줄 알았다. 막상 내가 나올 무렵에는 그때까지 하던 장사도 집어 치우고 겨우 연명할 정도로 하숙생 두 명만 데리고 있다가 그마저 하숙비까지 떼였다.

나오기만 하면 고래등 같은 기와집에서 신선처럼 살게 될 것이라고 만화 편지로 내 마음을 설레게 해 놓지 않았나. 내가 나오니 이젠 당신이 알아서 우리 식구 먹여 살리라는 식이었다.

나는 아내에게 지은 죄가 너무 커서 말은 못 하고, 기를 쓰고 일거리만 찾아다녔다. 이것저것 온갖 일에 매달려 보았지만 돈 번다는 것은 쉬운 일이 아니었다. 생활이 안정된 뒤에 아내에게 물어본 적이 있다.

"내 나오기 전에는 잘 살 듯이 가슴 부풀려 놓고 막상 나오고 나니 나 몰라라 했어?"

그런데 아내 왈,

"내가 장사를 계속했으면 생활은 안정됐을지 몰라. 하지만 당신은 폐인이 됐을 걸."

집에서 술이나 마시고 사회의 냉대에 불평이나 늘어놓을 것 같아 마음 아팠지만 일부러 그렇게 했다는 것이다. 아내를 다시 보게 되었다. 그 속 깊음에 늘 고마움을 간직하면서 살고 있다.

사실 아내의 몸에는 고난을 견뎌내는 항일애국지사의 피가 흐르고 있었다. 아내의 외조부 해산嗨山 박시목朴時穆 선생은 일본 동경 상지대학교 철학과를 졸업하고 항일운동연합 전선인 신간회新幹會 동경지부장 상해임시정부 의정원 의원을 역임하면서 독립운동가로 활약하다가 1943년 북경에서 체포되어 신경감옥에서 순국하였다.

아내의 외삼촌 박희규朴熙奎 또한 아버지의 행방을 대라는 일경의 모진 고문 끝에 옥사하니 겨우 21세의 청년이었다. 박시목 선생의 아버지 박한철朴漢哲 옹은 이러한 아들·손자들에게서 만족감을 느끼며 자긍심을 잃지 않았다고 하니 일문3대가 모두 항일애국지사였다. 장모로부터 외조부, 외삼촌의 이야기를 듣고 자란 내 아내에게 외가의 DNA가 흐르고 있었던거 같다.

5년이란 그 어려운 세월을 이겨내며 이웃과 사회의 냉대속에 가정을 지키고 어린 세딸을 키워낸 것은 생각만 해도 끔찍하다. 일제의 탄압을 이겨낸 DNA가 아니고서는 상상이 되지 않기 때문이다.

그러나 끝이 보이지 않던 어둠의 터널을 빠져 나오는 햇살이 다가왔다. 1981년 조선일보 독자투고란에 「추곡수매가와 농공 병진 정책」이란 논단을 실었는데, 당시 국회 농수산분과위원회 한국국민당 간사였던 예천문경지역구 출신 김기수 의원이 찾는다기에 갔더니 조선일보에 실린 논단을 보고 자네를 많이 찾았다면서 특별한 일 없으면 비서관을 맡아달라는 것이었다.

나는 1982년 4월 20일부터 비서관으로 근무하게 되었다. 이제 비가 그치고 하늘이 개고 구름이 흩어지고 안개가 걷혔다. 나는 별정직 공무원 신분이 되었고 찾는 이 하나 없던 나에게도 손님의 발길이 끊이지 않게 되었다. 염량세태란 언제나 존재하는 것이 인간세상임을 새삼 느꼈다고 할까?

나는 결혼 50주년을 맞이하여 아내에게 다음과 같은 글과 결혼 후 처음으로 조그만 정표를 바쳐 아내의 희생을 위로했다. 어찌 보상이 될 수 있을까만 그냥 스스로 마음의 빚에서 해방되고 싶어서일 게다.

금혼金婚에 붙여 아내에게

아내에게 쓰는 글이 왜 이렇게 멋쩍고 어려울까. 반세기를 살아오면서 온갖 정성을 기울인 아내에게 살가운 정 한 번 표현할 줄 몰랐으니 붓끝이 잘 움직일 리 없지….

오늘은 우리가 부부의 연을 맺은 지 50년, 이 50년은 내가 부모와 함께 산 세월과 어쩌면 그렇게도 정확하게 맞아떨어질까! 다만 당신과의 50년은 28, 27세부터 시작된 남편과 아내라는 인연 소생이고, 부모와의 50년은 나의 의지와 관계없이 맺어진 천륜이었으니 인력이 미칠 바가 아니지만 생각하면 나는 천륜으로 맺어진 자식 노릇도, 인연으로 맺어진 남편 노릇도 어느 것 하나 제대로 한 게 없네.

백설이 내린 후에야 송백松栢의 푸르름을 안다더니 당신이 머리 염색을 멈춘 후에야 백발인 줄 알게 되고 백발을 보면서 비로소 우리 부부도 벌써 황혼길에 접어들었음을 깨닫게 되었으니 스스로 생각해도 참 한심한 사람이지…. 운명처럼 다가온 내 인생의 풍상風霜은 당신에겐 너무나 큰 상처였지. 특히 우리나라에서 간첩단에 연루된 국가보안법 피의자의 아내는 그 당사자보다 더 심한 고통에 직면한다는 것은 겪어보지 못한 사람은 모르리라.

피의자 당사자는 경우에 따라서는 신념일 수도 있고 설계된 각본에 얽힌 억울함이라 해도 그것에서 벗어나기 위한 투쟁에 악을 쓰느라 고통을 감내

결혼 50주년 금혼 여행, 상하이 임시정부 청사 백범선생 흉상을 사이에 두고(2020. 05)

할 수도 있지만 가족이야말로 뒤에서 온갖 궂은일을 처리하며 세상의 질시를 한몸에 받으며 심신의 아픔을 감내해야 하기 때문에 상상할 수 없는 고통이 따른다는 것을 나는 출소 후에야 온전하게 알 수 있었다. 세상인심은 적어도 국가보안법이나 반공법피의자들에게는 염량세태炎凉世態라는 말로는 부족하였다.

세 아이를 둔 우리 부부에게 영문도 모르는 국가 폭력으로 내가 자포자기의 절망감에 빠졌을 때 아버지는 굳은 의지로 가정을 지키셨고, 당신은 세상의 차가운 냉대 속에서도 희망의 끈을 놓지 않고 나와 아이들을 지켰기 때문에 내가 재기를 결심할 수 있게 되었다. 그것이 오늘의 나를 이 정도라도 있게 하였지만 그로 인해 당신은 하늘이 준 재능을 살리지 못하여 내 가슴에 응어리를 남겼어,

맏딸 윤선과 셋째 딸의 모교인 미국 유타주립대학 교정에서 아내와 함께(2001.12)

혹독한 시련이 멈춘 후에도 후유증은 오랫동안 가시지 않았으나 어떤 경우에도 흔들리지 않는 아버지의 꿋꿋한 생활 의지와 아이들 양육과 집안 건사에 온몸을 던진 당신의 희생과 정성이 열매를 맺기 시작하여 우리 아들, 딸 5남매가 사회에서 모두 나름대로 제구실을 하게 되었고 성호, 지호, 구스타프도 모두 외가를 저렇게 따르며 건전하게 자라면서 희망의 싹을 보이니 당신의 노고를 어찌 필설로 표현할 수 있겠는가?

그러나 이 모든 일을 혼자 감당하느라 머리는 백발이 되었고 건강도 옛날 같지 않으니 그런 당신의 모습을 볼 때마다 그것이 내 탓으로만 느껴져 안타깝고 미안함이 나날이 도수를 높여가고 있어.

나는 오늘 우리의 결혼 50주년을 맞이하여 나의 여생을 당신을 위해 바치기로 했네. 그래서 잃어버린 청춘을 보상하고 싶네. 늦게나마 부부의 연을 아름답게 끝맺음하고 싶어. 뜨는 해의 찬란함보다 석양의 저녁노을이 더 아름답다는 것을 사랑하는 우리 아들, 딸, 친손, 외손들에게 보여주자고….

2020년 5월 16일
당신을 사랑하는 남편 시우 씀

8. 어려움 속에 빛난 지기들

어려움 속에 빛난 지기들

어려움 가운데서 몇 사람의 지기知己를 얻었다.

○ 문학평론가 조동민 건국대 교수

조동민, 그는 대학교 선배였으나 친구처럼 지냈다. 이제는 고인이 된 지 꽤 오래되었지만 지금까지도 머리에서 사라지지 않는 분이다. 건국중학교 교사로 부임했을 때 처음 알게 된 국어 교사였다. 깡마른 체격에 키가 크고 깔끔하여 나와는 외형상으로 아주 대조적이었다. 매사에 치밀하고 논리적이며 또 열정적이고 노력형이었다. 게다가 정의감이 있고 판단력이 뛰어나 모든 일에 공정했다.

유신 철권정치가 교단을 옥죌 때 우리는 훗날 암울한 시대의 교사로서 민주주의를 위해 싸웠노라고 당당하게 말할 수 있는 떳떳함이 있어야 한다는데, 나와 조동민 그리고 여의도고등학교 국어 교사 김각은 뜻을 함께 했으나 성명서는 발표하지 못했다. 동지들을 더 모은 후에 하자고 했으나 내가 구속되는 바람에 성명서 발표는 미수에 그치고 그들 두 사람은 나로 인해 상당히 곤욕을 치른 것으로 짐작하고 있다.

당시 민주인사들이 개최하는 집회에 나가기 위해 방과 후에 자주 모임을 가졌다. 서울 성동구 장안동에서 종로2가 양지다방까지 가려면 버스로 1시간, 택시로 가도 20~30분 걸렸다. 모임에 지각하면 벌금을 내야 했는데, 장

안동에서 출발하는 사람은 조동민, 장원경(생물 담당 여교사), 나, 셋이었다. 18시 30분이 약속시간인데 수업을 마치고 나면 17시, 어물어물하다 보면 지각이다.

모임 날이 다가왔는데 갈 시간이 빡빡했다. 택시 타면 벌금을 면할 수 있는 시간 안에 갈 것 같아서 제안했다.

"오늘은 택시 타고 갑시다. 벌금보다 택시 값이 더 싸겠소."

그러자 조 선생이 반대 의견을 낸다.

"김 선생, 벌금은 민주화운동의 기금이

김상옥 열사 일대기 출판기념회. 문학평론가 조동민(중앙) 교수와 이강진 건국중학교 교장

되고 택시비는 그냥 날려 버리는데 버스로 가고 벌금 냅시다."

택시와는 거리가 먼 촌놈이 모처럼 택시 한번 타려다가 한방 크게 먹었다. 사실 나는 택시를 거의 타지 않는다. 아내와 다닐 때도 너무 걸어만 다니니 아내는 좀처럼 나들이를 하지 않으려고 할 정도였다.

1972년 어느 날 직원 30여 명이 회식을 할 때였다.

"오늘 회식은 우동으로 때우고 남는 회식비는 내가 좀 쓰자."

유신독재 정권 광고탄압으로 동아일보가 곤욕을 치를 때였다. 온 나라에서 광고 성금이 봇물을 이루고 있을 때 우리도 회식비를 광고료로 내자는 뜻이었다. 선생들 대부분은 묵묵부답이었고, 나와 같이 부임한 동료 교사가 반대 의견을 낸다.

"김 선생, 왜 그런 위험한 곳에 모두를 끌어들이려고 해. 그만둬. 모두 싫어해!"

나를 위한 충고였다.

이때 조 선생이 일어나 한 마디 거들었다.

"우리가 용기 없어 못하는 일을 김 선생이 하겠다니 남는 회식비는 김 선생에게 주자. 광고는 학교 동문회 명의로 내고 광고문은 김 선생이 알아서 하되 만약에 무슨 일이라도 생기면 김 선생 혼자 책임지는 조건으로 동의하자."

조 선생은 내가 남산에 끌려갔을 때도 나와 친하다는 이유로 많은 고생을 했지만 나에게 한 마디도 하지 않았다.

출소 후 고향에서 요양생활을 끝내고 서울에 있는 아내에게 돌아왔을 때였다. 11평 아파트에 아내가 두 딸과 방 한 칸을 쓰고, 또 한 칸은 하숙생(쌍둥이 중학생) 이 쓰고 있으니 비좁기가 말할 수 없었다.

서울로 주거지를 옮기니 관할 경찰서에서 보호관찰 대상인 나에게 신원보증인 두 명을 세우라고 했다. 친구들이 많아도 내 보증을 서주기는 쉽지 않았다. 어려워서 내가 부탁하지 못했다는 말이 더 정확하겠다. 이때도 조동민 선생이 나서주었다. 조 선생은 보증 서주는 데 그치지 않고 우리 내외를 집으로 초대하여 극진히 위로했다.

어느 날 조 선생이 갑자기 집을 찾아왔다. 어떻게 살고 있는지 궁금했던 모양이다. 손님이 들어올 공간조차 없어서 조 선생과는 별다른 말도 나누지 못하고 헤어졌는데, 돌아서는 조 선생 표정에 어둠이 가득했다.

며칠 뒤 80kg 쌀 한 가마니가 배달되었다.

쌀 주문한 일이 없다고 했더니, 상황 설명을 한다.

"김시우 씨 댁 맞지요? 어떤 분이 틀림없이 이 집에 배달해 주라고 돈까지 주고 갔습니다."

"그분 지금 어디 있습니까?"

"돈만 내고 벌써 갔습니다. 이름은 안 밝혔는데 깡마른 체구에 키가 큰 편이었습니다."

'아! 조 선생이었구나.'

우리는 서로 묻지도 않고 그냥 넘어갔지만 나에게는 평생 잊을 수 없는 일이었다.

이것저것 손대다가 1981년부터 고향 후배 이기현 군과 1톤짜리 봉고로 농산물(쌀, 채소 등) 장사를 시작했다. 산지에서 쌀과 농산물을 한 차 싣고 와서 이곳저곳 알음알음으로 팔았다. 이기현 군은 머리회전이 빠르고 신의가 있었고 책임감이 강했다. 어렵다는 인쇄업을 성공시켜 지금은 삼우토탈 인쇄소 대표로까지 성장하였다.

조 선생 내외가 이때 쌀을 거의 다 처분해 주었다. 교회에 다니는 조 선생 부인은 활동력이 있는 분이었다. 한 차 가지고 가면 곳곳에 연락해서 쌀 10여 가마니를 금세 처분해 주곤 했다. 돈이 없다는 사람에게는 외상으로 팔고 나한테는 자기 돈을 먼저 주곤 했다.

그 후 국회의원 보좌관으로 일하면서부터 차츰 생활에 안정을 찾았으나 오히려 조 선생과 만나는 기회는 조금씩 줄어들었다. 1988년 식목일이었다. 남한산성에 가서 나무 몇 그루 심고 점심이나 같이하자고 했더니 마지못해 응낙했다.

조금 이상했지만 천호동에서 만나 남한산성행 버스를 탔다. 안색이 전과 달랐다. 힘이 없어 보이고 기가 빠진 느낌을 주었다. 산에 올라가는데 숨이 차다면서 몇 번이나 멈춰 서곤 했다. 너무 피곤해 보여서 "왜 그러느냐. 어디 아프냐?"라고 했더니 마음속 이야기를 털어놓았으나 여기 옮기지는 않겠다. 다만 "김 선생이 겪은 고통은 세월이 가면 잊히고 또 빛날 수도 있겠지만, 내 정신적인 고통은 과거가 아니라 현재도 계속되고 있다오. 김 선생 못지않은 고통이…"라며 말끝을 흐렸는데 참으로 애달프고 서글펐다.

그날 우리는 소주 한잔 나누지 못한 채 쓸쓸히 헤어졌다. 생기 잃은 눈동자, 허탈한 모습이 오랫동안 뇌리에 남았고 불안했다. 며칠 뒤 전화했더니 심장병으로 민중병원에 입원했는데 오늘 오후에 퇴원하니 문병은 오지 말라고 했다. 다음날 부고 전화가 왔다. 밤중에 나를 찾았는데 아침을 못 기다리고 갔다면서 부인이 울먹였다.

장례식에 참석한 나는 한없이 울었다. 같이 근무했던 교사들이 몇 사람 왔는데 그들에게 민망할 정도로 눈물이 쏟아졌다. 조 선생이 영원한 안식처로 삼은 음성 유택까지 따라갔다.

이듬해 1주기에도 참석했는데 그 뒤부터 소식이 끊겼다. 동지였던 조 선생과 조 선배 가족에게 큰 빚을 갚지 못했다. 나와는 정치적·사상적 동지이자 슬픔과 기쁨을 함께 나눈 벗이었다. 아, 나는 지금도 조동민 형의 죽음이 안타깝기만 하다.

○ 명의 신재용 한의사

지금도 만나는 벗이자 존경하는 사람이다. 전화번호를 알게 된 경위는 잘 기억나지 않으나 출소 후 내가 신재용 한의원 원장에게 전화했다. 고립무원의 감옥에서 벗어난 내가 전화를 할 만한 이라면 믿고 지내는 몇 안 되는 사람이다.

신 원장과 나는 가까운 친구였지만 자주 어울리거나 가깝다는 표시를 말로 유별나게 하지 않았다. 만나도 그저 담담하게 인사나 나눌 뿐 유난스런 표현은 없었다. '형제보다 가깝다.' '우리 우정 어쩌고 저쩌고'하는 표현을 이 사람 저 사람에게 자주 쓰고 다니는 사이치고 오래가는 것을 본 일이 없다. 그런 표현을 자주 쓰는 친구들 기준은 이해관계였고 출세했거나 성공한 사람들을 사귀기 위한 수단으로 일삼기 일쑤였다.

신 원장과 나는 대학 동기였지만 서로 말을 놓지 않는다. 나는 복학생으로 그는 편입생으로 만나서인 것 같다. 인연이 깊어지게 된 계기가 대학 동기여서만은 아니었다. 나는 고등학교 2학년 때부터 잘 고쳐지지 않는 고질병을 가지고 있었다.

해마다 늦가을이 되면 특별한 동기도 없이 목이 쉬는 증세가 나타난다. 처음에는 달포 정도 계속되다가 차츰 심해져서 2~3개월씩 지속되는 고질병이었다. 한방과 양방을 다 다녀봐도 효과가 없었다.

대학을 졸업하고 교단에 섰을 때도 이 증세는 멈추지 않았다. 이것저것 처방을 써 봐도 효과를 못 보니 나를 치료하는 의사에게 오히려 미안할 지경이었고, 내 목 때문에 피해를 보는 학생들에게 민망하기 짝이 없는 일이었다. 유명하다는 이비인후과에 가보았지만 별 효과가 없었다.

신 원장 아버지가 한의사란 사실은 전부터 알고 있었지만 그때까지 치료를 받아 본 일은 없었다. 워낙 다급해서 별 기대는 하지 않았지만 진찰받으러 갔다. 효자동 2층 가정집에서 환자들을 진찰하는데 현관에는 『동의보감』의 어떤 구절이 족자로 걸려 있었고, 한의사 신승섭申昇燮이란 성명을

동의난달 결산총회 및 송년회(2005년): 좌로부터 세 번째 한국보건영양연구소 이사장, 박명윤 고문, 네 번째 신재용 원장, 그 옆에 이광연한의원 원장, 탤런트 남일우, 필자, 김응삼 목사

운자로 한 한시도 걸려 있었다.

신 원장이 5대째 가업을 이어받았으니 부친 신승섭 씨는 4대째 한의원이 었다. 신 원장은 대학을 졸업한 후 경희대학교 한의대에 학사 편입한 한의 학도로서 아버지를 돕고 있었다. 나를 진찰하더니 한약 10첩을 지어주면서 상세하게 설명한다.

"3첩 정도 먹으면 차도가 있을 것입니다. 신장이 냉해서 일어난 병입니다. 냉한 신장이 늦가을에 바깥 찬 기운과 맞물려서 목이 쉬는 관계로 목을 치료해서는 효과 가 없습니다. 신장을 보해 주는 근본 치료를 해야 합니다. 이 약을 복용하고 다시 와 서 진맥을 받고 한 재(20첩) 정도 더 복용하면 재발하지 않고 근본 치료가 될 것입니다.”

나는 근본을 다스린다는 진찰 소견에 마음이 끌렸다. 과연 3첩을 먹으니 확실하게 차도를 느낄 수 있었다. 10첩을 다 먹고 나니 완쾌되었다. 문제는 다시 오라는 선생님 지시를 실천에 옮기지 못했다. 차일피일 미루다 그냥 지나버렸다. 3년 만에 재발했다.

다시 해성한의원을 찾았더니 그 어른은 돌아가시고 아들인 신재용 씨가 맡아서 하고 있었다. 현관에는 그때 족자 외에 신재용 원장이 경희대학교 한의대 수석 졸업한 상장과 전국 한의사 자격시험 수석 합격증이 걸려 있었다. 신 원장에게 대뜸 물었다.

“그때 아버님이 내린 그 처방 있습니까?”

참으로 어처구니없는 결례였다. 신 원장은 그저 웃으면서 설명한다. “그때 계속 복용했더라면 좋았을 걸, 이번에는 처음부터 2재(40첩)를 지어드리겠습니다만, 그래도 그때 효과는 없을 것입니다.”

그 뒤 내 고질병은 심하게 재발되지는 않았으나 이른 봄, 늦가을에는 종종 상태가 좋지 않았다. 7, 8년이 흐른 뒤 감옥에서 나온 후 신 원장을 다시 찾았다. 효자동이었는데 방배동으로 옮겨 진료를 했다. 간판은 옛날 간판 그대로였다.

나중에 신사동을 거쳐 남양주시 조안리 북한강변에 해성한의원을 열고 왕성하게 진맥 활동을 하였다.

원장실에 들어가니 “아이고, 김형 얼마나 고생했소!”라면서 다른 환자는 받지 않고 오랜 시간 정밀하게 진맥을 짚더니 “간 기능이 조금 약화된 것 외에 다른 이상은 없다”고 했다. 이어서 많이 염려했는데 다행이라면서 좀 기다렸다가 진찰시간 끝나면 소주 한잔 하자고 했다.

시골에서 약 지으러 서울까지 오기가 쉽지 않음을 감안하여 한꺼번에 3재(60첩)를 지어주었다. 원기를 돋우는 보약과 간기능을 강화하는 치료약을 겸했으니 금방 회복될 것이라 했다.

나는 차비 이외의 돈은 가지고 가지 않았다. 사실 가져갈 돈도 없었다. 고맙다는 말도 못하고 조금은 겸연쩍게 헤어졌다. 그 뒤 몇 차례 만났을 때마다 "김형은 한문 실력이 좋으니 금방 합격할 수 있을 것"이라며 한약재상 자격증을 따라고 했다. 한의원 10여 곳에만 약을 공급해도 생활은 할 수 있다는 것이다. 할 생각만 있으면 한의원 10여 곳도 소개시켜 주겠다고 마음을 써 주었지만 마음이 썩 내키지 않았다.

신 원장은 대학시절 문학을 좋아했다. 시와 수필을 가끔 잡지와 대학보에 발표하고 명동에서 시 발표회까지 열었다. 문학도여서인지 여학생들 사이에 인기가 높았고 애주가이기도 했다. 재학시절에는 모진동 대폿집을 다니면서 술잔을 기울이고 가끔 토론도 했다. 나는 전형적인 촌놈에다 운동가적인 기질이 좀 있었고, 신 원장은 타고난 문학도로서 도시풍을 짙게 풍기는 학생이었다.

신재용 원장이 처방하는 약은 가리는 음식이 별로 없었다. 몸에 이상이 생기면 늘 신 원장을 찾았고 그럴 때마다 내 진맥은 늘 제일 끝이었다. "별로 바쁘지 않지요?" 묻고는 내 진찰은 끝으로 밀린다. 소주 한잔해야 하는 시간이 따로 있기 때문이다.

"아픈 사람에게 약을 먹여야지. 술을 마시게 해서야……." 환자가 능청을 떨면 "약은 내일부터 복용하고 오늘은 소주 한잔 해도 괜찮은 병이니까……." 의사는

신재용 원장이 이끄는 동의난달 의료봉사팀이 우리 마을(예천군 보문면 미호리)에서 의료봉사 후 율은 전시관을 관람(뒷줄 좌에서 4번째 신 원장, 한 사람 건너 김홍신 의원이 보인다).

이렇게 받아 넘긴다.

나한테 그의 약은 늘 효과가 있었다. '믿음'이라는 플라시보 효과가 있는 것 같기도 하고 신 원장은 한의사로서 최고의 명의로 인정받았을 뿐 아니라 특강으로 더욱 유명하다. 라디오 동의보감, TV에서 맹활약을 펼친다. 내가 주관하는 모임에도 한두 번 초청했는데 해박한 지식, 뛰어난 유머 등 빈틈을 찾을 수 없는 명강사였다.

내가 그를 좋아하는 것은 명의나 명강사여서만은 아니었다. 그는 의술을 인술로 승화시키고 있었다. 그래서 나는 그를 천하명의로 추천하는 데 조금도 주저하지 않는다. 그는 낙도 어린이, 벽지 주민들에게 늘 의료봉사활동을 하는데 그들의 생활 속에 직접 뛰어들어간 봉사다.

주변 사람도 잘 모를 정도로 조용하게 움직인다. "오른손이 하는 일을 왼손이 모르게 하라"는 성경 말씀처럼 노블레스 오블리주가 잘 실행되지 않는 이 시대에 보기 드문 지식인이요, 인술을 베푸는 의사여서 나는 그를 소중하게 생각한다.

본인 앞에서는 한 번도 칭찬한 적이 없다. 옛날 이야기이지만 오히려 술자리에서 객기로 비판 아닌 비판을 한 적만 여러 번 있었다. 신재용, 내가 늘 자랑하고 마음 속으로 명의를 친구로 둔 자부심을 느끼는 벗이다.

○ 대학 선배 김종오와 김종우

나의 일가 중에 대학 4년 선배인 김종오 씨와 중학교 4년 선배인 김종우 씨가 있었다. 지금은 모두 고인이 되었지만 나와는 각별한 인연이었다. 종오 씨는 혈연으로는 불계촌의 조카뻘이고 나보다 4년 연상의 학교 선배이면서 대학시절 내 우상이었다.

나는 지금까지 펜글씨를 그보다 더 잘 쓰는 사람을 보지 못했다. 문장력이 뛰어나고 머리가 잘 돌아가는 분이다. 그를 통하여 사회에 많은 사람을 알게 되었다. 우리는 빌리고 빌려주는 거래를 한 일이 없다. 마음에 빚이 없으니 가장 어려울 때 마음 놓고 편하게 어려움을 말할 수 있는 세상에 몇 안 되는 사이였다.

옥중에 있을 때 많은 책을 넣어 주었는데, 책마다 표지 안쪽 첫 페이지 머리 부분에 '좁은 방안의 시우를 위하여'라는 말과 함께 짧막한 소식도 전하곤 했다. 출소한 뒤 내가 정신적으로 많이 의지했고, 그는 내 처지를 늘 안타까워했다. 그때 그는 중앙종묘사 사보 기자 겸 편집장으로 근무하고 있었다.

나는 옥중에서 일본어 공부를 조금
했었다. 그것을 알고 있는 그는 어떻게
든 나에게 일거리를 주려고 중앙종묘
사에서 발간하는 『새농사』라는 월간
잡지에 실을 일본원예농사책 번역을
나에게 맡겼다. 지금 생각하면 소가 웃
을 일이다. 얼마나 엉터리 번역을 했을
까 생각하면 땀이 날 지경이다.

대폿집으로 자주 불러내서 장사라도
시켜 보려고 노력도 참 많이 했고, 이런
저런 조언도 많이 들려줬다. 어느 날 용
산 그의 하숙집에서 만났는데 나에게

건국대학교 호반에서 김종오(좌), 김종득(우) 동문
들과(1963. 06. 01)

양복 한 벌을 맞추어 주었다. 5년 전 구식 양복을 입고 있는 모습이 보기 민
망했던 모양이다. 본인도 넉넉한 형편은 아니었다.

종오 씨는 남다른 재주와 순발력을 가진 분이다. 1968년으로 기억된다.
대학가의 데모가 격렬해지자 박정희 정권이 서울 지구에 위수령을 선포했
다. 위수령이란 질서가 혼란스러운 곳에 군대를 주둔시켜 경비와 질서를
담당하게 하는 계엄령에 준하는 대통령의 비상명령이다. 위수령 선포로 대
학가마다 군인들이 진입했다. 고려대학교에서는 군인들이 난입하여 농성
중인 대학생들에게 야만적인 폭행을 가하여 그 가혹한 장면이 타임지 표지
에까지 실리는 등 살벌하기가 계엄령 못지않았다.

산정호수에서 당시 김장동 조교수와 왼쪽은 김종오
선배(1969. 05. 24)

　이런 때에 건국대학교 박형표 교수의 제안으로 5~6명이 산정호수로 야
유회를 갔다. 박 교수 제자인 박 모 대위가 이 지역 위수담당 책임자였다.
박 교수의 연락으로 우리들은 박 대위와 야외에서 탁자를 가운데 두고 맥
주를 마시며 시국담을 나누었다. 나는 박 교수의 지나친 저자세와 박 대위
의 교만함에 몹시 비위가 상해 있었다.

　오가는 말이 부드러울 수 없었다. 시비조로 말하는 가운데 군인들을 폄하
하는 발언을 했다. 박 대위가 벌떡 일어나서는 권총을 빼어 들고 나를 겨냥
하면서 쏴 죽이겠다고 위협했다. 자기 명령 한 마디면 어느 누구도 이 위수
지역을 빠져 나갈 수 없다면서 살기등등했다.

　순간적으로 몸을 피하려는데 김종오 씨가 가슴을 젖히고는 "박 대위! 그
총은 적을 쏘라고 국민이 준 총이야. 누구에게 총을 겨눠? 어디 한 번 쏴봐!"라며

총구 앞을 가로 막았다.

참으로 숨 막히는 순간이었다. 박 교수가 두 손을 모아 비는 시늉까지 하면서, "아이고, 이 사람 박 대위, 나를 봐서 참게"라며 애원했다. 김종오 씨는 조금도 두려운 기색이 없이 어디 한 번 쏴보라고 더욱 목청을 높였다. 김종오 씨의 당당한 모습에 기가 질렸는지 박 대위는 총을 거두었다. 야유회는 불쾌하게 끝나고 말았다.

돌아오는 길에 박 교수는 몇 번이나 "종오, 이 사람 그러다가 정말 총을 쏘면 어떡하려고! 박 대위 그 사람 월남까지 갔다 와서인지 눈에 핏발이 서고 살기마저 돌더군. 나는 정말 온몸에 소름이 끼쳤네" 하면서 종오 씨에게 고맙다는 말을 몇 번이나 되풀이했다.

김종오 씨는 "시우, 앞으로 그런 일이 있으면 등을 보이고 도망가면 큰일 나. 그러면 그 사람은 정말 총을 쏴!"라고 충고하였다.

그는 이름 없는 시골 중학교 학생으로서 전국 백일장에서 수상까지 하여 일찍이 문명을 날렸다. 고등학교 2학년 때는 해공 신익희 선생 서거를 애도하는 글을 짓고는 장면 박사를 당선시키자고 소리 높여 주장하다 경찰서에 끌려가 곤욕을 치른 용기 있는 청년으로 소문이 자자했다.

'안동농림학교 김종오 혈서사건'은 교육 도시인 그 지역 학원가의 유명세를 탔고, 그해 가을 학생회장 선거에서 압도적 승리를 거두었다. 글과 웅변에 출중하고 큰 뜻을 품은 그는 건국대학교 정치학과를 지망했다. 대학신문 학생편집장으로 4.19 학생혁명 당시 문명을 날리면서 평화통일과 남북학생 교류에 직접 참가하였다가 5.16 군정에 의해 큰 고생을 겪기도 하였다.

뛰어난 재능과 당찬 용기를 지닌 그가 그 후 학계나 정계 어느 곳에서도 크게 나타나지 못하는 것을 나는 늘 애석하게 생각한다. 그를 보면 하늘이 소에게 뿔을 주고 발톱을 주지 않듯이 그에게 재주와 용기까지 주었는데, 인간적인 약점이나 우직함을 함께 주었더라면 하는 아쉬움을 느끼곤 한다.

김종우 씨도 중학교 4년 선배인 조카뻘의 불계촌 일가이다. 나는 김종우 씨와 군대생활을 같은 내무반에서 1년 가까이했는데 병장인 나는 내무반장이었고 이등병인 김종우는 내무반에서 가장 계급이 낮은 신병이었다. 그는 경희대학교 경상대학 학생회장 출신으로 외모가 매우 준수하고 무게가 있었다. 비록 계급이 낮은 신병이지만 고참들이 함부로 대할 수 없는 인품으로 당시 군의관 장교들과도 곧잘 어울렸다.

그는 제대 후 삼성설계사무소(고건축) 전무였고 나는 중학교 교사로 각별한 인간관계를 가진 선후배를 초월한 지기지우知己之友로 막역한 사이였다. 내 사건이 터지자 가장 가슴 아파하며 아버지를 물심양면으로 정성껏 위로하며 온 세상이 우리 식구들을 외면하고 피할 때 남 모르게 도왔다고 한다.

내가 출소하자 아버지께서 "너는 네 누나와 종우의 공을 잊으면 사람이 아니다. 평생 가슴 깊이 새겨라." 이 말씀만으로 그가 어떻게 했는가를 짐작하고도 남음이 있다. 내가 출소했을 때 그는 율성출판사를 운영했는데 양서만 내는 출판사가 잘 될 리 없었다. 나 또한 출소 후의 어려움이 어떤 면에서는 징역살이보다 더 심할 때도 있었지만 그와의 우정은 한 번도 변한 적이 없었다.

내가 독립기념관 사무처장으로 발령받자 이제야 제 길을 찾았다며 무척이나 좋아하더니 2007년 뇌진탕으로 갑자기 타계하였다. 당시 나에게 연락이 닿지 않아 문상 영결도 못한 채 마음의 부채가 늘 가슴을 누르고 있다.

○ 의로운 기업가 이원교 회장

끝으로 중학교 동기생인 이원교 회장이 있다. 사실 이원교 회장과 나는 중학교 동기지만 1학년 때 같은 반이었다는 인연뿐이다. 1학년 때 반장인 서진일 군이 있었는데 고아원에 있으면서 권투를 배웠다며 툭하면 다른 아이들 새가슴을 지르는 버릇이 있었다. 성격이 사나운 편이어서 나 같은 촌놈은 옆에 잘 가지도 못했다.

한 번은 쉬는 시간에 이원교 회장이 서진일 군에게 새가슴을 질려 주저앉는 모습을 본 일이 있다. 왜 그랬는지는 모르겠으나 촌놈이 고분고분하지 않았던 모양이다. 그는 나보다 더 산골 출신인데 개성이 강하고 공부도 잘하여 영어 선생이 대놓고 칭찬할 때가 여러 번 있었다.

내가 출소한 때는 전두환 정권의 국보위 시절이었다. 대부분 친구들이나 가까운 동기들까지 외면했을 때이니 나는 기가 많이 죽어 있었다. 대학교 동문회에 갔다가 동기와 후배들 눈총이 따가워서 그 뒤로 오랫동안 동창 모임에 발길을 끊은 적도 있었다.

출소한 해 12월로 기억한다. 별로 내키지 않았지만 몇 사람이 권해서 중학교 동창회에 갔다. 이원교 회장은 대전에선가 온다면서 늦게 도착했다. 말이 중학교 동창이지 1학년 때 한 번 같은 반이었을 뿐 중학교 졸업한 뒤 처음이었으니 얼굴만 겨우 알 정도였다.

이원교 회장이, "야, 오늘 끝나고 우리끼리 시우하고 한잔 하자. 술은 내가 사겠다!"면서 청량리 어느 술집으로 갔다.

故(고) 죽전 이원교 전 재경군민회장 영전에…

추도사

죽전 이원교 형이 기해년 2월 26일 향년 77세로 우리의 곁을 떠난다. 평소에 신양(身恙)이 있음을 알고는 있었지만 그의 푸른 향이 이리도 쉽게 떠날 줄이야 하늘의 무심함이 안타까울 뿐이다.

지난해 연말 입원 소식을 듣고 병실을 찾았을 때 얼굴은 수척했으나 가족들의 정성스런 간호와 현대의학을 믿으면서 병실을 나왔으나 그것이 죽전과 마지막이 될 줄을 어찌 상상이나 했으라! 이 나이에 인생의 허무함이 새삼스러울 건 없지만 뉘우쳐 못다 한 일, 나누지 못한 이야기들이 파도처럼 밀려와 가슴을 에이는 인간의 한계이리라 모양이다.

죽전은 해방직전 은풍면 은

산리 대발골(竹田)에서 태어났으며 1983년 갓 40세에 화학제품 수출업을 주 업무로 하는 주식회사 비룡을 창설하여 인간을 위한 기업, 가치창조를 추구하는 경영목표로 회사를 크게 발전시켰으며, 노블레스 오블리주를 실천하는 사회적 기업인으로 우뚝하게 되었지만 죽전은 단순한 기업인이 아니었다. 인(仁)과 의(義)를 갖춘 휴매니스트였다.

그의 넓은 가슴은 예천군민 모두를 안기에 충분했고 쌓으면 하늘에 닿을만한 재화를 주무르되 크고 귀한 이름을 세상에 떨치니 하늘이 그 재능을 시샘하여 먼저 거두신 것 같다. 죽전이 떠난 자리는 생전에 쌓은 덕으로 가득하지만 빈 공간은 누가 어떻게 메울 수 있을까 하는 장탄식이 이어

지고 있다. 죽전의 정성과 땀이 배인 (주)비룡은 이제 온 세계를 누비는 기업으로 성장하였고 죽전은 사회적 기업인으로 중소기업 경영대상, 대한민국 녹색경영대상, 테크노 CEO상, 모범납세상과 100만 불 수출탑상을 수상하였다.

이러한 가운데서도 제 28대 재경 예천군민 회장을 맡으면서 지역사회발전과 후학들을 위한 각급 사회단체, 학교 등 그의 지원 손길이 미치지 않는 곳이 없을 정도였다.

2015년 이후에 베풂며 를 끝게 살다가신 어머니 권정희 여사를 위한 성희역사문고를 설립하여 후학들을 위한 문고판 서적을 시리즈로 간행하여 무료로 배포하는 등 보본반시(報本反始)의 효행을 실행했으며, 모교 고려대학교에 매

◇故 이원교 전 재경군민회장

년 거액의 장학금을 기부하고 공과대학 신공학관 건립에 거액의 건축기금을 지원하니 학교에서는 '이원교 강의실'로 명명하여 그의 모교사랑에 보답하였다. 고인은 늘 "기업활동을 통해 벌어들인 수익은 사회의 것"이란 신조로 우리나라 사회적 기업의 수범을 보였으며 노블레스 오블리주를 실

천하였다. 제한된 지면 평소에 남이 모르게 베풀기만 하면서 지혜망념(智慧忘念), 수혜막망(受惠莫忘)을 좌우명으로 삼은 고인이 남에게 베푸는 일들을 어찌 다 논할 수 있으랴! 그 신선하게 이어짐이 샘물 같더니 어찌하여 자신의 몸은 돌볼 틈이 없었던가, 아니무나 애석하고 원통하다.

그러나 어찌 하리오 하늘이 정해주신 수가 다하여 이제 영면에 드시었으니 그 높은 뜻, 깊은 정을 글로다 옮길 수 없어 밀리서 영전에 옷깃을 여미며 명복을 빌 뿐이네... 편히 쉬시게나.

《성희역사문고를 주간하던 중학교 동기생 김시우 곡배(哭拜)》

2019년 2월 26일 타계한 이원교 회장을 영결하는 추도사를 예천신문에 실었다.

그때까지도 나는 사회적응을 제대로 못할 때였다. 을지로 2가에서 동창회가 끝나고 밤늦게 청량리까지 가기로 했는데, 못 가겠다고 말할 용기조차 없어서 마지못해 따라갔다. 나중에 들었지만 굳이 청량리까지 가게 된 것은 이원교 회장이 그날따라 가진 돈이 없어서였다. 지금처럼 카드도 없을 때이니 외상을 할 수 있는 아는 집까지 가느라고 거기까지 갔던 것이다.

별로 흥이 나지 않은 날이었지만 그때부터 그에게 많은 관심을 갖게 되었다. 어느 자리에서나 동기들이 모일 때면 나를 대변하여 주었다. 내 과거 때문에 서먹서먹해 하던 동기들이 나를 이해하는 데 큰 도움을 주었다. 이원교 회장은 중학교 졸업 후 당시 매우 경쟁력 높은 철도고등학교를 나와 잠깐 동안 역무원이란 직장을 가졌다가 고려대학교 공대 화공과 1회 졸업생

예천 학가산 등산. 좌에서 4번째 정용인 재경군민회장, 5번째 필자, 6번째 이원교 재경군민회 수석 부회장

이 되었다. 지금은 개인 사업으로 크게 성공해서 우리 동문 중에 제일 앞서 나가는 친구이다.

　암울하고 어두운 시절에 평소 가깝지도 않았던 친구를 배려하기란 쉽지 않은 일이다. 역지사지로 내가 이원교 회장의 위치였다면 그렇게 못 했을 것이다. 이원교 회장은 시대적 양심과 인간적인 휴머니즘을 지닌 친구다. 사업가로 성장한 뒤에도 이원교 회장의 인간미는 여러 면에서 이어지고 있다. 의로운 일이라면 소리 소문 없이 물심을 아끼지 않는 친구다. 그가 지닌 인간미와 남성다움을 나는 미치지 못함을 느끼게 해 주는 벗이다.

　그러나 하늘은 그에게 명을 주지 않았다. 그는 2019년 2월 26일 향년 77

세로 타계했다. 나는 고향 발전에 큰 족적을 남긴 그를 위하여 예천신문에 추도사를 기고했다. 그 내용을 축약하자면 다음과 같다

죽전 이원교 회장이 기해년 2월 26일 향년 77세로 우리의 곁을 떠났다. 평소에 신양身恙이 있음을 알고는 있었지만 그의 푸른 혼이 이리도 쉽게 떠날 줄이야. 하늘의 무심함이 안타까울 뿐이다.

죽전은 해방 직전 은풍면 은산리 대밭골竹田에서 태어났으며 그 대밭골을 호로 삼아 죽전이라 했다. 1983년 갓 40세에 화학제품 수출입을 주 업무로 하는 주식회사 비룡을 창설하여 인간을 위한 기업, 가치창조를 추구하는 경영목표로 회사를 크게 발전시켰으며, 노블레스 오블리주를 실천하는 사회적 기업인으로 우뚝하게 되었다.

죽전은 단순한 기업인이 아니었다. 인仁과 의義를 갖춘 휴머니스트였다. 그의 넓은 가슴은 예천군민 모두를 안기에 충분했다. 쌓으면 산을 이룰 만한 재화를 주무르며 크고 귀한 이름을 세상에 떨치니 하늘이 그 재능을 시샘하여 먼저 거두신 것 같다. 죽전이 떠난 자리는 생전에 쌓은 덕으로 가득하지만 텅 빈 공간은 누가 어떻게 메울 수 있을까 하는 장탄식이 이어지고 있다.

죽전의 정성과 땀이 배인 ㈜비룡은 이제 온세계를 누비는 기업으로 성장하였고 죽전은 사회적 기업인으로 중소기업 경영대상, 대한민국 녹색경영대상, 테크노 CEO상, 모범납세상과 100만 불 수출탑상을 수상하였다. 이러한 가운데도 제28대 재경 예천군민회장을 맡으면서 지역사회발전과 후학들을 위한 각급 사회단체, 학교 등 그의 지원 손길이 미치지 않는 곳이 없을 정도였다.

2015년 이웃에 베풀며 올곧게 살다 가신 어머니 권성희 여사를 위한 성희역사문고를 설립하여 후학들을 위한 문고판 서적을 시리즈로 간행하여 무료로 배포하는 등 보본반시報本反始의 효행을 실행했으며, 모교 고려대학교에 매년 거액의 장학금을 기탁하고 공과대학 신공학관 건립에 거액의 건축기금을 지원하니 학교에서는 '이원교 강의실'을 명명하여 그의 모교사랑에 보답하였다.

고인은 늘 '기업 활동을 통해 벌어들인 수익은 사회의 것'이란 신조로 우리나라 사회적 기업의 수범을 보였으며 노블레스 오블리주를 실천하였다. 제한된 지면으로 평소에 남이 모르게 베풀기만 하면서 시혜망념施惠忘念, 수혜막망受惠莫忘을 좌우명으로 삼은 고인이 남에게 베푸는 일들을 어찌 다 논할 수 있으랴!

기댈 곳은 누나뿐

　내가 구속되던 1975년 나는 당시 10식구의 가장이었다. 환갑을 1개월 앞
둔 아버지와 어머니 그리고 대학 1학년 남동생, 중학생인 여동생, 그리고
초등학생인 막내 동생, 거기다 나의 아내와 세 딸까지 합치면 그야말로 대
가족이다.

　아버지는 1970년에 지방공무원으로 정년퇴임했으나 당시에는 연금제도
가 없던 때라 퇴직금과 전별금이 고작 230,000원이었다. 아버지께서는 평
소 나에게 "내가 너희들을 대학까지 시킬 수 있는 능력은 시우 너 하나뿐이다. 동
생들은 시우 네가 책임지고 시키도록 해 봐라"라는 말씀을 여러 번 하셨다.

　내 동생은 3명인데 바로 밑의 남동생은 9년 차이, 막냇동생은 19년 차이
이다. 중간의 여동생은 아버지께서 고등학교까지만 공부시키겠다는 말씀
이었다. 내가 체포될 때 아랫동생은 대학교 2학년, 막내는 중학교 1학년이
었다. 모두 내가 서울서 데리고 있으면서 고등학교 입시용 문제집(동성출판
사) 원고료로 동생의 등록금을 해결했다.

　이와 같은 우리 가정은 나의 구속으로 산산조각이 나고 말았다. 법과대학
다니던 동생은 고시반에 선발되어 장래를 기대했었으나 학업을 중단하고
입대하고 말았다. 막냇동생은 아버지가 계시는 시골 중학교로 전학을 가고
여동생은 영주에 있는 누나 집에서 중학교에 다녔다.

　그해 3월 11일은 아버지 회갑 날이었다. 나는 순진하게도 아버지 회갑 전

에 내보내준다는 수사관의 말만 곧이곧대로 믿고 어리석게도 수사관의 심기를 건드리지 않으려고 거짓 시인까지 하면서 이제나 저제나 하고 있었는데, 저들은 서울구치소에 송치 직전까지 나를 속였다.

내가 없는 동안 장남 노릇으로 우리 집을 지킨 누나와 누이동생.

나는 1975년 2월 15일 정보부 남산분실에 불법 강금된 지 26일 만인 3월 12일 체포영장이 발부되었고, 3월 31일 서울구치소에 수감되었다.

이렇게 파산 직전에 놓인 우리 집안을 지킨 것은 어떤 경우에도 흔들리지 않는 아버지의 굳건한 의지와 나에 대한 아내의 변함없는 믿음이 우리 집안을 결집시켰기 때문이다. 이미 출가외인이 된 나의 누님과 고모들까지도 변함없는 지원과 성원을 보냈기 때문에 하늘이 무너지는 위기를 극복할 수 있었던 것이다.

특히 나의 누나는 내가 갇힌 5년 동안 내 빈자리를 메우며 우리 집을 위해서 온갖 희생을 감수하였다. 물론 누님이 그렇게 할 수 있었던 것은 자형의 양해와 협력이 있었기 때문임은 두 말할 것도 없다.

출소 후 아버지의 첫 말씀이 너는 누나 공을 잊어서는 안 된다. 이 한 마디에 모든 것이 다 내포되어 있었다. 누나는 내가 없는 동안 나의 몫을 다했다. 내 여동생과 막내 동생들 모두 고등학교까지 누나 집에서 다녔다. 아버지 어머니의 외로움과 고달픔을 메우기 위해 영주에서 우리 집(예천군 보문면 미호리)까지 일주일에 몇 번씩이나 드나들며 물심양면으로 정성을 다했으니 생각하면 늘 목이 메인다.

출소 후 내가 행상을 시작하자 영주 시내는 물론 가는 곳마다 숫기와 비위장 없는 나와 동행하면서 물건을 팔아주고 수금까지 하였으니 자식의 일이라도 그렇게까지는 못했을 것이다. 누나는 내가 구속되어 출소할 때까지 5년 동안, 그리고 출소 후 첫 직장을 구할 때까지 8년 동안을 하루같이 나를 위해 뛰어다녔다. 그러느라 정작 자기 집안일이나 아이들 교육마저 소홀히 한 면이 있었던 것 같다.

누님은 타계할 때까지 집도 한 칸 없었고, 재주 있는 아이들 3남매도 가정형편상 모두 지방대학 출신이다. 마침 아이들은 머리가 출중하여 장남은 어려운 공무원 시험을 두 번이나 뚫었고, 차남은 말단 공직에 있으면서도 소설을 몇 권이나 집필할 정도였다.

그러나 누님은 스스로의 몸을 돌보지 않고 일에만 집중하다가 80세를 일기로 2020년 타계하고 말았다. 타계한 뒤에야 내가 좀 더 누님을 돌보지 못한 후회만 남아 잠못 이루는 나날이 많을 뿐이다.

출소 뒤 첫 직장 국회의원 보좌관

앞에서 잠깐 언급했지만 1981년 가을 조선일보에 기고한 글로 인하여 나는 새로운 전기를 맞는다. '농공병진과 이농'이란 독자 논단에 실린 글이 인연이 되어 예천 출신 국회의원이었던 김기수 의원과 연을 맺게 된다.

신문을 본 김 의원이 나에게 비서관을 맡아 달라고 했다. 나는 망설였다. 이 분이 내 과거를 알고 하는 말인지, 모르고 하는 말인지 그것이 궁금했다. 머뭇거리는 나에게 묻는다.

"왜, 뭐 다른 일 하는 것이 있나?"

"아닙니다."

"그럼?"

"의원님, 제 전력이 혹시 누가 될까 봐서요."

"에이, 못난 사람! 내가 자네 집안을 모르나. 쓸데없는 생각 말고 내게 와 있어. 어려움은 내가 보증하면 돼."

김 의원은 내 사건의 내용을 꿰뚫고 있었다. 그 자리는 내 과거를 벗어버리는 데 안성맞춤인 자리였다. 폭넓은 인간관계와 사회의 냉소를 걷어버리기에도 더할 나위 없이 좋았다. 지난 5년간 독서로 쌓은 내 잠재력을 발휘할 수 있는 직장이기도 했다.

나를 경계하던 사람들은 의심의 눈길을 거두었고 중앙과 지방에 내 이름을 널리 알릴 수 있었다. 11대 국회가 끝난 후 비서관직은 그만두었지만 김

의원과 인간관계는 더욱 돈독해졌다.

　김 의원은 12대 국회의원 선거에서 낙선한 후 줄곧 병석에 누워 있다가 2006년에 타계했다. 병중에서도 사람을 대함이 평상시와 다름이 없었다. 참으로 어려운 일이다.

　부인 또한 보기 드문 분이다. '가빈즉사양처家貧卽思良妻:집안 살림이 어려울 때 어진 아내를 생각한다'라 했던가. 거동을 전혀 못하는 남편 병 바라지를 10년 넘게 하면서도 늘 평상심을 잃지 않고 침대 주변과 방안은 언제나 청결했다. 오랜 병수발에도 짜증이나 피곤함 같은 것은 조금도 드러내지 않았다.

　김기수 의원을 한 마디로 말하면 예천, 아니 경북의 선량이요 한량이었다. 몸소 몸을 날려 싸움을 했다면 협객으로 불릴 정도의 사나이였다. 김 의원의 어른은 근검절약으로 재산을 모은 분이고 결코 헛돈을 쓰는 분이 아니었다. 그런 그 어른도 김 의원의 씀씀이에 대해서는 의례히 그러려니 하고 묵인했다.

　"기수는 원래 돈을 벌어올 줄은 모르고 쓰기만 하도록 태어났다"라고 당연한 듯 말씀한 적이 있다. 이로 보아 지역사회에 건달기 있는 한량을 국회의원으로 만든 것은 그의 아버지였다. 내가 김 의원을 협객이라고 부른 것은 큰 어려움을 부탁하러 온 사람에게 결코 접대를 받는 일이 없었다. 돈 가지고 와서 하는 부탁은 들어주지도 않았지만 가난하고 힘없는 사람에게는 따뜻한 후견자로 다가갔다.

　국회의원 보좌관으로 국회에 드나들면서 몇 가지 느낀 점이 있다. 국회의원들이 대정부 질문 때 자기들끼리 서로 '존경하는 ○○○ 의원님' 하는 것이 조금 어색하게 느껴졌다. 보통사람은 직업이 같은 사람끼리 부를 때 '존

1981년 조선일보에 실린 이 글이 올 때 갈 때 없는 나를 국회로 이끌었다.

대정부 질의에 나선 김기수 의원

경하는 김 사장님' '존경하는 이 기사님' '존경하는 권 농부님'이라고 결코 말하지 않는다.

또 대정부 질의할 때면 질의보다 우국충정과 비분강개를 담은 웅변조의 연설이 질의 내용을 희석시키고 만다는 것이다. 십수 년이 지난 오늘날 국회의원들의 학력이나 지식수준은 많이 올라갔으나 민생을 겉도는 질의, 담당 공무원과 관련 기관을 대하는 자세는 바뀌지 않았다. 국회의원의 의정활동은 취약계층이나 힘없는 집단을 대변하고 입법으로 이들을 보호하여 공동체에서 소외되거나 부당하게 불이익을 받지 않도록 하는 것을 그 목표로 삼아야 한다.

그런데 국회가 민생입법을 가로막고 취약계층을 백안시하고 독점기업이나 강한 자들의 편에 선다면 적어도 민의를 대변하는 국회의원이라 할 수는 없을 것이다. 그러나 저러나 의원 보좌관 생활은 11대 국회 임기가 1985년 4월 30일까지로 되어 있지만 12대 국회의원 선거가 1985년 2월 12일로 공고돼 있기 때문에 사실상 보좌관 생활은 1984년 말로 끝난 거나 다름없었다.

2년간의 보좌관 생활은 나의 지난 5년간을 치유하고 사회에 적응하는 데 가장 좋은 안성맞춤의 자리였다. 그러나 내가 모시던 김기수 의원이 12대 국회의원 선거에서 낙선하자 나는 정계 입문의 길을 미련 없이 버리고 새로운 길을 찾아야 했다.

1984년 의원 보좌관 생활은 끝났다. 2년 동안의 보좌관 생활은 사람들을 많이 상대하고 대중과 접촉할 수 있는 기회가 많은 직장이다 보니 사회에 적응이 빠른 나는 지역구는 물론 각계각층에 폭넓게 적응할 수 있었으나 또 다른 직장을 구하는 데는 무척 제한적이었다.

이는 말할 것도 없이 국가보안법 위반이라는 빨간 딱지 때문이었다. 보좌관을 2년이나 했지만 내 취직에 걸림돌은 벗겨지지 않았다. 국회의원 보좌관은 국회의원이 보증하고 쓰겠다면 그만이지만 다른 직장은 이 눈치 저 눈치 보느라고 냉큼 써 주는 곳이 없었다.

다시 차량 행상으로

나는 결국 다시 장삿길에 나섰다. 출옥 후에는 누나에게 기대어 행상을 했지만 이번 장사는 고향 후배와 합작한 자동차 행상이었다. 시골의 농산물을 1톤 트럭에 가득 싣고 서울에서 판매하는 장사였다. 차량 행상이라지만 나는 차 운전대 한번 잡아본 일이 없다.

그러니 하나에서 열까지 이군(이기현)에게 의지할 수밖에 없었다. 이군은 내가 보호관찰 대상인 것을 잘 알고 있으면서도 나와의 동업에 조금도 주저함 없었고 나를 배려하는 마음가짐이 형제 못지않았다.

그래서 다음직장을 얻을 때까지의 공백을 밥 굶지 않고 견딜 수 있게 되었다. 이 장사는 일단 외상이 없어서 괜찮았으나 안면을 통한 장사여서 곧 한계점에 닿았다. 이를 극복하기 위하여 시장 진출을 해 보았으나 두 번이나 크게 실패하고 말았다.

한 번은 서울 경동시장에 꿀밤(도토리) 도매상에 들렀더니 60㎏의 꿀밤 한 가마니가 시골 꿀밤과 가격 차이가 너무 크기에 꿀밤을 가져오면 얼마에 사겠느냐고 했다. 예천은 꿀밤의 질이 좋은 산지로도 유명하여 그 도매상도 알고 있었다. 도매상 사장과 굳게 약속을 하고 예천에서 20 가마를 1톤 트럭에 싣고 갔더니 불과 이틀만인데 그동안 가격이 폭락되었다면서 산지에서의 구입가격에도 훨씬 못 미치게 가격을 후려쳐 결국 상담은 결렬되었다.

나와 고락을 함께 나눈 고향 후배 이기현(우) 사장과 『둔보전기』 등 내 저서를 단골로 편집한 편집인 박학주(좌)

    다른 도매상에 몇 군데 가 보았으나 모두 사전에 내통이 된 듯이 물건 자체를 보지도 않고 거절했다. 꿀밤을 싣고 경동시장이 아닌 다른 곳에서 소상인에게 한두 가마니씩을 맡기다시피 하여 겨우 본전으로 넘기니 기름값도 건지지 못했다.

    또 한 가지는 참기름 장사의 참패였다. 당시 참기름은 속임의 대명사였다. 예천은 우리나라에서 제일가는 참깨의 산지이다. 참기름은 참깨 70%, 들깨와 피마자기름이 30%이면 이것이 100% 참기름이란 것이다. 그래서 나는 진짜 100% 참깨로 해 보자고 참기름 공장 사장과 굳게 약속하고 상표까지 붙여서 서울 광화문 미도파 백화점 사장(중학교 1년 선배 김학길)에게 납품을 요청했더니 우선 10병을 길목 좋은 장소에 진열해 주었다.

그런데 1주일이 지났는데 1병도 나가지 않고 그대로였다. 나는 김 사장에게 어떻게 된 것이냐고 물었더니 사장 왈, "난 안 나갈 줄 알았네." 왜냐고 물었더니 값이 7,000원이어서란 것이다. 풀무원 제품이 9,000원이었다.

"아니 풀무원이 9,000원인데, 이건 100% 참깨인데 7,000원이 비싸단 말입니까?"

"아니 7,000원이 아닌 20,000원을 붙여야지. 7,000원이 진짜라면 누가 믿겠나?"

"왜 이제야 그러십니까?"

"아니 자네가 이미 라벨 상표를 다 붙여 가지고 왔는데 내가 무슨 말을 하겠나."

결국 백화점 납품은 실패했다. 재래시장에 내놓았지만 아무도 믿어주지를 않았다. 평소 가까이 지내던 경동시장 새마을 금고 조응래 사장에게 참기름을 가지고 갔더니 조 사장이 나에게 묻는다.

"이거 김 형이 직접 짠 것이지요?"

"그렇습니다."

"김 형은 믿을 수 있으니 10병만 주시오."

물론 정가대로 7,000원에 사갔다. 조 사장은 나를 돕기 위해 그 10병을 음식점에 다 돌리고 진짜면 계속 사용하라고 당부했는데 음식점 주인이 그건 참기름이 아니고 땅콩기름이라 하더란 것이다. 고소한 맛이 전혀 없다는 것이다.

예천 참기름공장 사장에게 진짜 참깨로 짜달라고 했더니 그러면 고소한 맛이 덜나고 서울 사람들이 가짜 참기름에 젖어서 진짜로는 어려울 거라고 하였다.

원래 고소한 맛을 내려면 참깨 70%, 들깨와 피마자 30%에 소금을 약간 넣어야 고소한 맛이 난다는 것이다. 참기름을 오래 두면 바닥에 검게 내려 앉은 찌꺼기가 소금 때문이란 것이다. 그것이 고소한 맛을 더 낸다는 것이다.

그 후 조 사장은 김 형이 속일 리는 없는데 10집이 모두 가짜라고 하니 내가 더 이상 진짜라고 말할 수가 없게 되었다는 것이다. 정말 악화가 양화를 구축하는 것이 참기름 시장이란 것을 새삼 느꼈다.

결국 큰 꿈을 안고 최상문 씨 등 예천 정심회원들의 열렬한 성원과 기대 속에 시작했던 참기름 장사는 실패였다. 참기름 장사의 실패는 사업을 해 보겠다는 꿈마저 앗아갔다. 여기까지 나와 고락을 함께하던 고향 후배 이기현(삼우토탈 사장)은 이제 헤어질 수밖에 없었다.

그는 인쇄공장으로 가서 몇 년도 안 되어 자립하여 크게 성공했다. 이 군은 중학교 나의 10년 후배이고 남다른 기억력과 머리가 매우 명석한 데다가 성실하고 약속을 꼭 지키는 장점을 가진 사람으로 어려운 인쇄사업에 성공신화를 남겼다. 그의 장점은 명석한 두뇌와 판단력, 뛰어난 기억력에 신의와 의리를 갖춘 사람으로 성공은 당연한 코스였다.

나에게도 새로운 길이 찾아왔다.

새로운 길을 인도한 동주 박진목 선생

1984년 의원 보좌관 생활이 끝나고 차량 행상도 끝났다.

유석현 광복회장을 이사장으로 하는 '김상옥·나석주 열사 기념사업회'에 간사로 일하게 되었다. 박진목 선생의 추천이었다. 재야 평화통일 운동가로 알려진 동주東洲 박진목朴進穆 선생을 알게 된 것은 1980년 감옥에서 나온 뒤 할 일 없이 빈둥거릴 때였다. 동주 선생과의 첫 만남은 동주선생이 아내의 외종조부이니 나에게는 처외종부이다. 그런 연고로 자연스럽게 만나게 되었고 그 후 나에게 많은 영향을 준 분이다.

동주 선생 소개로 김상옥·나석주 열사 기념사업회 간사 일을 맡았음은 앞에서 언급한 바 있다. 기념사업회 이사들은 이 나라 최고 원로급 인사로 구성되었는데 회장은 의열단 출신의 독립운동가이며 광복회장인 유석현 선생이었고, 박진목 선생은 이 단체를 실질적으로 창설했지만 직임은 없었다. 그러나 실질적으로는 운영자였다.

나는 간사로서 김상옥 열사 일대기를 집필하였다. 일대기 집필과 직접 관련은 없었지만 나중에 독립기념관 사무처장으로 가게 되었으니 내가 역사와 인연이 있는 길을 걷고 역사적인 인물을 만났던 것은 거부할 수 없는 내 운명이 아니었나 싶다.

나는 박진목 선생이 주관하는 모임에 거의 빠짐없이 참석하였다. 이 모임은 이기택·이종찬·남재희·이윤기·이부영·김도현 등도 함께 했고 이

가운데 내가 나이나 여러 면에서 가장 말석이었다. 원로들은 독립운동가 출신이었고 젊은이들은 민주화운동에 참여했던 분들이라 주로 돌아가는 시국이나 통일문제를 화두로 삼았고 박진목 선생이 대화를 이끌어나갔다.

웃음이 오가고 서로 덕담을 주고받는 화기애애한 자리였지만 친일파와 독재정권 이야기가 나오면 서릿발 같은 비판을 가하며 분위기가 금세 무거 워졌다. 동주 선생은 나중에 민족정기회란 모임을 만들었는데 강신옥·김 도현·이윤기·허만일·성재상·박찬영·유성환이 주축이었고 나도 이사 7인 가운데 한 사람이었다.

민족정기회 강연회나 총회 때면 대구 계명대학교 재단이사장 신태식, 초 대 대구시의원 김학봉, 단양우씨 종친회장 우종묵, 사회대중당 이종섭 씨 같은 원로들도 80 노구를 이끌고 빠짐없이 참석하곤 했다. 나는 이러한 인 연으로 1997년에 내가 묻고 박진목 선생이 당신의 삶을 답하는 『힘 있는 자가 옳은 일 해야(부제, 한국전쟁의 미아 동주 선생과의 대화)』라는 제목의 책을 내게 되었다. 책을 쓰면서 우리가 미처 몰랐던 인물에 얽힌 이야기와 여러 사건을 들었는데 그 가운데 몇 가지 소개한다.

필자인 나(이하 필자) : 선생님은 북에서는 '미제 스파이' 남에서는 '북한 간첩'으로 선고받았는데 역사에 어떤 말을 남겨두고 싶습니까?[1]

동주 : 나는 그 낙인을 사랑하네, 수난 받는 조국의 한복판에서 평화를 위 해 산 사람으로 기억하는 그 낙인을…, 내가 미제의 간첩, 북한의 간첩이라

---

1)1993년 월간 『말』 지 7월호 오연호 기자 인터뷰에서 이미 말했던 내용이다. 나는 동주 선생한테 따로 답변을 들었지만, 오 기자가 잘 정리하여 그것을 그대로 옮겼다.

고 양쪽에서 비난받는 것은 갈라진 조국이 이 순진한 민족주의자에게 준 '중용'의 선물이지.

필자 : 우리 현대사에 거물들이 참 많은데 한 사람씩 평가를 부탁합니다. 몽양 여운형은 어떤 사람입니까?

동주 : 몽양은 그때 국민들이 가장 지지하는 지도자였네. 사람을 아우르는 품이 몽양만한 이가 없었지. 방의석方義錫:1895~1958이라는 친일지주가 친일한 경제인들과 함께 몽양과 우사 김규식, 이정 박헌영을 초청하였는데 몽양만 초청에 응했다고 하지. 그 자리에서 몽양은 "애국자 한 사람 힘으로 1946년 8월 15일에 해방될 것을 1945년으로 앞당긴 것도 아니고, 1944년 8월 15일 해방될 것인데 여러분 때문에 한 해 늦어진 것도 아니니 해방정국에 서로 힘을 합해서 새로운 조국 건설에 잘 협력하는 것이 친일의 과실을 벗는 길입니다" 하고 연설을 마무리 지어 '역시 몽양이다'라는 소리를 들었지. 몽양은 큰 인물이야.

필자 : 김일성은 어떠했습니까?

동주 : 해방 뒤 소련을 중심으로 하는 김일성의 위치와 미국을 중심으로 하는 이승만의 위치는 많이 달랐어. 소련은 동지국으로 북한을 대했단 말이야. 미국은 아무래도 이해관계를 다루는 자본주의 입장에서 남한을 바라봤을 테고 나이도 이승만에 비하면 젊고 일제 때는 조국 해방운동의 동지인 선후배였잖아. 선배를 모신다는 정신으로 민족을 위하는 한마당에서 조국과 민족이라는 이름 아래 서로 도왔다면 외세가 아무리 우리나라를 분단시키려 해도 불가능했겠지. 그게 나는 아쉽네.

필자 : 해방정국에서 이승만 이야기가 잠깐 나왔는데, 이승만은 어떤 인

물입니까?

　동주 : 이승만은 반공을 자기 정적을 제거하는 수단으로 악용했어. 이승만은 한국민주당 세력을 없애고 자기 중심세력으로 정당을 만들 계획을 세웠지. 자연히 대통령 중심세력과 한국민주당 세력간에 암투가 생기고 정국이 어지럽게 흘러갔지. 이승만은 정치기반을 위해, 한국민주당은 구성원들이 친일파라서 양쪽 다 친일파 처단을 바라지 않았어. 일본인이 물러갔지만 그 잔재들이 정권에 붙어서 기를 쓰고 다녔어. 이때 좌익세력이 극렬하게 싸웠는데 이승만이 일경과 고등계 형사 끄나풀과 그리고 일제 군인 출신들을 이용해 이들을 제거하려고 했어. 친일파 처단은 고사하고 친일파를 두둔하고 나서서 반민족행위자처벌 특별위원회를 주저앉혔지, 이승만이 저지른 가장 큰 실책이 친일파 청산을 하지 못하게 한 일이야.

　동주 선생과 대화를 하며 느끼고 배운 것은, 선생이 주장하는 옳고 그름의 잣대는 언제나 도덕과 민족이 우선이었다. 이해득실을 가지고 시비를 가리는 법이 없었다. 나는 선생이 걸어온 고난의 역사현장을 먼발치에서나마 더듬을 수 있었고, 그 현장에서 터득한 지혜와 철학을 조금이라도 맛볼 수 있어서 행복했다. 선생을 만나고 나면 정신적인 키가 한 뼘은 커진 것 같아 늘 으쓱한 기분을 안고 집으로 돌아오곤 했다. 간사 자리는 봉사직이지만 이 인연으로 순국지사에 대한 관심과 독립운동에 대한 인식을 새롭게 하게 된 계기가 되었다. 김상옥 열사 동상건립기금 모금활동을 하고 김 열사 일대기를 집필한 것은 내 삶을 한 단계 업그레이드시켰다.

　기념사업회는 유석현 선생 외에 송남헌 · 이건호 · 송지영 · 김원대(계몽사회장)·여철연과 나석호·김영광 의원 등이 이사로 있었고, 박진목·서영훈과 이종찬 의원 등이 참여했다. 현대사에 큰 발자취를 남긴 분들과 함께 일하면서 안목이 깊어지고 활동영역은 한층 넓어졌다. 국가보훈처의 지원금으로 김상옥 열사 일대기를 집필하였다. 김상옥 열사 일대기는 훗날 도서출판 윤문사에서 『이 몸 하나로 일본제국을 깨련다』는 제목으로 시중서점에 나가게 되었다. 김 열사 일대기를 쓰면서 그가 남긴 발자취를 따라가며 현대사를 다시 보았다. 또 그의 족적을 글로 옮기면서 책을 집필하는데 필요한 자료 모으는 법, 글 얼개를 짜고 문장을 만드는 방법 따위 노하우를 익힐 수 있었다.

김상옥 열사가 의협 영화의 주인공처럼 살다 간 분이어서인지 "책 내용도 재미 있으면서 뜻이 깊다"는 평을 많이 받았다. 책을 대본으로 다시 써서 드라마로 만들자는 제안도 있었다.

동상건립기금 마련과 김상옥 열사 일대기를 집필한 공으로 동상 제막식 때 당시 정보부장인 이종찬 동상건립추진 위원장과 서영훈. 김상옥기념 사업회 이사장 공동명의의 공로패를 받았다. 이로 인하여 학계와 독립운동 관련 기관에 내 이름이 널리 알려졌으니 김상옥 열사와 만난 이 때가 나로서는 제2의 삶을 꽃피우기 위해 새로운 인연을 맺어가고 도약대를 마련해가는 시기였다고 말할 수 있다.

기념사업회 구성원들이 모두 국가의 원로급이고 애국지사들이어서 이곳에서의 사람 만남은 대개 당대의 명사들이나 재야의 은사隱士들이어서 내 인간 성상에 더없이 좋은 기회였다. 그러나 의식衣食이 해결되지 않았기 때문에 그곳에 전념할 수는 없었다.

힘있는 자가 옳은 일 해야
한국전쟁사의 미아 동주선생과의 대화

박진목 선생이 필자에게 기념으로 준 10폭 짜리 병풍글 중 9.10폭이다.
민초民草는 박진목 선생이 즐겨 쓰는 또 하나의 호이다.

綠水靑山幾萬里 푸른 물 푸른 산은 몇 만리던가
雲烟掩靄有無中 구름 안개 자욱하여 보일듯 말듯
落花啼鳥春風裏 꽃지고 새우는 봄바람 속에
何處靑山獨掩扉 어느 청산에서 홀로 사립문 닫고 지내시는가

김상옥 열사 동상건립추진위원장(이종찬)으로부터 공로패를 받고 있다

당시 나는 5식구의 가장이었고 노동력이 없는 노부모님들이 시골에 계셨기 때문에 일정한 수입이 있어야 하는데 그 기념사업회는 박진목朴進穆 선생이 사무실 운영비 정도를 어디선가 얻어오는 정도였으니 손님이 없을 때 나의 점심은 대개 500원짜리 라면이었다.

이때 나의 무능을 눈치챈 아내가 표구사에 며칠 들락거리더니 곧 스스로 자립했다. 그러나 점포는 비좁은 아파트 거실이었고 상품은 주문생산이었다. 나는 눈앞에 돈벌이가 훤히 보이는 일이라도 투자를 할 줄 모르는 사람이었다. 할 줄도 모르지만 투자할 만한 돈을 가진 적도, 마련할 줄도 몰랐다. 그러니 교사가 안성맞춤인데 이 또한 할 수 없는 형편이었다.

그때 마침 가락중앙종친회 회장으로 취임한 김영준金榮俊 회장이 실무를 담당할 사무국장급인 상무를 물색 중이었다. 김영준 회장을 잘 아는 내 주

김상옥 열사 일대기 출판기념회에 고향 선배들도 참석하였다. 좌로부터 김종오 농업기술자협회 중앙부회장, 권두영 사민당 당수, 박충서 정심회 고문, 변우량 국회의원, 저자.

변의 지인들이 나를 강력히 추천하여 종친회에 발을 딛게 되었다.

박진목 선생에게 말씀 드렸더니 "자네가 종친회에서 일한다고!" 조금은 못마땅한 눈치였다.

회장이 김영준 씨라 했더니

"그 사람은 분명한 분이지…. 어느 곳이든 일하기 나름이니까, 우리 기념사업회는 신경 쓰지 않아도 되네. 그렇지만 연을 끊지는 말게."

이렇게 국회의원 보좌관을 그만둔 지 2년 만에 종친회로 직장을 옮기게 되었다.

이때 한 가지 빼놓을 수 없는 일은 예천 '정심회' 결성이었다. 국회의원 보좌관이 하는 일은 의정활동에 필요한 자료수집과 지역구민의 민원을 경청하고 해결하는 것이 주 업무였다. 그 지역구는 내가 초·중·고등학교까지 나오고 한때나마 4H구락부 등 농촌운동에 열정을 보였던 내 고향 예천이었으니 각별할 수밖에 없었다. 그 당시 나는 고향 예천의 자연부락까지 발길이 닿지 않은 곳이 없었고, 선거 때는 사랑방 좌담회 등으로 모르는 사람이 없을 정도였다.

40여 년이 지난 지금까지 예천군과 관련 있는 각종 저서를 남기고 강연 등을 할 수 있게 된 것은 실로 이때 다져 놓은 기반의 덕분이다. 예나 지금이나 마을마다 시류에 편승한 활동적인 사람이 있는가 하면 자기 일에만 몰두하며 나름대로 자기를 지키려는 신념 있는 성실한 젊은이들도 있다. 후자인 이들을 결집시킬 수 있으면 무슨 일을 하건 큰 힘이 될 수 있고 순수하고 깊은 인간관계를 맺을 수 있다.

이 무렵 나는 서울에서 박충서 선생을 통하여 전국적으로 알려진 대중연설가 변우량 교수를 접하게 되었다. 그는 각 사회단체로부터 초청강연을 통하여 정심正心 운동을 한다면서 조직적으로 이 정심운동을 전개할 수 있도록 뒷받침할 수 있는 사무국 실무자를 찾고 있었다. 내가 정심회와 관계를 맺게 된 계기가 된 것이다.

나는 서울 정심회 조직실무를 맡게 되었고, 참가하는 분들은 주로 변 교수의 지인으로 대개 예천 출신 인사들이었다. 따라서 예천이 정심회의 메카가 되도록 해야 한다는 데 변 교수와 박충서 선생 그리고 나 세 사람이 합의하고 예천 정심회 조직에 착수하였다. 이 일은 최상문 씨를 만나면서 급속도로 진전되었다.

예천 정심회 조직에 열정을 바친
최상문

최상문 씨는 정의롭고 의리 있는 성실한 삶으로 주변에 신망이 두터웠으며 폭넓은 인간관계와 공사公私가 분명한 분이었다. 그는 예천 정심회 설립의 중심이었고 그리 오래지 않아 각 지역에 골고루 분배된 남녀회원이 곧 100여 명이 되었다. 예천 정심회 회원가입 요건 기준은 매우 엄격하였다. 바른 마음正心:정심, 바른 생활正直: 정직을 지향하며 이마에 땀 흘리며 사는 성실, 근면한 사람으로 제한되었다.

여성회원들은 더욱 열성적이어서 야외집회나 정심상 행사와 같은 대규모 집회 때도 가마솥을 걸고 토속적인 국밥을 제공하여 경비를 절감하고 대회에 참석하는 시골 분들에게 토속적 국밥을 제공하여 극찬을 받게 되었다. 나는 당시 국회의원 보좌관이어서 선거용이 아니냐는 의혹의 눈초리도 있었지만 이 모임을 결단코 선거에 끌어들이지 않았다.

그러나 당국의 눈초리는 알게 모르게 날카로워지기 시작했다. 예천 정심회 고문인 박충서 선생은 사회대중당 전력이 있고, 지도위원인 나는 그때까지도 보호관찰 대상에서 자유롭지 못한 5공 시절이었으니 당연한 일이었다. 오랜 고민 끝에 박충서 선생과 상의하고, 최상문 씨 등 회원들에게 양해를 구한 후 변 교수에게 예천 정심회를 맡겨 서울 정심회와 합하게 되었다.

그러나 서울 정심회원은 재력 있는 명망가들로 구성되어 있고 예천 정심회원은 근면, 성실하게 농사에 종사하는 분들이 대부분이었다. 아무리 지향하는 바 목표가 같아도 삶의 질이 다르고 가치 기준이 다른 단체의 결합은 물리적인 결합일 뿐 화학적인 결합으로 까지 끌어올리지는 못하였다.

결국 예천 정심회원들은 시나브로 다 빠지게 되고 나 또한 이런저런 이유로 정심회와 멀어지게 되었다. 지금 정심상 등 활발하게 움직이는 정심회는 서울 정심회가 예천 정심회를 뿌리로 줄기와 잎을 키워 꽃을 피우게 된 것이라 말할 수 있다.

9. 더 넓은 길로
나를 이끈 가락중앙종친회

소신의 공직자 경영의 달인 둔보 김영준

1987년 5월 김용태(당시 대통령 비서실장), 김영생(국회의원) 의원 추천으로 둔보 김영준 가락중앙종친회장이 이끄는 종친회에 들어가게 되었다. 농림부 장관과 한국전력 사장 등을 역임하면서 탁월한 행정력과 경영 능력을 갖춘 분이었다.

나는 김영준 회장과 만남을 감히 백아와 종자기[2] 관계에 견준다. 나를 믿어주었고, 내 능력을 100퍼센트 이상 끌어내도록 자극을 주신 분이다. 1987년 5월부터 1999년 5월까지 12년 간 김영준 회장을 모셨다. 가락중앙 종친회 사무총장과 (재)가락국사적개발연구원 상임이사로 있으면서 전국 적인 종친모임을 조직하고 가야사 연구 사업에 심혈을 기울였다.

박진목 선생이 시우가 종친회라니, 무척 부정적인 말씀이었다. 왜일까? 종친회는 가장 비민주적이고 가부장적인 면이 있는가 하면 형식적이고 폐 쇄적이며 전통적인 제례와 예절에 얽매여 있기 때문일 것이다. 뿐만 아니 라 전근대적인 양반문화에 흠뻑 젖은 동성 늙은이들의 집단이며 진보와는 거리가 멀기 때문에 청년 진보정치의 지망생으로 보았던 기대에 훨씬 못

---

2) 이 이야기는 「열자列子」 「탕문편湯問篇」에 나오는데, 어떤 고을에 '백아'와 '종자기'가 살았다. 백아는 가야금 명인이었고, 종자기는 그의 벗이었다. 다른 사람들은 백아가 켜는 가야금 소리를 제대로 듣지 못했지만, 종자기만은 그의 음악성을 알고 연주를 이해할 수 있었다 한다. 종자기가 먼저 세상을 떠나자 백아는 자신의 음악을 이해했던 단 하나뿐인 벗 종자기의 죽음을 슬퍼하며 더 이상 가야금을 타지 않았다고 한다. 사람들은 가야금 명인 백아와 그의 음악을 사랑했던 종자기의 아름다운 이야기를 지음知音이라 일컬었으며, 서로 잘 알아주는 사람들을 빗대어 '백아와 종자기' 같다고 한다. 백아와 종자기의 이야기는 『여씨춘추呂氏春秋』, 「본미本味」에도 나온다.

제37차 정기총회에서 추대된 17대 중앙회장단

미친 실망감의 표출일 것이다.

다행히도 1986년 2월 총회에서 선출된 김영준 회장은 진부한 종친회의 폐습을 개혁하려는 의지를 가진 분이었다. 그분은 경영의 달인으로 알려진 유능한 관료 출신으로 농림부장관을 거쳐 복마전으로 알려진 한국전력을 본 궤도에 올리고 최초로 한전 사장을 연임한 분이었다. 정부산하의 부실기업을 정상화시킨 경영의 귀재로 알려진 그분이 종친회장을 맡았을 당시에는 몇 년 동안 총회도 열지 못하고, 사무직원 월급도 줄 수 없을 정도로 부실한 운영의 종친회였다.

이를 정상화시키기 위해 회장직을 완강히 거부하는 그분을 모셔온 것이다. 아무리 경영의 귀재라 하지만 종친회의 독특한 성격 때문에 과연 난마

가락중앙종친회 실무를 담당하는 부서장으로 구성된 중앙심의위원회(사무총장이 의장이 되는 회의)를 주재(1998.07)

와 같이 얽힌 종사를 바로 잡을 수 있을까? 전국 종원들의 기대와 회의의 시선이 집중되어 있었다. 적폐에 쌓인 사무국을 개편하여 정상화시키기 위해 실무 책임자를 물색 중이었다. 그분 또한 예천 출신이라 그분의 지인들이 나를 많이 천거하였다. 경영의 달인이란 그분은 아무리 회장에게 위임된 권한이라 해도 사소한 일까지 혼자서 결정하는 일이 없었다. 11인의 부회장과 감사, 상임이사 등으로 구성된 회장단 회의를 거쳐서 결정하였다.

나를 채용하기로 마음을 정한 후에 나를 불러서 첫 면담시에 당신이 나를 도와 사무국 일을 맡아주면 좋겠는데 내 마음대로 결정할 수는 없다. 부회장 중 두 사람의 추천을 받아 오라면서 수석부회장(김영생)과 김용태(당시 국회의원) 부회장을 소개하였다. 이미 사전에 두 분에게 나를 소개하고 약속을 받은 모양이었다. 찾아가면 추천해 줄 것이라고 하였다. 두 분은 내가 모

김시우 사무총장 종사교육(가락청소년 뿌리 교육)

셨던 김기수 의원과도 친분이 두텁고 낯설지 않은 분이어서 흔쾌히 추천해 주어서 가락중앙종친회 실무를 맡게 되었다.

나는 김영준 회장에게서 행정을 배우고 단체 운영의 방법을 배웠다. 김영준 회장은 교직에 머물던 나를 더 넓은 길로 이끌고 내 인생을 크게 업그레이드시켰다. 첫 시험대는 이사회 소집공문이었다. 공문기안을 해 가지고 결재를 올렸더니 "자네 학교 교사 출신이지? 이건 공문이 아니고 편지구먼"이라고 하시더니, A4용지에 2/3 정도로 가득 찬 공문 내용을 단 5줄 이내로 줄이고 부의 안건만 덧붙였다.

"앞으로 공문은 요점만 쓰도록 하게."

그 후 몇 차례 더 결제를 하시더니, "이젠 공문은 그냥 자네 전결로 보내도 되겠네." 이렇게 매사를 하나씩 나에게 전결권을 넓히면서 창의력을 발휘할 수 있도록 하였다. 그래서 종친회에 근무한 지 얼마 되지 않아 개혁하고 바로잡아야 할 일과 꼭 해야 할 일을 발견하는 데 그리 오랜 시간이 필요하지 않았다.

첫째, 가장 시급한 문제는 동서간의 갈등과 대립을 완화시켜야 했다. 여기서 동은 경상도 중심세력이고, 서는 전라도 중심세력이다. 가락종친회는 전통적으로 경상도와 충청도가 중심축이었고 전라도는 소외된 편이었다. 당시 중앙종친회는 국회의원이 33명이나 되었고(12대 국회) 김대중 고문은 평화민주당, 김종필 고문은 자민련 총재였기 때문에 두 분의 영향력이 막강했지만 특히 김종필 고문은 상대적으로 종친회에서는 김대중 고문보다 많은 커리어를 가진 분으로 절대적인 지지와 보다 막강한 세력을 가지고 있었다. 문제는 이러한 격차 때문에 종친회가 불평등하게 운영되고 있다는 점이다.

같은 국회의원이라도 우선 김해 시조 할아버지(김수로왕) 춘추향사나 경주 김유신 장군의 향사에 참사한 두 분에게 한 분(김종필)은 관복에 대청마루에 헌관들과 자리를 같이하고, 한 분(김대중)은 검은 두루마기에 일반 제관석에 참석하는 것조차 거부감을 가지거나 성씨의 진부를 시비하기까지 하였다. 나는 김영준 회장에게 김대중 총재의 호적등본과 족보를 가지고 성씨에 대한 시비를 불식시키자고 제안하여 즉시 실행했다.

당시 전 보사부장관 김판술 가락서울시종친회장에게 하의도에 연락하여 옛 족보와 호적등본을 가져오게 하여 이를 공표하여 성씨에 대한 시비를 불식시켰다. 김해김씨 안경공파 70대로 아버지 김운식金雲植의 차남이고, 족보명은 김현중金顯中이었다.

김해 시조대왕 왕릉 앞에서 김영준 회장이 김대중, 김종필 양 고문의 손을 잡고 대통령 후보 단일화를 약속하는 선언을 하였다. 김시우 사무총장이 사회를 맡았다(1997.10.16)

이를 근거로 중앙종친회 고문으로 추대하였다. 일부 반발이 있었으나 이는 잠깐이었고 1997년에 김해 시조대왕 왕릉 앞에서 김영준 회장이 중앙에 서고 왼편에 김대중, 오른편에 김종필, 양 고문의 손을 잡고 대통령 후보 단일화를 시조 왕릉과 전국에서 모인 종원들 앞에서 약속하는 선언으로 만세삼창을 하였다. 이 사진은 이튿날 도하 신문에 크게 보도되었고 이로써 두 분에 대한 예우상의 차별은 없어졌다.

둘째, 여성의 종사 참여와 제례의식의 한글화였다. 전통적으로 종친회는 남성만의 독점 무대였다. 제례 등의 모든 의식(홀기:笏記)은 웬만한 한문 실력을 갖춘 자가 아니고서는 알아들을 수 없는 내용이었다. 여성을 전각에서 시행하는 춘추향사와 종친행사에 남자와 똑같이 참여시키겠다는 김영준 회장의 방침은 확고했다.

유희경 한국복식문제연구소에서 제작한 여성제례복, 허영자 가락중앙부녀회 회장(우)

먼저 향사 홀기를 모두 한글로 고쳤다. 그리고 조상에게 술잔을 채우는 사준을 여성으로 분정하여 처음으로 여성이 제례복을 입고 전각 안에서 술잔을 따르도록 하였다. 반대하는 노인들도 있었지만 김영준 회장은 "할아버지도 거치른 남자가 따르는 술잔보다 여성이 따른 술잔을 더 좋아하실 거예요"라고 여유 있는 농담으로 완고한 노인들을 설득시켰다.

한국복식문제 연구소장인 유희경 교수가 제작한 여성 제례복은 전국에서 운집한 제관들의 눈길을 끌기에 충분했다. 이후 김영준 회장은 전국 시·군·구 단위에 부녀회를 조직하고 나를 강사로 앞세워 부녀회를 중심으로 종사 교육을 실시했다. 이는 청소년의 종사 교육을 어머니인 부녀회에 맡기기 위함이었다. 이 부녀회 종사 교육은 일본, 미주지역 등 해외 종친들의 부녀들까지 초청하여 1박 2일 일정으로 김해(수로왕과 허황후릉), 산청(가

김해 양동리 고분 발굴 현장 답사(오른쪽 끝에서 두 번째가 저자)

락국의 마지막 왕인 구형왕릉), 경주 흥무왕릉(김유신 장군)을 참배시키고 저녁에는 특강 형식의 종사 교육을 실시하였다.

중앙부녀회장을 중앙종친회 당연직 부회장으로 하는 등 부녀회를 중앙회에 깊숙이 참여시켰다. 한글홀기, 부녀집사가 참여하는 춘추향사는 유림들의 관심을 집중시켰고, 부녀회가 조직된 시, 군, 구 종친회는 크게 활성화되었다.

셋째, 가야사 복원을 종사의 중요 목표로 삼아 문화재단 가락국사적개발연구원을 설립했다. 가야사는 한국 고대사의 한 축이다. 실제로 한국 고대사는 부여가 고구려에 병합된 346년부터 가야가 멸망한 562년까지 216년간은 4국시대이다. 그러나 국사 교과서에는 3국(신라, 백제, 고구려) 시대만 있고, 4국(가야, 신라, 백제, 고구려) 시대는 없다. 이는 삼국사기와 고대

김임식 동의대 총장의 초청을 받은 가락교수회 회원들

사 연구서적들이 의도적으로 가야사를 한국 고대사에서 제외했기 때문이다.

가락중앙종친회는 가야사 복원을 종사의 중요 목표로 설정하고 중앙종친회 산하에 재단법인 가락국사적개발연구원을 설립하고 학계에 유수한 고고학 전문학자와 고대사를 전공한 문헌사학자들을 영입하여 연구 활동을 본격화하였다. 부산, 경남지역 고고학자들로 하여금 가야문화연구소(소장 부산대학교 정징원 교수)를 만들어 김해 양동리와 대성동의 고분군을 발굴하도록 하였다.

서울지역 문헌사학자들로 구성된 한국고대사회연구소(소장 노태돈 서울대 교수)를 만들어 그들로 하여금 『역주 한국고대금석문』Ⅰ, Ⅱ, Ⅲ권과 『가야사사료집성』, 『한국고대사논문집』을 1권부터 10권까지 발간하여 가야사

언론에서 평가된 가야사 연구성과

부족사회···日本에 문화전파···연맹체···

가야史 서술 변천과정 추적

김시우 編 「교과서에 반영된 가야史」

미군정~90년대 교과서표기 소개

유적발굴 반영··· 「선진사회」 평가

매 일 신 문 · 독서·출판

가야史 연구성과 한눈에

金時佑씨 「교과서에 반영된 가야사」

가야사

유적발굴실태·문헌연구 논문등 수록
'개국기원·任那日本府說 허구 밝혀야'

일 보 · 1991년 9월 5일 목요일 [22]

○ 이사람

"찬란한 伽倻문명 복원돼야"

한국고대사회연구소 金時佑 사무국장

"방대한 유물불구 문헌없다고 無視는 모순
강력한 騎馬國건설·日의 任那 不在 입증"

1980년대 초 일본은 역사교과서 왜곡으로 우리 국민들을 크게 격분시켰다. 필자는 이때 처음으로 『교과서에 반영된 가야사』 저서로 학계와 언론계의 주목을 받았다. 일본의 교과서 왜곡의 원천은 임나일본부설 즉 가야사였기 때문에 더욱 주목을 받게 되었다.

시애틀 미국 워싱턴대학 아시아학 도서관에 진열된 필자의 저서 「교과서에 반영된 가야사」

경남 산청군 금서면 화계리 덕양전에서 가락부녀회 종사교육

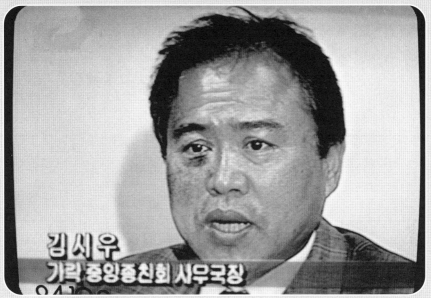

MBC에 출연하여 동성동본 금혼 규정에 대한 의견을 밝히고 있다(1994.10.09)

큰 뉴스, 큰 신문 ◎ 한국일보

◎ 가락 미주 종친회 제6차 정기총회

미주에 계시는 김해김씨, 허씨, 인천이씨, 우리종친 일가 여러분! 그동안 어렵고 힘든 이민생활 어떻게 지내셨습니까? 이땅에서 우리 종친들이 함께 뜻을 모아온지
6년이 되었습니다. 금번 제6차 정기총회를 여러족장님들을 모시고 아래와 같이 갖고자 하오니 온가족과 함께 참석하시어 뜻깊은 행사가 되도록 협조하여 주시기 바랍니다.
아울러 총회 후 종사교육 세미나 및 여흥순서도 곁들여지므로 보다 유익한 시간이 되리라 확신합니다.
기타 경품 추첨시간에도 알차고 푸짐한 경품들이 여러분을 기다립니다.

고 문 : 김 영, 김억겸, 허진량
회 장 : 김복삼
부 회 장 : 김국배, 이대식, 김영순
사무총장 : 김대식
총 무 : 허취웅
감 사 : 김종수
이 사 : 김정근, 김성민, 김경근, 김안용, 김복천
김만평, 김용길, 김석곤, 김복남, 김영희
김동길, 김만수, 김영훈, 김창수, 김영배
김춘택, 김대수, 김태운, 김태균, 김 호,
김순자, 허 석, 허취웅, 허 영, 이병구
김수환, 김용일, 김도안, 김영악, 김종순
김상준, 이병화, 김현복, 김우근, 김동열
김기섭, 김건호, 김금옥, 김영숙, 김경학
허성만, 김동하, 김복동, 김영훈, William Kim

일 시 : 1997년 3월 29일(토)
저 녁 7시30분
장 소 : 하바드 그랜드 호텔
회 비 : $30.00
연락처 : (818)886-1191 (회장)
(213)891-9365 (사무총장)
(213)385-3824 (총무)

* 오시는 모든분에게 가락인의 족보라고 일컫는
한글 및 영어로된 미주판 "화보로 보는 가락국
역사와 문화" 한권씩 총회기념으로 무료 배부
하겠습니다.

세미나

세미나
강사
김 시 우

· 1944년 경북 예천 출생
· 건국대학교 사학과 졸업
· 김상옥 낙석주의사 기념사업회 간사
· (재)가락국 사적개발 연구원 사무국장 상임이사
· 가락회장 편집국장, 가락종친회 사무총장
· 저서·이용 하나로 일본 제국을 깨린다
  -홍포서 폭파사건의 김상옥 열사 일대기
  -교과서에 반영된 가야사
  -알기쉬운 가락국사
  -가락국 천오백년 함께다

사단법인 가락미주 종친회 회장 김복삼

김영준 회장의 맏딸 한성여대 김문숙 교수로부터 꽃다발과 행운의 열쇠를 받았다.

출판기념회 식장에서 둔보 김영준 회장과 저자 은산 김시우 사무총장

부곡 하와이 한국관에서 거행된 신년하례회에서 격려사를 하고 있는 필자, 단상 앞 오른쪽 첫 번째 김호일 국회의원, 세 번째 김혁규 경남도지사가 보인다.

예천군 가락부녀회 창립총회에 참석한 김대중 중앙종친회 고문이 격려사를 하였다. 이날 필자의 안내로 영양군 등 경북지역 가락종친회를 순방했다.

둔보 김영준 평전 출판기념회에 참석한 필자의 가족들(1996.06.14)

연구의 저변을 확대하고 심층연구 발표 등으로 가야사 연구에 새 이정표를
세웠다. 이와 같은 전향적인 종사 운영은 가락종친회 회원들뿐만 아니라,
학계, 정계, 교육계 등의 이목을 집중시키게 되었다.

　1997년 11월 전국의 대학에 재직중인 가락계(김해김씨, 허씨, 인천이씨) 교수
120여 명으로 구성된 가락교수회를 창립하여 김영준 중앙회장을 고문으로
추대하고, 이상주 울산대학교 총장을 회장으로 선출하였다. 필자는 이때
상임부회장을 맡았다. 이 또한 학계에 가야사 연구의 외연을 넓히고 종사
를 보다 전향적으로 운영하기 위함이었다.

　나는 이 종친회에 12년간 몸담아 있으면서 학계는 물론 정계 등 각계각
층에 크게 알려지게 되었고 개인적으로 크게 성장하였다. 특히 김대중 대
통령과 가깝게 된 것이 내 인생을 크게 업그레이드시켰으며 인간적인 큰

가락미주종친회 4차 총회

성장이 있었다. 그래서 나는 김영준 회장과의 관계를 감히 중국 춘추전국시대의 「열자列子」에 나오는 거문고를 잘 연주하는 백아伯牙와 이를 잘 감상할 줄 아는 종자기鍾子期에 비유한 것이다.

가락중앙종친회 10년 차인 1997년 제15대 대통령 선거를 앞두고 가락중앙종친회가 요동치기 시작했다. 가락종친회 김대중 고문과 김종필 고문이 대통령 출마를 위해 정치적 생명을 걸었기 때문이다. 여기서 만약 지도부(중앙회장)가 흔들리면 가락종친회는 양분될 수밖에 없었다. 정치계에서는 김대중이 우세했지만 종친회에서는 김종필이 우세한 편이었다.

김영준 회장은 실용주의자였다. 그는 당선 가능성을 최우선시하는 분이있다. 그는 정치적으로는 박정희 신봉자였다. 그러나 당선 가능성이 없는 김종필을 지지하지 않았다. 가락종친회의 전국조직과 실무책임을 맡고 있는 나는 절대적인 김대중 지지자였다.

나는 개성이 전혀 다르고 정치사상적으로 결합할 수 없는 세 분과 매우 가깝게 지내면서 그분들로 인하여 내 인생역정과 인생 자체가 크게 성장하였다. 그 세 분은 박진목朴進穆 선생과 김영준金榮俊 회장, 그리고 김대중金大中 대통령이었다. 박진목 선생은 일제 때는 독립운동, 해방공간에서는 남로당 경력을, 그리고 6.25동란 때는 동족상잔의 비극을 막기 위하여 목숨을 건 종전운동과 평화운동을 전개한 특이한 인물이다.

나는 이분을 출옥 후 내가 가장 어려움에 처했을 때인 1980년경에 처음 만났다. 그 후 1984년 나를 김상옥 열사 기념사업회 간사로 천거하여 독립운동가를 만나게 하고 역사의 오솔길로 인도하였다. 김영준 회장은 정통관료 출신이며 소신 있는 공직자였다. 1945년 미 군정청 조림기사로 관계에 첫발을 디뎌 1968년 5월 21일 농림부 장관을 끝으로 공직을 마감하였다. 그 후 부실 국영기업인 흥한 화섬, 온산 동 제련공장을 정상화시켰다. 1979년 복마전으로 불리던 한국전력을 정상화시키고 한국중공업 사장, 한국원자력산업회 회장 등을 역임하면서 경영의 달인이란 닉네임이 붙게 되었다.

내가 이분과 연을 맺어 가락중앙종친회에 들어가게 된 것은 1987년이었고, 그 경위는 앞에서 언급하였기에 중복을 피한다. 다만 이분은 나와는 정치사상적으로는 전혀 맞지 않는 박정희 대통령 신봉자였다. 그 문제로 나와는 수차례 언쟁을 하면서 서로의 주장을 굽히지 않았으나 상호 신뢰와 믿음은 그것대로 변하지 않았다. 나를 당시 야당 지도자인 김대중 총재에게 적극 추천한 것도 이분이었고, 나를 정계로 나가도록 적극 권유하기도 했었다. 이러한 것을 밑거름으로 나는 독립기념관 사무처장으로 또 다른 차원에서 인생의 폭을 넓히게 된다.

나라 안팎의 가락계 인물들은 거의 알게 되었고, 가야사를 연구하는 문헌 사학자와 고고학자들과도 두루 접촉하며 인맥을 넓혀 나갔다. 이때 결성한 시군가락종친회가 전국 203개나 되었다. 여기에 청년회·부녀회를 참여시켜 종사교육에 힘을 쏟았다. 뿐만 아니라 일본, 미주 등 해외에까지 종친회를 조직하여 교포 2세들에게도 뿌리 교육을 실시하였다.

1992년과 1997년도 대선 때는 김대중 후보를 위하여 영남지방을 비롯해 방방곡곡을 누볐다. 종사교육이란 이름으로 김대중 후보를 위한 연설도 하였다. 나는 사실 종친이 아닌 정치인 김대중에게 많은 호감을 가지고 있었다. 많은 사람들이 그를 좌파로 보지만 나는 그렇게 보지 않는다. 정치성향이나 정당편력을 보면 합리적이고 전향적인 보수정치인이다. 다만 냉전의 잔재가 남아있는 땅에서 남북문제를 늘 평화통일이란 확고한 철학으로 풀어나가고자 했기 때문에 '좌파 정치인' 딱지가 붙었을 뿐이었다.

나는 정치인 김대중을 강력하게 지지했다. 종친이란 명분으로 그에 대한 이야기를 자연스럽게 끌어가긴 했지만 그를 아주 싫어하는 영남 사람들과 많은 논쟁을 해야만 했고, 김대중 지지에 대해 불만을 가진 종친들을 설득하는 데는 많은 노력이 필요했다.

마침내 김대중은 대통령이 되었고 이런 인연으로 나는 1999년 6월 5일 독립기념관 사무처장으로 임명되었다. 이제까지 걸어온 길이 새순을 틔우고 잎을 키워왔다면 독립기념관에서 지낸 7년은 꽃을 피우는 날들이었다. 부임 첫날 독립기념관 정문 앞에 서자, 거친 파도를 뚫고 세찬 비바람에 맞서며 걸어온 세월이 영화장면처럼 내 머릿속을 훑고 지나갔다.

후광 김대중 대통령과의 인연

○ 첫 인연은 내가 걷는 70년대였다.

정치인 김대중 대통령을 가까이 만나게 된 것은 1990년 무렵이었다. 그러나 인연이 시작된 것은 20년을 거슬러 올라간 1970년. 후광이 지은 『내가 걷는 70년대』를 읽고부터였다. 이 책은 김대중의 정치 · 경제 사상과 철학 그리고 정치가로서 비전이 잘 정리되어 있었다.

정치란 자기중심의 이해관계로 판단하고 가늠하기 때문에 정치인에 대한 평가나 선택은 늘 상대적일 수밖에 없다.

선거란 최선이 없는 현실에서 차선을 찾는 과정이다. 차선이 없으면 차차선을 골라야 한다. 이런 적극적인 국민의식이 있어야만 최소한의 민주주의를 지킬 수 있다. 지식인들이 가진 냉소주의, 대중들이 보이는 무관심은 독재로 가는 지름길이 될 수 있기 때문이다.

우리는 오랜 세월 균형 있는 정치판단을 미룬 채 지역주의에 갇혔거나 한 사람을 위한 독재정치 행위를 수수방관했기 때문에 정치 후진성을 벗어나지 못하고 있다. 정치는 사라지고 진영논리에 의한 병든 사회 병든 국가만이 남게 되었다.

나는 이 책에서 나라를 걱정하는 마음, 국민에게 봉사하는 마음, 철학을 가지고 상대와 타협하고 국민을 설득하여 표를 모으려는 정치가 김대중을 발견했다. 표를 모으지 못하고 표를 따라 다니는 영혼 없는 정치인은 정치

1994년 김대중 국민회의, 김종필 민주공화당 총재를 각각 방문하고 김해가락고도 복원계획, 마스터 플랜을 설명하였다.

가일 수 없다. 정상배일 뿐이다. 우리에겐 대중들이 듣고 싶은 말만 골라하는 정상배가 아닌, 대중들에게 해야 할 말을 하는 지도자가 필요하다.

나는 선거 때마다 김대중을 선택하여 투표했다. 그러나 그가 최선이었다기보다 차선책으로 그를 선택했는데 그를 지근거리에서 자주 대화를 나누면서부터 최선으로 가까워지는 경우가 많았다. 그는 투철한 역사인식과 사려 깊은 현실주의자 혹은 실용주의 정치인이었다.

예천이나 경상도 사람들로부터 '당신은 줄을 잘못 섰어!'라는 이야기를 많이 들었다. 내가 돌려주는 답은 한결같았다. '나는 누구한테도 줄 서는 사람이 아니다!' 자기 주관이나 철학과는 달리 콩고물을 바라고 그때그때 모습을 달리하며 교언영색하는 행동을 '줄 섰다'고 표현한다면, 나는 줄이라는 걸 아예 서 본 적이 없다는 뜻이다.

나는 내 이해관계 때문에 김대중을 만나고 지지한 적이 한 번도 없다. 사람들 말처럼 줄을 섰다면 후광과의 관계가 오래가지도 못했을 터이다. 후광과는 정치적인 줄이 아닌 인간적인 줄이 실타래처럼 얽히고설키어 오랫동안 인연을 이어갈 수 있었던 것이다.

동교동에서 후광과 아침을 함께한 적이 몇 번 있었다. 한 번은 최창규 선생의 요청으로 후광과 나 셋이었고, 또 한 번은 김판술 전 보사부장관과 나 셋이었다. 아침 식단은 이희호 여사가 직접 챙겼다. 밥은 반 공기, 미역국, 생선 한 토막, 찰떡 하나, 삶은 밤, 고구마 1개. 조촐한 자연식 아침상이 나왔다.

"그렇게 바쁘신데 건강관리는 어떻게 하시는지요?"

"집사람이 챙겨주는 대로 밥 먹고 외식은 되도록 하지 않는 것 외에는 별다른 게 없어요."

"잠도 많이 부족하신 것 같은데요?"

"12시 넘어 자고 새벽에 일어나니 잠이 좀 모자랍니다. 차 안이나 비행기 안에서 토막잠을 잡니다. 사무실에서도 틈나면 잠깐씩 눈 좀 붙이고요."

나도 그때 종친회 일로 온 나라를 돌며 강연을 하고 멀리 미국이나 일본 출장도 잦은 때여서 부족한 잠을 후광이 가르쳐 준 방법으로 보충하곤 했다. 그 습관이 지금도 이어져 버스나 지하철만 타면 바로 잠에 떨어진다.

어느 때인가 추석을 앞두고 동교동에 간 적이 있다. 응접실에는 당원들과 비서진들이 가득 모여 있었는데, 그때 마침 목포에서 보리새우 상자가 배달되어 왔는데 후광께서 빙 둘러앉은 자리 한복판에 보리새우와 초장을 가져오게 하고는 "어이, 김 총장! 김 총장은 예천이 고향이라서 이 새우 먹는 법 잘 모를 거야" 하시더니 새우껍질을 벗기고 초장에 찍어 나한테 직접 건네주었다. 둘레에 있는 사람들이 모두 부러워하는 눈치였다.

중요한 이야기는 주로 서재에서 나누었는데, 서재는 지하에 있었다. 보통

서재와는 달리 책을 두 줄로 방 한가운데 서로 등을 보이며 진열되어 있었다. 사람이 벽을 등지고 책을 볼 수 있도록 꾸몄는데 3만 권 정도라고 한다. 놀라운 일은 3만 권이 장식용이 아니라 모두 손때가 묻어있다는 것이다. 이는 내가 책을 일일이 뽑아본 것은 아니지만 어느 기자가 '김대중 씨 서재에 있는 책은 대부분 밑줄이 그어져 있다'고 쓴 기사를 보았는데 그의 해박한 지식으로 봐서 이는 빈말이 아닌 것 같았다.

○ 공부하는 정치인

나는 후광이 얼마나 많이 책을 읽었는지 내 눈으로 확인한 적이 있었다. 1998년 선거를 앞두고 단양 구인사 법회에 간 적이 있다. 예천의 어떤 지인이 구인사 법회에 1만여 명의 신도가 모이는데 대부분 부산·경남 사람들이라고 그 날짜까지 귀띔해 주었다.

당시 허경만 정각회장에게 이 일을 알렸더니, "총재 모시고 법회에 참석할 수 있도록 김 총장이 꼭 주선해 주세요" 했다. 구인사 교무부 소속인 덕수스님을 통해 김대중 총재 법회 참석을 의논했더니 법회에는 참가하되 연설은 할 수 없고, 천태종 종정인 남대충南大忠 대종사大宗師와의 면담은 안 된다고 알려왔다. 그래도 꼭 가겠다고 하여 구인사 측과 조율이 되었다.

구인사 법회 당일 청주교도소 면회 일정 때문에 헬기로 이동하였다. 김대중 총재, 허경만 정각회(국회 불교도 모임) 회장, 임복진 의원, 중앙일보 박병석 사회부장(후에 국회의장), 이재만 수행비서 그리고 나 6명이었다. 임복진 의원은 DJ가 영입한 최초의 육사 출신 장군이었다.

헬기를 못 타게 하는 이희호 여사의 반대를 무릅쓰고 강행했는데, 비좁기도 하고 여러모로 후보가 타기에는 적절치 않았다. 남대충 종정과의 면담도 없고 대중연설도 없다는 처음 통보와는 달리 종정이 직접 나와서 후광을 맞이하며 인사를 나누었고, 법당 밖 경내 광장에서 신도들에게 연설할 기회까지 주었다. 후광은 천태종에 대한 역사와 교리를 아주 쉽고도 자세하게 풀어나갔다. 평신도들이 듣기 쉽도록 조리정연하게 연설했다.

"저분은 천주교 신자로 알고 있는데 천태종에 대해 어떻게 저리 잘 알고 있어요? 평생 천태종만 공부한 우리보다 더 많이 아시는 것 같습니다."

천태종 총무부장이 감탄하면서 옆에 앉은 나에게 말을 건넸다. 나중에 허경만 의원한테 이 이야기를 했더니, 준비가 철저한 분이시라고 답하신다.

"후광은 어떤 모임에 참석하면 반드시 만약을 대비합니다. 아마 오늘 구인사 방문을 위해 자료조사를 미리 다 하셨을 겁니다. 거산(김영삼의 호)과는 아주 대조적이지요."

독립기념관에 근무할 때 나는 이때 일을 잊지 않고 내 나름대로 소화했다. '오늘 모임은 참석만 하시면 됩니다. 따로 인사 말씀은 없습니다' 는 초청 통보를 받더라도 꼭 만약을 대비해서 인사말을 구상하고 준비해 가지고 간다. 예정에 없이 사회자가 '처장님 한 말씀 하시지요' 하면 나는 주저 없이 나가서 원고 없이 즉석연설을 한다.

"처장님 즉석연설을 어떻게 그리 잘하세요?"

담당부서장이나 직원들의 인사치레를 여러 번 받았다. 이런 일이 여러 번 있자 달변가로, 즉석연설을 잘하는 사람으로 소문이 났다. 하지만 모든 것은 준비에서 나온다. '명연설가란 5분 연설을 위해 5시간 이상 생각하거나 준비하는 사람이다'는 글을 어디에선가 읽었다. 누구도 준비하지 않으면 당당하게 연설대에 오를 수 없다. 모두가 후광에게 배운 것이다.

후광과 만나보며 그의 정치노선을 물어보지 않을 수 없다. 그러나 나는 그분의 정치노선이 합리적인 보수주의자로 일찌감치 판단하였다. 영국 크롬웰의 청교도혁명과 1688년 명예혁명을 두고 이야기를 나누다가 내 판단이 맞다고 확인했다.

"총재님. 총재님은 과격하고 급진적인 진보주의자로 알고 있는 이들이 많은데 저보다 더 보수적이군요."

"김 동지, 그게 새삼 무슨 소리요?"

청교도혁명보다 명예혁명에 대해 후광이 좀 더 긍정적인 평가를 내리기에 내가 짐짓 물어본 것이다.

"공화정을 선포한 청교도혁명은 크롬웰이 죽자 곧 왕정으로 복귀되었지요. 크롬웰이 찰스 1세를 처형한 급진적인 강경책은 결국 실패할 수밖에 없었던 겁니다. 찰스 2세를 용서한 온건파의 명예혁명 이후에야 영국 민주주의가 정착되기 시작합니다."

훨씬 후의 일이지만 전두환 노태우의 사면도 그런 맥락이 아닌가 하고 유추해 보기도 했다.

멀리 영국을 예로 들 것이 아니라 우리 역사 가운데 신라와 고려의 삼국통일을 보더라도 금방 알 수 있다. 외세를 빌려 무력으로 복속시킨 신라의 3국 통일은 백제나 고구려 유민들이 체제를 인정하지 않고 각기 부흥운동을 벌여 후삼국이 서지 않았던가. 왕건이 포용과 협상으로 재통일한 고려시대에는 적어도 또다시 후삼국이 정립되는 일은 없었다.

후광의 정치노선은 과격하거나 성과 위주를 앞세운 조급함과는 거리가 멀다. 그는 나라 안 국내현실과 나라 밖을 둘러싼 국제환경을 찬찬히 살펴가며 정책으로 만들어내고 주장하는 합리적인 보수주의자다. 생활인으로서 후광을 한 마디로 평가하라면 나는 '후광은 참으로 치밀한 분'이라고 평하고 싶다.

약속시간은 11시 35분, 11시 40분 늘 분 단위 시간 맞춤이다. 대부분 정치인들이 시간을 잡을 때는 11시경이나 12시처럼 '시간' 언저리에 맞춘다. 약속시간 안에 가도 손님이 있으면 밖에서 마냥 기다려야 한다. 기다리는 중에 유력 국회의원이나 중앙일간지 기자가 오면 안하무인격으로 미안한 표정도 없이 아주 당연한 듯이 먼저 온 사람은 제쳐두고 으레 그들에게 보란 듯이 쏙 들어간다.

후광은 누구든 예외 없이 약속시간에 맞춰 사람을 만나고, 10분이라도 늦을 일이 생기면 먼저 비서진을 시켜 사전 연락을 준다. 시간은 누구에게나 동등하다는 걸 몸으로 보여준 분이시다.

○ 개성공단이 통일이다

대통령 임기를 마친 자연인 김대중을 만난 적이 있었다. 마침 금강산관광을 갔다가 피살된 박왕자 사건이 터진 때였다.

"박왕자 사건 때문에 시끄럽습니다. 금강산 관광도 중단될 모양입니다. 무슨 해결책이 없을까요?"

"박왕자 사건과 금강산 관광은 별개입니다. 독에 쥐가 들면 쥐만 잡으면 되지, 독을 깰 필요는 없지요."

2008년 7월 금강산 관광객 박왕자 씨의 피살 직후 동교동을 방문하였다.

남북문제는 민족의 사활이 걸렸으니 신중하게 큰 틀을 깨서는 안 된다는
뜻이었다.

"개성공단에 대해 퍼주기란 비판도 많습니다."

"김 총장. 개성공단이 원래 뭐 하던 곳인가요?"

"…… ."

"바로 대남군사 전략기지가 아니었소? 그곳이 우리 기업인들의 공장부지가 됐습
니다. 개성공단 같은 곳이 북한 곳곳에 10개나 20개 더 있다고 칩시다. 그러면 그
게 모두 우리 기업인들 공장부지가 되지 않겠소. 그게 바로 통일입니다."

후광은 우리가 분단국가니 당연히 통일이 되어야 한다고 말로만 외치는
정치인이 아니었다. 표를 위해 통일을 외치는 정치인은 더구나 아니었다.

"통일이란 게 쉽지 않습니다. 서독은 우리 경제의 6배가 넘었지만 갑자기 밀어닥

친 통일로 독일 자체가 휘청거리지 않았습니까. 나는 당장 통일을 원하거나 주장하지 않소. 화해·협력으로 전쟁부터 방지하고, 민족의 동질성을 유지한다면 통일은 먼 훗날 우리 다음 세대가 해도 됩니다. 지금 당장 통일한다고 생각해 봅시다. 경제력으로도 감당 못할 뿐더러 50년이나 다른 제도와 문화 속에 지낸 남북이 어찌 될까요. 개성공단이 10개 들어서면 자유물결도 그만큼 퍼집니다. 그리 되면 전쟁하라고 해도 할 수 없게 됩니다. 내 임기 동안 북한에 대한 국고지원은 전 정부 때 보다 적은 액수입니다. 물론 민간차원은 불어났지요. 그러나 그 모두가 하루 전쟁 비용도 안 되는 겁니다."

후광은 다른 분야도 처지지 않지만 특히 남북문제에서만큼은 그 어떤 대통령도 지니지 못했던 비전과 정책을 고루 갖추고 있었다.

○ 거짓말쟁이 만드는 언론

나는 정치인들 업적은 업적대로 존중해 주고 과실은 과실대로 비판하자는 사람이다. 나는 여야를 막론하고 친분 있는 많은 정치인이 있지만 한 번도 당적을 가진 적은 없었다. 그만큼 비판에 자유스러울 수가 있었다. 나와도 알음이 있는 한 때 유력했던 어떤 정치인이 김대중은 거짓말쟁이라며 '재봉틀로 입을 꿰매야 한다'는 입에 담아서는 안 될 말을 한 적이 있었다.

김대중을 거짓말쟁이라고 부른 보수언론과 정치인들의 근거는 1986년 10월 전두환 정권 때 있었던 건국대 반외세 반독재 애국학생투쟁연합회(애학투) 발대식 때로 거슬러 올라간다. 전국 26개 학교 대학생 2,000여 명이 건국대학교에 집결하여 애학투를 결성하는 즈음 경찰은 병력 3,000명을 동원하여 학교를 겹겹이 에워싸고 포위망을 좁혀나갔다. 귀가하고 싶은 학생들까지 밖으로 빠져나올 수 없게 되었다.

학생들은 학교 건물 옥상으로 몰려 한 치 앞도 내다볼 수 없는 대치상황으로 치달았다. 유력한 대통령 후보였던 김대중은, "경찰 포위를 풀고 학생들을 무사히 귀가케 한다면 나는 87년 대선 출마를 포기할 수 있다"는 성명을 발표한다. 경찰은 포위를 풀기는커녕 헬기까지 동원하여 학생 1,500명을 연행하고 1,300명을 구속 송치한 해방 이후 최대의 사건이었다.

김대중 출마포기선언은 원천 무효가 된 셈이다. 그 뒤에 출마선언을 하니 반대세력은 물론 유력 중앙일간지에서 전제조건은 다 뺀 다음에 '불출마한다'는 토막 낸 말만 대문짝만하게 보도하면서 그를 거짓말쟁이라고 몰아세웠다. 나는 나중에 후광을 만나 이야기했다.

"전제조건을 단 결정적인 공약은 삼가야 합니다. 보수언론이 해방 후에 유력한 정치인을 그런 방법으로 매장시킨 일이 한두 번이 아니잖습니까?"

"······."

후광은 말없이 듣고만 있었다.

○ 정치인 김대중을 지지한 세 가지 이유

나는 후광을 정치인 가운데 최선은 아니더라도 누구와도 견줄 수 없는 차선으로 그를 선택했다. 차선으로 유독 그를 내세우는 데는 세 가지 이유가 있다. 936년 왕건이 후삼국을 통일한 이래 1천 년만에 우리는 1민족 2국가 체제가 되어 반세기를 넘겼다.

자칫하면 인도와 파키스탄 꼴이 될 수도 있다. 식민지 체제 아래서 국가 지상 목표가 민족해방이라면 분단된 국가 체제에서 지상목표는 통일이어야 할 것이다. 후광의 남북통일에 대한 연구와 햇볕정책은 매우 오랫동안 구상한 철저하고도 탁월한 정책이라 생각된다. 그 당시 남북관계가 얼마나 험악했었는가. 서로 상대방 흠집 내기가 외교의 전부였던 시대 아닌가. 그의 통일신념은 확고하고 평화철학은 뚜렷하다. 2000년 6.15 남북공동선언이 모든 것을 증명한다. 그를 지지하는 첫째 이유이다.

시장경제 자본주의 체제를 지지하면서도 인간이 가진 노동의 가치를 인정하는 정치인이다. 서민을 보호하면서 기업인들이 지킬 최소한의 상도의를 가져야 한다는 대중경제이론은 김대중이 최소한 양심을 가진 보수정치인이란 걸 증명한다.

극빈층이나 체제 바깥에 있는 사람을 위한 최소한의 사회보장제도를 고민하는 정치인이 김대중이다. 기초생활보장제도를 도입하여 국민연금, 건강보험, 고용보험 가입을 늘렸고, 노령 기초연금을 만들어 고령화시대 복지의 기본 틀을 만든 것이 김대중 정권 때였다. 그를 정치가로 지지하는 두 번째 이유이다.

온몸을 던진 반독재 투쟁과 민주화운동이 세 번째 지지 이유이다. 그는 반독재 투쟁과 민주화운동으로 노벨평화상을 받기까지 했으니 더 언급할 필요조차 없을 것이다.

나와 허경만 전남지사

내가 허경만 의원을 알게 된 것은 국회정각회 회장일 때 임복진 의원과 함께 김대중 대통령 후보를 모시고 단양 구인사를 방문했던 1997년이었다. 물론 그 이전에도 허 의원은 가락중앙종친회 이사였고 나는 사무총장이었으니 이때 처음 만난 것은 아니었으나 정치·사회 등 깊이 있는 대화는 이때가 처음이었다.

1998년 광역자치단체 선거 때의 일이다. 그때 민주당은 도지사 후보를 각 시·군 대의원 투표로 결정하였다. 전남도지사 민주당 후보 경합은 치열했다. '평생 농민과 함께 살았다'는 김성훈 박사와 허경만 국회부의장 2파전으로 치열하게 경합을 벌였다. 누구도 예측할 수 없는 백병전. 투표일을 얼마 남겨두지 않은 날, 허경만 후보가 다급하게 전화를 했다.

"지금 동교동에서 김성훈 후보를 민다는 소문이 있어요. 이 때문에 가락인 출신 대의원들이 이탈하고 있는 데다, 광산김씨 종친회는 김성훈 후보를 노골적으로 밀고 있습니다. 김 총장! 아무리 바빠도 3~4일만 짬을 내서 전남쪽 종친회 식구들 좀 만나주시오."

전남지역 22개 시군을 돌며 가락종친회 출신 대의원을 만나달라는 전화였다.

"내가 그럴 시간은 없고 모두 몇 명인지 모르나 한 곳에 모아주세요."

"아이고, 김 총장. 그 일을 할 사람이 지금 총장 밖에 없습니다."

전화를 끊고 전남도 회장과 김봉렬 도사무국 국장한테 알아봤더니 모두 120여 명 정도란다. 그들 대부분이 종친회 대의원이나 청년회 소속이라고 해서 대의원 총회를 앞당겨 잡으라고 일러두었다. 대의원 총회 날 첫 비행기로 광주비행장에 내렸더니 허경만 후보가 사람과 차를 보냈다.

"총장님, 오늘부터 이틀간만 시군으로 다니면서 대의원들을 만나주십시오."

이 부탁을 받고 나는 잠시 숨 고르고는 답을 했다.

"오늘 대의원 100여 명이 명성예식장에 모여 있으니 이들부터 만나보고 결정하겠소."

그리고 허경만 후보와 시차를 두고 명성예식장으로 향했다. 가보니 대의원 외에도 온 사람이 있어 150명 남짓 모였다. 나는 20분간 연설했다. 허경만 후보는 나보다 5분 뒤에 도착했다.

내 연설의 요점은 다음과 같다.

"허경만 후보는 신군부세력에 의해 DJ 목숨이 경각에 달렸을 때 DJ를 구하기 위해 앞장섰습니다. DJ를 변호하는 70명 변호인단을 구성할 때 수석 담당 변호인이 바로 허경만 후보였습니다. DJ가 해외에서 동교동 중립을 선언했는데, 김성훈 후보를 동교동에서 밀어준다는 건 허언입니다. DJ는 결코 그럴 분이 아닙니다. 만약 DJ가 중립을 지키지 않고 특정한 사람을 민다면 저는 DJ 지지를 철회할 것입니다. 최소한의 신뢰도 없다면 어찌 지도자라고 할 것이며, 그런 분을 어떻게 모시겠습니까."

20분이 금세 지나갔다. 열변을 토했다. 회의가 끝나고 몇 시간 뒤에 허경만 후보가 다시 전화를 했다.

"김 총장님. 서울로 바로 올라가셔도 되겠습니다. 참석한 대의원 거의 대부분이

제 쪽으로 돌아섰습니다."

1주일 뒤 투표 결과 허경만 후보는 17표 차이로 이겼다. 다시 허경만 후보로부터 전화를 받았다.

"김 총장 덕분에 이겼습니다. 나는 민주당 후보고 여기는 예선이 본선이니 다 이긴 셈입니다."

다음날 주요 일간지에 일제히 다음과 같은 기사가 실렸다.

「호남에서 이변! 동교동이 미는 김성훈 후보 탈락」

국회의원 출마 권유를 받다

독립기념관은 내 앞날에 여러 가지 선택을 할 수 있었던 기회의 마당이었다. 기념관에 가기 전에 전 문화관광부 차관이었던 김도현 형이 부탁이라고 한마디하고는 크게 웃은 적이 있다.

"김 형은 어디든지 갈 텐데, 정부산하 공사 같은 데는 가지 마시오. 얼마 안 가서 쇠고랑차기 딱 좋은 자리입니다. 김 형 같은 사람(순내기란 뜻)은 장사꾼과 정치꾼 로비 같은 거 거절 못 할 거요. 그놈들이 얼마나 교묘한지 견딜 수 없을 걸."

김도현 형을 만난 며칠 뒤 청와대 박주선 인사관리 비서관이 인사관리처 최 국장을 통해 부산물류센터로 가는 게 어떠냐는 제안을 했다. 나는 내가 전혀 모르는 생소한 자리라 거절했다. 모두들 그런 자리를 거절한 나를 두고 의아하게 생각했다. 그로부터 몇 달 뒤 박진목·송남헌·서영훈 등 여러 원로들이 모인 자리에서 마침 그 전날 독립기념관 사무처장 자리를 제안받았기에 그 이야기를 했더니, 서영훈 선생이 독립기념관 사무처장 자리를 적극 권유했다.

"당신은 그 자리가 딱 적임이야. DJ가 인사를 제대로 하는구먼."

그러고는 두 번 세 번 권했다. 1기 사무처장 임기를 마치고 2기로 재임했을 때 이부영 의원이 말했다.

"김 형, 독립기념관에 왜 그렇게 오래 있어? 예천 가서 민주당으로 출마하여 1만 표만 얻으면 마사회장이나 문체부 차관 정도는 바로 나갈 수 있을 텐데."

이 이야기를 고 김종득 종손한테 그대로 전했더니, 종손이 자신있게 말한다.

"예천에서 당선되자면 23,000표 이상은 얻어야 하는데 아재(나)는 당선은 안 되어도 17,000표에서 18,000표는 얻습니다."

"아니 무슨 근거로요?"

"우리 미울 연사가連査家 표와 김해김씨 표가 13,000표 정도 될 겁니다. 여기다 망치로 뚜들겨도 안 깨지는 예천에 고정 야당표.

경주 요석궁에서 만찬 후 김종필 자민련 총재와 함께(1994.01.14)

그리고 아재 개인표를 합치면 4,000표에서 5,000표 쯤 되니 17,000표는 힘들이지 않아도 얻을 겁니다. 한 번 해 봅시다!"

그러면서 적극 나섰다.

당시 김영준 가락중앙종친회장도 국회의원 출마를 권하는 쪽이었다.

"자네는 순발력도 있고 연설을 잘해 꼭 정계에 있어야 할 사람이야. 자넨 내 주변에서 흔치 않은 사람이네. 내가 많이는 못 보태도 2억 원 정도는 지원할 수 있어."

또 한 사람의 응원군은 내가 비서관으로 모셨던 김기수 의원이었다. 주변에서 나를 추켜올리는 이들이 의외로 많았는데, 나는 막상 정치인으로는 맞지 않다고 내 스스로 주저했다. 나는 정계진출의 좋은 기회일 수도 있는 시국사범으로 고초를 겪기도 했지만, 첫째는 뱃심이 약해 악착같은 권력의지가 없고 대인관계에 어떤 전략이나 전술 없이 너무 순수하다는 것을 스스로 잘 알기 때문이었다. 거기다 아내가 결사 반대했다. 지금도 '투지력이 약하고 결단력이 모자란다'는 자평에는 변함이 없기 때문에 정계에 진출하

대구시 자민련 창당대회를 마치고 나오는 JP와 함께(1995.08)

지 않았던 것을 후회하지는 않는다.

언젠가 박영서 고향 후배가 "형님, 왜 노갑이 형을 찾아가지 않습니까. 형님 같이 디제이하고 가까운 사람은 우리나라에 많지 않습니다. 꼭 한 번 찾아가세요"라고 덕담을 주기도 했지만 나는 소이부답笑而不答으로 고마움을 나타냈다.

그러나 나는 정치권보다는 역사와 문화 방면에 정서가 맞고 의지가 더 끌리는 사람이란 스스로의 평가에 변함이 없었다. 그 당시로서는 DJP 연합 공천이 내가 희망한다면 가능한 때였다.

언젠가 가락 부산, 김해 청년회에서 JP 초청 강연이 있었는데 내가 사회를 보게 되었다. JP에 대한 나의 소개가 끝나자 당시 JP 총재의 비서실장이었던 이긍규 의원이 나에게 엄지척을 하며 한 마디 했다.

"우리 총재 소개를 어떻게 그렇게 잘하십니까? 늘 모시고 다니는 우리보다 훨씬 낫습니다."

그 후 어떤 자리에서 누군가 예천지역에 DJP 공동 추천으로 김시우를 내보내면 어떻겠느냐고 JP에게 제안했더니 그 사람이 나온다면 나도 적극 밀겠다는 이야기를 직접 들었다며 파주지역 지구당 위원장인 김병호 씨가 나에게 귀띔해 주면서 출마를 권유하기도 했었다.

10. 독립기념관,
역사와 경영을 꽃 피우다

기념관은 꼭 성역이 되어야 하는가

1999년 6월 5일. 충남 천안시 흑성산 자락에 앉아있는 독립기념관 사무처장으로 첫 출근을 했다. 사회에 첫 발은 건국중학교 역사 선생이었고, 군사독재정권이 휘두른 칼날 아래 5년 간 영어 생활도 했고, 국회의원 비서관으로도 잠시 몸을 담았다. 가락중앙종친회를 거쳐 다시 대한민국 고난의 역사가 숨 쉬는 독립기념관으로 오게 되었다.

김대중 대통령이 취임 후 나를 정부 산하의 괜찮은 곳으로 보내라는 지시를 했던 모양이다. 취임 얼마 후 법무비서관(박주선)실에서 최 국장이란 분이 부산에 물류센터가 창설되는데 그곳을 맡아달라는 전화가 왔다. 나는 일언지하에 거절했다.

최 국장 왈, "좋은 곳을 특별히 배려했는데 왜 그러십니까?"

"나는 내가 전혀 모르는 생소한 자리는 가지 않습니다. 임명권자에게 누가 될 수도 있기 때문입니다."

그 후 몇 개월이 지났는데 아무런 연락이 없었고 나는 평소대로 가락중앙종친회 일에만 열중하고 있었다. 나는 사실 어떤 자리에 가기 위해 선거운동에 뛰어든 것은 결코 아니었다. 선거운동으로 전국을 뛰어다닐 때 전 보사부장관이며 김대중 후보의 참모였던 김판술 씨가 어느 날 조심하라며 충고도 하였다.

"김 총장, 혼자 다니지 말고 특히 밤길 조심하시오. 김 총장은 영향력도 있고 너무 열정적이니 혹 테러 당할 염려가 있으니 조심하시오."

1998년 12월 18일 투표가 끝난 후 신촌 거구장에서 저녁 식사 후 김대중 후보께서 나에게 묻는 것이었다.

"김 총장, 경상도에서 이번에는 20% 이상 나오겠지요."

"20%는 어렵고 16~17% 정도는 나올 것 같습니다."

나의 답변에 김대중 후보는 매우 실망스러운 얼굴로 나를 바라보기에 "지난번 선거 때는 한 자리 숫자밖에 안 나왔잖아요"라고 했더니 무슨 근거냐는 듯이 가만 바라보시기에, "경상도에서 민주당 표는 가락종친회 표에도 못 미칩니다"라고 했더니 고개만 끄덕이고 그냥 가셨는데 개표 결과는 15~17% 사이였고, 경북 영양에서만 18.2%가 나왔다.

본 이야기로 돌아가 1999년 5월 중순 경 김봉호金奉鎬 김대중 후보 후원회 회장으로부터 전화가 왔다.

"김 총장, 내가 방금 청와대에 들어가 대통령님을 뵙고 나왔는데, 김 총장 얘기를 했더니 당신이 어느 곳인가 괜찮은 자리에 갔다고 하시기에, 아닙니다. 어저께도 제가 김 총장을 만났는데요, 라고 했더니 즉석에서 문화관광부 정 장관에게 전화하여 김 총장을 문광부 산하단체에 보내라고 하시는 말씀을 내 앞에서 했습니다. 그리고 이재만 비서에게 김시우 이력서를 받아오라고 하는 것을 들었다"고 하며, "내 아니면 당신은 대통령께서 이미 나간 걸로 알고 그냥 지나갈 뻔 했어"라고 하면서 "대통령께서 당신은 교육부나 문광부 산하에 보내야 한다는 말씀까지 하시더군요."라고 하면서 자기 일처럼 기뻐했다.

김봉호 의원과 나는 대구, 경남, 경북 유세를 같이 다니면서 무척 가깝게 지냈기 때문에 김 의원이 나를 크게 배려한 것이다. 그날 저녁 과연 이재만 비서관으로부터 이력서를 보내달라는 연락이 왔다. 내가 독립기념관 사무처장으로 간 결정적 계기였다.

얼마 후 법무 비서실에서 문광부 산하에는 독립기념관 사무처장 임기가 5월까지이니 지금 당장은 거기밖에 자리가 없다고 했다. 나는 기다렸다는 듯이 금방 응낙하는 것은 체면이 없는 것 같아 2∼3일 생각할 시간을 달라고 미루었다.

그 이튿날 박진목 선생이 저녁을 같이 하자기에 나갔더니 서영훈, 송남헌, 여철헌 등 늘 평소에 자주 뵙던 분들과 함께였다. 내가 독립기념관 사무처장 자리를 갈까 하고 망설이고 있다고 했더니, 서영훈 선생이 "그 자리는 당신에게 아주 적격이야. DJ가 사람 쓸 줄 아는구만!" 하고 적극 권유하였다.

당시 도산島山 안창호安昌浩 선생 기념사업회 회장을 맡고 있던 서영훈 씨는, "도산기념관에 행사가 있을 때마다 독립기념관에 있는 도산선생 자료를 활용해야 하는데, 그때마다 협조가 잘 안 되었는데 김 총장이 가면 그 문제는 걱정이 없겠구만. 빨리 수락하세요"라고 권유했다.

나도 더 이상 머뭇거리지 않고 수락하여 발령을 받게 되었다. 먼저 송재 서재필, 도산 안창호 등 독립운동가를 기리는 기념사업회에 자료를 개방하고 적극 협력하도록 했더니 그 후 서영훈 선생이 공식적인 큰 모임에서 독립기념관이 김 총장이 사무처장으로 간 후 자료개방 등 크게 변했다며 공개적인 칭찬을 받은 일이 있었다. 역사는 나와는 떨어질 수 없는 한몸처럼 느껴졌다. 부임 첫날 나는 독립기념관 법부터 살펴보았다.

"외침을 극복하고 민족의 자주와 독립을 지켜온 국난 극복사와 국가 발전사에 관한 자료를 수집 전시함으로써 국민에게 투철한 민족정신과 국가관을 정립하는데 이바지함을 목적으로 독립기념관을 건립한다"라고 되어 있었다.

민족의 영원한 자주독립을 상징하는 자료를 수집·전시하는 곳이지 혼백을 모시는 사당이 아니다. 기념관은 엄숙하고 정숙한 성지여야 한다는 고정관념에서 벗어나야 한다. 따지고 보면 기념관도 관람객을 상대하는 박물관이나 전시관이다. 볼거리란 매개물을 가지고 사람을 불러 모으는 고급 놀이터이기 때문이다.

물론 살아계시는 1세대 애국지사들은 매우 못마땅해 하시지만 기념관을 관리 운영하는 임직원들은 운영기본방침을 볼거리 전시와 사람들이 관람하기 편하고 흥미롭게 하는 데 초점을 맞추어야 한다. 전 직원들이 기념관 건립목적을 깊이 인식하고 사명감을 가지고 일할 수 있도록 만들어 주는 것이 독립기념관 경영의 요체요, 내가 할 일이라고 다짐하면서 앞으로 일할 방향을 그렇게 잡았다.

첫날 출근해서 이것저것 살펴본 느낌은 건립취지와 목적이 "애국선열들 행적을 기리고 받들어 민족자주정신을 고취하고 올바른 국가관을 함양시켜야 한다"는 큰 그림 때문에 자칫하면 사람들을 위한 문화 서비스 공간으로서 기능이나 의미는 쪼그라들 수도 있다는 우려를 하지 않을 수 없었다.

내가 사무처장으로서 이 일을 풀어가야 한다. 사무처장이란 실무책임자다. 직원과 관장 그리고 지휘감독기관과의 관계를 원활히 하여 직원들이 편하게 일할 수 있도록 분위기를 만들고 조정해야 한다. 기념관 운영 공과에 대한 책무와 성과를 관장과 공유할 수밖에 없는 자리이다.

감독을 하는 관계기관과 독립기념관 사이 알력이 있을 때 사무처장이 책임을 지고 물러나는 자리로 알려져 임기가 짧고 다 채우기도 힘든 자리였다. 관장은 제3대였는데 처장은 제7대였다. 사무처장이 중간에 여러 번 바뀌었다는 뜻이다. 그러나 일할 방향도 확고하게 섰고 의욕도 흑성산(기념관 뒷산)을 뒤덮을 만큼 넘쳤다.

"하루를 일하더라도 내 소신을 지키고 경영방침을 살려 독립기념관과 내가 함께 발전하리라!"

이런 확고한 다짐으로 첫날을 보냈다.

누구든지 말할 수 있는 인사위원회로

나는 첫 출근할 때 인사에 대한 안을 머릿속에 그려 가지고 갔다. 부임하고 며칠 지나자 직원 징계를 위한 인사위원회가 열렸다. 사무처장은 당연직 인사위원장이었다. 문제해결 방법은 절차에 따른 투명한 회의진행에서 얻는 결론보다 더 공정하고 능률적인 방법은 없다는 것이 내 생각이었다.

위원회가 열리기 전에 이제까지 위원회의 회의진행 방법을 물었더니 위원장이 사전에 관장과 징계형량을 조정해서 제시하고 찬반 투표에 붙여 결정한다고 했다. 군사문화가 흠뻑 밴 어처구니없는 답변이었다.

나는 이 회의체제부터 바꾸기로 결심했다. 시간이 걸리더라도 정당하고 민주적인 회의진행 방법을 택했다. 모두가 약속이나 한 듯이 한 마디도 하지 않았다. 위원장인 내가 지명발언을 시키면서 20여 분간 대체토론으로 의견을 모으고 흐름을 잡았다. 그런 후에 정식으로 '동의'와 개의를 '재청'이란 절차를 밟아 성립시켰다. 위원장이 알아서 하는 일방적인 회의방식에서 벗어나 일반적이고 상식적인 회의진행 방법에 따라 결론을 얻었다.

개개인의 의견이 반영된 의견통일을 보았다. 인사위원들로부터 회의가 새롭고 신선했다는 평을 들었다. 지금도 아쉬운 건 이러한 회의진행을 부서장회의에서는 뿌리를 내리게 했으나 간부회의까지는 확대시키지 못했다는 것이다. 조직은 말다운 말이 말길로 자연스럽게 흐르는 데서 출발한다. 꽉 막힌 말길을 뚫는 것으로 첫 인사위원회를 열었다.

잡목은 백년이 지나도 잡목일 뿐

2000년 2월 산림청 산림국장(조연한)과 천안시 산림과장, 독립기념관 사무처장, 시설부장, 시설부차장과 관계직원 등의 연석회의가 독립기념관 제1회의실에서 열렸다. 산림청에서 새천년을 맞이하여 밀레니엄 숲을 만들고 4월 5일 제55회 식목행사를 새로 조성하는 밀레니엄 숲에서 대통령이 참석한 가운데 열고자 하는데 밀레니엄 숲 후보지역으로 경기도 파주와 독립기념관이 뽑혔다는 내용이다.

파주는 안보상 문제가 있어 독립기념관 본 건물이 있는 중곡과 서곡 사이 약 3만여 평 지역에 밀레니엄 숲을 만들고 싶다는 것이 산림청 의견이었다. 공사는 천안시청에서 맡아야 예산을 집행할 수 있다는 것이고 독립기념관에서는 토지를 제공할지의 여부만 결정해 주면 되니 별 문제가 없어 보였다. 문제는 천안시 담당공무원들이 공사를 할 수 없다고 완강하게 거부한 데서 발생했다.

천안시청 산림과장이 공사기간이 2개월도 안 남았는데 도저히 공기를 맞출 수 없다고 했다. 대통령이 참석하는 행사인데 공사가 마무리되지 못 했을 때 누가 책임을 지겠느냐는 속내였다. 나는 전형적인 공무원들의 책임회피요, 복지부동으로 밖에 보이지 않았다.

"그게 시장 생각이요 과장 생각이요?"라고 묻고는, "당신들이 그렇게 어려우면 독립기념관으로 넘겨라. 우리가 직접 하겠다"고 제안했다.

밀레니엄 숲 현장: 식목행사에 참석한 김대중 대통령과 (2000.04.05)

　쉬는 시간에 우리 담당부서장과 차장에게 '만약 우리가 맡으면 할 수 있겠느냐'고 물었더니 '야간작업을 해서라도 해내겠다'는 다짐을 받았기에 자신 있게 넘기라고 주장할 수 있었다. 그러나 산림청에서는 예산집행은 회계규정상 정부기관이 아닌 독립기념관이 바로 집행할 수는 없다고 했다.

　결론 없이 회의가 끝난 뒤, 전화로 천안시장에게 천안시 산림과장의 완강한 반대가 시장 뜻이냐고 확인해 보았다. 시장은 그런 사실을 전혀 몰랐다면서 천안시가 하는 방향으로 담당과장과 협의하겠으니 2~3일만 기다려달라고 했다.

　3일 후 공무원들을 설득하지 못했는지 공사를 맡지 못하겠다는 시장의 답변이 있었다. 나는 기획예산처에 문의하여 독립기념관이 바로 예산을 집

밀레니엄 숲 철길 위에 놓인 남북을 관통하는 기관차

행할 수 있다는 답변을 듣고 곧 '밀레니엄 숲' 조성작업을 시작하였다.

빽빽한 잡목으로 이루어진 숲을 베어내고, 3만여 평에 우리나라 지도 모양의 숲을 만들고, 백두대간을 중심으로 도마다 특색 있는 나무를 심는 작업이었다. 야간작업을 해서라도 식목일에 맞추어야 하는 공사였다. 멀쩡한 숲을 베어 산림을 훼손한다는 비난과 비가 오면 산사태가 날 것이라는 등 밀레니엄 숲 조성공사에 대한 반대가 날로 심해갔다. 처음부터 회의적이었던 감사가 특별감사 운운하면서 공개적으로 비난하고 나섰다.

"대통령이 식목행사에 여기까지 오실 리가 없다"며 공격하였다. 비난여론이 거세지자 관장도 크게 걱정하면서 식목일까지 공기를 맞출 수 있느냐, 대통령이 정말 참석하느냐고 담당자를 다그치기 시작했다.

나는 관장에게 "잡목은 백 년을 가도 잡목일 뿐입니다. 잡목 베는 것 아까울 것 없습니다. 공사는 식목행사만을 위한 공사라기보다 잡목을 베어내고 도별로 특색 있는 나무를 심어 생태학습장을 만드는 공사입니다. 10년 20년을 내다보고 생태학 습장으로 활용하는 방안을 세워야 합니다"라고 설득했다.

4월 3일 공사를 끝냈다. 올지 안 올지 걱정하던 대통령은 식목행사에 참 석하였다. 기념관으로서는 돈 한 푼 들이지 않고 '밀레니엄 숲'이란 또 하나 의 볼거리를 마련한 셈이다.

밀레니엄 숲에 민족통일의 상징으로 남북을 관통하는 철길을 놓았다. 기 차가 있어야 운치가 있을 것이라는 여론에 따라 철도청장에게 요청하여 기 관차와 객차 2량을 남북관통 철길 위에 전시하였다. 철도청장에게 요청하 여 기관차와 객차는 물론 운송비까지 철도청이 부담하였다.

일은 되는 쪽으로 생각하면 길이 보이고 길이 보이면 사람들이 모이는 법 이다.

단풍림 가꾸기와 간벌

독립기념관은 단장하면 사람들이 모이고 더욱 풍성한 볼거리를 만들어 줄 곳이 많이 남아 있다. 단풍나무 숲길도 그 가운데 하나이다. 이 숲길은 원래 조성목적이 산불이 났을 때 기념관을 화마로부터 보호하기 위한 방화로였다.

전임 처장이 약 2,700m 방화도로 양편에 3,400여 그루의 단풍나무를 심어놓았다. 그러나 방화로 양편에 잡목들이 빽빽하게 우거져 있어서 단풍나무는 자랄 수가 없었다. 단풍림을 가꾸려면 잡목을 베어내지 않고는 방법이 없었다. 2001년 11월 관장에게 벌목을 건의했다. 관장은 반대였다.

"현재로는 방화기능을 할 수 없습니다. 기능을 제대로 하려면 양편에 각각 5m 이상 벌목을 해야 산불을 차단할 수 있습니다."

관장을 움직였다.

"방화로 기능을 살린다는 명분으로 양쪽으로 5m씩만 벌목하세요."

작업을 시작했다. 벌목작업은 산림조합이 맡고 벌목한 나무를 가져가는 조건을 붙여 기념관은 따로 예산을 들일 필요가 없었다.

그러나 벌목작업을 시작한 지 불과 며칠 지나지 않아 비난이 쏟아지기 시작했다. 이러한 반대는 처음에는 순수한 반대 의견으로 시작하지만 종국에는 간벌 담당자와 친소관계 등 감정이 끼어들고 논리가 비약되어 비난으로 이어졌다. 기념관 직원으로부터 고발성 정보를 제공받은 SBS가 사전 양해

독립기념관 최고의 관광명소로 자리잡은 단풍길

도 없이 몰래 취재까지 해 갔다.

방송국에서도 방화기능을 위한 벌목을 인정하여 현장고발 방영은 내보내지 않았다. 전화위복이 되었다. 이것을 계기로 2003년 흑성산 전체에 대대적인 간벌작업을 할 수 있게 되었다. 그러는 과정에서 임기 만료로 관장이 바뀌었다. 마침 신임관장은 고등학교를 농업고등학교 임학과 출신이었다. "흑성산 나무가 너무 촘촘해서 숨을 못 쉬어 삭정이가 되고 있다면서 풍치림으로 가꾸도록 흑성산 전체로 간벌을 확대하세요"라는 지시를 내렸다.

한 차례 바람이 분 터라 흑성산 전체에 대한 대대적인 간벌을 할 때는 아무런 잡음도 없었다. 간벌은 적어도 3년을 주기로 계속 해줘야 숲이 제대로 가꾸어지게 된다. 나무를 베어가는 측은 베어가는 나무 값으로 인건비와 차량운송비 등이 나와야 하니 산주의 눈을 피해 좋은 나무를 베어갈 수도 있을 것이다. 설령 그렇다 하더라도 간벌은 해야 한다. 간벌은 계속하되 관리를

SK 나무심기 행사에서(2003.04.05)

보다 철저히 하면 된다.

2003년 식목행사 때 시설팀에서 SK와 손잡고 단풍나무 숲길 양쪽에 또 단풍나무 3천여 그루를 두 줄로 더 심어 지금은 네 줄 단풍나무가 우거졌다. 독립기념관에서 잘 활용하여 명소로 자리 잡았다.

'구슬이 서 말이라도 꿰어야 보배'라 했다. 내가 있을 때까지도 화재를 우려한 관장의 완강한 반대로 흑성산과 단풍로를 관람객들한테 개방하지 않았었다. 그런데 지금은 이 단풍나무 숲길이 독립기념관에서 제일가는 볼거리 명소가 되었다고 한다.

숲길을 일반인에 개방하여 숲이 가진 생태가치를 나누고, 숲길에서 자연과 어우러지는 행사를 마련해서 유용한 단풍나무 숲길을 계속 가꾸어야 한다. 단풍나무가 저렇게 잘 자라주었으니 저들을 예쁘게 치장하고 사람들과 만나게 하는 일은 독립기념관 운영자의 몫이다.

성금 · 광고 받기만 하면 끝인가

1999년 8.15 특집 가요무대를 독립기념관에 유치하기로 하였다. 유치섭외는 교육사업추진단 단장이 하였는데 예산 7천만 원이 필요하였다. 독립기념관은 이것저것 다 모아 3천만 원, 천안시청에서 2천5백만 원, 합계 5천5백만 원의 예산이 확보되었다.

여기까지 교육사업추진단이 잘 섭외했으나 모자라는 1,500만 원이 문제였다. 추진단장이 하루에도 몇 번씩 내 방을 드나들면서 논의했다. 내가 독지가를 찾아 1,000만 원 성금을 책임지고, 500만 원은 단장이 방송국과 비용을 조정하기로 했다.

나는 세계대평화연합회 남궁익 총재에게 1,000만 원 성금을 유치했고, 방송국과도 교섭이 잘 되어 6,500만 원으로 행사를 치르게 되었으나 민망한 문제가 생겼다. 남궁 총재한테 큰 결례를 했다. 남궁 총재가 성금지원을 하지 않았으면 행사 자체가 어려웠는데도 예우가 말이 아니었다.

예우란 큰 게 아니다. 당일 행사 티타임 때 참석자들에게 널리 알리면 됐는데 그것조차 못한 것이다. 8.15 특집 녹화행사는 8월 9일 오후 8시에 '추모의 자리'에서 하고, 그전에 오후 6시부터는 만찬행사가 있었다.

남궁 총재가 직접 왔으나 관장이 관장실에는 더 귀한 내빈이 있다면서 커피도 처장실에서 접대하라는 것이었다. 남궁 총재는 관장 방에 들어갈 수조차 없게 되었다. 만찬장에서는 진행자인 추진단장이 관장 눈치 보느라

83주년 3.1절 기념 충남지역 걷기 대회에 참석하여(2002 03.01)

처장 손님을 각별하게 소개하기가 껄끄러운지 우물쭈물 적당히 넘기고 말았다. 당시 관장은 평소 내가 대외활동을 하는 것을 못마땅하게 생각하고 있었다. 성금을 유치한 나로서는 남궁 총재에 대한 송구함이 이만저만이 아니었다. 나중에 남궁 총재에게 감사패를 만들어 주고 기념관 관보 9월호에 성금 사실을 기사화하였으나 김이 빠질 대로 빠진 사후 약 방문이었다.

그 뒤 나는 성금 유치는 되도록 자제하였다. 기념관에서 월마다 발간하는 관보에는 광고 한 편 없이 정부예산만으로 편집 운영되고 있었다. 독립채산제를 구두선처럼 외고 있으면서도 가장 가까이서 비교적 쉽게 할 수 있는 일조차 하지 않으니 무사안일, 복지부동이라 표현해도 지나침이 없을 것이다.

나는 관보 광고유치를 부서장회의에서 공론화했다. 부서장들이 광고유치에 적극 참여키로 했으나 광고수주는 쉽지 않았다. 독립기념관 관보에 상업 광고는 천박하다는 생각을 가진 이들도 있었고, 여러 가지 이유로 관보 광고는 별로 관심을 끌지 못했다.

그러나 2000년 신년호부터 한국전력에서 6개월분 광고를 수주해 왔다. 잇달아 국민은행 등에서 광고를 유치해 오기 시작하자 관보담당 부서인 교육홍보사업추진단에서도 알파색채 등 사기업 광고를 받아오기 시작하였

롯데관광 김기병 회장과 해외 관람객 유치를 위한 환담 후 기념촬영(2005.01.14)

다. 계약부서에서도 간헐적이지만 광고를 가져오기 시작했고 광고료를 모아서 연말 특집호를 내기도 하였다. 아주 큰 성과를 내지 못했지만 상부기관에서는 독립기념관의 큰 변화로 평가하였다.

작지만 조금씩 조직원들과 함께 변화를 이끌어내는 독립기념관 생활이 나로서는 큰 행복이었고 자랑이었다.

일 적게 따와야 유능한 부서장

독립기념관에는 늘 제기되는 민원이 있다. 100만 평에 달하는 그 넓은 공간에 건립된 지 10년이 지나도록 알림판은 개관 당시의 것 그대로인데 새로운 볼거리 건물은 여기저기 많이 세워졌기 때문에 관람객이나 방문객들의 불편이 심했던 것이다.

그런데 문제는 이 알림판을 바꾸거나 보완해 달라는 민원이 몇 년 동안이나 해결되지 않는다는 것은 서로 자기 부서의 일이 아니라는 부서장간 다툼 때문이었다. 내가 이를 해결하도록 부사장회의에 제안했으나 몇 달을 두고 일이 해결되지 않았다. 나는 부서장회의 때마다 이를 다그쳤다. 결국 교육홍보부에서 기본 설계를 하고 시설부에서 공사를 하도록 지시하고 나서야 지금 있는 알림판을 세울 수 있게 되었다.

2002년 7월이었다.

관장이 "목천 톨게이트를 나오면 사거리 독립기념관 입구에 세워진 알림판은 기념관 얼굴인데, 너무 지저분하고 야간에는 보이지도 않는다. 새로 바꾸면 좋겠으니 기업체 광고를 얻어서 8.15까지 교체하도록 해 보라"는 지시를 했다.

새로 세우는 데 따른 도안과 견적을 받으니 1,000만 원 정도의 예산이 필요했다. 나는 삼성화재 사장(이수창)을 만나서 삼성화재에서 알림판 시설비를 부담하고 전용 광고판으로 사용하도록 요청했다.

이 사장이 그 자리에서 삼성화재 기획홍보실 광고담당팀장을 불러 독립

독립기념관을 방문한 원로 애국지사 이강훈 광복회장

기념관 사무처장이 일부로 여기까지 오셨으니, 내일 바로 현장조사 후 3일 이내로 결정하되 되도록이면 긍정적으로 검토하라는 지시를 하였다. 3일 만에 알림판 시설비를 부담하겠다는 연락이 왔다. 문제는 이 공사를 두고 또 부서간에 다툼이 일어났다. 결국 시설부에서 공사를 맡아 8.15에 공기를 맞추느라 팀장이 비를 맞으면서 야간작업까지 했다.

민간기업체 부서장은 일을 많이 받아야 부서원들로부터 유능한 부서장으로 평가받지만, 정부산하기관 단체의 부서장은 일을 적게 맡고 되도록 타부서로 떠넘겨야 부서원들로부터 유능하다고 평가받는 잘못된 풍토가 있다. 독립기념관 부서장이나 팀장들이 일을 회피하려는 경향은 이런 뿌리를 가지고 있다.

물론 부서별 업무분장이 있지만 기관이란 살아 움직이는 유기체이다. 더

사랑 실은 교통봉사대 발대식: 김시우 사무처장에게 명예 홍보대사 위촉

욱이 기념관은 문화서비스 기관이 아닌가. 업무분장을 아무리 정밀하게 해도 업무분장이 모호한 일들이 생기게 마련이기 때문이다.

이럴 때 서로 자기 부서에서 일을 하겠다는 다툼이 일어나야 살아 움직이는 기관이 된다. 서로 일을 회피하는 한심한 작태가 벌어지는 한 그 기관에는 어두운 그림자만 드리우기 마련이다.

어찌 보면 내가 보낸 독립기념관 7년은 이 그림자를 지우기 위한 시간이기도 했다.

고난의 숲을 헤치고 역사의 오솔길을 걷다

인원감축, 구조조정은 악인가

독립기념관에 부임 초부터 문화관광부로부터 받은 내 첫 번째 임무는 2002년 말까지 정원을 대폭 줄이라는 구조조정이었다. 108명 정원을 89명으로 줄이라고 했다. 한꺼번에 하긴 어려울 테니 2000년부터 3년 동안 연차적으로 만들어보라고 했다.

나는 3년 동안 연차적으로 줄이기는 더 어렵다. 차라리 첫 해에 89명으로 구조조정을 하겠다고 문광부에 제안하였다. 문광부에서 그렇게만 하면 좋겠지만 현실적으로 불가능한 것 아니냐, 한꺼번에 20여 명 내보내기도 어렵고, 예산도 없지 않느냐는 반문이었다.

예산은 은행 차입으로 감당하겠다. 연차적으로 7-8명씩 줄이기는 불가하다. 누가 먼저 나가겠느냐? 한꺼번에 해야 한다고 거듭 주장하였다. 먼저 관장과 문광부를 설득하고 노조와 구조조정 대상인 시설부 직원들을 설득하여야 했다. 한꺼번에 정리해야 한다는 안은 총무부의 의견을 내가 수용한 것이다.

구조조정이 피할 수 없는 일이라면 3년을 기다려서 퇴직금만 가지고 나가기보다는 예산만 허용된다면 3년 동안 급여를 한꺼번에 주어서 내보내면 설득력이 있을 것이라는 안이었다.

독립기념관에서는 여러 차례 구조조정이 있었지만 직원들 위로금을 6개월 이상 준 적이 없었다고 했다. 나는 구조조정 해당부서인 총무부로 하여

직원 직무교육 특강 : 주제는 '나 스스로의 구조조정'이었다.

금 노조와 시설부 해당 직원들을 설득하도록 하고 문광부의 은행 차입금 승인은 내가 책임지기로 했다. 문화관광부는 책임질 일을 할 리가 없었다. '문서로 승인은 하지 않겠다. 처장이 차입금 상환을 기획예산처에서 예산으로 반영시킬 자신이 있으면 알아서 하라'는 답변이었다.

연말까지 시간이 얼마 남지 않았다. 은행 차입을 결심하고 관장께 보고했더니 예산에 반영시킬 수 있으면 그렇게 하라고 했다. 자진 사표 마감시한을 12월 15일까지로 정하고, 자진 사표가 구조조정 정원(19명)을 못 채우면 직권면직 이외에 다른 방법이 없다는 점을 노조 측에 분명히 전달했다.

관장과 나는 마지막 노사협의 때 최종적으로 합의가 되지 않으면, 노조 측에 당초 기념관이 제시한 위로금 계획안에서 관장이 6개월 이내 급여를 더 주기로 최종타협안을 정했다. 재원은 문광부에서 공식 승인하지 않았으나 독립기념관이 자체적으로 해결하도록 묵시적인 양해가 되었으므로 예산에 반영시키겠다고 관장에게 약속을 드리고 일을 진행시켰다.

12월 10일경 움직임이 급진전되었다. 최종 노사합의가 이루어지고 사표 시한 마지막 날 23명이 한꺼번에 접수되어 구조조정 목표인원을 넘어섰다.

퇴직 직원들 대부분은 목돈을 쥐게 되어 고맙다는 인사를 하고 나갔으니 잡음 없이 구조조정을 해결하였다. 당시 IMF 구제금융으로 정부산하 기관은 어떤 곳을 불문하고 구조조정이 제일 큰 문제였고, 구조조정으로 인하여 노사간에 끊임없는 분쟁이 치킨게임으로 평행선을 달릴 때였다.

기념관에서는 오히려 화기애애한 가운데 노사갈등 없이 해결하였다. 다만, 위로금을 과다지급했다는 기획예산처의 곱지 않는 눈길이 예산편성 때마다 도마 위에 올랐다.

구조조정이 뭔가? 사람을 잘라내는 일이다. 일의 속성상 경영과 노동 양쪽 의견이 갈릴 수밖에 없고, 욕은 들을지언정 칭찬을 들을 수는 없다. 나라에서 실업자나 구직자를 구조적으로 책임지는 제도를 만들기 바랄 뿐이다.

무산된 순환보직제

사무처장으로 온 뒤 개혁이 가장 필요하다고 느낀 것은 부서장은 1-2급, 차장은 3급이어야 한다는 인사규정이었다. 내 생각은 부서장은 1-3급, 차장은 1-5급까지 확대해야 인사에 숨통이 트이고 순환보직제를 실시할 수 있었다. 이를 관철하기 위하여 나는 오랜 협의 끝에 전 부서장 동의를 얻었으나 문광부를 끝까지 설득하지 못했다.

국장까지 좋다고 했는데 실무담당(서기관)이 서열의 위계질서가 무너진다면서 한사코 반대하여 시행하지 못했다. 인사규정에는 부서장 수에 맞추어 1, 2급 정원(TO)을 정하고, 차장 수에 맞추어 3급 정원을 정했기 때문에 타기관과 인사교류를 할 수 없는 독립기념관은 늘 진급이 정체되고 보직 인사가 극히 제한적일 수밖에 없었다.

직급에 따른 갈등도 여기에서 연유한다. 능력 없는 부서장도 한 번 보직을 받으면 퇴직할 때까지 부서장일 수밖에 없었다. 이를 타개하기 위해서는 최소한 인사규정을 완화해야 하고, 당사자인 부서장들 동의를 얻어야 했다. 오랜 시간 설득 끝에 겨우 1-2급을 1-3급으로, 차장 3급을 3-5급으로 바꾸는 데 부서장들 서면 동의까지 받았지만, 개혁에 앞장서야 할 문광부에서 반대하여 무산되고 말았다.

그 뒤 새로 부임한 관장이 방법을 달리하여 과감하게 이를 개혁하려다가 결국 노사갈등만 심화되고 개혁은 무산되었다. '수성이 창업보다 어렵고 경장은 불가능하다'는 말 가운데 '경장更張'의 어려움은 옛말 속에서가 아니라 오늘날 현실에 그대로 살아있었다.

기득권에 대한 철밥통 사수! 어찌 공무원 사회뿐이겠는가. 정부 산하기관 어디에서나 여전히 개혁의 장애물로 살아있다.

기득권은 어느 조직에나 존재하기 마련이고, 이를 깨기 위해서는 철저한 준비와 벼락 같은 행동이 따라야만 한다.

홍보영화 제작과 MBC 중계탑

해발 519m 흑성산은 독립기념관을 품고 우뚝 솟아있다.

독립기념관 지역은 삼국시대에는 고구려 · 백제 · 신라의 경계를 이룬 요
충지였다. 정상에 KBS 중계탑 송신소가 피라미드 모양으로 솟았는데, 미
군 군사기지로 오인받아 독립기념관 경관을 해치고 성지로서 기능을 훼손
한다는 여론이 가끔 일고 있다. 이 KBS 송신탑 하나로 천안 · 대전지역 TJB
· MBC가 공동으로 사용하고 있었으나, 디지털 방송으로 되면서 기자재가
확장되어 KBS 송신탑을 더는 공동으로 쓸 수 없게 되었다.

TJB는 이미 1999년 8월에 독자적인 송신탑을 세웠다. MBC도 KBS와 계
약기간이 끝나는 2001년까지만 사용할 수 있었고 계약연장은 할 수 없게
되었다. 문화방송 대전지사도 독자적인 송신탑을 세우기로 2000년 8월 이
사회에서 방침을 정하고 2001년 8월 21일 창사10주년기념일에 준공식을
갖기로 본사에 보고까지 마친 상태였다.

2000년 9월 MBC 대전지사장 일행이 송신탑 건립 승인 요청을 위해 독
립기념관장실을 방문하였다. 관장은 문화관광부 승인이 있어야 하고 기념
관으로서는 문광부 결정에 따를 수밖에 없다는 답변만 반복하였다. MBC
대전지사장은 관장이 적극적으로 나서주지 않는다고 매우 불쾌해 하면서
격앙되었다.

이를 지켜보던 기념관 담당부서장이 나에게 와서 빨리 중재를 해달라고

MBC 중계탑 : 독립기념관에서는 몸체는 보이지 않고 꼭대기 부분만 보인다.

하였다. 관장실에 가보니 분위기가 냉랭하고 문화방송측 일행은 자리를 박차고 일어서려는 순간이었다.

난시청 해소는 주민들 민원사항이라는 MBC측 주장과 문광부 승인이 있어야 한다는 관장이 서로 버티고 있었다. 내가 들어가 인사를 나누자 관장은 기다렸다는 듯이 나에게 일임하고 자리를 떠버렸다.

나는 MBC측이 주장하는 난시청에 대한 민원은 빨리 해결되어야 한다고 공감을 표시했다. 아울러 기념관 경관을 해치지 않도록 송신탑 노출을 최소화하도록 MBC측이 적극 배려하고 협력하면 일을 추진해 보겠다. 문화관광부승인을 얻는데도 협력하겠다고 했다.

협상이란 언제나 상대방의 의견을 경청하고 공감해 주어야 실마리가 풀리는 법이다. MBC 대전지사장은 아주 만족해 하며 분위기가 온화하게 바뀌었다.

MBC에서 홍보영화용으로 촬영한 독립기념관 입구 백련못

　관장이 보인 강경한 태도가 내 협상력을 높인 것이다. 그날 대전 MBC 하 사장이 MBC 본사 대표이사가 문광부 장관을 만나 측면지원을 요청하겠다 고 하기에 나는 즉석에서 단호히 반대했다.

　실무선에서 도저히 해결할 수 없을 때 최후수단이 되어야지 처음부터 나 설 일이 아니다. 문광부 일은 내가 정책국장과 협의한 후 그 결과를 통보하 겠다는 주장을 굽히지 않았다.

　결국 하 사장은 "그럼 문광부 승인문제는 처장이 책임지는 것으로 알겠습니다" 하고 그날 논의를 끝냈다.

　다음 날 관장께 보고하고 문광부 출장을 요청했다. 관장은 출장을 승낙하 면서도 "문광부 승인은 어려울 겁니다. 공무원들이 책임질 일은 절대로 하지 않고 우리에게 넘길 것입니다. 만약 민원이 발생하면 전적으로 우리가 책임질 수밖에 없 으니, 절대 민원이 발생하지 않아야 합니다" 하고 강조했다.

　문광부는 관장이 예측한 대로였다. 나는 정책국장을 만나서 이미 TJB의 선례가 있어 우리가 끝까지 거절할 수는 없다. 그럴 바에야 기분 좋게 승인해 주자고 제안했더니 일단 장관께 보고한 뒤 답변을 주겠다고 했다.

3~4일 후 문광부 국장의 답변이, "독립기념관이 알아서 결정하시고, 민원이 발생하면 독립기념관이 책임져야 합니다." 이 답변을 관장께 전하니 그 역시 민원이 발생하지 않아야 한다고 못을 박았다. 나는 내가 책임지겠다는 각오로 MBC 대전지사장에게 송신탑을 세우는 데 조건을 제시했다.

첫째는 송신탑 몸체가 기념관에서 보이지 않도록 할 것.

둘째, 송신탑 안테나 높이는 해발 525m 이하로 할 것.

셋째, 산림형질 변경허가 신청과 건축물 축조신고는 사전 협의할 것.

마지막으로 독립기념관에 40분짜리 홍보영화를 만들어 줄 것을 지나가는 말로 슬쩍 던졌다.

그때 틀고 있던 홍보영화는 독립기념관 개관 초에 제작한 것이어서, 바뀐 전시물과 새롭게 전시한 외곽전시물이 하나도 담겨 있지 않았다. 홍보영화로 틀기에는 허술하기 짝이 없었던 것이다. 새로 제작하기 위해 견적을 받아보니 1억 원 정도 예산이 필요했는데 기획예산처에서는 자체 예산으로 해결하라며 예산에 반영시켜 주지 않았다. 내가 MBC 송신탑 건립에 적극 나선 속내는 바로 여기에 있었다. 이번 기회에 홍보영화 제작을 MBC에 요청하기 위해서였다.

하 지사장은 이를 흔쾌히 받아들여 MBC는 창사 10주년 기념일에 송신탑 준공식을 할 수 있었고, 기념관은 홍보영화를 제작할 수 있게 되었다. 누이 좋고, 매부 좋은 일이 되었으니 기분 좋게 일을 마무리했다. MBC 홍보영화제작반이 기념관 홍보팀, 시설팀과 하나가 되어 연일 야간촬영까지 해가면서 홍보영화를 만들던 일이 지금도 어제 일처럼 생생하다.

오해받은 조선일보 윤전기 교체

조선일보 윤전기가 교체된 후 나는 많은 지인들로부터 곱지 않은 눈길을 받았다. 노무현 정권 출범에 맞추어 노사모와 조아세(조선일보 없는 아름다운 세상)의 영향으로 조선일보 윤전기를 철거했다는 것이다.

이는 "철거가 아니라 전시교체다. 이것은 노사모나 조아세 이전에 이미 이사회 결의에 따라 진행 중이었다. 노사모와 조아세의 철거주장은 우리한테는 오히려 '비 든 사람에게 마당 쓸라,'는 꼴이 되었다. 기념관에서는 전시물에 대한 고증과 전시

하와이 교민단에서 주간지 국민보를 찍던 윤전기

독립기념관 정기이사회(이사장 윤경빈 광복회장) 회의를 진행하는 사무처장

방법에 대한 전문가의 자문이 필요해서 진행이 늦어진 것뿐이다. 조아세로서는 기념관의 철거의지를 읽지 못하니 밖으로 자기들 주장을 강력하게 내세웠을 테고 그런 과정에서 생긴 일일 뿐이다"라고 설명했으나 잘 믿지 않는 눈치였다.

독립기념관에는 일제 때의 윤전기 2대가 있다.

하나는 1940년 이후 조선일보가 사용했던 바로 그 문제의 윤전기였고, 다른 하나는 미국 하와이에서 대한인국민회 하와이 교민단에서 1914년 1월부터 1944년 2월까지 발간하던 국민보를 찍던 윤전기로 수장고에 보관해 왔다.

관람객에게 볼거리를 골고루 제공하는 것은 지극히 당연한 일이다. 문제를 삼자면 조선일보 윤전기만 개관 이래 15년 동안 고정 전시하고, 국민보를 찍던 윤전기는 15년 동안 수장고에 사장시켜 놓은 것이 문제이다. 기념관에서는 이것을 교체한 것뿐이다. 이 윤전기 교체 때문에 전시부 차장과 나는 조선일보 고문 변호사와 40여 분간 설전을 벌여 그 전말을 이해시키기도 했다.

그러나 많은 국민들은 '조선일보 윤전기 철거'라는 일방적인 조선일보 신문보도만 보고 마치 독립기념관이 노 정권 출범에 발맞추어 노사모와 조아세의 영향으로 조선일보 윤전기를 철거한 것으로 알고 기념관을 매도하는 이들이 많았다.

이제까지 독립기념관 전시물을 가지고 권력이 시비하거나 상부기관이 간섭한 적은 한 번도 없었다. 전시교체는 언제나 전문가로 구성된 자문위원회의 심의와 고증을 거쳐서 이루어지는 것이 관례화 되어 있었다. 관장이나 처장이 임의로 바꾸는 것은 실제로 있을 수 없는 일이었다.

겨레의 마당에 광개토대왕릉비

2004년 10월 26일 겨레의 마당 동쪽에 실물 크기의 광개토대왕릉비 건립 준공식이 있었다. 이 비를 준공하기까지 3년여 동안 많은 진통이 있었다. 2001년 7월 어느 일요일 일직 직원이 계룡장학회 이인구 회장과 충남대 박물관장 등 7~8명이 전시관 관람을 위해 정문을 통과했다는 보고를 하였다.

단순한 관람이 아닐 것이란 느낌이 들어 "내 방으로 안내하라"고 하고선, 곧 겨레의 집 현관으로 나가니 이인구 회장 일행이 금방 도착했다. 정중하게 환영 인사를 하고 내 방으로 모셨다.

"바쁘실 터인데 이렇게 방문해 주셔서 감사합니다."

"별 말씀을, 나는 독립기념관 건립 때 대전 충남지역에서 성금을 제일 많이 낼 정도로 독립기념관에 관심이 많습니다."

일행 중 충남대 박물관장 등은 관람차 전시실로 가고 계룡장학회 이인구 회장은 처장실로 모셨다. 수인사를 끝내고 이인구 회장과 대화를 이어갔다.

"사실은 대전 둔산공원에 광개토대왕릉비 복제비를 세우기로 했습니다. 그래서 기념관에 전시된 광개토대왕릉비를 한 번 보러 왔습니다."

"회장님, 광개토대왕릉비는 민족웅비의 상징인데 대전 둔산공원보다 연간 100만 명 가까이 찾아오는 독립기념관에 세우는 것이 더 좋지 않습니까?"

높이 6.39미터 무게 70톤의 응회암 원석
비가 독립기념관 겨레의 마당 동편에 우뚝
서 있다

"처장의 말에 일리가 있으나 이미 대전에 세우기로 대전시장과도 협의가 끝났습니다."

이인구 회장은 전직 국회의원이다. 나는 다시 정치에 관심이 있는 것이 아닐까 짚어 봤다.

"처장, 나는 정치하다 쓸데없는 돈만 많이 버렸소. 이제 정치판에 더 이상 헛돈 버리지 않을 것이오. 앞으로는 국가와 사회를 위해 보람 있는 일을 할 것이오. 그리고 이번에 세우는 비는 중국 집안현에 있는 것과 석질에서부터 글씨까지 똑같은 복제비를 세울 것이오. 내가 중국에서 들은 이야기인데 문화혁명 때 홍위병들이 광개토대왕릉비 파괴를 시도한 바도 있었다고 합니다. 그래서 중국에 있는 광개토대왕릉비가 언제 어떻게 될지 몰라, 똑같은 광개토대왕릉비를 우리나라에 세워 영원히 보존하려는 것이요. 학생들이나 일반인들이 중국까지 가지 않고도 실물 광개토대왕릉비를 볼 수 있도록 아무리 돈이 많이 들더라도 중국의 응회암 원석을 이곳으로 운반하고 또 1,500년의 풍화작용도 인공적으로 그대로 재현할 것입니다."

"그런 좋은 생각이시라면 더구나 독립기념관이 적지입니다."

나는 거듭 강조했다.

"이미 늦었습니다. 처장 생각이 참 건전하고 나와 잘 통하니 앞으로 서로 잘 협력해 나갑시다."

이런 대화로 오랜 시간 커피타임을 가졌다.

광개토대왕릉비 준공 후 계룡건설 이인구(좌2) 회장과 함께

　이인구 회장과 함께 온 일행들이 1전시관에 있는 광개토대왕비를 충분히 살펴보았다는 연락이 오자 이 회장도 돌아가겠다고 일어섰다. 나는 이 회장에게 "언제나 만약이라는 것이 있으니 오신 길에 제2후보지를 살펴보고 가십시오"라고 권유했다. 경내를 둘러보고는 겨레의 마당 동쪽이 좋겠다는 의견을 나눈 뒤 헤어졌다.

　1주일 후 이인구 회장께 안부전화를 했다. 만약 둔산공원 건립에 차질이 생기면 독립기념관 그 장소는 언제나 유효하다고 했더니 이미 결정된 일이니 단념하라는 답변이었다.

　한 달 뒤에 이인구 회장으로부터 전화가 왔다.

　"김 처장. 아직도 그 장소를 쓸 수 있어요?"

"물론입니다."

"그럼 내 다시 연락하리다."

며칠 후 이인구 회장이 기념관을 방문하였다. 염홍철 대전시장과 위치문제로 둔산공원에 광개토대왕릉비 건립 건은 취소됐으니 독립기념관에 세우겠다는 것이다. 그런데 2002년 8월 15일 준공식을 할 수 있도록 협력해달라고 했다.

일은 급진전되었다. 2001년 12월 11일 계룡장학재단 회의실에서 독립기념관(이문원 관장)과 계룡장학회(이사장 이인구) 사이에 광개토대왕릉비 복제비 건립 조인식이 있었다. 2002년 3월 초부터 기초공사와 조경공사를 시작하였다. 4월에는 높이 6.39m, 무게 70t의 거대한 석괴를 독립기념관 겨레의 마당에 세웠다. 밑단을 두부모 자르듯이 절단하여 그대로 세웠다. 자체 무게로 선돌처럼 비신이 우뚝 세워진 것이다.

중국 하북성 석가장시 태항산河北省 石家莊市 太行山에서 이 비와 유사한 120t 규모의 원석을 채굴하는 데 8번 실패하고 9번째 성공했다고 한다. 이 원석을 다듬이질하여 70톤 규모로 줄였다. 중국 천진항에서 선적하여 2002년 4월 8일 인천항에 도착, 4월 18일 독립기념관에 세운 것이다. 비신을 세운 상태로 중국인 석공기술자 7인이 수작업으로 1차 외형 가공을 5월 31일까지 마감하였다.

선문대 이형구李亨求 박사는 중국 북경대학 소장 탁본과 대만 중앙연구원 소장 탁본을 모본母本으로 각자 원고를 제작하기 시작하였다. 원고가 완성되자 중국인 석공 4명이 7월 28일부터 불과 3일 만에 1면 글자새김 작업을 마쳤다. 문제가 생겼다. 자형이나 자체가 원형과 너무 달라 복제비라고 할

광개토대왕릉비 준공: 광개토대왕릉비 제막. 왼쪽 첫 번째 김삼웅 관장, 오른쪽 첫 번째 이인구 회장, 여섯 번째 이형구 박사, 일곱 번째가 필자이다.

수 없다는 이의가 제기되었다.

　독립기념관에서는 7월 30일 공사중지 공문을 발송하였다. 8.15 준공을 목표로 했던 광개토대왕릉비는 글자새김 작업을 중단하고 거대한 석괴로 겨레의 마당 동쪽에 흉물처럼 서 있게 되었다. 행사 관계자들은 대통령이 참석하는 8.15 기념식 행사를 앞두고 철거해야 한다고 주장했다. 할 수 없이 계룡장학회에서 보기 흉하지 않도록 4면을 가리기로 합의하고 행안부 행사관계자들의 양해를 구했다.

　일 년이 넘도록 복제비 명칭을 고집하는 계룡장학회 측과 이를 반대하는 독립기념관 측의 주장은 치킨게임으로 평행선을 달리다가 2003년 12월 공사재개를 위한 사계의 권위 있는 전문가들과 협의가 있었으나 의견은 좁혀지지 않았다. 몇 차례의 회의에도 결론이 나지 않았다. 문제의 핵심은 독립

상하이 루쉰공원 윤봉길 의사 기념관 매정

기념관에 세우는 비문의 각자 원고와 집안현集安懸에 있는 광개토대왕릉비 실물각자 자체가 다르다는 데 있었다. 원고 제작을 맡은 이형구 박사는 회의에 참석조차 하지 않아 해결을 더욱 어렵게 하였다.

2004년 3월 기념관으로서는 북경대학본을 모본으로 각자 원고를 제작하거나 학계가 인정하는 탁본을 모본으로 제작하자는 데 의견을 모으고 이를 계룡 측에 전달하여 가까스로 합의하였다.

이렇게 하여 북경대학 소장본을 모본으로 한 이형구 박사가 제작한 비문을 중국 석공들이 2004년 5월 25일 4면 각자를 끝냈다. 전체 비면에 인공 풍화작업도 함께 끝냈다. 그러나 이번에는 광개토대왕비 안내판 설치로 다

삼학사비 제막식 오른쪽 줄 첫 번째 김삼웅 관장, 뒤에서 두 번째가 필자(2005.08.31)

시 기념관 측과 계룡 측과 의견일치를 보지 못했다. 안내판 제목을 복제비로 해야 한다는 계룡 측 주장과 복제비란 용어를 사용하지 말라는 기념관 측 의견이 충돌하여 또다시 준공을 지연시켰다.

학자 출신인 기념관장(이문원)과 사업가인 이인구 회장 사이의 견해 차이였다. 끝내 합의를 보지 못하고 그 해 8월 관장이 바뀌고 새로 부임한 관장(김삼웅)과 안내판 제목은 복제비 대신 재현비로 하고 안내판 크기도 처음보다 많이 줄이는 선에서 합의가 되어 2004년 10월 22일 설명비가 세워지게 되고, 10월 26일 착공한 지 3년이 넘어서야 제막식을 할 수 있었다.

비의 건립 목적이 학술 자료용이 아닌 민족 웅비의 상징인 교육용이라고 비 건립을 유치한 내가 아무리 중재를 해도 융통성 없는 학자와 이인구 회장의 고집이 결국 치킨게임으로 치달아 끝내 해결을 보지 못하고 관장이 바뀐 후에야 해결되었다.

이러한 우여곡절 때문에 아쉽게도 이인구 회장이 애초에 약속했던 상해 임시정부 청사를 독립기념관 조선총독부 부지 전시장 위에 재현시키겠다는 것과 독립기념관 백련못에 상해 루쉰공원에 있는 윤봉길 의사 기념관인 매정梅亭을 재현시키겠다는 나와 이인구 회장의 약속은 없던 일이 되고 말았다. 그러나 계룡장학회와 인연은 그 후에도 끊어지지 않았다.

우리나라를 둘러싸고 있는 동북아 지역에서 역사전쟁은 일본의 역사교과서 왜곡에 이어, 중국이 고구려사를 빼앗으려는 이른바 동북공정이 크게 국민의 공분을 사고 있었다. 2004년 8월 독립기념관에서는 연구소 주관으로 동북공정에 대한 학술심포지엄을 열었다. 계획에 없던 일이라 예산이 있을 리 없었다. 이것저것 쪼개어 예산을 세워보았으나 발표자와 토론자 연구비도 부족하였다. 참가자들 오찬비용도 없다고 연구소장이 큰 걱정을 하였다.

나는 계룡장학회 이인구 회장에게 어려운 사정을 이야기하고 오찬비 정도의 도움을 청했더니 이인구 회장은, "동북공정에 관한 세미나라면 나도 관심이 많습니다. 식대 외에 연구발표자에게 특별지원금으로 1인당 500만 원씩 2,500만 원을 지원하겠소"라면서 예상치 못한 큰 성금을 내놓았다.

연구소장은 크게 반기면서 연구비는 관례대로 지급하고도 여유가 있으니 논문집을 추가로 발간할 수 있다며, 발표논문을 보완하여 『한국근대사와 고구려 · 발해 인식』이란 논문집을 새롭게 발간하였다.

2005년 8월에는 병자호란 때 끝까지 항전을 주장하다 청나라에 강제 압송되어 처형당한 삼학사비를 겨레의 마당 광개토대왕릉비 옆에 세웠다. 삼학사비는 심양까지 압송된 삼학사(홍익한, 윤집, 오달제)가 끝까지 청태종에

396   고난의 숲을 헤치고 역사의 오솔길을 걷다

굴하지 않고 순국하자 그들의 충절에 감복한 청태종이 사당과 비석을 세워 제사를 지내라고 했다는 데서 유래한다.

고증된 바는 없으나 청조가 몰락하고 어지러운 세월이 흐르면서 그때 세운 사당과 비석이 모두 파괴되었다. 1935년 중국에 있는 조선족 교민들이 성금을 모아 삼학사비를 복원하였으나 1960년대 중국의 문화혁명 때 다시 파괴되었다. 이 때 흩어진 비신 세 조각이 남았는데, 심양 발해대학에 조선족 모 교수가 보관하고 있다는 것을 계룡장학회 이인구 회장이 확인했다. 학자를 동원하여 이를 고증하고 똑같은 것 2개를 제작하여 하나는 심양 발해대학에, 하나는 남한산성에 세우기로 한 것을 내가 권유하여 독립기념관 겨레의 마당에 세우고 2005년 8월에 준공식을 가졌다.

11. 중국내 항일유적지 조사 보존사업

중국내 항일운동 유적지 조사 보존사업
상해주재 박상기 총영사의 환영만찬

중국내 항일운동 유적지 조사 보존사업

  우리나라의 독립운동은 국내에 한정되지 않았다. 1908년 연해주에서 유인석柳麟錫, 안중근安重根 등의 의병운동이 전개되었다. 이미 그 이전인 1895년 김이언金利彦의 강계江界 의병도 서간도의 삼도구三道溝에서 결성되었고, 이상설李相卨이 1906년 설립한 반일 민족교육의 선봉인 서전의숙瑞甸義塾도 만주 용정에 있었다.

  재미동포 장인환張仁煥, 전명운田明雲은 일본의 통감정치를 찬양하던 미국인 스티븐스를 샌프란시스코에서 처단했다. 1909년 박용만朴容萬은 미국 네브라스카에 소년병 학교를 설립하여 항일 무장 투쟁을 준비했다. 이는 모두 해외에서 일어난 항일 운동의 사례이다. 이 외에도 영국, 프랑스, 네덜란드 등 유럽지역과 심지어 적지인 도쿄, 오사카, 홋카이도 등 일본지역과 동남아시아에 이르기까지 우리 동포들이 거주하는 세계 곳곳이 애국지사들의 활동 무대였다.

  이와 같은 국외 독립운동의 대표적인 곳은 서간도와 북간도를 포함한 만주지역과 러시아 연해주 지역이었다. 중국 관내에서도 항일운동이 전개되어 상해, 북경, 천진 등지에 많은 지사들이 모여들었고 3.1 운동을 계기로 수립된 상해 임시정부는 독립운동의 중심이고 요람이 되었다.

  그러나 1932년 일본 사쿠라다문櫻田門에서 이봉창李奉昌 의사의 의거와 윤봉길尹奉吉 의사의 홍구虹口공원 의거가 백범 김구 선생이 영도하는 상해

상해 대한민국 임시정부청사에서

임시정부 애국단 소속으로 밝혀지자 일제는 상해 임시정부에 대한 압박을
크게 강화하고 백범의 목에 거금의 현상금을 걸었다.

이에 임시정부는 상해에서 항주杭州-진강鎭江-가흥嘉興-장사長沙-기강
綦江 등 중국 관내를 8년 동안이나 전전하였다. 1937년 중일전쟁이 터지자
장개석蔣介石이 이끄는 중국 국민당 정부는 중국의 오지인 사천성泗川省 중
경重慶으로 옮겼다. 이는 중경이 가진 악천후를 이용하여 일제의 공습을 피
하기 위함이었다. 이에 대한민국 임시정부도 1940년 중경에 정착하여 그곳
에서 해방을 맞게 된다.

백범은 윤봉길 의사의 의거 후 임시정부의 모든 직을 내려놓고 일제의 수
배를 피하여 가흥嘉興-해염海塩-진강鎭江-장사長沙-광주廣州-유주柳州-
기강綦江으로 피난처를 옮겨 다니면서 임시정부와의 연결고리는 가지고 있
었다. 1940년 임시정부가 중국국민당 정부를 따라 중경에 정착한 후에야

중국 중경에 있는 대한민국 임시정부청사 중수공사를 체결한 독립기념관 김시우 사무처장과 중경 임정 청사 가경해 관장

백범도 이에 합류하여 임시정부 수반으로서 독립운동을 영도하였다. 임시 정부는 광복군을 조직하고 해외 각처에서 활동하는 독립운동의 구심점이 되었다.

미국 본토에서도 전략 정보국(OSS)과 연계한 냅코 작전과 광복군이 추진 하는 독수리 작전으로 한반도에 광복군을 투입시켜 일본의 패망 후까지를 대비했던 것이다. 그러나 일본의 조기 패망으로 독립군이 접수해야 할 한 반도는 미소연합군에 의해 접수되고 말았다. 그래서 일본의 패망을 가장 기뻐해야 할 백범이 오히려 이를 천추의 한으로 여긴 것이다.

내가 독립기념관 사무처장으로 임명되는 것을 가장 기뻐하고 좋아한 분 은 박진목 선생과 서영훈徐英勳 선생이었다. 그분들은 나에게 첫인사가 그 자리는 내가 가장 적임이란 것이다. 적임인지 아닌지는 잘 모르겠지만 기념관 업무 자체는 처음이지만 생소하게 느껴지지 않았고 반복되어도 물리지 않았으니 적임이란 말이 전혀 근거 없는 인사치레로만 느껴지지는 않았다. 내가 독립기념관 사무처장으로 부임한 것은 1999년 6월 5일이었다. 내가 부임했을 때는 국내의 자료수집과 전시는 거의 완성된 단계였다.

이제 독립기념관은 해외 독립운동의 유적지를 조사, 발굴, 연구하는 것을 역점사업으로 추진해야 할 시점이 된 것이다. 나는 이 해외 유적지 조사사업에 많은 관심을 가지게 되었는데, 특히 중국 내의 유적지 조사 사업에 관심이 많았다. 중국 내의 각처에 독립운동 유적지가 흩어져 있는 것은 일제의 압력에 못 이겨 대한민국 임시정부가 여러 곳으로 옮겨 다녔기 때문이다. 그래서 임시정부청사와 백범 김구 선생의 피난처가 관심의 대상이었다.

우리나라의 헌법 전문에도 대한민국은 임시정부의 법통성과 정통성을 계승한다고 명시되어 있다. 이는 이때 이미 국호는 대한민국 정체와 체제는 민주공화국으로 정해졌기 때문에 지극히 당연한 논리일 것이다. 따라서 대한민국 임시정부 유적지 조사는 일제에 항거한 우리 민족의 자긍심과 역사의식을 고취하고 애국선열들의 나라사랑 정신을 재조명할 수 있는 길이기도 하다.

중국에 있는 독립운동 유적지 조사사업은 1998년 11월 김대중 대통령의 상해 임정 청사 방문시에 중국에 있는 항일 유적지 보존에 대한 대책을 지시한 바 있었다. 그 후 정부에서는 1999년 6월 9일 독립기념관으로 하여금 해외 독립운동 유적지 조사사업을 주관하도록 하였다. 중국내 항일 유적지 보존 관련 사업의 추진은 그 해 11월 29일 독립기념관에서 작성한 중국내 항일 유적지 보존사업 계획서가 승인되고 국고보조금 교부까지 결정되자 유적지 보존 사업은 급속도로 진척되었다.

나는 중경 대한민국 임시정부청사 중수공사 협정서 조인을 하기 위하여 2000년 4월 12일 부터 중경 청사를 방문하였다. 중경 임시정부 청사는 1940~1945년까지 독립운동을 전개하던 대한민국 임시정부의 마지막 청사이다. 건물은 5동으로 회색 벽돌에 기와지붕 양식의 건축물이었다. 1945년 일제가 패망하자 중경 임시정부청사는 정문이 굳게 닫힌 채 폐허가 되어 노숙자들이 들락거릴 뿐이었다고 한다. 1992년 한중 수교 후 중경시 인민정부가 관리하기 시작하였으나 거의 폐허상태였다.

나는 독립기념관을 대표하여 중경 대한민국 임시정부청사를 관리하고 있는 가경해賈慶海 관장과 중수 사업 협정서에 조인하였다. 실무자들이 합의한 사안이기 때문에 의례적인 조인이었다. 중수 공사비는 독립기념관이 부담하고 공사는 중국 측에서 하는 내용이었다. 결국 공사비를 조정하는 문제였는데 그때까지만 해도 중국은 노임과 물가가 저렴했기 때문에 우리 예산의 절반 정도로 타결되었다.

나는 협정서에 조인하기 전 인사를 통해 한국과 중국은 역사적으로 순치脣齒의 관계임을 역설하고 당시 대한민국 임시정부와 중국 정부가 일본을 공동의 적으로 규정하고 항일투쟁을 했으니 대한민국 임시정부는 한중 공동의 역사유적이라고 설명하였다. 따라서 임시정부 청사 복원과 중수사업은 한중 공동의 문제이지 한국만의 문제일 수 없다고 천명하자 가경해賈慶海 관장도 크게 공감하였다. 그해 연말 중수공사가 끝나자 중경 임시정부청사는 중국을 방문하는 한국 관광객들의 필수 여행코스가 되었다.

상해주재 박상기 총영사의 환영 만찬

이듬해 2001년 11월 25일부터 나는 1주일간 상해 대한민국 임시정부 구지 청사와 중경 대한민국 임시정부 구지 청사 보존 협정을 체결하기 위하여 상해와 중경 임시정부 청사를 번갈아 방문하였다. 상해에 먼저 도착한 우리 일행은 이튿날 상해시 노만구 장재량張載養 구장이 베푸는 오찬에 참석하였다. 장 구장이 만찬을 하지 않고 오찬으로 정한 것은 한국 드라마 대장금을 보기 위해서라고 하여 한바탕 크게 웃었다. 오찬이 끝난 후 상해 대한민국 임시정부 구지舊址 관리처 패민강貝民强 주임과 임시정부 구지 보존 협정을 체결하였다.

유적지 몇 곳을 더 돌아본 후 상해 주재 박상기朴相起 총영사가 베푸는 만찬에 참석하고 이튿날 아침 일찍 나는 지체하지 않고 우리를 안내하기 위하여 중경에서 온 이선자李鮮子 중경 임시정부 구지 진열관 부관장의 안내로 백범 선생의 피난처인 가흥嘉興으로 향했다. 1932년 윤봉길 의사의 상해 홍구공원 의거로 거액의 현상금이 걸린 백범 선생은 일제의 수배를 피하여 상해 임시정부의 모든 직을 내려놓고 8년간의 긴 도피 생활에 들어갔는데 첫 피난처가 가흥이었다. 이곳을 택한 것은 상해 임시정부 청사 중국인 경비의 친척 집이기 때문이라고 한다.

지금은 말끔하게 단장되었지만 그 당시에는 집 입구가 비포장의 좁은 골목이었고 겉으로 보기에는 슬럼가의 불량주택 같았다. 입구로 들어가니 겉

상해 임시정부에서 탈출한 백범 김구 선생의 피난처 해염에 있는 민가를 방문하고 방명록에 서명하였다.

보기와는 달리 2층 집이었고 백범 선생이 거처하던 방과 거실에는 방명록과 유품들이 진열되어 있었다. 집 뒤편으로는 남북호 큰 호수가 있고 유사시에 호수로 빠져나갈 수 있는 비밀통로가 있었다. 당시에는 나룻배도 대기시켜 놓았었다고 한다.

우리 일행은 계속해서 2박 3일 동안 가흥-해염-진강-장사-광주-유주-기강을 거쳐 11월 30일 중경 임시정부 청사에 도착 가경해賈慶海 관장의 영접을 받으며 재회의 기쁨을 나누었다. 호텔에서 1박으로 여독을 풀고 이튿날 중경시 인민정부 외사 판공실 아주처 굴경장屈慶璋 처장과 호장춘胡長春 담당 사무관이 베푸는 오찬에 참석하였다. 그들의 점심시간은 2시간이었고 중국의 독한 술이 끊임없이 나왔다.

나는 그때만 해도 이른바 두주불사였기 때문에 따르는 대로 마셨더니, 굴

屈 처장이 "나도 술이 센 편인데 도저히 못 당하겠다. 한국 문화관광부 이돈종李敦鍾 국장의 신화를 깼다"고 하면서 참석자들이 큰 박수를 보냈다. 이돈종 신화란, 굴 처장이 접대한 외국인 중 이돈종의 주량이 가장 세다는 뜻인데 내가 이돈종보다 더 세다는 뜻으로 한 말이다. 사실 중국 술은 도수도 높고 마실 때는 독하지만 금방 깨는 특징이 있다. 나는 오찬이 끝난 후 멀쩡한 정신으로 가賈 관장과 중경 대한민국 임시정부 구지 보존협정을 조인하고 중수공사가 끝난 청사를 가賈 관장의 안내로 알뜰하게 살펴보았다. 말끔하게 단장된 김구 선생 집무실과 회의실, 전시실 등 모두 잘 정비되어 있었다.

나는 그 후 2003년 12월 4일 중국 노신공원에서 거행되는 윤봉길 의사의 홍구공원 의거를 기리는 전시관 개관과 윤 의사 흉상 제막식에 참석했을 때도 상해 임시정부 청사와 중경 임정 청사를 방문했다. 그곳 직원들의 반김이 마치 오랜만에 만난 친인척 같은 느낌이었다.

관계자들의 말에 의하면 한국인 관람객들이 해마다 늘어나고 성금함에 적지 않은 돈이 모인다고 했다. 그래서인지 전시 내용도 많이 향상되었고 특히 상해 임정의 역사를 담은 안내 영화 제작, 기념품 매장의 확장 등이 그들의 말을 뒷받침하고 있었다. 이와 같이 자체 수입이 늘어나자 상해시 인민정부의 지원이 매년 줄어들어 지금은 거의 자립운영체제라고 한다.

그 후 나는 2005년 4월 14일부터 1주일간 한국, 중국, 러시아 국경지역에 산재되어 있는 항일 독립운동 유적지를 조사하기 위하여 연길延吉, 훈춘琿春 등지를 답사했다. 이 기간 동안 연변대학교 김병민 총장, 용정중학교 김주영 교장과 만나 유적지 발굴조사에 적극적인 협력을 구했다. 연변대학 김병민 총장은 오찬을 베풀며 여러 가지 이야기를 해 주었는데, 특히 단재

상해주재 박상기 총영사의 환영 만찬(필자 옆이 박상기 총영사)

연변 용정에 있는 대성중학교를 방문하고 이상설 선생 기념관 앞에서 기념촬영.
좌로부터 박걸순 독립기 념관 학예실장, 필자, 김주영 대성중학교 교장, 김춘선 연변대 교수.

용정 윤동주 생가

용정 윤동주 시비 앞에서

매헌 윤봉길 의사 생애 사적 전시관 기념식

일본군과 전투를 앞둔 안중근 의병 중장의 작전회의장. 중국 길림성 혼춘시 경신진 권하촌 2조 018 농가

가흥 혜염에 있는 김구 선생 피난처 복원공사 협정서 서명식(2005.04.16)

서명 직후 경축 행사에서의 인사

중국 연변의 도문강에서. 다리 건너편이 북한 영토이다.

신채호 선생의 유고 상당 부분이 북한에 있다면서 한국 학자들과 공동 연구가 필요하다고 하였다. 또 연변대학교 김춘선金春善 민족역사연구소장이며 연변역사학회 회장으로 하여금 연변지역 역사 유적지를 안내하도록 배려하기까지 하였다.

　용정중학교 김주영 교장은 30대 후반으로 보이는 젊은 교장이었다. 독립운동가 규암 김약연 선생이 1900년경 북간도에 동쪽(조선)을 밝힌다는 뜻으로 명동촌을 세우고 이곳을 독립운동 본거지로 삼았다고 설명하였다. 용정중학교는 얼마 전까지만 해도 학생이 800여 명이나 되고 이 지역에는 조선족이 거의 대부분이어서 연변조선족 자치지구였으나 중국정부의 소수민족 분산정책으로 지금은 주민들도 크게 줄어들고 학생들도 200여 명 밖에 되지 않아 운영이 어렵다고 크게 걱정하고 있었다.

연변을 연결하는 두만강의 끊어진 교량

훈춘시 인민정부 김민웅金敏雄 시장도 만찬을 베풀며 우리 일행을 환영하였다. 이번 답사 중 안중근安重根 의사가 항일 의병활동 중 비밀작전 회의장으로 사용하던 한 농가를吉林省 琿墻春市 敬信鎭 圈河村 2組 018 방문하고 그 복원 여부를 검토하기로 했다. 또 윤동주尹東柱 시인의 생가와 명동서숙明東書塾과 명동교회를 세운 규암 김약연 목사 생가를 비롯한 조선인 항일마을 명동촌을 두루 살펴보고 저녁은 북한에서 운영하는 대동강식당에서 반주를 곁들였다. 지배인으로 보이는 남자는 한 사람뿐이고, 종업원들은 한복을 곱게 차려입은 미모의 아가씨들이었다. 손님 좌석에 앉거나 술잔을 받지는 않았으나 매우 친절하였다.

9시쯤 영업시간이 끝날 때쯤 되니 써빙하던 아가씨들이 식당 전면에 일제히 나란히 서서 노래 3곡을 부르고 영업 시간 종료를 알렸다. 종업원들은

눈덮인 백두산 천지에서

모두 평양에서 온 사람들이고 6개월쯤 되면 거의 교체된다고 한다. 개인이 운영하는 것이 아니고 북한 당국이 운영하는 국영이라고 한다. 우리 일행은 이튿날 백두산 등반을 위하여 만찬이 끝나자 곧 숙소로 돌아왔다.

뭐니뭐니 해도 이번 답사의 절정은 백두산 등산이기 때문이다. 백두산 천지와 한라산 백록담은 한국인이면 누구나 한 번쯤은 가보고 싶은 가슴 설레는 곳이다. 국토의 북쪽 끝에 우리나라에서 가장 높은 2,744미터의 백두산이 있고, 그 정상에 있는 천지天池에서 발원하여 서해로 흐르는 강이 중국 동북지방과 국경을 이루는 압록강이고, 동해로 흐르는 강이 한국, 중국, 러시아의 국경을 흐르는 두만강이다.

남쪽 끝 제주도에서 가장 높은 한라산 정상에 백록담白鹿潭이 있으니 이는 분명 신의 조화이지 자연의 조화로 설명이 되지 않는다. 우리나라의 국토는 분명 하늘이 내린 선물인 것 같다. 이렇게 하늘이 정해준 국경을 2차 대전 후 자국의 이해관계에만 눈이 어두운 강대국들에 의해 국토 한가운데를 인위적으로 갈라 국경 아닌 국경을 만들어 놓은 것을 생각하면 원통하기 이를 데 없다.

본론으로 돌아가 백두산 등반을 위해 나서는 아침은 정말 쾌청하기 이를데 없는 4월의 봄날이었다. 그런데 안내를 맡은 김춘선 박사는 "백두산은 원체 영산인 데다가 조화가 변화무쌍하여 이렇게 좋은 날씨라 해도 천지를 제대로 볼 수 있을지는 장담할 수 없습니다. 계절적으로 6월에서 9월까지가 좋은데 지금은 조금 이른 편입니다. 대개 3번쯤 가야 한 번쯤 천지 본래 모습을 온전히 볼 수 있는 운이 따르는데 첫 등산에 천지를 볼 수 있을라나?"라며 농반진반으로 우리를 겁주었다.

두만강을 따라 동해 쪽으로 달리는 차 안에서 보는 두만강은 나에게 적지 않은 실망을 주었다. 두만강하면 가수 김정구의 '두만강 푸른 물에 노 젓는 뱃사공'이 떠오르는데 배는 고사하고 바지춤을 걷고도 건널 것만 같은 얕은 물이었다. 철망이 어설프게 쳐진 것이 도무지 국경선 철망으로 느껴지지가 않았다. 강 건너에는 끝없는 북한의 민둥산이 보이고, 일요일인데 여기저기 교복 입은 학생들이 떼를 지어 다니고 있었다. 김 박사 말에 의하면 해방 후 얼마 전까지만 해도 북한 주민이 저녁이면 강을 건너 중국 땅에서 술도 마시고 놀다가 돌아가도 아무 문제가 없었다고 한다. 그러나 지금은 경계가 엄하여 함부로 넘나들 수 없다고 한다.

그런데 내가 보기에는 아무런 경계도 없는 것 같았는데 그래도 어딘가에서 엄하게 경계를 하고 있다고 했다. 여기저기 보이는 끊어진 교량이 6.25

의 상흔으로 남아있었다. 얼마간의 시간이 흘렀는지 중국 쪽에서 오르는 백두산 입구에 다달았다. 중국 쪽 백두산 등반코스였다. 백두산에서 내려오는 실개천물이 두 줄기인데 한 줄기는 얼음을 뚫고 내려오는 찬물이고, 한 줄기는 온천수인데 그 물에서 삶아낸 반숙계란을 팔고 있었다.

입구에서부터 어디에서도 볼 수 없는 광경이 영산靈山의 기운을 느끼게 하고 있었다. 조금 올라가니 시멘트계단이 나오는데 확실하게 기억할 수는 없지만 6,000여 개 계단으로 기억된다. 우리 일행 4명 중 박걸순 박사는 올라오지 못하고 안내하는 김춘선 박사와 유정식 전시부 차장이 나를 쫓아오느라 혼이 났다는 푸념이다. 이 등반코스는 2008년부터 없어졌다고 한다. 나는 운 좋게도 자작나무숲 원시림이 그대로 보존되어 있는 계단 코스로 백두산을 오르는 행운을 얻은 것이다. 사진으로만 보던 천지를 한눈에 깨끗하고 선명하게 볼 수 있는 행운까지 얻었다.

그러나 백두산 천지는 얼음과 눈으로 덮여 있어서 푸른 물은 볼 수 없었다. 그런데 백두산 정상 천지에서는 불과 10여 분 정도 머물 수 있었을 뿐이었다. 눈방울이 휘날리는가 했더니 금세 눈보라와 세찬 바람, 그리고 어디선가 몰려온 검은 구름이 우리 일행을 공포에 질리게 하여 부리나케 하산하지 않을 수 없었다. 올라가던 계단을 1/4쯤 내려오니 눈보라는 멈추고 쾌청한 본래의 날씨로 돌아왔다. 우리는 두만강을 따라 북간도 일대 여기저기를 둘러보았으나 중국인들은 거의 없고, 대개 조선족들이었다. 주로 노점상들이 북한산 건채소, 잣, 장뇌삼, 말린 산나물 등을 팔고 있었다. 마지막 답사코스로 두만강변의 도문 다리에 올라 북한의 농가와 온성시 등을 바라보면서 도문 국경지대 답사를 끝내고 이튿날 귀국길에 올랐다.

12. 독립기념관에서
만난 사람들

독립기념관 복도에서 대통령과 1분 면담

1998년 대선 때 영남지역에서 종친모임을 주도하면서 사람들 수백 명을 모으고 김대중 지지연설을 했다. 부산에 있는 어느 호텔 2층 큰 회의실에서 연설을 할 때는 몸을 움직일 수 없을 정도로 사람들이 들어찼다. 회의실 위층 구석에서는 형사 2명이 녹음기를 들고 내 연설을 빠짐없이 녹취했다는 것을 나중에야 알았다.

연설이 끝나고 형사들이 "이 양반 선거법은 용케 빠져 나가면서 할 말은 다했네"라며 감탄했다는 말을 뒤에 들었다. 종사교육을 하면서 나는 김대중 후보를 노골적으로 지지하지 않았지만 분위기가 그렇게 잡혔다고 한다. 연설 도중에 후광이 들어와서 자연스럽게 종친들에게 인사말을 했다. 경상도 충청도 강원도 각지에서 나는 종친으로서가 아닌 '정치인 김대중'의 정책을 상대적으로 치켜올렸을 뿐이다. 그는 나를 한 자리 차지하기 위해 줄 선 기회주의자가 아닌 '순수한 청년 정치 지망생, 혹은 종친 김시우'로 신뢰했을 것이다.

1999년 8월 15일 오전 10시 정각 독립기념관에서 시행하는 8.15 광복절 기념 행사에 김대중 대통령이 참석하기로 되어 있었다. 시간에 맞추어 기념식장으로 이동하는데 수행비서 이재만이 전화를 했다.

"사무처장님. 기념식 끝나면 독립운동 원로와 정부 요인들과 함께 가든파티가 있지요. 그 전에 대통령 내외분이 관장실에서 10시 50분부터 11시까지 10분간 용변

8.15 광복절 기념행사에 참여한 김대중 대통령과 (2000.08.15)

등 잠시 쉬실 겁니다. 그때 관장실 복도로 나오시면 대통령님께 잠깐 인사나 드릴
수 있습니다."

"네, 알겠습니다."

관장실 옆에 사무처장실이 있으므로 나는 기념식에는 참석하지 않고 내
방에서 기다렸다. 이재만 비서도 나와 함께 기다리다가 10시 50분이 되자
대통령을 모시려고 먼저 나가고 나는 한 템포 늦추어서 나가기로 했다. 복
도로 나가려고 문을 여는 순간 경호실 차장이 문 앞을 딱 막아서며 나를 내
방으로 밀어 넣고는 문을 닫고 자리를 뜨지 않고 막아섰다. 관장실로 들어
갈 때 김대중 대통령을 만나려던 일은 이렇게 불발로 끝났다.

이재만 비서가 10분 간 휴식을 끝낸 대통령 내외가 일어서기 한 발 앞서
나와서 내 방문을 다시 두드렸다. 문을 열자마자 관장실에서 나오던 대통

령 내외분과 눈이 딱 마주쳤다. 대통령께서 손짓을 하자 경호실 차장이 멈 칫 물러섰다. 1분 정도로 짧은 인사였으니 안부를 나누고 근황을 묻는 정도 였다.

그런데 예정에 없었던 이 1분이 대통령 의전에서는 엄청난 시간이었나 보다. 1층 엘리베이터 앞에서 기다리던 경호실장이 뛰어 올라왔다. 2층 복 도에서 나와 대통령이 이야기하는 모습을 보곤 다시 1층으로 내려가 심대 평 충남지사 등 기다리는 사람들에게 독립기념관 사무처장과 잠시 이야기 중이라고 한 모양이었다.

광복회장을 비롯한 독립운동 원로들이 뒤따르는 나를 모르고 자기들끼 리 이야기를 주고받았다.

"사무처장이 어떤 사람인데 대통령을 붙잡고 이야기하느냐?"

말이 꼬리를 물고 이어져 문화관광부에까지 소문이 돌았던 모양이다.

나중에 문화관광부 박문석 정책국장이 전한 말이다.

"세상 참 많이 변했습니다. 박정희 정권 때 차지철 경호실장 시절이었다면 아마 사무처장은 화장실에 끌려가 반죽음을 당했을 겁니다."

노무현 대통령, 기념관 깜짝 방문

노무현 대통령이 2005년 2월 27일(일) 오전 11시 독립기념관을 깜짝 방문했다. 한일정상 회담을 앞두고 계획적이고 전략적인 기념관 관람이었다. 내가 독립기념관에 부임한 지 6년째였고 두 번째 임기를 3개월 남짓 남겨둔 때였다. 독립기념관에 부임한 뒤 나는 토·일요일은 기념관을 지키고 월요일에 쉬었다.

우리나라 모든 박물관 같은 기관에서는 월요일이 휴관일이다. 내 휴일도 일요일이 아닌 월요일이었다. 6년 동안 거의 한 번도 일요일에 자리를 비운 적이 없었는데 공교롭게도 이날따라 서울에서 다른 일을 보고 있었다. 11시 20분경 휴대전화의 벨이 울렸다.

"처장님, 대통령께서 기념관에 오셨습니다."

"아니, 대통령이 오시다니 그게 무슨 소리야?"

나도 모르게 큰소리가 터져 나왔다.

"확실히는 모르는데 어떤 분이 행자부에서 왔다면서 '오늘 기념관에 근무하는 사람 가운데 가장 높은 직급이 누구냐? 안내 좀 해야겠다'고 해서 오늘 당직인 강대덕 부장이 나갔습니다."

그런데 알고 보니 강 부장이 대통령을 모시고 전시관을 돌고 있다는 것이었다. 내가 내려가겠다고 했더니 대통령이 조용히 관람하고 갈 테니 위에 보고하지 말라고 지시했다고 한다. 순간 노 대통령과 묘한 인연이 머리를 스쳤다. 노 대통령과 만날 수 있는 기회는 이번까지 3번이었다.

1996년 여름으로 기억한다. 서울 가든호텔 커피숍에서 김태랑 전 국회 사무총장이 당시 부산시장 선거에서 떨어진 잠바차림의 노 대통령과 함께 커피숍에 들어왔다.

김태랑 총장이 나를 보고는 "두 분은 이야기가 잘 통할 테니 가까이 지내시라" 며 합석을 권했다.

수인사가 막 끝나자 마침 사전에 약속했던 다른 손님이 도착하여 긴 이야기는 나누지 못하고 바로 자리에서 일어나게 되었는데 이것이 노무현 대통령과 첫 만남이었다.

2001년 노무현 대통령은 전북 무주에서 대통령 출마 선언을 했다. 당시 노 대통령 후보 특보였던 김동준 씨가 찾아와, "독립기념관 사무처장을 그만 두고 노 후보 캠프에 와서 일할 생각이 없느냐?"며 "만약 생각이 있다면 노 후보와 단독 면담 뒤에 결정해도 좋다"면서 권유한 적이 있었다.

당시 나는 기념관 일에만 몰두하느라 별다른 고민 없이 거절했다. 이것이 두 번째 노 대통령과 인연을 맺을 뻔한 기회였다. 독립기념관 관람방문은 인간 노무현·현직 대통령 노무현과 오랜 시간 대화할 수 있는 기회였는데, 하필 그날 자리를 비운 것을 보면 내 생애에 노 대통령과는 인연이 없었던 모양이다.

조남기 중국 정치협상회의 부주석과 만남

조선족 출신 가운데 가장 출세했다는 중국 정치협상회의 조남기 부주석이 2000년 3월 30일 독립기념관을 찾았다. 조금도 서투르지 않은 우리말에 늠름한 모습과 걸걸한 음성이 첫눈에 무인이었다.

조 부주석은 독립운동가인 할아버지 조동식趙東植:1873~1949 선생의 손에 이끌려 1938년 13살 때 가족 전체가 고향인 충북 청원군 강내면을 떠나 중국으로 망명한 지 62년 만에 고국을 방문했다고 한다.

이주민인 소수민족으로 중국 군대 최고 계급인 상장까지 올랐고, 1998년부터 부총리급인 정치협상회의 부주석이 되었다. 1982년 제12기 중국공산당 대회 때부터 15년 동안 당 중앙위원이었다고 하니 중국군中國軍을 대표하는 간판스타인 셈이다. 그가 중국 군대와 연을 맺은 것은 1945년 장개석 군대에 대항하기 위해서였다고 한다.

일본이 패망한 뒤 만주일대를 점령한 장개석 군대는 조선 사람을 무자비하게 수탈했다. 이때 조 부주석은 20세 나이로 영길永吉지역 청년 120여 명을 모아 자위대를 만들고 장개석 군대에 대항하면서 팔로군八路軍에 몸을 담게 되었다고 한다. 중국군의 가장 밑바닥인 전사로 출발해서 최고위직인 상장까지 올랐으니 이와 같은 출세는 중국인이라 해도 매우 드문 경우라고 한다.

그는 성공비결을 대한매일 김삼웅金三雄 주필과 대담(『뉴스피플』 417호)

독립기념관을 방문한 중국 정치협상회의 조남기
부주석과(2000.03.30)

에서 "매사에 전력투구하는 집중력, 성실과 끈기로 임하는 성격이 큰 힘이 되었다"라고 술회하고 있지만, 뛰어난 체력과 천부적 두뇌 또한 성공의 비결이었음이 그의 동북군정학교 성적으로 입증되고 있다.

18세에 중국어를 배우기 시작했지만 원고 없이 수십 만 군중 앞에서 몇 시간씩이나 연설하는 명연설가인 점 또한 그의 재능을 웅변해 주고 있다. 그는 스스로 "나는 죽어라 일했고 또 공부했다"고 술회하는 점으로 보아 천부적 소질에 노력 또한 범상치 않았던 것이다.

기념관에 도착한 뒤 줄곧 유창한 우리말만 쓰던 그는 독립기념관 관장의 환영사에 대한 답사에서는 자세를 가다듬고 통역을 통해 중국말로 인사하는 외교관으로서의 품위를 지켰다.

"중국과 한국은 순치脣齒의 관계입니다. 중한中韓 양국은 제국주의에 공동으로 대항한 역사를 가지고 있습니다. 일본 군국주의자들이 한국을 점령한 뒤 한국 애국지사들이 중국에서 독립운동을 한 것은 한국을 위한 일이었지만, 당시 중국을 지원한 일이기도 했습니다. 이 독립기념관에 동상이 세워진 안중근, 윤봉길 의사의 의거는 당시 중국 국민에게 큰 경각심을 불러일으켰고 실제로도 큰 도움이 된 의열투쟁이었습니다. 오늘 독립기념관에서 일제에 항거하시다가 체포된 할아버지(조동식 선생) 재판기록을 볼 수 있었음은 독립운동가 후예인 나에게 더없이 큰 자긍심과 함께 한국 방문의 가장 큰 보람이기도 합니다. 일요일인데도 일부러 나오셔서 저를 환대해 주신 점 매우 감사하게 생각합니다."

윤경빈 광복회장님과는 늘 각별했다(2004.10.26)

이러한 내용의 인사였다. 그는 남북 정상회담을 앞두고 회담이 잘 진행되어 통일이 앞당겨지도록 역할을 해 달라는 윤경빈尹慶彬:1919~2018 광복회장의 주문을 받고 "일은 많이 하고 말은 적게 해야 하는 것이 남북문제를 푸는 해법"이라고 답변하였다. 남북관계에 대한 중국의 미묘한 입장을 함축한 신중하고도 절묘한 답변이었다. 그는 앞의 『뉴스피플』417호에서 남북정상회담 전망을 다음과 같이 피력했다.

"밥도 한 숟가락 한 숟가락씩 먹을 수 있지요. 한 공기 밥을 한꺼번에 입에 넣고 먹을 수 있나요. 시작이 반이라고 했습니다. 남북이 오고 가다 보면 믿음이 생기고 전쟁위험도 사라지고 협력도 활발해지는 것입니다. 김대중 대통령께서도 어떤 획기적인 돌파구를 기대하기보다는 조금씩 진전되는 과정에 의미를 더 두시는 모습이었는데 그게 옳다고 봅니다."

이어서 "한반도 문제는 남북한이 당사자이며 주역입니다. 자주적인 만남과 협의 속에서만 남북관계는 발전할 수 있습니다. 저 개인이나 중국은 이웃이자 조언자로서의 역할뿐입니다. 한반도에 뿌리를 둔 사람으로서 남북화해와 발전을 남은 삶의 사명으로 알고 노력하고 있습니다"라고 했다. 이념과 국경을 넘어서 같은 민족으로서 애정을 보인 것이다.

그의 할아버지인 조동식 선생이 충북지역 3.1운동 지도자이니 분명 애국지사의 뜨거운 피가 그의 몸에 흐르고 있을 것이다. 실제로 전시관을 둘러보는 그는 의례적인 관람이 아니라 독립운동가 후예로서 진지한 모습을 보여주었다.

각계각층의 면담과 제주도 방문까지 빡빡하게 짜인 8박 9일의 방한 일정 가운데 독립기념관에 가장 많은 시간을 할애하였다고 한다. 독립기념관 방문은 조 부주석의 주문에 따라잡은 스케줄이라고 하니 그가 기념관에 보인 관심이 어느 정도인지를 짐작할 만하다.

그는 독립운동가 후예로서 6.25 동란 때는 인민해방군(중공군) 후근부後勤部:병참 사령관 통역장교로 동족끼리 총을 겨누는 전쟁에 참여해야 했었다. 그는 이러한 자료들이 전시된 기념관 방문에 만감이 교차하는 감회가 있었으리라. 아무쪼록 국난 극복사, 민족 발전사에 관한 자료가 수집 전시된 이곳 기념관 방문이 그의 방한 중 우리 민족 정체성을 인식하는 데 큰 도움이 되었으면 한다. 아울러 남북관계 개선에 큰 역할을 할 수 있는 계기가 되기를 기대하면서, "일은 많이 하고 말은 적게 해야 한다"는 그의 말을 다시 한 번 되새겨 본다.

일본의 양심 평화헌법 수호자 무라야마 전 총리

2005년 2월 2일 전 일본의 무라야마 도미이치村山富市 총리가 예고 없이 독립기념관을 방문했다. 일본 사회가 총체적으로 우경화의 외길을 가는 듯이 보이지만 무라야마 전 총리의 독립기념관 방문은 꼭 그런 것만은 아니란 반증으로도 보이기 때문에 각별한 관심을 가지고 그를 영접했다. 이는 일본 사회도 평화와 전쟁에 대한 다른 견해가 공존하고 있다는 극명한 증거이기도 하다.

일본의 보수우익 정치인은 결코 독립기념관을 방문하지는 않을 것이기 때문이다. 일본의 역대 총리 중 과거 그들의 역사를 성찰하고 평화헌법을 수호하여 침략행위를 인정하고 사죄하는 대표적인 정치인이 무라야마 도미이치村山富市이고 과거침략 행위를 합리화하고 부정하며 평화헌법을 바꿔서 당당하게 군대를 보유해야 한다고 주장하는 대표적인 극우 보수 정치인이 아베 신타로安倍晉太郎이다.

물론 무라야마 이전에도 1982년 미야자와 키이치宮澤喜一 관방장관과 1993년 고노 요헤이河野洋平 관방장관은 일본의 침략행위와 일본군 위안부 문제에 대한 사과 발언이 있었다. 그러나 1995년 무라야마는 현직 총리로서는 처음으로 무라야마 담화를 통하여 일본의 과거 침략에 대해 보다 진솔하게 그리고 명백한 사과문을 발표하여 아시아인들에게 깊은 감명을 주었다.

독립기념관을 방문한 전 일본 무라야마村山富市 총리와 환담(2005.02.02)

그 내용을 살펴보면 1995년 8월 15일 50주년 종전기념일에 "식민지 지배와 침략으로 아시아제국 여러분에게 많은 손해와 고통을 주었다는 의심할 여지가 없는 역사적 사실을 겸허하게 받아들여 통절한 반성을 표하며 진심으로 사죄한다"는 이른바 무라야마 담화를 발표하였다. 이후 일본의 역대 정권들은 형식적이나마 무라야마 담화를 계승한다는 입장을 밝혔다.

그런데 2012년 자민당 총재로 당선된 A급 전범자 기시 노부스케岸信介 전 총리의 외손자인 아베 신타로는 자민당이 집권할 경우 일본의 과거사 반성 담화인 미야자와 관방장관과 고노 관방장관 그리고 무라야마 담화를 수정하겠다고 밝혔다.

실제로 아베는 재임기간 동안 일본의 집단적 자위권 행사를 위한 헌법개정 방침을 국정의 목표로 삼아 주변 국가를 긴장시켰다. 과연 그는 집권하자 전후 일본인들이 지켜온 평화헌법을 바꿔서 당당히 군대를 보유하고 전쟁을 할 수 있는 나라, 해외에 군대를 파견할 수 있는 나라를 만들겠다는 것을 국정의 지표로 삼았다. 그리고 무라야마 담화를 부정했다.

이에 대해 무라야마는 "무라야마 담화를 부정한다면 일본이라는 국가는 국제사회의 일원으로 살아갈 수 없다"고 하면서 전 세계에 나타낸 국제공약이 되었으므로 재검증은 불가능하다고 했다. 또 아베 총리를 가리켜 일본 총리는 이를 지켜야 한다. 이것을 지킬 수 없는 사람은 공직에 머무를 수 없을 것이라고 비판했다.

동북아역사재단이 주최한 '무라야마 담화와 위안부문제'라는 토론회에 기조 발제를 위해 한국에 온 그는 조소앙趙素昻:1887~1958 선생 기념사업회 임원들의 안내를 받아 독립기념관을 방문하였다. 일본인들이 가장 싫어하는 3.1운동전시관과 의병운동 전시관을 관람하고 조소앙 선생의 삼균주의 어록비를 참배하였다.

무라야마 전 총리의 독립기념관 방문은 일본의 보수우익 정치인에게서는 전혀 상상할 수 없는 일이다. 그런 점에서 나는 그를 정중하게 예우하면서 안내했다. 특히 그는 "나의 마지막 염원은 동북아시아의 평화라고 하면서 최근 역사문제로 이웃나라와의 관계가 뒤틀어져 안타깝다"는 말을 남기는 노정객의 진지함에서 일본의 양심을 느낄 수 있었다. 그래서 그를 현관까지 배웅해 주었다.

마침 그날이 휴일이라 관장이 출근하지 않은 관계로 나는 그와 10여 분 이상의 티타임을 가질 수 있었다.

녹색운동가 고마쓰 아키오小松昭夫

　나는 무라야마 전 총리 이외에 또 한 사람 일본의 양심인 녹색운동가 재단법인 인간자연과학 연구소 고마쓰 아키오 이사장을 만났다. 그를 처음 만난 것은 2005년 독립기념관 사무처장 때였다. 그는 전기제품을 만드는 일본에서 유수한 중소기업인이었다. 그는 재단법인 인간 · 자연 · 과학연구소를 설립하여 동북아시아의 평화를 추구하는 녹색운동가이기도 했다.

　그가 독립기념관을 찾은 것은 지금이 가해자인 일본 국민이 반성하고 피해자인 한국 국민이 용서하는 동북아시아의 세계평화 모델을 구축해야 할 시점이라면서 그 장소로 독립기념관이 적지라는 것이다. 만약 독립기념관에서 장소를 제공하면 그 설립비용은 자기들의 재단이 부담하겠다는 것이다. 나는 그 취지를 높이 평가하면서도 정중하게 거절하였다.

　일본의 역사교과서 왜곡이 계기가 되어 전 국민의 성금으로 설립한 독립기념관은 민족의 정체성이 집적된 공공기관이다. 그런데 일본 정부는 반성은커녕 역사 교과서까지 왜곡하면서 그들의 침략과 식민지배를 정당화하고 있지 않은가! 이러한 상황에서 독립기념관이 일본의 민간단체와 이러한 민감한 문제를 내 임의로 협의한다는 것이 적절하지 못하다고 판단했기 때문이다.

　그럼에도 불구하고 나와 고마쓰 이사장과의 관계는 지속되었다. 그는 안중근 의사의 신기념관을 건립할 때 적지 않은 기부금을 쾌척하였다. 경희

독립기념관을 관람하고 '독도영유권 문제의 현안'이란 연제로 강의를 들은 일본 시네마현 극우 청년들.
앞줄 좌측에서 3번째가 필자, 그 옆 박걸순 박사, 그 옆이 고마쓰 아키오 이사장이다.

광복 60주년 및 을사늑약 100주년 독립운동사 학술심포지엄(중앙 필자)

일본 역사 교사와 간담회(좌) 인솔교사 대표와(우) 서적 교환(2005.08.17)

대학교 초청강연에서 보여준 한일 역사문제 인식에 대한 전향적인 면에 깊이 공감했기 때문이다.

2006년 어느 날 그는 나를 시마네현島根県으로 초청하겠으니 독도가 한국 영토임을 증명할 수 있는 사료를 가지고 와서 일본의 극우파 청년들에게 강의를 해달라는 부탁을 해 왔다. 시마네현은 일본에서 독도가 가장 가까운 곳으로 2005년 독도를 시마네현에 편입시키려는 목적으로 다케시마의 날 조례를 제정하였고, 독도(일본에서는 독도를 다케시마라고 함)를 일본 영토라고 주장하는 극우세력의 중심지역이기도 하다. 나는 학문적으로나 직위면에서 내가 나설 자리는 아닌 것으로 판단하고 이 또한 사양하였다.

그는 시마네현에서 독도는 한국땅이라고 주장했다가 극우 청년들의 거센 저항에 부딪쳐 매우 곤란한 처지가 되었다면서 어떤 형태로든 해명이 필요하다는 것이었다. 그래서 내가 역제안을 했다. 그 청년들을 한국으로 데려와서 독립기념관을 관람시키고 관람 후에 저명한 학자로 하여금 특강을 하도록 하겠다는 내용이었다.

그는 나의 제안을 쾌히 승낙하였다. 과연 얼마 후 페리호 편으로 27명의 청장년들이 부산에 도착하여 관광버스 편으로 독립기념관에 도착했다. 그가 부탁한 강사는 신용하申鏞廈(독도학회 회장) 교수였지만 일정 조정이 어려워 한국독립운동연구소 박걸순朴杰淳(현 충남대학 교수) 박사로 양해를 구했다.

그런데 놀라운 사실은 독립기념관에 전시된 의병운동관과 3.1운동전시관을 관람한 일본 청년들은 일본의 침략행위와 강압적인 식민통치를 전혀 모르고 있다는 사실이었다. 이것이 사료에 근거한 전시냐고 묻기까지 하였다. 일본은 분명 역사교육에 큰 죄를 저지르고 있다는 생각이 들면서 고마쓰 이사장의 녹색평화운동이 한층 돋보이기까지 하였다.

독립기념관을 나오면서

독립기념관은 민족의 상징성뿐만 아니라 기능 자체가 민족의식 함양과 애국심을 고취한다는 명분 때문에 별도의 광고를 하지 않아도 뜻있는 이들의 관람을 유도할 수 있는 여건을 갖추고 있다. 어떠한 명분보다도 일은 사람이 하는 것이고 인간관계에 따라 이루어지게 마련이다.

국가예산으로 운영되는 정부산하기관은 이런 점을 간과하는 경우가 많다. 대개 공급자 위주의 권위적인 운영의 틀에서 벗어나지 못하고 있다. 기념관은 전체 직원들 분위기가 사람 들어올 때 맞이하는 따스함이 부족하고 나갈 때 섭섭하고 아쉬워하는 점이 부족하다.

독립기념관은 건립에 대한 명분과 거대 담론 때문에 자료기증자나 성금기탁자에 대한 관리 또한 아주 소홀하다. 자료기증자 보은 행사를 2001년에서야 처음으로 했다는 것은 관리 소홀의 단적인 예이다. 자료기증, 성금기탁자를 철저히 관리하고 관계망을 맺어나가는 것은 경영의 일부임을 늘 염두에 두어야 한다.

독립기념관이 독립기념관답고 시민에게 가까워지기 위해서는 다음의 다섯 가지를 지켜야 한다.

첫째, 군부독재시대에 건립된 권위적인 정체성에서 벗어나야 한다. 민족의 성지, 민족자존의 전당, 투철한 민족정신과 국가관 확립이란 거대 담론에서 벗어나 시민이 가까이 갈 수 있는 건전한 문화공간으로, 시민들이 함께 즐길 수 있는 문화서비스 공간으로 거듭나야 한다.

둘째, 상급기관의 간섭과 독립채산제에 입각한 경영평가에서 벗어나야 한다. 관장과 이사회 중심의 자율적인 책임 경영체제로 바뀌어야 한다. 그러자면 이사회 구성원은 문화, 교육, 역사 등 각계의 전문 인사로 구성되어야 한다. 국민의 대표성 운운하며 국회의원을 당연직 이사로 채우는 권위주의적 발상은 없애야 한다. 경제논리로 수치화, 계량화하는 평가 대신 국가적, 사회적, 문화적 책무에 중점을 두어야 한다.

셋째, 공급자 위주의 권위적인 운영에서 관람객 위주로 바뀌어야 한다. 성지란 이름 때문에 관람객 편의가 뒷전으로 밀려나는 일은 없어야 한다. 학생들이나 시민들이 그 넓은 공간을 성지란 개념에 짓눌려 몇 시간을 엄숙하게 보내야 한다면 차라리 도서관을 가지 왜 기념관에 오겠는가?

넷째, 사람 관리에 전력을 기울여야 한다. 기념관은 사람 관리가 부족하다. 독립기념관에 자료나 성금, 광고를 내는 사람들은 특별 관리를 하여 늘 관심을 보여야 한다. 자료나 성금을 낸 분은 독립기념관에 낸 것이지 어떤 개인을 보고 기부한 것이 아니다. 기부 당시 관장이나 처장이 바뀜과 동시에 기탁자와 관계도 끊어지고 마는 것은 제도적이고 행정적인 관리가 이루어지지 않기 때문이다.

다섯째, 직원들은 최소한 인력만 기념관을 지키고 대외 활동에 주력해야 한다. 대외 활동이 너무 빈약하다. 관장과 처장 두 고급 인력이 다 함께 기념관을 지킬 필요는 없다. 기념관 고급 인력들은 관람객 유치를 비롯하여 대외활동에 눈을 돌려야 한다.

기념관 바깥일은 기념관 안 행정업무보다 상대적으로 보람을 크게 느끼고 주인의식을 갖게 마련이다. 또 독립기념관 전 임직원들은 업무에 있어서 그 책임감과 성취감을 공유할 수 있도록 경영업무가 분장되고 민주화되어 모두가 주인의식을 가질 수 있어야 한다. 독립기념관이 새롭게 거듭날 수 있는 최소한의 조건이라고 생각한다.

위 다섯 가지는 일곱 해 동안 몸담았던 독립기념관을 걸어나오면서 느꼈던 안타까움과 살가움의 표시이다. 독립기념관은 내가 살아오면서 쌓아온 지식과 열정을 지펴서 피워 올린 내 인생의 절정이었다.

독립기념관을 초도 순시하는 김정복 국가보훈처 차관 일행에게 기념관 현황 설명(2005.09.28)

퇴임식: 김삼웅 관장이 감사패와 기념품 전달(2006.03.07)

김시우 사무처장 퇴임식 인사(2006.03.07)

정동영 민주당 대표 일행의 독립기념관 방문(2018.10)

한민족 역사 페스티벌(2005.08.22)

최우수 경영기관으로 선정되어 행자부 장관으로부터 기관 표창을 받았다(2005.10.20)

예천 의병대장 박주상 선생 추모비 건립추진위원장인 필자가 제막식에서 기념식사를 하였다
(2013.05.10)

독립기념관을 방문한 손학규 경기지사 일행과 함께

독립기념관을 방문한 이수성 전 국무총리와 함께

대종교 창시자 나철 시 어록비 제막(2003.11). 좌로부터 두 번째 박주선 의원, 세 번째 박성수 박사, 우에서 세 번째 이한동 전 총리, 필자, 대종교는 일제의 탄압으로 교단의 총본사를 만주로 옮겨 항일 운동을 하다 1942년 일본군에 의해 10만 교도들이 학살당했다.

독립기념관을 방문한 한나라당 의원들과 함께 좌로부터 이만열 한국독립운동연구소장, 문연상 독립기념관 감사, 남경필 의원, 박유철 관장, 강신성일 의원, 정병국 의원, 필자.

광복절 경축 기념행사에 참가한 심대평 충남지사와(2003년)

초빙강사로 독립기념관을 방문한 도올 김용옥 교수와 함께.
좌로 부터 김삼웅 관장, 도올, 그리고 필자이다.

독립영화제 개최 협의 후 영화인들과 함께.
좌에서 3번째 김삼웅 독립기념관 관장, 4번째가 '태극기 휘날 리며'의 강재규 감독

중경시 인민정부 외사 판공실 아주처 호장춘胡長春 한국사무담당자와
중경 대한민국임시정부청사 중수공사 협정 조인 후 악수를 교환하고 있다(2004.04.12)

천안 상명대학교와 교류 협력 협정식

상해 임시정부 청사 실측을 위해 김홍식(좌측 두 번째) 명지대학교 건축학과 교수와 함께

중경 임정청사 관장과 청사 중수 공사를 협의

유주 대한민국 임시정부 청사 구지에서. 윤봉길 의사 기념사업회 임원들과 뒷줄 좌에서 세 번째가 필자

한나라당 국회의원 방문시 독립기념관 현황 브리핑(2000.8.14)

13. 나의 뿌리인 율은공파 종회 일로 돌아오다

씨족공동체를 사회공동체로
법고창신하는 문중, 계왕개래하는 문사

씨족공동체를 사회공동체로

독립기념관을 퇴직하자 나를 기다리는 곳은 내가 태어나고 자란 우리 파 종회(김해김씨 율은공파)였다. 종손(김종득)은 내 임기가 끝나기를 기다렸다는 듯이 종회를 열고 나에게 대종회 일을 맡겼다. 중앙종친회와 나라일(독립기념관)을 그만큼 했으니 이젠 집안일도 좀 해야 한다는 종손의 간곡한 부탁을 끝내 거절할 수 없어 2007년 3월 3일 김해김씨 율은공파 대종회장에 취임했다.

우리나라는 종친회란 성씨별 조직이 없는 곳이 없지만 한결같이 자기 조상만을 현창하려는 배타적이고 폐쇄적인 반半봉건적 조직으로 그 운영 방법은 비민주적이었다. 나는 종회장을 맡으면서 이를 보다 개방적이고 민주적이며 세대간의 격차와 갈등을 해소하는 전향적인 방법을 모색하였다.

그래서 문중의 운영방식을 고민하기 시작하여 법인체 운영을 모색하였다. 법인 설립을 허가받아 문중재산을 법인체의 기본재산으로 등기하면 재산보전에 대한 안전장치가 되므로 종원들을 설득시킬 수 있다는 점과 씨족공동체 중심의 문중 운영을 지역공동체 중심의 운영으로 변화시킬 수 있다는 점에 착안하여 이를 추진키로 하였다.

2009년 4월 비영리 법인의 설립을 신청하여 2009년 5월 1일 경상북도로부터 문중으로서는 처음으로 사단법인 율은 김저선생기념사업회로 인가받고 문중의 모든 부동산을 법인의 기본 재산으로 등록하였다.

기념사업회 현판식(2009.06.09)

법인 설립이 인가되자 법인 목적사업 중의 하나인 유물 유적 보존사업에 착수하였다. 우리 문중 파조 율은栗隱(본명 김저金佇, 사명 김손金遜) 공은 고려 조정의 모든 요직을 두루 섭렵한 중신이었으나 공민왕恭愍王:1351~1374이 시해되고 외숙인 최영崔瑩:1317~1389 장군이 처형되는 변고가 일어나자 풍기 은풍(지금의 예천군 은풍면)으로 남하하여 은거하면서 누대로 내려오는 교지, 문건을 모으고 가승家乘을 정리하였다. 또 『남하지南下誌』를 지어 학 사고學士庫에 보관하면서 후일 역사에 증빙자료가 될 것이니 잘 보관하라 는 유지를 내렸다.

그러나 조선 정종 2년庚辰年:1400에 방화로 보이는 대화재로 인하여 이 귀중한 사료가 모두 불타 버렸다. 그 후 6세 율호栗湖=繼元:1455~1527 공께 서 흩어진 자료를 모으고 구전口傳을 정리하여 어느 정도 복구했으나 아!

김병일 한국 국학진흥원장과 문중자료 위탁기증과 학술발표회 협의차(2022.09.15)

이 무슨 변고인가! 선조 3년庚午:1570에 종가에 대화재를 만나 7대 종손 자소옹自笑翁=千齡 양위분까지 화마에 희생되었고, 모든 서책은 다 불타버렸다.

다행히 아들 형제湖西=成物 湖南=生物는 겨우 목숨을 보전하여 노복의 손에 자라게 되었으나 문중의 소장품들은 거의 화재에 없어지고 말았다. 그러나 율은문중은 좌절하지 않고 학문을 닦고 인륜을 세워 향방에서 선비촌으로 우뚝하게 되었다.

율은공파 개별소장 자료인 교지·시권·문집·서간 등 3,300여 점을 국학진흥원에 기탁 보관하였다.

향토문화 예산지원 요청 후 강성조 경북도 부지사(중앙)와 김종필 본회 지도위원(우측)

젊은이들의 종사 참여를 위하여 율은산악회를 창립하였다(2010.03.28)

자랑스런 출향인 상을 받고 이현준 군수와(2011.04.24)

이사 지도위원 연석회의

종사교육: 율은기념사업회 총회 후 실시한 종사교육

법고창신法古創新하는 문중 계왕개래繼往開來하는 문사

현종 11년(1670) 미호동에 미산학사가 세워지고 조선후기 숙종과 영·정조 이래 11명의 문과 급제자가 배출되고 학문이 크게 일어나게 되었다.

매죽헌공이 쓴 「미호기」에 "…근래 오륙십 년을 내려오면서 크고 작은 과거에 급제하는 일이 연이어 높은 관리의 행차를 알리는 수레가 끊이지 않고 이어가니 참으로 선조의 세덕이 발휘하기 시작함을 알게 되었다"라는 구절이 있다.

자연 집집마다 교지, 문집이 쌓이고 종가는 말할 것도 없고 개인 소장품들이 많아지고 글 읽는 소리가 끊이지 않았다고 한다.

그러나 우리 문중에는 또 한 번의 재난이 닥쳐왔다. 6.25 때 종가에서 소장하고 있던 각종 교지, 서책들이 모두 불타 없어져 종중의 큰 한으로 남게 되었다. 본 기념사업회가 최우선 사업으로 조상이 남긴 유물·유적 보존 사업을 택한 이유이다.

그래서 개인이 소장하고 있는 유품들을 한 곳으로 모아 유실을 막고 항구적인 보존대책으로 전시관 설립을 추진하게 되었다. 이는 보존뿐만 아니라 그 유품들의 가치를 인식시키고 후손에게 전승시키기 위함이었다.

그러나 이 또한 화재와 도난에 안전대책이 될 수 없어 수집한 자료 3,243점을 국학진흥원에 위탁하여 진흥원 수장고에 미호문중 자료들을 별칸에 보관하게 하였다.

그리고 미호리 소재 전시관에는 복제품들을 전시하여 자료의 가치와 귀중함을 새롭게 인식하도록 하였다.

전시관을 설립하는 과정에 천안 독립기념관에 요청하여 폐기되는 진열장 16개를 기증받고 성금 운동에 모든 후손들이 참여하여 2013년 11월 12일 율은전시관을 개관할 수 있게 되었다.

다음의 역점사업으로 선조들이 남긴 표절사·추원재·남하정이 퇴락하여 특히 추원재와 남하정은 넘어지기 직전 상태여서 중수사업을 착수하게 되었다.

그러나 이 사업은 그 비용이 종중으로서는 감당할 수 없는 규모여서 국고지원을 요청할 수밖에 없게 되었다. 마침내 2012년 예산에 도비 1억 5,000만 원, 군비 1억 5,000만 원이 확정되고, 2013년에도 계속 사업으로 도비 1억 원, 군비 1억 원이 배정되고, 후손들의 성금이 2억 원 이상 답지하여 공사가 순조롭게 진척되어 2014년 11월 22일 준공식을 할 수 있게 되었다.

이를 기념하여 준공식 전날인 2014년 11월 21일 한국 국학진흥원이 주관하고 경상북도가 주체가 되어 '율은 김저의 충절과 선비정신'이란 주제로 학술발표회를 개최하였다. 이 대회에서 이형우(인천대), 박종천(고려대), 최종호(영남대), 황만기(안동대), 전재동(경북대) 등 5명의 교수가 논문을 발표하고, 5명의 교수가 토론에 나서서 오전 10시 30분부터 오후 4시 30분까지 600여 명의 방청객이 참석한 가운데 열띤 토론이 이어져 큰 성과를 거두었다.

그 외에 본 기념사업회는 출판사업으로 2007년부터 계도지宗報를 격월간제로 지금까지 97호가 발행되었으며, 선조들이 남긴 문집 국역본(매죽헌문집, 죽오문집)을 발간하였으며, 그 외에 20권의 책자를 발간하였다.

한국 국학진흥원에서 주관한 '율은 김저의 절의와 선비정신'을
주제로 한 학술대회에서 인사하는 필자(2014.11.21)

율은 전시관 개관
(좌) 이현준 군수, 허화평 미래재단 이사장, 오른쪽 필자, 김종창 전 금융감독원 원장(2013.04.12)

보문 역사문화관 개관식에서 기념사를 하는 필자(2021.04.17)

보문 역사문화관(율은전시관) 개관 관람.
이현준 군수, 허화평 의원, 김종창 금융감독원장 차례로 관람하고 있다.

최영 장군의 후손인 동주최씨 최시원 종친회장이 최영 장군 영정을 율은기념사업회에 기증하였다.

학술대회 기념사진. 예천문화회관(2014.11.21)

추원재 준공(2014. 11. 22)

현재의 미호리 전경(2022년)

김무성(전 새누리당 대표) 가락중앙종친회장과 안동하회마을 장승공원 목석원을 방문하고 이 시대 최고 장인 김종흥 목석원 원장과 함께

또한 하계 방학을 이용한 청소년들의 뿌리교육, 농한기에는 성인들에게 종사교육을 실시하였다. 그러나 이 모든 일들이 씨족 중심으로 이루어졌으니 그 효과가 매우 제한적일 수밖에 없었다.

본회에서는 2019년 전시관 운영은 씨족공동체 중심에서 지역공동체 중심으로 바꾸고 그 내용도 지역의 역사문화를 조명하는 보문의 역사 문화관으로 하자는 것으로 뜻을 모으고 2021년 4월 17일 율은전시관이 보문역사문화관으로 거듭나게 되었다.

문중 일은 끝이 없다고 한다. 그렇다고 실생활에 도움이 되거나 생산적인 과실이 있는 것도 아니다. 실체가 보이지 않는 이른바 숭조위선사업이라 젊은이들이 외면하는 것은 당연한 일이다.

나는 수로왕을 성조姓祖로 하고 고려충신 율은 김저선생을 파조로 하는 김해김씨 율은공파이다. 여기서 중앙종친회 즉 김해김씨 전체의 일을 종사宗事라 하고 파종회 일을 문사 혹은 문중사라 칭하겠다.

나는 종사일로 장년의 상당기간(12년)을 보냈다. 현직에서 물러난 65세 이후부터 지금까지는 문사일로 날밤을 새우며 인생을 마무리하고 있는 셈이다. 그러나 전통적인 씨족개념의 문중 운영은 하지 않기로 했다. 그래서 가장 먼저 착수한 것은 문중운영을 법인운영으로 바꾸고 조상이 남긴 문화유산을 깊이 인식하고 이를 계발하여 모든 사회 구성원들이 공유하고 후세들에게 전수시키는 사업에 착안하였다.

우선 개인이 소장하고 있는 조상들이 남긴 모든 문집, 문건, 서간, 교지, 시건 등 문화유산들을 파악하고 이를 한 곳으로 모아 체계적으로 정리하고 『자료목록집』을 만드니 약 3,200점 정도였다. 이 자료들의 영구보전을 위해 안동 한국국학진흥원에 위탁하였다.

이 자료 중 교지·시권·편액 등 260여 점을 해제를 붙여 2022년 12월 「예천미호에 핀 문향文香, 김해김씨 율은문중」 도록집을 출간했다. 또 2023년 11월 예정으로 문집, 서간 등을 자료로 학술연구발표회를 준비하고 있다. 학술연구발표회는 2014년 제1차 발표에 이어 제2차 발표이다. 이는 가학家學으로 전승 삼았다.

이 사업을 추진하는 데 강성조 행정부지사의 지원과 김자현 전 한국 국학진흥원 사무국장이 실무를 맡았다. 율은문중의 학문체계를 조명하고 조선시대에 집성 선비촌을 형성한 실상을 연구계발하여 선조들이 남긴 거룩한 정신문화유산을 이어받아 다음세대에 계승하도록 하는 사업을 제일 목표로 삼았다.

'법고창신法古創新'이란 이를 두고 한 말이다. 옛것을 본받아 새로운 것을 창조한다는 뜻이다. 여기 새로움이란 반드시 옛것을 토대로 하여 근본을 잃지 않아야 한다는 뜻이다. 오늘 보문역사문화관 설립은 바로 이 정신을 이은 것이다. 우리 기념사업회는 앞으로도 법고창신하고 옛것을 잇고 미래를 열어가는 '계왕개래繼往開來'의 정신을 이어갈 것이다.

14. 소중한 나의 삶, 순환 인생

소중한 나의 삶, 본길과 둘레길

나는 내 삶의 큰 줄기인 본 직업을 본길, 본 직업 이외의 사회 활동을 둘레길 인생 곧, 순환인생이라 이름 붙였다. 본 직업 이외 특정단체 활동도 내 삶의 일부이니 빼놓기가 무척 아쉬웠기 때문이다.

나는 내 삶의 기본 원천인 직업에 관한한 매우 운이 좋은 편이라고 생각한다.

『맹자孟子』「고자告子」하편下篇에 "하늘이 장차 어떤 사람에게 큰 사명을 내리려 할 때는 반드시 먼저 그 마음과 뜻을 고통스럽게 한다"라는 말이 있다.

영국의 유명한 사학자 아놀드 토인비도 이와 비슷한 말을 했다.

"신이 시련을 주면 인간은 그에 대한 응답을 통해서 성장하고 발전하며 문명은 도전에 대한 응전의 산물이다."

내가 30대에 겪은 고통과 시련을 운명으로 생각하고 울분을 달래는 데 위안이 된 말이다. 그렇다고 내가 큰 사명을 받고 태어났다는 뜻은 언감생심이다. 다만 체념하고 새 출발에 힘이 되었다는 뜻일 뿐이다.

사학과를 나온 나의 첫 직장은 중학교 역사 교사였으니 직업의 첫 출발은 제자리를 찾은 셈이다. 그러나 천직天職이라 생각했던 교직은 능력도 채 발휘해 보기도 전에 독재정권의 공권력에 의해 쫓겨나게 되고 원치 않은 인생대학에 강제로 끌려들어가 내 일생에 가장 고통스러운 5년의 세월을 보내야 했다.

그러나 나는 그곳에서 일생 동안 가장 많은 독서량과 길고 깊은 사색의 시간, 그리고 각계 각층의 벌거벗은 인간들을 접할 수 있는 시간을 가질 수 있었던 관계로 어떤 면에서는 나의 인간 성장에 좋은 기회였다고 스스로 자위한다.

　출소 후 2년간의 국회의원 보좌관 생활은 5년간의 아픔을 치유하는 데는 더없이 좋은 직장이었다. 내가 모신 국회의원은 농수산분과 위원이어서 농고 출신으로 농촌문제에 각별한 관심을 가진 나로서는 그 업무 자체가 매우 보람 있고 신나는 일이었다.

　세 번째 직장은 사단법인 가락중앙종친회 사무총장과 재단법인 가락국사적개발연구원 상임이사인데 이 자리는 겸직이었다. 12년 동안 근무하면서 가야사 연구에 대한 새로운 전기를 마련하고 학계에 가야사 연구 분위기와 가야사에 대한 인식이 새로워졌다. 나는 이로 인하여 국내의 가야사 연구자 그리고 경남, 부산지역 박물관 관계자들과 폭넓은 교류를 가지게 되었고, 그들의 가야사 연구 성과물을 공유할 수 있게 되었다.

　1999년 5월 나는 종친회 사무총장과 연구원 상임이사직을 사임하고 그해 6월부터 천안 독립기념관 사무처장으로 부임하여 7년 동안 재직하였다. 그리고 2001년부터 2014년까지 평택대학교에서 대우교수로 발령받아 교양한국사 강의를 맡았다. 이는 내 전공의 외연을 넓히고 학문의 체계를 세우는 데 큰 계기가 되었으며, 이후 많은 저서를 펴내고 지금까지 사회단체에 강의를 할 수 있는 역량과 토대를 쌓을 수 있게 되었다. 이렇게 나는 일생 동안 내 전공과 적성에 맞는 직장만을 가질 수 있게 되었다.

　그런데 이는 내 역량이라기보다는 하늘이 나에게 내린 행운이라 생각한다. 이와 같은 직장은 실로 우연의 일치로 나에게 굴러 들어온 것이기 때문이다. 그래서 나는 『맹자』「고자告子」하편下篇의 내용을 감히 들먹였던 것이다.

이상은 모두 나의 본업이었다. 이러한 본업을 본길로 지정하고 본길 이외의 사회단체에 참여한 일들을 순환인생 곧 둘레길 인생으로 규정했다. 그런데 이 둘레길도 언제나 내 분수와 역량 이상이었다.

○ 민족정기회

첫 번째로 참여한 곳이 박진목 선생이 주관하는 민족정기民族正氣회였다. 민족정기회는 1970년 항일 민족운동에 참여했던 원로들이 통일과 민족을 위해 발족시킨 단체였으나 10월유신으로 강제로 해산당했다.

그런데 1970년 당시의 창립 멤버인 항일운동 경력을 지닌 애국지사들의 후배인 민주인사들이 1997년 7월 7일 민족정기회를 재창립하였다.

재창립 선언문은 다음과 같다.

우리는 우리의 민족정기民族正氣가 민족사를 지켜온 힘이요, 바탕이라고 믿는다. 민족정기는 오랜 우리 겨레의 역사에서 빛나는 문화의 꽃을 피웠고 아름다운 인륜과 도의의 전통을 세웠다.

민족정기로 무장한 선열들은 이민족異民族의 침략에 맞서 민족의 독립을 찾는 데 신명을 바쳤으며 민족정기를 이어받은 젊은이들은 자유와 인권을 신장시키기 위하여 분투하였다. 분단과 독재로 민족이 고통받던 1970년 조윤제趙潤濟, 권오돈權五惇, 정석해鄭錫海, 유석현劉錫鉉, 김홍일金弘一, 이인李

남한산성에 세워진 민족정기탑 앞에서 아내와 함께

仁, 여운홍呂運弘, 송남헌宋南憲, 박진목朴進穆 등 당대의 지성, 선각들이 민족정기회를 발족시켜 통일과 민주의 길을 열려 했으나 권력에 의해 강제 해산 당하고 그 뒤 가혹한 현실과 후배들의 못남으로 재건하지 못한 채 오늘에 이르렀다.

···(중략)···

이에 선열, 선각의 뜻을 상기하면서 오늘과 다가오는 새 시대에 우리 민족과 민족구성원 모두의 존엄과 행복 그리고 통일 민족국가의 발전과 세계 평화에 기여하기 위하여 민족정기의 의미와 가치를 찾고 선양 실천하는 데 이바지하고자 민족정기회를 다시 창립할 것을 선언한다.

– 1997년 7월 7일 –

위 재창립 선언문은 전 문화관광부 김도현 차관이 썼다.

내가 민족정기회에 참여한 것은 1995년 재창립 준비모임이라 할 수 있는 경기도 광주군 중부면(남한산성)에 민족정기탑 건립 때부터였다. 민족정기 기념탑 건립의 취지와 목적을 동주선생의 부탁으로 필자는 다음과 같이 기록하였다.

우리 역사는 예부터 오늘에 이르기까지 저 대륙의 거센 말발굽과 현해탄의 높은 파고 속에 수난받은 민족사로 얼룩져 왔다. 특히 근대 일본제국주의의 강점은 참기 어려운 고통과 민족의 자존을 송두리째 앗아간 최대의 치욕이었다.

…(중략)…

여기 일제의 마수가 온 강토를 뒤덮은 국난의 여울목에서 목숨을 초개같이 던져 오늘을 이끄는 데 초석이 된 선열들의 고귀한 애국정신을 기려 이 탑을 세운다.

- 1998년 -

1997년 7월 7일 세종문화회관에서 개최된 재창립총회에서 송남헌 선생이 회장으로 선출되고, 이강훈李康勳, 안춘생安椿生 등 원로 독립운동가들이 고문으로 추대되었다. 그리고 실무 간사는 김도현金道鉉 씨가 맡았다.

그해 가을 남한산성에 임오독립군 모군운동 추념비를 건립하고, 제막식을 가졌다. 1998년 11월 1일 남한산성 민족정기탑에서 거행된 가을 모임에서 문화일보 최병권崔秉權 논설위원을 초청하여 '세계화 시대의 민족 문제'란 특강 시간을 가졌다.

1999년 5월 27일 개최된 총회에서 강신옥姜信玉 변호사가 회장으로 선출되고, 지도위원으로 박진목, 서영훈徐英勳, 이기택李基澤 등이 위촉되고, 송남헌 선생은 명예회장으로 추대되었다.

이날 선임된 여타 임원은 다음과 같다.

- 회   장: 강신옥
- 부회장: 이부영李富榮
- 이   사 : 회장, 부회장, 간사, 김시우金時佑, 박희진朴熙珍, 성재상成在祥, 이윤기李潤基, 이종섭李宗燮, 조동춘趙東春 등 9명
- 감   사: 박찬영朴贊寧, 허만일許萬逸
- 간   사: 김도현金道鉉

민족정기회에서는 1999년 11월 17일 세계화를 맞는 금융과 유행의 중심지인 서울 명동 입구에 나석주羅錫疇 열사의 동상을 건립하는 등 민족정기를 새롭게 깨우치게 하고 실천하는 사업을 하였으니 그 중심에는 동주 박진목 선생이 있었다. 선생은 2010년 7월 13일 수 94세로 영면하시었다. 선생을 따르던 후학들은 2012년 7월 13일 2주기를 맞이하여 선생이 정성껏 돌보던 민족정기 기념탑이 있는 선생의 유택 앞에 민족통일과 평화를 위해 온몸을 던진 선생의 정신을 기려 어록비를 세웠다.

"민족은 이데올로기를 초월한다.

해방된 조국에 동족상잔이 웬말이냐

도대체 누구를 위한 전쟁인가?

박진목 선생 어록비

슬프고 한스럽다.

이 한몸 바쳐 민족의 비극을

극복할 수 있다면 무엇을 주저하랴

나는 이 불행한 전쟁을 종식시키기 위해

평양 공산당 수뇌와 담판하려

죽음을 무릅쓰고 사선을 넘는다."

동주 선생 자서전, 『내 조국 내 산하』에서

세운이: 이기택, 류성환, 이윤기, 이종섭, 김시우, 허만일

이제 그때 그분들은 대부분 고인이 되고 각자도생의 무한 경쟁체제인 신자유주의란 새로운 세기를 맞은 우리에게 민족은 무엇이며 국가의 정체성에 대한 새로운 과제가 던져지고 있다.

○ 역사를 사랑하는 모임

내 인생에 잊을 수 없는 또 한 사람은 이웅근李雄根 박사이다. 최연소(27세) 서울대학교 행정대학원 교수, 장면 국무총리 비서관, 산업능률본부 이사장, 한국공기업학회 회장, 서울시스템과 동방미디어 사장 등 다채로운 경력을 가진 경제학 박사인 그를 처음 만난 것은 1998년경으로 기억된다. 서울시스템과 동방미디어 사장인 때였다.

역사를 사랑하는 모임 -서울 역사 박물관-

역사모 회원 좌에서 3번째 이성무 국사편찬위원장, 4번째 정희경 현대고 교장, 5번째 이웅건 회장, 6번째 최열곤 전 교육감. 그 옆 이시영 박사, 뒷줄 우측에서 2번째 필자, 3번째 신봉승 극작가, 4번째 김종규 전국박물관협회장. 그 옆 이종철 민속박물관장.

부부동반으로 여주 신륵사 등 역사유적지를 방문한 역사모 회원 부부들.(좌) 첫줄 첫 번째 필자.(우) 아랫줄 첫 번째가 아내.

어느 날 이 박사가 인사동 한정식집으로 저녁식사를 초대했었는데 동석하는 분은 극작가 신봉승辛奉承, 국사편찬위원장 이성무李成茂 박사, 이렇게 4명이라 했다. 모두가 처음 만나는 분들이지만 역사에 일가家를 이룬 당대의 명사들이라 자연 화제는 역사 이야기였고, 양반학을 전공한 이성무 박사는 조선시대를 지배하는 양반 선비들은 세계 어느 곳에서도 볼 수 없고 누구도 따를 수 없는 뛰어난 세 가지를 가지고 있다는 것이다.

첫째, 붓 한 자루로 창검을 지닌 무인들을 제압했다는 점.

둘째, 단신으로 부임하여 교활한 아전들을 굴복시킨 점.

셋째, 안방마님들로부터 축첩제도를 합법화시킨 점.

이는 세계 어느 영웅호걸의 열전에도 볼 수 없는 조선의 선비만이 가진 것이라며 오랜 지기들을 만난 듯이 분위기를 잡았다.

술이 여러 순배 돌자 이웅근 박사가 운을 뗐다. 역사를 사랑하는 모임(역사모)을 만들자는 제안이었다. 나를 뺀 그들은 이미 몇 차례의 모임을 갖고 계획을 상당히 진척시킨 상태였다. 나로서는 연령적으로도 선배들이고 사회적으로 나와는 비교할 수 없는 분들이라 그냥 듣고 동의하는 시늉만 취했다.

첫 모임은 그렇게 끝나고 모임은 거듭할수록 각계각층에서 기라성 같은 저명인사들 40여 명이 참가하였다. 그 중심에는 이웅근 박사의 온화한 인품과 친화력이 있었다. 그는 누구도 엄두를 못 내던 역사학계의 숙원인 조선왕조실록 국역 CD롬을 만들어 1997년 세상에 내놓았다. 자기 집은 물론 아들집까지 담보하여 56억 원을 투자하여 8년 만에 완성한 이 작품이야말로 돈으로 환산할 수 없는 큰 성과이지만 복제품의 창궐로 인해 겨우 300

개 밖에 못 팔았다고 한다. 공공기관이나 대학 도서관에서조차 복제품을 썼다고 하니 참으로 기막힌 일이다.

이로 인하여 서울시스템은 부도가 났지만 디지털 한국사를 만들겠다는 그의 집념은 계속되어 IMF의 어려움 속에서 외국의 투자를 끌어들여 드디어 2000년 한국사를 디지털로 기록하는 뜻깊은 사업을 완성하였다. 워드프로세서란 말조차 낯선 시기에 전자출판 개발과 신문제작 시스템을 개발하였으나 IMF를 극복하지 못하고 2차 부도로 인하여 결국 2008년 유명을 달리했다.

한양대 병원에 안치된 빈소에는 조문객이라고는 전 경향신문 박석흥 문화부장과 나, 두 사람뿐이었다. 물론 그 전후에 얼마나 많은 조문객 있었는지는 모르지만 그 고고한 인품과 사회에 미친 기여도를 생각하면 야박한 염량세태炎凉世態의 쓸쓸함을 떨쳐버릴 수가 없었다.

○ 성북산방회

2012년이니 내 나이 68세 때였다. 본 직업은 다 끝나고 평택대학교 교양 한국사 시간뿐이었다. 처음 2002년 이 과목을 인계받을 때 수강생이 40명이 채 안 되었으나 내가 맡은 다음 학기에 200여 명이 몰려들어 A, B반으로 분반하여 월요일 오전 2시간, 오후 2시간 네 시간이었다. 월요일을 택한 것은 독립기념관은 월요일이 휴관일이었기 때문이다.

그런데 독립기념관을 퇴임하자 일주일 하루 강의로는 내 몸에 에너지가 남아돌아 여러가지로 일거리를 찾고 있는데 마침 집안 조카이며 교육계 마당발인 김종건 교장이 제안해 왔다.

산방회원들이 종강기념으로 독립기념관 관람

　서울 성북동에 성북산방회가 있는데 덕수상고 동기 동창 20여 명으로 구성된 일종의 친목 모임이라고 한다. 수년 전부터 매주 토요일 교양 강좌를 하는데 이번에는 1년간 계속해서 우리나라 역사 강의를 듣고자 강사를 찾고 있다는 것이다. 연령대는 70세 전후이고 대개 은행지점장과 사업가 인사들로 구성되었다는 것이다.

　나는 그런 자리를 찾고 있던 참이라 쾌히 승낙하고 당초계획보다 반년을 연장해서 1년 반 동안 한국사를 고대사부터 근현대사까지 열심히 강의하였다. 특히 근현대사 부분은 강의할 기회가 없었는데 이곳에서 처음으로 강의를 하게 되어 스스로 반 쪼가리 역사 전공을 극복할 수 있게 되었다.

　평택대학교에서 교양 한국사는 고대부터 개항 이전까지만 담당했고 개항 이후 근현대사는 다른 교수가 맡았었다. 나는 그 교수에게 근현대사와 고대사를 교대로 바꾸어서 하자고 제안했으나 거절당했다.

알고 보니 그는 젊은 시간강사이고 여러 대학을 출강해야 되는데 과목을 바꾸면 고대사를 별도로 공부해야 하니 시간이 없다는 것이다.

나는 산방회원들과 근현대사를 공부할 수 있는 기회를 얻게 되어 아주 보람 있고 의미 있는 시간을 가지며 1년 반 동안 내 전공의 외연을 넓힐 수 있는 시간을 가지게 되었다. 생각하면 나처럼 본업과 본업 이외에 특별활동이라 할 수 있는 순환의 삶까지 전공과 딱 맞아떨어진 활동영역을 가지게 된 것을 나는 시련의 대가로 하늘이 준 행운이라고 생각한다.

그래서 나는 본업 이외의 이 소중한 나의 삶을 '순환 인생'이라 이름하고 새로운 장을 하나 설정하였다.

15. 역사의 오솔길을 걷다

역사의 오솔길을 걷다

　역사를 짚어보고 기록으로 남기는 것은 내 삶을 이어오는 일관된 일이었다. 이번에 자서전을 엮어내는 것도 이런 연유가 있다. 나는 역사학도로서, 생활인으로서 꼭 갚아야 할 세 가지 빚 때문에 이 책을 세상에 내놓게 되었다.

　첫째, 유신독재 시대를 기록으로 남겨야 한다는 역사에 빚 진 마음.

　둘째, 부모님과 형제, 자매 그리고 아내와 아이들을 고통에 빠뜨린 데 대한 빚 진 생각.

　셋째, 내가 겪은 역사적인 사건으로 사회에서 소외감과 좌절감을 맛본 사람들에 대한 부채감이 그것이다.

　나는 박정희 정권이 유신 장기독재 명분을 만들기 위해 조작한 재일동포 유학생 간첩단사건으로 5년간 영어의 몸이 되었다. 재일동포 유학생 간첩사건의 실체를 이해하기 위해서 2012년 10월 20일 정동에서 벌어진 '유신체제와 재일동포 유학생 간첩단사건의 진실과 의미'라는 한일공동 학술행사에서 발표한 내용을 간단하게 소개한다. 1970년대 박정희 유신정권과 1980년대 전두환 정권은 사회통제를 위한 필요성에서 거의 정기적으로 간첩사건을 조작하여 발표하고 대대적으로 보도해 왔다.

…(중간 생략)…

　간첩검거가 공안기관들이 내세우는 최고의 업적이었고, 정부 또한 간첩

관련 공안사건으로 사회를 통제하면서 정치적 난관을 무마할 수 있는 가장 손쉬운 수단으로 여겼다. 하지만 1970년대에 이르러 북한의 대남전략이 바뀌고, 또 7.4공동성명 등의 영향으로 예전처럼 많은 수의 간첩남파가 이루어지지 않았다.

일자리가 줄어든 공안기관들은 존립의 기반을 찾아서, 그리고 예전 성수기에 중독된 환상에서 새로운 일거리를 만들어 냈다. 그것은 자체적으로 간첩을 조작해 내는 일이었다. 이런 상황에서 독재정권의 추악한 하수인들은 납북어부와 재일동포 모국 유학생 등을 마녀사냥의 표적으로 삼았다.

이들은 사회적 약자이자 자기방어력이 부족한 순진한 사람들이라는 공통점을 지니고 있었다. 때문에 기관원들은 그들을 간첩조작의 희생양으로 삼기에 부담이 적다고 보았던 것이다. 납북어부와 재일교포 조작 간첩문제가 대부분 1970~80년대에 집중된 이유다.

국방부 과거사위 보고서에 의하면 1970~80년대 간첩사건은 모두 966건에 달했는데, 그 가운데 재일동포 및 일본 관련 간첩사건은 319건이며 보안사가 73건을 수사했다.

…(아래 생략)…

처음에는 분노와 억울함으로 몸과 마음이 펄펄 끓었다. 그러나 감옥생활이 아주 헛된 시간만은 아니었다. 사회를 좀 더 구조적으로 들여다볼 수 있는 이성과 억울한 사람들 내면의 소리를 들을 수 있는 감성을 지니게 되었다. 내가 하나의 직업을 가지고 보통사람처럼 평탄한 길을 70여 년 걸어왔다면 한 분야의 전문가는 되었을지언정 많은 분야의 사람들과 어울리고 당면한 시대정신에 늘 관심을 갖고 귀 기울이기는 어려웠을 터이다.

책 제목을 『고난의 숲을 헤치고 역사의 오솔길을 걷다』라고 달았다. 이는 나의 자전적인 내용이다. 내가 역사의 오솔길을 찾아내는 잣대는 상식이다. 상식은 진보나 보수라는 틀로 가둘 수 없고, 전라도니 경상도니 하는 지역으로도 가를 수 없다. 상식은 인·의·예·지·신 오상五常을 가진 보통사람들 마음에 머무는 생각이요, 그 생각을 몸짓으로 내보이는 행동이다. '평범한 삶을 사는 여러 사람의 생각과 행동'이란 본질을 지닌 상식이라는 잣대는 허술한 듯해도 촘촘하다.

물론 상식이 절대 진리는 아니다. 그러나 몰상식과 사익을 위한 이해관계와 술수만이 지배하는 사회나 나라는 진리를 향해 한 발자국도 나아갈 수 없다. 사람들이 결코 평화로운 삶을 누릴 수 없다. 상식이 없거나 뒤틀린 사회는 옳고 그름이 뒤바뀌고, 가해자와 피해자가 자리를 바꿔 앉기 때문이다. 역사의 죄인이 주인노릇을 하기 때문이다. 몰상식은 이 사회에 고통을 가져오고 고난만 가득한 역사로 몰아간다.

역사란 '상식이 허물어지고 뒤틀린 고통과 고난에서 건져 올린 사람 사는 이야기'라고 할 수 있지 않겠나. 나는 사람 사는 이야기를 하고 싶었다. 내가 살아온 삶은 돈을 추구하는 삶도, 명예를 좇는 삶도 아니었다. 나는 사람이라면 마땅히 생각할 수 있는 상식이 통하는 사회를 원했고 그 길을 찾아다녔다. 왜? 지금껏 아물지 않은 상처 때문이다. 나라가 '안보'란 이름으로 내게 저지른 국가폭력 때문이다.

내가 겪은 재일교포 간첩단 사건은 '민주주의 사회'에서 '보편적 인간'의 잣대로 보면 있을 수 없는 몰상식이요, 인간성을 짓밟은 야만이다. 나는 상식을 찾는 일이 올바른 역사를 찾아가는 일이라 믿고 있다. 내가 걸어온 길에 찍힌 발자국이 모두 역사적인 의미를 갖거나 올바르고 정의롭다고는 생각하지 않는다. 다만 우리 사회에 만연하는 폭력과 야만 그리고 억지와 모순이 사라지길 바라며, 이 땅에 살아갈 모든 사람들이 평화롭게 지내길 간절히 빌며 내가 걸어온 오솔길 한 자락을 감히 내보인다.

책을 읽는 사람들이 이 길에서 희미한 빛과 작은 희망이라도 엿볼 수 있다면, '역사의 오솔길을 걷다'란 맺음말이 부끄럽지 않을 텐데….

나와 이 시대를 함께 걸어준 모든 분들이 고맙다.

형님의 삶은 내 가치관 형성 토대

사람들 가치관은 어떻게 이루어지는 걸까?

익숙하고 뻔한 삶의 문법을 뒤엎는 사건, 뒤틀린 질서를 깨트리는 '시대의 반항아'가 외치는 주장이, '한 사람의 가치관'을 만드는 밑돌은 아닐까.

내겐 형님이 겪은 '재일동포 유학생 간첩사건'이 그러한 바탕이 됐다.

'간첩사건'은 리히터 규모로는 잴 수 없는 강진처럼 어린 생각과 마음에 파열음을 내며 균열을 가져왔다. 사건의 여진은 느리면서도 끈질기게 내 시간 속으로 따라붙었다. 이제 역사나 법리 모든 면에서 무죄 판결을 받은 그때 그 '간첩' 사건은 형님 개인이나 우리 가족한테 가늠할 수 없는 큰 고통과 좌절을 주었지만, 나를 가다듬고 살필 수 있는 나침반도 함께 보냈다.

글쓰기

형님은 하루도 빼지 않고 글을 쓴다.

정치견해를 밝히는 기고문, 가야사 집필, 연설문, 수필 가리지 않는다. 형님이 컴퓨터를 잘 다루었다면, 아마 나는 평생 글 쓸 일이 없었을 것이다. 다행히(?) 컴맹! 손으로 쓴 형님 원고를 입력하며 '그곳'에서 5년 동안 맹렬히 정진하며 쌓은 역사와 철학에 대한 지식과 사회를 바라보는 형님의 관점을 조금씩 엿볼 수 있었다.

글 쓰는 습관과 글쓰기 공부는 오랜 시간 오롯이 형님한테 물려받고 배운 것이다.

이 자서전도 하루 이틀 만에 뚝딱 쓴 것이 아닌 긴 인고 속에서 차곡차곡 길어 올리고 한 올 한 올 간추린 시간들이다.

그 어려웠던 때 글쓰기로 스스로 다잡고 앞날을 모색하고 준비하셨으리라 짐작했는데, 자서전을 읽으면서 '역시 그렇구나!' 확신이 들었다.

"시열아, 이것 좀 입력해라."

그때는 속으로 툴툴거리며 자판기 두들겼는데, 오늘 내 생각과 가치관은 이런 시간이 모이고 쌓여 생겨났음을 이제야 깨닫는다.

부드러운 창의성

(멀리서 지켜 보고, 둘레 사람들한테 나중에 들은 이야기지만) 독립기념관이나 가야문화연구원에서 일하실 때, 늘 창의적인 변화를 주되 결코 억지로 일을 진행하거나 잡음을 일으키지 않았단다.

새로운 것은 헌것과 부딪히거나 반발하는 집단을 만나기 마련인데, 모두를 아우르며 조용하게 한발 앞으로 나간다. 나는 형님이 어떤 노하우로 새로운 생각을 알리고 편의와 타성에 굳은 사람들을 설득하는지 몰라 – 낯선 생각과 일을 부드러움으로 이어가지 않았을까? – '부드러운 창의성'이라고 써봤다.

창의성도 부드러움도 나한테는 모두 모자라고 없는 부분이라서 눈길이 가고 마음이 쓰인다.

일할 때나 사람들 틈에서 인간관계를 맺고 사는 데 참 요긴하게 쓰일 텐데, 내 것으로 만들기에는 여전히 버겁다.

'글쓰기'가 형님이 직접 가르치고 다듬어주신 선물이라면, '부드러운 창의성'은 형님이 삶 속에서 보여줬으니 이제 혼자 만들고 빚어보라는 숙제 같은 선물이라 여긴다.

형님,
어려운 시간 속에서 만들어 보내신 두 가지 큰 가르침 고맙습니다.
한국 현대사의 한 자락을 담고 있는 자서전 발간을 축하드립니다.

- 막냇동생 시열 씀 -

완벽하지 않은 아버지

　요즘은 세월이 많이 변했지만 내가 어릴 때만 해도 부모와 스승은 그림자도 밟지 말아야 할 존경의 대상이어야 했다. 학교 도덕시간, 윤리시간, 아니 한문시간에도 그렇게 배웠다.

　나도 그런 교육과 환경 속에서 아버지를 존경하는 대상으로 바라보고 있었고 완벽한 존재로 여겼다. 나보다 키도 컸고, 달리기도 빠르셨고, 심지어 밥도 많이 드시고 팔다리도 튼튼하셨다.

　내가 귀여운 짓을 할 때면 높이 안아주셨고 내가 말썽을 부릴 때면 눈을 부릅뜨시며 훈계하실 때도 아버지는 나에게 완벽한 분이셨다. 그리고 나도 언젠가 저렇게 되겠지, 라는 막연한 생각 그리고 때론 부담이 들기도 했다.

　그러던 중학교 2학년 시절 우연치 않게 등굣길에 아버지와 버스정류장까지 잠시 동행하는 일이 있었다. 처음으로 아버지와 등굣길을 동행하게 되어 약간 어색함이 있었는데 갑자기 아버지가 넌지시 말씀하셨다.

　일전에 학교대표로 체육대회에서 상을 탄 일을 말씀하시며 공부랑 운동 모두 열심히 하는 모습이 보기 좋다고 칭찬하시며 한편으로는 놀랐다는 말씀을 하셨다. 사실 자랑할 만한 일도 아니고 칭찬받을 만한 일도 아니라고 생각해 칭찬을 들으면서도 쑥스러움이 앞섰다.

　그러시며 본인은 운동에 영 소질이 없었다고 쑥스러움이 섞이신 웃음을 지으시며 아버지의 단점을 통해 나를 더욱 치켜세워 주셨다. 사실 내 성적이나 운동 모두 아버지 기대에 못 미쳤을 거라는 것을 알아 그 칭찬에 대해 약간 의아했다.

하지만 더욱 의아한 것은 나에게 완벽해 보였던 아버지가 아들인 나에게 자신의 부족한 점을 터놓고 직접 말한 것이 사춘기인 나에게 큰 충격이었다. 어쩌면 어린 시절부터 바쁘신 아버지와 같이 보낸 시간이 적어 그걸 늦게 깨달은 건지 모르지만 내가 자연스럽게 알게 된 것이 아니라 아버지가 본인이 직접 단점을 말씀하신 것이 큰 충격이었다.

그리고 등교하는 버스에 올라 나도 나의 단점을 누군가에게 말할 수 있을까란 생각을 해 봤다. 한창 사춘기 시절 남학생들은 누구나 겪듯이 자신의 단점을 감추려 하고 드러나면 수치스럽게 생각하곤 한다. 근데 내가 존경하고 완벽하게 보던 아버지가 아들인 나에게 자신의 단점을 이야기하시며 나에게 용기를 주신 것을 보고 많은 것을 느꼈다.

그리고 성장하면서 아버지도 마냥 완벽하지 않으신 분이란 것을 깨달아 갔다. 가끔 실수도 하시고 마냥 넓어 보이던 아버지 어깨가 작게 보일 때가 있었다. 하지만 그런 아버지의 완벽하지 않은 모습을 보면서 어릴 때와 똑같이 아버지를 존경할 수 있었던 것은 그 시절 작은 동행에서 아버지의 말한 마디가 계기가 된 것 같다.

그리고 나는 그날을 계기로 내가 완벽하지 않아도 더 큰 장점이 있다면 충분히 좋은 사람이 될 수 있다고 생각하게 되었다. 그리고 타인의 단점보다 장점을 인정하고 내 단점도 인정할 줄 알아야 한다고 느꼈다. 더 나아가 그 단점을 누군가에 말해도 부끄럽지 않을 만큼 장점을 갖춘 사람이 되자는 생각을 하게 되었다.

성인이 된 나는 여전히 아버지를 제일 존경하고 있다. 아버지는 완벽하지 않으시지만 그 부족이 느껴지지 않을 만큼 더 큰 장점이 있으신 분이기 때문이다.

- 아들 종호 -

나의 세 번째 아빠

이상하게 들리겠지만 나에겐 세 분의 아빠가 존재한다.

나를 태어나게 해 주신 기억에 없는 5살 때까지의 아빠가 첫 번째 아빠, 아빠와의 이별 후 10살까지 나의 버팀목이 되어주신 우리 할아버지가 두 번째 아빠, 출소 후 지금까지의 우리 아빠가 나의 세 번째 아빠다.

남들이 들으면 결국은 할아버지와 아빠지만 내겐 다 다른 느낌의 아빠들이다.

어린 시절의 아빠를 떠올리면 할아버지만 떠오르니까…. 출소 후 아빠와의 첫 만남은 어색하고 많이 낯설었다.

철이 일찍 들어서일까? 아빠라고 안기라고 떠밀려서 마지못해 달려가 안겼고, 아빠도 나의 주춤거림을 느껴서인지 얼굴에 서운함이 묻어났지만 난 모른 체했다. 그게 다시 만난 아빠와의 첫 기억이다.

아빠는 항상 바빴다. 지금까지 아빠가 누워서 허투루 시간을 보내는 거를 거짓말이 아니라 단 한 번도 보지 못했다.

출소 후 생계를 위해 전국을 다니며 보따리 장사도 하셨다는데 난 전혀 알지 못했다. 어깨가 안 좋으신 이유가 그때의 후유증이라는 사실을 최근에야 알았으니 나도 참 무심한 딸이다.

같이 살아도 여전히 아빠는 보기 힘든 사람이었다.

운이 좋았던 걸까, 아니면 억울한 누명에 대한 보상이었을까.

아빠는 그런 일을 겪은 다른 사람들에 비해 비교적 일찍 자리를 잡았고 그 덕에 난 드디어 별 걱정 없는 사춘기 시절을 보낼 수 있었지만, 언뜻언뜻 불안한 마음이 들었던 거는 어쩔 수가 없었나 보다.

아빠를 떠올리면 나이에 맞지 않는 천진함과 내 기준에 지나친 근검절약, 미래의 환경을 걱정하는 데서 오는 철저한 분리수거, 하루를 남들보다 오래 쓰는 부지런함, 그리고 '책'이다. 아! 치명적인 단점도 있는데 대단한 기계치다. ㅎㅎ

모든 기계 앞에서 한없이 겸손해지는 아빠를 볼 때마다 웃음이 나온다.

내가 아빠를 대단하다고 생각하는 이유는 일상에서 보여주는 자기관리 뿐만이 아니다. 아빠는 그저 나이만 든 어른이 아니다. 아랫사람 앞에서도 잘못을 인정하고 사과할 줄 아는 나보다 더 열려 있는 사고를 하는 멋진 어른이다. 나도 아빠처럼 그런 어른이 되려고 노력 중이다.

"아빠 나 잘할 수 있겠죠? 아빠 딸이니까~."

나의 유년 시절에 아빠가 되어주신 여전히 눈물 나게 그리운 우리 할아버지, 그 모진 일을 겪고 다시 나의 세 번째 아빠로 돌아와 주신 우리 아빠, 감사하고 사랑합니다.

마지막으로 아빠에게 드리고 싶은 말이 있다면,

"아빠! 이제는 택시도 좀 타고 다니세요. 제발요~~."

- 첫째 딸 윤선 -

사랑은 대물림된다

나의 시간을 돌이켜보면 내게 가장 행복했던 시절은 할아버지로부터 나온다.

부모의 부재를 못 느끼게 나의 어린 시절을 채워준 할아버지는 내게 산이었다. 지게에 한가득 나무를 짊어지고 오시는 할아버지를 기다리던 행복한 기억, 부모의 사랑보다 할아버지의 사랑을 먼저 알았던 것 같다.

세월이 흘러 손주들을 바라보는 아버지의 시선을 좇다 보면 사랑 가득했던 할아버지를 보게 된다.

어느새 내가 사랑했던 할아버지와 닮아있는 아버지.

마음이 반드시 행동과 짝을 이뤄 전달되지는 않음을 알기에 표현조차 버거운 고단한 시절에 가로막혔던 부모님의 사랑이 있음도 알고, 덩달아 표현하지 못한 채 겉돌았던 안타까운 애증의 시간이 있었음을 고백해 본다.

사랑은 대물림된다고 했다.

아버지 또한 할아버지의 사랑과 믿음 안에서 그 힘든 시절을 버텨내셨고, 당신의 자녀들을 곤궁함 속으로 내몰지 않기 위해 자신의 아픈 시간 속에 머물지 않고 최선을 다해 살아내셨고, 스스로 자신의 명예를 되찾으셨다. 그리고 그 옆에는 항상 누구보다 힘들었을 어머니의 희생이 있었다.

말로 다 할 수 없는 그 사랑이 우리에게 이어졌음을 느낀다.

몇 달간 이 책의 편집에 참여하면서 아버지로서가 아닌, 한국 현대사를 관통하는 이데올로기의 중심에서 인간 김시우가 어떻게 외롭고 불안정한 시간을 견뎌낼 수 있었는지를 보았고, 그 힘은 지금도 여전하신 아버지의 정직한 삶의 태도가 있었기에 가능했다고 믿는다.

아버지의 삶을 들여다볼 수 있었던 이 값진 시간에 감사한다.

- 둘째 딸 명선 -

친구 같은 아빠

내 정신없는 생활 속에도 아빠가 종종 생각나는 건 신기하게도 강의 시간 때문이다. 한국 정치학 수업은 항상 싱가폴 학생들에게 인기가 많다. 한류 덕인지, 한국 대중문화의 우수함 때문인지, 한국 드라마와 영화는 특히 학생들과의 토론을 용이하게 하는 데 좋은 자료가 된다.

매학기마다 학생들은 한국 일제시기부터 전두환 독재시기까지의 어마어마한 폭력의 시대에 놀라움을 금치 못하고 그렇게 살아남은 한국에 대해 경탄도 아끼지 않는다. 그리고 그를 위해 학생들이 가장 열정적으로 토론하는 부분은 1970, 80년대 한국 사회에 깊게 박혀 있는 폭력의 문화이다.

그러다보면 학생들이 가장 좋아하는 예는 한국 드라마나 영화에 보이는 한국 가족의 가부장적 아버지의 위치이다. 한국 사회 속 여기 저기 보이는 어마어마한 직간접적인 폭력은 한국 남성들이 피해자로 보이기도 하고, 가해자라고 보이기도 한다는 게 학생들의 해석이다.

그러면 학기말 정도 되면 친해진 학생들이 조심스럽게 묻는다. 교수님 아버지는 얼마나 가부장적이었는지, 혹은 폭력적이기도 했는지, 한국의 사연 많은 정치 역사를 학생들과 토론을 하면서, 나도 내 가족사에 심취하게 된다.

그러다 보면 '아! 아버지'라고 생각하며 미소가 띈다. 내 기억속의 아빠는 항상 내겐 친구 같은 존재였다. 그리고 내 인생의 가장 의지했던 조언자였던 것 같다. 내게 아빠는 가부장적이고 두려운 존재가 아니라, 사회생활을 하면서 살다가 힘든 일이 생기면 항상 제일 먼저 조언을 구했던 친구 같은 어른이었다. 어쩔 때는 친구 같다가 어려운 일이 생길 때 가장 객관적으로 조언을 구할 수 있었던 어른이라는 존재였다. 그 무수한 폭력의 시대에 피해자로 살아남은 아버지는 내가 어떤 것도 털어놓을 수 있는 가까운 존재이다. 내 이야기를 조곤조곤 들어주는 친구이기도 하다.

그런 내 모습을 신기하게 여겼던 게 신랑 에릭이었다. 에릭에게 장인 어른은 거리를 걷다가도 생각나면 걸음을 멈추고 깔깔 웃을 정도로 재미있는 분이다. 내가 힘든 일을 아빠랑 나누는 것을 정말 신기하게 바라보다가 지금은 자신도 아빠랑 가장 열심히 정치며 모든 이야기를 나누는 친구가 되었다.

그래서인지 내 정치학 강의는 항상 아빠 이야기를 하는 걸로 끝을 맺는다. 내 학생들에게 그래서 아버지는 매우 유명한 사람이다. 가장 험난했던 한국 정치 역사 속에 서있었던 분이며, 교수님의 가장 친한 친구로.

- 셋째 딸 혜진 -

영원한 마라토너, 나의 아빠

드디어 아빠의 자서전 『고난의 숲을 헤치고 역사의 오솔길을 걷다』가 출판된다. 아빠를 잘 아는 사람, 알지 못하는 많은 사람들이 아빠의 삶을 읽는다고 생각하니, '나에게 아빠는 어떤 분인가'라는 생각의 무게가 새삼 느껴진다.

나에게 있어 아빠는 영원한 마라토너다.

매일같이 새벽 기상, 두 시간 운동, 책 읽기와 글쓰기, 일과 후 두 시간 운동, 또 책 읽기와 글쓰기. 내가 40년 넘게 바라본 아빠의 변하지 않는 일상이다.

아빠는 일희일비 순간이나 예기치 못한 주변 상황 변화에도 흔들림 없는 호흡으로 이 생활패턴을 유지하셨고, 지금까지 난 아빠의 흐트러진 자세조차 본 적이 없다. 나에게도 이런 생활을 강조하셨는데, 20대 초반 무렵 우스갯소리로 하신 "술 앞에서도 지지 말라"는 가르침을 난 지금도 실천 중이다.

자서전을 읽다 보면 아빠의 삶은 평탄하지 못했다. 어린 시절 6.25 피난길에서도, 젊은 시절 군사정권에서 꿈꿔왔던 농촌운동을 접을 때도, 감옥까지도 지금의 나로서는 상상할 수조차 없는 우여곡절이 있는 삶 속에서 아빠는 포기하지 않고 새로운 도전을 멈추지 않았다. 힘든 순간을 포기하지 않고 자신을 믿고 목표지점을 달려가는 마라토너처럼….

팔순이 넘은 아빠가 쉬고 계시는 모습을 난 지금도 보기 어렵다. 아빠의 마라톤은 단순히 한 번의 경주가 아닌 인생 여정 전체인 것 같다.

마라톤이 혼자 달려가는 운동이 아니듯이 할아버지, 할머니, 큰고모, 엄마뿐 아니라 주변의 많은 분이 아빠 마라톤의 동반자, 페이스메이커가 되어 지치지 않고 달릴 수 있는 힘을 주었고, 지금 아빠는 우리 삶의 페이스메이커가 되어주고 계신다.

자서전 『고난의 숲을 헤치고 역사의 오솔길을 걷다』는 아빠가 계셨던 자리에 오롯이 남아 우리 삶을 이끌어 줄 것이다.

아빠! 고맙습니다. 그리고 사랑합니다.

- 아빠의 막내 딸 희진 -

부록

나의 가계

　우리 집안이 예천에 정착한 해는 고려 우왕 원년 1375년, 지금으로부터 648년 전이다. 1374년 공민왕이 시해당하자 율은栗隱 김저金佇 선조께서는 그 이듬해 삭녕朔寧(지금의 연천)에서 예천 은풍면 사동(밤실)으로 남하했다. 율은 선조께서 예천과 인연을 맺은 것은 1361년 홍건적이 침략하였을 때 공민왕을 호종하며 복주(福州:안동)에 머물면서부터이다. 왕이 시해당하자 중앙정계를 떠나 연고지인 은풍면 사동巳洞에 은거하였다.

　공의 6세손 율호헌栗湖軒(김계원金継元)에 이르기까지 123년 동안 이곳에 정착하다가 1498년 보문면 미호리로 이사하였다. 씨족계보로는 가락국을 세운 수로왕을 성조로 하고 삼국통일의 원훈인 김유신 장군은 중시조이다. 보문면 미호리에 정착한 이래 그 후손들이 세거하면서 집성촌을 이루니 김해김씨 율은공파이다.

　파조 율은공은 1304년 고려 충렬왕 30년 장흥부長興府 벽계리碧溪里에서 출생하였다. 자字는 충국忠國, 호號는 율은栗隱이며, 초명은 저佇, 손遜은 사명賜名이다. 최영 장군의 생질로 충숙왕 9년(1322) 문과에 급제하여 통사랑通仕郎에 제수되었다. 공민왕 때 성균관成均館 대사성大司成과 예문관藝文館 대제학大提學, 공조工曹 예조禮曹 이조吏曹 전서典書를 두루 역임하였다.

　공민왕이 시해되자 「채미가採薇歌」를 남기고 예천에 은거했다. 1378년 우왕의 부름을 받고 다시 조정에 나아가 대호군大護軍을 제수받았으나 이듬해 고향으로 돌아오니 조정에서는 풍성군豊城君으로 봉했다.

1388년 위화도 회군으로 외숙 최영이 처형되고 우왕이 폐위 당하자 울분을 참지 못한 공은 이듬해 정득후鄭得厚 등과 우왕 복위운동을 도모하다가 밀고자가 있어 실패하였다. 이 사건으로 1389년 11월 22일 시시지형尸市之刑을 당하였다.

공이 순국하던 날 부인인 정경부인貞敬夫人 경주김씨도 스스로 목을 매어 순사하였다. 아들 한림학사翰林學士 겸 대제학大提學과 찬성사贊成事를 역임한 계절당繼節堂 전鈿은 두문동으로 들어가 울분과 근심으로 식음을 전폐하다가 운명하니 선고先考의 절의를 계승하고 충효의 본을 보여 '계절당'이란 호를 얻었다.

손자 시중공侍中公 퇴신재退愼齋 두珒 또한 두문동杜門洞 여러 선비들과 함께 조선왕조에서 벼슬을 거부하고 초야에 묻혔으니 일문 3대가 모두 절의를 지켰다.

1508년, 조선 제11대 중종이 덕치주의를 표방하여 왕명으로 공의 충절을 기리는 표절사表節祠를 종가 소재지인 미호동에 짓게 하니 공이 참혹하게 돌아가신 지 실로 119년 만의 일이었다.

퇴신재의 아들이며 율은공의 4세손인 잠고潛皐 유의愈義는 하리下里 율곡栗谷에서 태어나 별동別洞 윤상尹祥 선생을 사사하여, 정종 때 문과에 급제하여 통훈대부通訓大夫 예빈시禮賓寺 별제別提로 제수되었다. 그러나 모부인 (우현보의 딸)이 새 조정(이씨조선:李氏朝鮮)을 섬기지 말라는 선훈이 있었음을 상기시키고 꾸짖으니 공은 출사할 뜻을 접고 스스로 호를 '잠고'라 하고 은풍 사동에 은거했다. 잠고공의 아들 사맹司猛 순지順志는 세종 때 무과에 급제하여 1503년 선략宣略 장군이 되어 왜구를 격파한 공으로 원종공신原從功臣 어모禦侮 장군에 제수되었다. 사맹공의 아들 율호헌 계원공은 단종 3년에 출생하여 별동 윤상의 증손서曾孫婿가 되어 1498년 처향인 보문 미호로 이사하여 그 후손들이 세거하면서 집성촌을 이루었다.

율은공의 9세손 미산공(이도以道:1604~1677) 이래 학문이 크게 일어나 공의 아들로 사마시에 합격한 매죽헌梅竹軒(영진英震:1629~1723) 공은 덕행과 학식으로 세한군자歲寒君子로 알려졌다. 11세손이며 나의 9대조인 미천眉泉공 화중華重은 숙종 13년(1687)에 문과에 급제하여 승문원承文院 교리校理, 지구례삼가현知求禮三嘉縣, 첨중추부사僉中樞府事를 역임하고 가선대부嘉善大夫, 예조참판禮曹參判을 증직받았다. 나는 율은공파 가운데 지손 미천공을 주손으로 하는 삼가공 집안으로 분류된다.

증조부 양위분
영천이씨 김용준

조부 양위분
경주김씨 김창병

예천군 보문면 미호리 332번지에 안장된 아버지(좌). 어미니(우)의 묘소

여기 새소리 바람소리 벗 삼은 맑은 두 영혼이 잠들어있다 夫 斗亨님은 1915년 2월 16일 이곳 미호리에서 김해김씨 문보(文輔) 창병(昌柄)님과 경주김씨 간동(艮東)님의 장남으로, 婦 源女님은 1917년 2월 14일 예천 용문 구계리에서 전주이씨 동운(桐雲) 순행(淳行)님의 장녀로 태어났다 1939년 부부로 연을 맺은 후 아들 담고 며느리 다운 도리로 부모와 시부모 봉양에 정성을 다하였고 남편과 아내로서 세 아들과 두 딸에게 가없는 사랑을 기울였다 아버지는 30여 년간의 공직 생활은 물론 농사에도 열정적이어서 1958년 국회의장 농림부장관으로부터 독농가로 표창되었으며 1982년 가라예천구 중친회장연임 등 일생을 통하여 성실 근면 신의로운 분으로 멀리까지 알려졌으며 어머니는 자애로운 성품과 뛰어난 덕력으로 부덕을 쌓아 주위의 부러움을 샀다 1995년 6월 15일 어머니가 향년 79세로 대계하여 이곳을 유태으로 삼고 10일 후인 6월 25일 아버지께서 뒤를 따르시니 수 81세였다 어버이의 크신 은혜와 사랑을 기리고자 아들딸들이 뜻을 모아 여기 빗돌을 세운다

2012년 5월 일

아버지 어미니의 묘비 뒷면

가계도

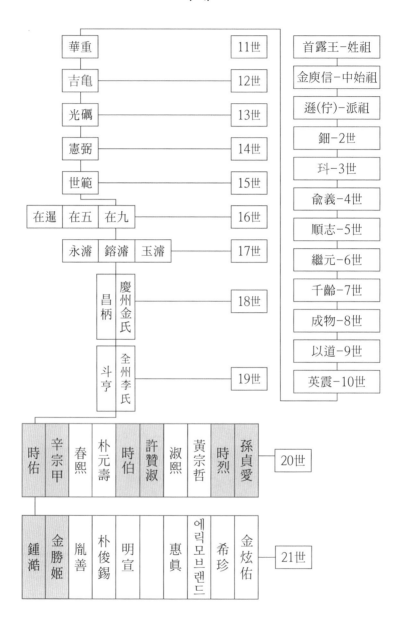

		11世	首露王-姓祖
華重		12世	金庾信-中始祖
吉亀		13世	遜(仔)-派祖
光礪		14世	鈤-2世
憲弼		15世	玬-3世
世範		16世	俞義-4世
在暹 在五 在九		17世	順志-5世
永澔 鎔澔 玉澔		18世	繼元-6世
昌柄 慶州金氏		19世	千齡-7世
斗亨 全州李氏		20世	成物-8世
			以道-9世
			英震-10世

20世: 時佑 辛宗甲 春熙 朴元壽 時伯 許贊淑 淑熙 黃宗哲 時烈 孫貞愛

21世: 鍾澔 金勝姬 胤善 朴俊錫 明宣 惠眞 에릭모브랜드 希珍 金炫佑

고난의 숲을 헤치고 역사의 오솔길을 걷다

이력 및 저서

○ 이력

1944.01.05 (음 1943.11.26)	예천군 보문면 미호리 출생
1950~1956	예천군 보문면 미산초등학교 졸업
1956~1959	예천군 예천중학교 졸업
1959~1962	예천농업고등학교 졸업
1961~1963	예천군 보문면 미호리 4H구락부 회장 보문면 4H구락부연합회장
1963.03~1970.02	서울 건국대학교 사학과 졸업
1965.05~1967.10	육군 만기 전역
1970.02~1975.04	서울 건국중학교 사회과 교사
1975.04~1980.02	반공법, 국가보안법 위반 5년간 복역
1982.04~1984.04	국회의원 입법보좌관(김기수 의원)
1984.07~1999.04	(사)김상옥 · 나석주 의사 기념사업회 간사장 (이사장 유석현 광복회장)
1987.05~1999.05	(사)가락중앙종친회 사무총장(회장 김영준) (재)가락국사적개발연구원 상임이사
1997.12	새정치국민회의 김대중 후보 선거사무원(연설원) 선관위 등록

1998.04	김상옥 열사 동상건립추진위원(위원장 서영훈)
1999.06 ~ 2006.02	독립기념관 사무처장 3연임
1999.03	성균관 전학(관장 최창규)
1999.05	민족정기회 이사(이사장 강신옥)
2000.06 ~ 2005.05	재경예천군 보문면민회장
2000.09 ~ 2002.09	서울 교육사료관 운영위원 (위원장 정독도서관장 김재평)
2004.10 ~ 2006.06	(재) 한국청소년수련원 중앙이사 (문화관광부 장관 정동채)
2006.02 ~ 2013.02	평택대학교 대우교수(교양학부)
2006.01 ~ 2006.12	독립기념관 사업단 사장
2007.01 ~	전명운田明雲 의사 페리의거 100주년 기념사업회 지도위원
2007	백암(박은식)학회 이사
2007.04.09	율은공파 뉴스레터 종보宗報 창간
2007.10 ~ 2009.04	김해김씨 율은공파 대종회장
2009.05 ~	(사)율은 김저선생기념사업회 이사장
2011.08.25 ~ 2013.05.10	의병대장 남천 박주상 선생 추모비건립추진위원장
2018.11.13	위 반공법과 국가보안 위반에 재심을 청구함

2018.12.21 ~	예천군 문화정책 자문위원
2021.06.16 ~ 2022.01.21	위 재심청구 결정 및 무죄 판결 확정
2023.08.18 ~	가락중앙종친회 상임이사 겸 중앙종무위원장

○ 저서

1987 김상옥 열사 일대기(국가보훈처 발행)

1991 이 몸 하나로 일본제국을 깨련다(도서출판 윤문)

1991 알기 쉬운 가락국사(도서출판 가락국사적개발연구원)

1992 교과서에 반영된 가야사

1994 가락국 천오백 년 잠 깨다

1994 율은 선생의 생애와 사상

1994 힘 있는 자가 옳은 일 해야

1995 소신의 공직자, 경영의 달인 둔보 김영준

1995 가정이 국가를 만든다

1996 가락의 역사와 가계

1998 가야관계 문헌고

1999 가락불교와 장유화상

2000 영원히 살아 있는 사람 村岩 金顯哲

2002 가락국의 역사와 그 유적

2007 남긴 발자취 단곡 김영생

2008 가락 600년사(도서출판 정상)

2010 묻혀진 충절 율은 김저 선생의 생애

2010 예천의 독립운동사(예천문화원)

2014 김해김씨 율은공파 700년사

2016 예천 유학사(예천문화원)

2017   김해김씨 율은공파 세덕사

2017   민족기업인 유일한은 독립운동가였다

2018   예천의병의 역사와 의병대장 장윤덕

2018   고려 충신 율은 김저 선생 영정록

2020   노인 본래의 모습으로 되돌리다

2022   시사용어, 외래어 해설 모음집

2022   미호에 핀 문향文香 김해김씨 율은문중

2023   사국시대를 열어가는 가야사

○ 논문

○ 수상

1975.02	언론자유수호 격려 메달
1995.04.14	김해 숭선전 정비사업 유공 가락문화장 황장 (가락종친회장 김영준)
1998.05.28	김상옥 열사 전기저술 및 동상건립유공자 공로패 (서영훈 · 이종찬)
2001.06.15	(사)남북문화교류협회 감사패(회장 이배영)
2002.10.20	가락고도 복원 유공 가락위선장 금장(가락종친회장 김봉호)
2004.01.13	가락 시조대왕장 금장(가락종친회장 김봉호)
2006.06.11	재경예천군민회 유공자 표창(재경예천군민회장 김동대)
2008.12.02	자랑스런 예중인體中人패 수상(재경동문회장 박영서)
2011.04.24	자랑스런 출향인상(예천군수 이현준)
2024.03.21	예천향토문화상(예천문화원장 권창용)

후 기

　이 책을 내기까지 망설임이 많았습니다. 영국의 극작가이고 정치 사상가이며 노벨 문학상에 빛나는 버나드 쇼는 "우물쭈물하다가 내 이렇게 될 줄 알았다"라는 비문을 남겼다고 합니다. 이 비문이 나에게 큰 울림으로 닿아왔습니다. 우물쭈물하다 보니 내 나이 80이 넘었기 때문일 것입니다.

　식물은 자라면 반드시 꽃이 피고 열매를 맺는데 나는 80이 넘도록 살아도 이루어진 것이 아무것도 없는 알차지 않은 껍데기 인생이었습니다. 교직으로 사회에 첫발을 디뎠으나 교육자가 되지 못했고, 농업학교를 졸업했으나 농군이 되지 못했고, 사학과를 졸업하고도 역사학자가 되지 못했습니다. 정치에 깊은 관심을 가지고도 정치가가 되지 못했으니 결국 나는 아무런 열매도 영글게 하지 못한 미완성 인간이었습니다.

　그렇다고 부모님 잘 섬기고 처와 자식에게 충실한 성실한 삶도 아니었습니다. 나로 인하여 온 가족이 풍비박산되는 고난을 겪었기 때문입니다. 젊을 때 덧씌워진 깊은 상처는 백약이 무효여서 내 인생에도 큰 걸림돌이었습니다.

　세월이 약이라는 속담대로 흐르는 세월에 상처는 아물었지만 그렇다고 묻어두고 가기에는 계륵 같은 미련이 남았습니다. 명분을 중히 여기시며 일관된 심지로 굳게 살아오신 아버지와 부덕과 자애를 겸비한 어머님의 삶은 오직 못난 자식을 위해 온몸을 던진 희생이었으나 나로 인하여 천수를 다 누리시지 못하시고 한을 품고 타계하셨습니다.

타고난 천부의 재능을 펴보지 못하고 온갖 수모와 어려움 속에서 우리 가정을 지키고 일생을 나에게 헌신한 아내의 삶은 내 후손들이 기억하고 전해야 할 미담이 될 수 있기에 나는 이러한 부분들을 글로 남기기로 했습니다. 아이들과 형제들의 권유도 있었습니다. 그래서 아들, 딸들이 편집하고 교정을 보았습니다. 내 동생들이 책 제목을 달고 이렇게 가족들의 합작으로 책을 엮었습니다.

아마추어들의 서투른 솜씨로 봉사 코끼리 만지듯 제작된 책이라 매끄럽지 못한 부분이 많이 있을 것으로 생각되어 독자 여러분들의 넓은 아량이 필요한 책입니다. 사실 이 책은 아버지·어머니 영전에는 용서를, 아내에게 속죄하는 뜻으로 엮은 책입니다. 그래서 책이 출간된 후 가장 먼저 부모님 영전에 고유하고, 아내 손에 먼저 쥐어 주었습니다.

끝까지 읽어주셔서 감사합니다.

- 저자 은산 김시우 드림 -

고난의 숲을 헤치고 역사의 오솔길을 걷다

지은이 / 김시우
발행인 / 김영란
디자인 / 앤아트(ANART)
발행처 / **한누리미디어**

08303, 서울시 구로구 구로중앙로18길 40, 2층(구로동)
전화 / (02)379-4514
Fax / (02)379-4516
E-mail/hannury2003@daum.net

신고번호 / 제 25100-2016-000025호
신고연월일 / 2016. 4. 11
등록일 / 1993. 11. 4

초판발행일 / 2024년 6월 1일

ⓒ 2024 김시우 Printed in KOREA

값 30,000원

ISBN 978-89-7969-890-9 03810